panini BOOKS

WEITERE TITEL VON PANINI

DIE LEICHEN DES JUNGEN WERTHER
Susanne Picard – ISBN 978-3-8332-2256-6

THE NEW DEAD – Die Zombie Anthologie
Mit 20 Zombie-Kurzgeschichten von Tad Williams, Joe Hill, Max Brooks und anderen
ISBN 978-3-8332-2253-5

STOLZ UND VORURTEIL UND ZOMBIES:
AUFSTIEG DER LEBENDEN TOTEN
Steve Hockensmith – ISBN 978-3-8332-2148-4

STOLZ UND VORURTEIL UND ZOMBIES:
DIE GRAPHIC NOVEL
Jane Austen, Seth Grahame-Smith – ISBN 978-3-86201-012-7

DER ZOMBIE SURVIVAL GUIDE
DOKUMENTIERTE ANGRIFFE – GRAPHIC NOVEL
Max Brooks, Ibraim Roberson – ISBN 978-3-86201-021-9

Infos zu weiteren Romanen und Comics unter:
www.paninicomics.de

Sissi
DIE VAMPIRJÄGERIN

von Claudia Kern

panini BOOKS

Bibliografische Information der Deutschen Nationalbibliothek
Die Deutsche Nationalbibliothek verzeichnet diese Publikation in der
Deutschen Nationalbibliografie; detaillierte bibliografische Daten
sind im Internet über http://dnb.d-nb.de abrufbar.

Dieses Buch wurde auf chlorfreiem,
umweltfreundlich hergestelltem Papier gedruckt.
In neuer Rechtschreibung.

SISSI – Die Vampirjägerin von Claudia Kern
Copyright © 2011 Panini Verlags GmbH. Alle Rechte vorbehalten.
Panini Verlags GmbH, Rotebühlstraße 87, 70178 Stuttgart.
Alle Rechte vorbehalten.

Lektorat: Caspar D. Friedrich, Luitgard Distel, Claudia Weber
Redaktion: Mathias Ulinski, Holger Wiest
Chefredaktion: Jo Löffler
Umschlaggestaltung: tab indivisuell, Stuttgart
Titelillustration: Jürgen Speh
Satz: Greiner & Reichel, Köln
Druck: GGP Media GmbH, Pößneck
Printed in Germany

ISBN 978-3-8332-2254-2
1. Auflage, Februar 2011

www.paninicomics.de

PROLOG

Wien, 18. Februar 1853

Er schwitzte. Der Dolch in seiner Hand, halb verborgen unter dem schweren Wintermantel, fühlte sich fremd an. János Libényi war weder besonders groß noch besonders klein, weder dick noch auffällig dünn. Trotzdem hatte er an diesem Winternachmittag das Gefühl, als starre die ganze Welt ihn an. Er stand auf der Kärntnertor-Bastei am Rande einer breiten Allee und wartete. Befehle hallten von einem der Exerzierplätze zu ihm herüber. Menschen gingen an ihm vorbei, die Hüte tief ins Gesicht gezogen, die Hände in den Taschen vergraben. Der Wind stach wie mit Nadeln in seine Haut und trocknete die Schweißperlen auf seiner Stirn.

János warf einen Blick in den Himmel. Graue Wolken hingen über den Mauern und Türmen der Festung. Die Sonne war bereits untergegangen. Es würde nicht mehr lange dauern.

Er schluckte und spielte mit dem Dolch in seiner Hand. Zwischen den Spaziergängern und Boten patrouillierten Soldaten, manche allein, andere in kleinen Gruppen. Seit der gescheiterten Revolution war das überall in der Stadt so. Vielleicht hatte der Orden seinen Plan deshalb nicht gebilligt, ihn stattdessen gebeten, umsichtiger vorzugehen und auf bessere Zeiten zu warten.

János biss die Zähne zusammen. Die Haare seines buschigen Schnauzbarts kitzelten auf seiner Unterlippe. Bessere Zeiten ...

Die waren längst vorbei und der Orden hatte sie nicht nutzen können, weder in Österreich noch in Preußen. Die Köpfe der Despoten saßen fester denn je auf ihren Schultern und die, die sich ihnen hätten entgegenstellen können, waren am Strang oder im Kerker geendet. Eine ganze Generation war verloren.

Bessere Zeiten, dachte János. Bitter wie Galle stiegen die Worte in ihm auf. *Sie kommen nicht einfach so. Jemand muss sie erschaffen. Ich muss sie erschaffen.*

Er wusste, dass er seine Tat nicht überleben würde. Den Tod hatte er einkalkuliert. Solange auch der andere starb, war ihm das egal.

Mit der freien Hand tastete er nach der Flasche in seiner Manteltasche. Das heilige Wasser darin hatte er im Stephansdom abgefüllt, dort, wo so viele Kämpfer von den Truppen der Despoten umgebracht worden waren. Diesen Helden wollte er seine Tat widmen.

Und dann sah er ihn. Er trug Uniform, so wie immer, wenn er sich in der Öffentlichkeit sehen ließ. Hinter seinem Rücken nannten die Leute ihn den »rothosigen Leutnant«. Er war unbeliebt, auch bei denen, die nicht wussten, was er war. Trotzdem zogen die Männer den Hut und verneigten sich scheinbar andächtig, als er an ihnen vorbeiging, und die Frauen knicksten so tief, dass es aussah, als würden sie in ihren Röcken verschwinden.

»Euer Majestät.«

Der Gruß sprang wie eine Flamme von einem Passanten zum nächsten. Der junge Mann in der Leutnantsuniform mit der schräg sitzenden Kappe beachtete die Worte nicht. Er war in eine Unterhaltung mit dem älteren Uniformträger, der neben ihm ging, vertieft. Ein Trupp Soldaten folgte den beiden Männern in einiger Entfernung. János war lang genug Husar gewesen, um zu erkennen, dass sie unaufmerksam und gelangweilt waren.

Er griff in seine Manteltasche und zog die Weihwasserflasche hervor. Mit den Zähnen entkorkte er sie. Niemand beachtete ihn, als er das Wasser über die Klinge seines Dolches schüttete. Die

Menschen um ihn herum starrten den rothosigen Leutnant an, nicht ihn.

Er stellte die Flasche neben einen Baum. Seine Hände zitterten. Sein Herz schlug so schnell, dass ihm übel wurde. Langsam ging er den beiden Männern entgegen, den Dolch in den Falten seines weiten Mantels verborgen. Er hatte den Mantel selbst geschneidert, das Gesellenstück für eine Prüfung, die er niemals ablegen würde. Die Luft wirkte plötzlich klarer als zuvor. Alles erschien ihm lauter. Der knirschende Kies unter seinen Sohlen, das Schreien der Krähen über seinem Kopf, die Stimmen der Passanten und sein eigener donnernder Herzschlag.

Dreißig Schritte trennten ihn noch von den beiden Männern, dann zwanzig, zehn, fünf …

»… können wir uns ein solches Fiasko nicht noch einmal leisten«, hörte er den jüngeren Mann durch das Rauschen des Blutes in seinen Ohren sagen.

Der ältere nickte mit gesenktem Kopf. János war ihm so nah, dass er ihn mit ausgestrecktem Arm hätte berühren können.

Jetzt!, dachte er.

Im gleichen Moment hob der ältere den Kopf. Seine Augen weiteten sich, als er János sah, so als habe dieser eine Blick gereicht, um ihn zu durchschauen.

János wandte sich von ihm ab, hin zu dem jüngeren Mann, der immer noch redete. Er riss den Dolch in die Höhe und hätte vor Entsetzen beinah aufgeschrien, als er den Mantel mitzog. Die Klinge musste in einer seiner schlecht verarbeiteten Nähte hängen geblieben sein. János schüttelte den Dolch und zog an ihm, hörte Fäden reißen.

»Majestät!«, schrie der ältere Mann, während der Leutnant bereits zurückwich und sich umdrehte.

Nein, nein, nein! Nicht so! Oh Gott, lass mich nicht so scheitern!

Die Klinge kam frei. János warf sich nach vorn, den Dolch in der ausgestreckten Hand. Ein Stoß traf seine Schulter, ließ ihn stolpern. Seine Klinge glitt durch Stoff, bohrte sich in Fleisch. Dann wurde er auch schon zu Boden gerissen. Der ältere Mann schlug ihm den Dolch aus der Hand. János wand sich unter ihm weg, aber ein zweiter Mann trat ihm ins Gesicht. Verschwommen sah er Hände wie Pranken und eine Metzgerschürze. Es war ein Passant, der nicht wusste, was er tat. Eine Schwertspitze wurde plötzlich gegen János' Hals gedrückt.

Er hob den Blick. Der rothosige Leutnant stand breitbeinig über ihm. Eine schwarze Flüssigkeit sickerte aus seinem Hemdkragen über seine Brust. Es roch nach verbranntem Fleisch.

Ich habe versagt, dachte János. Wut und Scham trieben ihm Tränen in die Augen. Um ihn herum schrien Soldaten Befehle. Irgendjemand betete.

»Seht, wie das feige Schwein heult, Majestät«, hörte er den Metzger sagen. Dann tauchte direkt über ihm ein Gesicht auf. Kalte blaue Augen musterten ihn.

»Er wird noch viel mehr heulen«, sagte Kaiser Franz-Josef I. von Österreich-Ungarn. »Bis zum Strang.« Er lächelte. Lange Eckzähne schoben sich über seine Lippen.

János schloss die Augen.

KAPITEL EINS

An seinem neunundachtzigsten Geburtstag tanzte Ramses der Große vor seinem Volk. Vielleicht war dies der Tag, an dem sich erste Zweifel regten. An dem Männer und Frauen einander flüsternd fragten: »Was für ein Ungeheuer beten wir da an?« Als sie sich schließlich gegen ihren fremden Herrn erhoben, als Echnaton, der letzte menschliche Pharao, die Sonne zum Gott erklärte und ihn anflehte, die Nacht zu vertreiben, war es längst zu spät. Und doch ist sein Name bis heute unvergessen unter denen, die sich dem Widerstand verschrieben haben, die für eine immer noch ahnungslose Menschheit kämpfen und nicht aufgeben werden, bis das letzte Ungeheuer zu Staub zerfallen ist. Sie selbst nennen sich »die Kinder Echnatons«. Ihre Feinde nennen sie »die Pfähler«.
– *Die geheime Geschichte der Welt* **von MJB**

»Grüß Gott, Prinzessin.«

»Grüß Gott, Frau Huber.«

Sissi zügelte ihr Pferd im Hof des Schlosses, sprang aus dem Sattel und übergab es einem Stallknecht. Der Mann lächelte freundlich und führte die Stute zu den Ställen im hinteren Teil des Hofs. Das Haupthaus lag rechts. Trotz der Morgensonne wirkte es mit seinen dunklen Holzfassaden und den kleinen Fenstern düster. Sissi sah, dass die Eingangstür offen stand, und eilte darauf zu. Wenn sie Glück hatte, erwischte sie ihren Vater noch vor einem seiner morgendlichen Ausflüge.

»War'ns scho zu Besorgungen in Possenhofen, Prinzessin?« Frau Huber stützte sich schwer auf ihren Besen. Sie schien den ganzen Tag nichts anderes zu tun, als den Hof zu fegen, aber Sissis Vater ließ sie gewähren. Ihr Leben lang hatte sie für die Familie gearbeitet, da würde er sie im Alter nicht fallen lassen.

»Nur ein Telegramm.« Sissi tastete nach dem Stück Papier in ihrer Weste. Ihr Vater musste so schnell wie möglich davon erfahren. Sie wollte weitergehen, aber Frau Huber winkte ab, schien ihre Eile nicht zu bemerken.

»Neimodisch's Zeig«, sagte sie. »Heut muas immer ois schnell geh'n. Wia mei Onkel Loisl damals vom Schlag troffa worn is, ham wir das erst fünf Joahr später erfahr'n, weil er ja zu dene Preiß'n gangen is und sei Vetter, der Klaus, dann erst wieder in d' Heimat z'ruck kemma is.«

Sissi nickte und lächelte. »Ich muss jetzt wirklich …«

»Und hat's uns g'schadt? Naa. Ganz andersrum. Des woar, ois hätt der lieba Herrgott ihn no fünf Joahr leb'n lass'n für uns. 's is no koana glücklich word'n, der wo schneller schlechte Nachricht'n g'hört hod.«

»Da haben Sie recht.« Sissi nickte erneut. »Ich werd's dem Papili gleich sagen.«

Wenn ich je zu ihm komme, fügte sie in Gedanken hinzu.

»Passt scho, Prinzessin.« Frau Huber hob den Zeigefinger wie eine aufgebrachte Lehrerin, obwohl sie in ihrem ganzen Leben keine Schule besucht hatte. Das Kreuz, das sie um den Hals trug, blitzte in der Sonne. »Und sagt's eahm, in da Bibel kriagt a koana a Telegramm.«

Sissi wusste nicht, was sie darauf sagen sollte, also lächelte sie nur. Bevor sie sich abwenden konnte, machte Frau Huber einen Schritt auf sie zu. Erstaunlich schnell streckte sie die Hand aus. Sissi hob instinktiv den Arm, als wolle sie einen Schlag abwehren, ließ ihn jedoch wieder sinken, bevor die alte Frau etwas merkte.

Frau Huber tätschelte ihr mit rauen, groben Fingern die Wange.

»Bist a guat's Kind, Prinzessin. Lass dir von koanam net wos anders sag'n.«

Sissi runzelte die Stirn. »Wer sagt denn was anderes?«, fragte sie, aber Frau Huber winkte nur ab und machte sich daran, weiter den Hof zu fegen. Sissi wollte nachhaken, aber eine hell flötende Stimme unterbrach sie.

»Sissi? Sissi, da bist du ja. Schau doch nur, was die Mutter hat kommen lassen.«

Sie drehte sich um. Helene, ihre ältere Schwester, stand auf dem Treppenabsatz vor der Eingangstür und drehte sich im Kreis. Das Kleid, das sie trug, bauschte sich im Wind. Es hatte die Farbe einer Aprikose und war mit Rüschen besetzt. Helene lachte bei jeder Drehung.

»Oh Néné!«, zwitscherte Sissi zurück. »Wie wundervoll du darin aussiehst. Ich freue mich ja so für dich!«

Frau Huber lächelte, nickte und wollte gerade etwas sagen, doch Sissi kam ihr hastig zuvor: »Das sollten wir gleich dem Va… dem Papili zeigen. Ist er im Haus?«

Helene unterbrach abrupt ihre Drehung, stolperte und musste sich an einem Balken festhalten, um nicht das Gleichgewicht zu verlieren.

»Nein, wieso?«, fragte sie zurück. Auf Sissis warnenden Blick räusperte sie sich und flötete: »Der Vater ist mit den Buben zum See gegangen. Er wollte nachschauen, ob die Fische heute beißen.«

Sissi lachte gekünstelt. »Sie beißen doch nie, wenn die Buben dabei sind.«

Scheinbar aufgeregt klatschte Néné in die Hände. »Dann wird er sich umso mehr freuen, wenn wir ihn besuchen. Komm, lass uns gleich loslaufen, bevor die Mutter mir verbietet, das Kleid anzubehalten.«

Sie sprang die breite, geschwungene Steintreppe hinunter, ergriff Sissis Hand und zog sie auf den Weg zu, der am Haus vorbei hinunter zum See führte.

»Wos is der Herr Herzog doch g'segnet, dass er a solcherde Familie hod«, hörte Sissi Frau Huber noch sagen, dann ließen sie den Hof hinter sich.

»Was ist passiert?«, fragte Helene, aber Sissi schüttelte nur den Kopf.

»Ich weiß es nicht. Das Telegramm ist an Vater gerichtet.« Sissi zog ihre Jacke enger um den Körper. Der Winter war mild, der Schnee fast geschmolzen. Trotzdem war ihr kalt. »Es stammt vom Cousin aus Wien«, fügte sie nach einem Moment hinzu.

Helene schwieg, raffte ihr Kleid zusammen und ging schneller. Sissi folgte ihr den steilen Weg hinunter. An seinem Ende lag ein Steg, der auf den See hinausführte. Das Wasser glitzerte in der Wintersonne. Eisschollen trieben träge dahin. Dazwischen ankerten Boote mit ausgeworfenen Netzen. Der Wind trug vereinzelte Worte zu Sissi herauf. Die Fischer sprachen übers Wetter, den Fang und die kleinen Skandale im Dorf.

»Da ist er«, sagte Helene. Sie zeigte auf einen kleinen Schuppen neben dem Steg.

Herzog Max Joseph saß auf einem Schemel vor der offenen Tür, die Buben standen aufgereiht wie Soldaten vor ihm. Er trug einen langen Wollmantel, aber keinen Hut. Sein Gesicht war rund und gütig, eher das eines Mönchs als eines Feldherrn. Er winkte, als er seine Töchter sah.

Helene winkte zurück. »Er sollte nicht mit ihnen allein sein«, sagte sie. »Das ist zu gefährlich.«

»Ach was.« Sissi sprang über eine Baumwurzel. »Wenn etwas mit ihnen nicht stimmen würde, hätte sich das schon längst gezeigt.«

»Das weißt du nicht.« Helene stieg vorsichtig über die Wurzel. »Niemand weiß es.«

Sissi ging nicht darauf ein. So wie Frau Huber den ganzen Tag den Hof fegte, schienen ihre Schwester und ihre Mutter den ganzen Tag lang nichts anderes zu tun, als sich Sorgen zu machen. Ihr Vater zog sie deswegen oft auf. Zu Recht, wie Sissi fand.

Ein wenig außer Atem blieb sie vor dem Schuppen stehen.

Die Buben begrüßten sie höflich, zogen sich aber nach einer knappen Geste des Herzogs zum Steg zurück. Dort konnten die Fischer auf den Booten sie sehen, also begannen sie zu spielen und zu lachen, als seien sie ganz normale Kinder.

»Was ist geschehen?«, fragte Herzog Max.

Sissi zog das Telegramm aus ihrer Westentasche. »Es stammt von Vetter Roland.«

Ihr Vater nahm es wortlos entgegen und riss das Kuvert mit dem Daumen auf. Er musste die Augen zusammenkneifen, um den Inhalt zu lesen.

Er wird alt, dachte Sissi. Es war ein erschreckender Gedanke.

Nach einem Moment knüllte ihr Vater das Papier zusammen. »Dieser verdammte Narr«, knurrte er leise. Ein seltsamer Unterton schwang in seinen Worten mit.

»Wer?«, fragte Helene. Sie hatte eine Hand auf ihr Herz gelegt, als wolle sie es beruhigen.

»János.«

»Er hat es getan?«

»Er hat es versucht.« Herzog Max fuhr sich mit dem Zeigefinger über den breiten Schnauzbart. »Alles in seinem Leben hat er nur versucht. Zum Husaren taugte er nicht, zum Schneider nicht und zum Attentäter erst recht nicht. Der Kaiser lebt und er? Er ist tot.«

Sissi erinnerte sich an János, einen unauffälligen kleinen Mann, den Vetter Ronald ihrem Vater empfohlen hatte. Er war zweimal mit ihnen auf die Jagd gegangen, nicht in Possenhofen, sondern an einem Ort, an dem sie keiner kannte. Es hatte ihr gefallen, unter falschem Namen zu reisen, als eine Bürgerliche namens Regina. Nach dem zweiten Jagdausflug war János nicht mehr aufgetaucht.

»Ist er gefoltert worden?«, fragte Néné.

Ihr Vater hob die Schultern. »Wahrscheinlich, aber für uns spielt das keine Rolle. Er hat nichts gewusst, was uns gefährlich werden könnte.« Er schüttelte den Kopf und nahm ein Päckchen Streichhölzer aus der Tasche. »Was für ein Dummkopf.«

Sissi sah zu, wie er das Telegramm verbrannte. Sie hielt es nicht für dumm, sich Kaiser Franz-Josef entgegenzustellen. Zu handeln, anstatt die ganze Zeit nur zu reden und Pläne zu schmieden, die vielleicht nie Früchte tragen würden. Wenigstens hatte János versucht, wovon sie alle träumten. In Sissis Augen war er ein Held, wenn auch ein gescheiterter. Doch das sagte sie nicht. Weder ihr Vater noch ihre Schwester hätten ihr zugestimmt.

»Beeinträchtigt das unseren Plan?«, fragte Néné. Sie klang nervös.

»Das werden wir bald erfahren.« Herzog Max ließ das brennende Telegramm fallen und wischte sich die Hände an der Hose ab. Ein Windstoß trieb die Asche auseinander. »Erst einmal machen wir weiter wie bisher.« Er sah Sissi an. »Wonach steht dir heute der Sinn?«

Sie musste nicht lange überlegen. »Die Beidhänder.«

Néné verdrehte die Augen. »Nicht schon wieder.«

Ihr Vater lächelte. »Dann geh sie holen. Und vergiss nicht die Kurzschwerter für die Buben«, rief er Sissi nach, die bereits den Weg hinauflief.

Sie winkte, ohne sich umzudrehen.

KAPITEL ZWEI

Die Existenz als Vampir ist weder erstrebenswert noch in irgendeiner Weise nostalgisch. Vampire sind nicht in der Lage, ihre Existenz zu reflektieren. Ihre Langlebigkeit wirkt auf sie nicht widernatürlich und doch haben sie kein Mitleid mit Wesen, denen weniger Zeit zugestanden wurde. Sie säen nicht, sie ernten nicht, sie erschaffen keine Kunst, sie erfinden nichts. Ihre Existenz dient nur einem einzigen Zweck: sich am Leid anderer zu laben – metaphorisch und buchstäblich. Kann es also etwas Armseligeres auf dieser Welt geben als einen Vampir?
 – *Die geheime Geschichte der Welt* von MJB

»Eine mit Weihwasser bestrichene Klinge? Wie theatralisch.« Sophie verharrte einen Moment in ihrem Sessel, bevor sie sich vorbeugte und auf dem Schachbrett den Läufer setzte.

Karl, der ihr gegenüber auf einem mit Büffelhaar gepolsterten Hocker saß, schnalzte mit der Zunge, so wie er es immer tat, wenn er über etwas nachdachte. Im Hintergrund, irgendwo zwischen schweren Vorhängen, Kissen und Decken, schmatzte jemand vernehmlich.

»Aber es ist natürlich deine eigene Schuld«, fuhr Sophie fort. »Dein Volk mag dich nicht.«

Franz-Josef verschränkte die Hände hinter dem Rücken. Diener hatten ihm zwar einen Sessel an den Tisch gebracht, aber da seine *Mutter* ihn noch nicht gebeten hatte, sich zu setzen, blieb er stehen. Es waren ihre Gemächer und sie war in solchen Dingen sehr eigen.

Eigentlich, dachte er, *ist sie in allen Dingen ziemlich eigen.*

»Es ist mir egal, ob mein Volk mich mag«, erklärte er, wohl wissend, wie trotzig das klang, »solange es tut, was ich sage.«

»Ach, Franzl.« Er hasste es, wenn sie ihn so nannte. »Könnte ich doch noch einmal so jung und naiv sein wie du.«

Für Franz-Josef sah Sophie aus wie eine junge Frau. Sie hatte langes schwarzes Haar, das sie stets aufgesteckt trug, und ein ebenmäßiges, schmales Gesicht. Er wusste, wie sehr es sie störte, dass sie auf die Menschen alt wirken musste. Dabei war sie es durchaus – nur wie alt genau, das wusste niemand. Selbst Karl und Ferdinand, die seit dem zweiten Kreuzzug mit ihr zusammen waren, hatte sie das nie verraten.

»Ist es naiv«, fragte er nach einem Moment, »anzunehmen, dass die, die zum Dienen geboren wurden, genau das tun sollten?«

»Sehr naiv«, antwortete Karl an Sophies Stelle. Er wirkte etwas älter als sie; ein großer, eleganter Mann mit angegrauten Schläfen und distinguiertem Auftreten. Für die Menschen war Erzherzog Franz Karl bereits seit Jahren tot.

Karl lehnte sich zurück, ohne eine seiner Schachfiguren zu bewegen. Er spielte oft gegen Sophie, hatte aber noch nie gewonnen. Nach dem Anblick, den das Brett bot, würde sich das auch in dieser Nacht nicht ändern.

»Selbst im Mittelalter«, sagte er, »sind wir immer wieder angegriffen worden. Dabei hatten wir die Inquisition auf unserer Seite.«

Das Schmatzen im Hintergrund verstummte. »Und die Pest«, erklärte jemand aufgekratzt.

Sophies Lächeln war so schmal, dass es aussah, als habe man ihr eine Rasierklinge durchs Gesicht gezogen. »Das waren gute Zeiten.« Zum ersten Mal sah sie Franz-Josef an. Ihre Augen waren fast schwarz. »Nächtelang haben wir getrunken.«

»Sie hat London fast allein entvölkert«, meinte Karl. Es klang liebevoll.

»Na, bravo!«, rief die Stimme zwischen den Kissen.

Das Lächeln verschwand aus Sophies Gesicht. »Warum sagt er das nur immerzu?«, fragte sie leise.

Franz-Josef antwortete nicht. Sie alle kannten den Grund, auch wenn sie nie darüber sprachen. Er räusperte sich. »Ich würde mit Ihnen gern noch länger über alte Zeiten plaudern, aber ich habe ein Reich zu regieren und Revolutionen zu verhindern. Also, wenn weiter nichts anliegt...«

Er wollte sich abwenden, aber Sophie hob die Hand. »Sei nicht albern, Franzl. Natürlich liegt noch etwas an. Setz dich.«

»Wie Sie wünschen.« Sophie bestand darauf, dass er sie siezte, eine weitere Eigenart, für die er keine Erklärung hatte.

»Wir haben ja bereits festgestellt, dass dein Volk dir nicht geneigt ist.«

»Es war *ein* Attentäter, nicht die Französische Revolution.«

Sie ignorierte seinen Einwand. »Die Menschen spüren, dass du anders bist als sie, auch wenn sie nicht wissen, was du dann sein sollst. Früher einmal hätten sie dieses Gefühl für den Funken des Göttlichen gehalten, der unseren Herrschaftsanspruch legitimiert...«

»Jesus, wie ich das Mittelalter vermisse.« Karl seufzte.

»... doch heutzutage weckt es ihr Misstrauen. Sie wollen, dass ihre Herrschenden so sind wie sie«, fügte Sophie hinzu.

»Freiheit, Gleichheit, Brüderlichkeit!«, rief die Stimme aus dem Hintergrund. »Na, bravo!«

Noch jemand, der sich ebenfalls zwischen den Vorhängen aufzuhalten schien, stöhnte.

Sophie schloss kurz die Augen, als müsse sie sich sammeln, dann fuhr sie fort: »Diese Illusion müssen wir erschaffen.«

Franz-Josef breitete die Hände aus. »Und wie? Soll ich mit dem Pöbel im Gasthaus Bier trinken und mit dem Schankmädchen ins Heu gehen?«

»Nein«, erwiderte Sophie ruhig. »Du sollst heiraten.«

»Aha.« Franz-Josef dachte nach. »Ich verstehe nicht, wie mich das beim Volk beliebter machen könnte.«

»Du sollst eine Menschenfrau heiraten.«

»Was?« Franz-Josef sprang auf.

»Ein hübsches kleines Ding, nicht zu klug und noch naiver als du. Dein Volk wird denken: ›Wenn sie ihn liebt, dann muss er besser sein, als ich glaube.‹«

»Sind Sie noch ganz ...« Er unterbrach sich. »Sind Sie sicher, dass das eine weise Entscheidung wäre? Es gäbe doch sicherlich Situationen, in denen sie ... die Frau ... meine Frau ...«, schon die Worte schmeckten abscheulich auf seiner Zunge, »... trotz größter Sorgfalt meinerseits bemerken würde, dass etwas ... anders ist.«

Karl winkte ab. »Leg dich einfach eine Stunde vor den Kamin, bevor du mit ihr ins Bett gehst, dann merkt sie nichts. Habe ich schon hundertmal gemacht.«

Franz-Josef antwortete nicht. Seine Gedanken schwirrten ihm wie aufgescheuchte Hühner durch den Kopf. Ein hübsches kleines Ding, hatte Sophie gesagt. Aber wie lange würde es so hübsch bleiben? Fünf Jahre, zehn? Dann kämen die Falten, die grauen Haare, der körperliche Verfall und schließlich – viel zu spät – der Tod. Jahrzehntelang, bis zu diesem Moment seiner Erlösung, würde er neben einem Ungeheuer aufwachen, jeden Morgen in die alternde Fratze der Sterblichkeit starren.

Entsetzlich, dachte er.

Hinter ihm wurde das Stöhnen lauter, dann raschelte es.

Franz-Josef drehte sich um. Ein alter Mann mit einem mächtigen Backenbart schob die Vorhänge zur Seite. Blutspuren zogen sich über sein helles Hemd. Mit einer Hand stützte er einen zweiten, in bestickte Seidengewänder gehüllten schlitzäugigen Mann.

»Möchte noch jemand etwas von meinem Chinesen?«, fragte er. »Der Geschmack ist wirklich außerordentlich exotisch.«

Sophie erhob sich. »Nein, Ferdinand«, sagte sie erstaunlich

sanft. »Im Moment möchte niemand etwas von deinem Chinesen. Vielleicht später als Nachtmahl.«

»Wie ihr wünscht.« Ferdinand beugte sich zu dem benommen wirkenden Mann hinunter und leckte Blutspritzer von seinem Hals. »Wirklich sehr exotisch.«

Für die Welt war Ferdinand Franz-Josefs Onkel, der aus gesundheitlichen Gründen abgedankt und ihm die Kaiserwürde übertragen hatte. Für einen kleinen Kreis von Eingeweihten jedoch war er einer der ältesten noch existierenden Vampire Europas – und ein Problem.

»Ist sein Kopf schon wieder gewachsen?«, flüsterte Karl.

Franz-Josef nickte. Ferdinands Kopf wirkte riesig auf seinem dünnen, geierartigen Hals. Er wuchs bereits seit Monaten.

Wir altern auch nicht gerade würdevoll, dachte Franz-Josef. Er spürte Sophies bohrenden Blick in seinem Rücken und drehte sich um.

»Und wen soll ich heiraten?«, fragte er resigniert.

KAPİTEL DREİ

Jahrhundertelang wurden die Kinder Echnatons nicht nur von Vampiren, sondern auch von den wenigen Menschen, die von ihrer Existenz erfuhren, belächelt. Cervantes widmete ihnen sogar die Gestalt des Don Quijote und ließ sie gegen Windmühlenflügel kämpfen. Doch seit der Französischen Revolution und der Befreiung Amerikas lächelt niemand mehr. Nicht der Tod regiert heutzutage in den Königshäusern Europas, sondern die Furcht. Und das ist gut so, denn schon bald werden auch sie fallen und dank der Kinder Echnatons wird im Schatten der Guillotinen eine neue Welt entstehen.
– Die geheime Geschichte der Welt *von MJB*

»Sissi!«

Sie hörte ihren Namen und sah von dem Beet auf, in dem sie Knoblauch geerntet hatte. Ihre Mutter flötete ihn geradezu, als sei er der Beginn eines Liedes, was bedeutete, dass sich entweder Dienerschaft in Hörweite aufhielt oder Besuch gekommen war.

Trotz der strahlenden Frühlingssonne wirkte das Haupthaus düster und seltsam traurig. Sissi hatte das schon als kleines Kind so empfunden, aber niemand schien ihr Gefühl zu teilen. Nach einer Weile hatte sie aufgehört, davon zu sprechen.

Ihre Mutter, Prinzessin Ludovika Wilhelmine, stand auf einem der Balkone im ersten Stock und winkte ihr zu. In dem Salon, der dahinter lag, wurden hauptsächlich unbekannte Besucher empfangen. Es war also tatsächlich jemand da.

»Kommst du einmal her, Kind?«, rief ihre Mutter.

»Ja, ich wasche mir nur die Hände.« Sissi stand auf. Ihre Beinmuskeln schmerzten. Das Training mit Herzog Max und ihren Geschwistern hatte sie wie immer an die Grenzen der Belastbarkeit geführt. Sie lief auf das Haus zu. Prinzessin Ludovika war eine hervorragende Lügnerin, sogar besser als Néné. Ihre Stimme verriet nicht, ob der Besuch Anlass zu Freude oder Sorge gab.

Sissi tauchte ihre Hände kurz in einen Bottich mit Regenwasser und wischte sie an ihrer Schürze trocken. Dann lief sie die Treppe zur offen stehenden Eingangstür hinauf. »Wer Türen schließt, hat in den Augen der Menschen etwas zu verbergen«, sagte ihr Vater stets. Im Schloss ging es eine weitere Treppe empor, dann betrat sie den Salon. Frau Hubers Tochter Agnes stellte gerade ein Tablett mit Tee und Gebäck auf dem kleinen Tisch in der Mitte des Raums ab. Dahinter saß ein uniformierter, schnauzbärtiger Mann mit buschigen Augenbrauen und Halbglatze. Er erhob sich, als er Sissi sah, und verneigte sich nervös.

»Grüß Gott, Prinzessin Elisabeth«, sagte er.

Auch ihre Mutter stand auf. »Sissi, das ist der Leutnant Kraxmayer von der Gendarmerie in Possenhofen.«

Sissi blieb im Türrahmen stehen und verschränkte die Hände vor ihrer Schürze. »Guten Tag«, erwiderte sie betont schüchtern.

Leutnant Kraxmayer trat einen Schritt auf sie zu. »Sie müssen sich keine Sorgen machen, Prinzessin. Ich möchte nichts von Ihnen.« Er errötete. »Also, natürlich möchte ich nichts von Ihnen. Das wäre ja geradezu ungeheuerlich … und wahrscheinlich verboten.« Er stutzte, als würden ihn seine eigenen Worte verwirren. »Was ich möchte, betrifft also nicht Sie, nicht direkt, sondern vielmehr …«

»Leutnant Kraxmayer möchte dir einige Fragen stellen«, unterbrach ihn ihre Mutter. »Es geht um etwas ganz Grausliches.« Sogar ihre Stimme ließ sie bei diesen Worten zittern.

Sissi beneidete sie um ihre Gabe. »Du machst mir Angst, Mutter«, gab sie ohne jedes Zittern zurück. »Was ist denn geschehen?«

Leutnant Kraxmayer hob die Hand. »Sie müssen sich wirklich nicht ängstigen, Prinzessin. Und wenn Ihnen meine Fragen zu viel werden, breche ich selbstverständlich sofort ab. Vielleicht sollten Sie sich aber setzen. Es geht um etwas wirklich …«, er nahm das Wort ihrer Mutter auf, »… Grausliches.«

Sissi setzte sich auf einen der hohen Eichenstühle, die um den Tisch standen.

Der Leutnant zögerte einen Moment, bevor er fortfuhr. »Mir ist zu Ohren gekommen, dass Sie sich des Öfteren in den Wäldern rund um dieses Anwesen aufhalten. Ist das richtig?«

»Ja.« Sissi hauchte die Antwort. Der Gesichtsausdruck ihrer Mutter war nicht zu deuten.

»In diesen Wäldern wurden in letzter Zeit einige grässlich verstümmelte Rehe und Böcke gefunden.«

»Mein Gott, wie schrecklich!« Sissi schlug sich die Hand vor den Mund.

»In der Tat, Prinzessin.« Leutnant Kraxmayer griff in seinen Uniformrock und zog einen Notizblock mit Bleistift hervor. »Nun möchte ich gern wissen, ob Sie diesbezüglich irgendwelche Beobachtungen gemacht haben.«

Ihre Mutter beugte sich vor. »Sag dem Leutnant alles, was du weißt, Sissi.«

»Aber ich weiß doch nichts!« Sissi begann den Stoff ihrer Schürze zu kneten. »Das Papili und ich gehen manchmal im Wald jagen, und wenn er dann schießt, sehe ich auch tote Tiere, aber sonst nie.« Sie schluckte. »Nur das eine Mal, da habe ich einen Rehbock gesehen, hinten an der alten Köhlerhütte über der Quelle.«

Leutnant Kraxmayer klappte den Notizblock auf. Stumm formulierte er jedes Wort, das er hineinschrieb, mit den Lippen.

»Er lag ganz still am Boden. Ich dachte, er würde schlafen, aber dann sah ich … sah ich …« Sie unterbrach sich.

»Was haben Sie gesehen?«, fragte der Leutnant.

»Na, dass er schon ganz alt war. Er hat geschlafen, aber so, wie der Herrgott einen schlafen lässt, wenn er einen zu sich geholt hat.«

Sie fand, dass sie wie Emilie aus dem Dorf klang, die alle nur die »einfache Emilie« nannten, aber das schien man von ihr zu erwarten. Leutnant Kraxmayer strich alles, was er geschrieben hatte, wieder durch und sah auf.

»Haben Sie vielleicht irgendwelche Anarchisten bemerkt?«

Die Frage warf Sissi aus der Bahn. »Wie?«

»Anarchisten.« Kraxmayer klang ernst. »Sie wissen schon … schwarz gekleidete Männer mit missmutigen Gesichtern, die auf den Kaiser schimpfen.« Er schien ihre Verwirrung zu bemerken. »Wir haben menschliche Fußspuren bei den toten Tieren gefunden. Sie können nur von Anarchisten stammen«, erklärte er. »Wer sonst würde es wagen, sich an Gottes Schöpfung und am Besitz Ihres Vaters zu vergreifen?«

»Ja, wer sonst?« Ihre Mutter nickte. »Schreckliche Leute.«

Kraxmayer wartete immer noch auf eine Antwort.

»Ich habe keine *Anchristen* gesehen«, sagte Sissi.

»Sind Sie sicher?«

»Ziemlich.« Sie bemerkte ihren knappen Tonfall und schraubte die Stimme gleich etwas höher. »Aber wie sollen wir denn jetzt ruhig schlafen, wenn diese *Anchristen* ums Haus schleichen?«

»Die Gendarmerie wird Ihr Anwesen Tag und Nacht bewachen lassen, bis die Unholde der Gerechtigkeit zugeführt werden können. Bis dahin möchte ich Sie jedoch bitten, die Wälder zu meiden und jede verdächtige Beobachtung sofort zu melden.«

Ihre Mutter runzelte einmal kurz die Stirn.

»Natürlich nur, wenn es keine Umstände bereitet«, fügte Kraxmayer hastig hinzu. Er stand auf. »Es tut mir leid, dass ich Sie mit etwas so Unangenehmen belästigen musste, Prinzessin…nen. Ich werde mich selbst hinausführen. Auf Wiedersehen.«

Seine Stiefel knallten auf dem alten Holzboden. Er schloss die Tür hinter sich.

Sissi wartete, bis seine Schritte auf der Treppe verhallt waren, dann wandte sie sich an ihre Mutter. »Anchristen?«

Prinzessin Ludovika zwinkerte kurz, als wolle sie etwas anderes sagen, dann seufzte sie nur. »Man sieht, was man sehen will.« Dann beugte sie sich vor. »Aber nun zu dir: Hast du heimlich mit den Streitäxten im Wald geübt?«

»Nein! Ich würde nie unschuldige Tiere töten.«

Der Blick ihrer Mutter blieb hart.

»Gut, das eine Mal«, gestand sie. »Aber davon weißt du eh und mir war wirklich nicht klar, dass Wurfsterne so weit fliegen …« Sie dachte an den Anblick des toten Bocks. »… oder einen Schädel spalten können.«

Prinzessin Ludovika stützte das Kinn in die Hand. Sie war eine anmutige, zierliche Frau und weit strenger als Herzog Max. »Wenn du es nicht warst, dann sollten wir dem Vater Bescheid sagen.«

»Wieso? Wer glaubst du denn, bringt die Tiere um?«

»Ein wilder Vampir?« Herzog Max stand am Kopfende des Esstischs und schnitt Scheiben von einem Brotlaib ab. »Von denen haben wir doch schon seit Jahren keinen mehr gesehen.«

»Was nicht heißt, dass es sie nicht mehr gibt.« Seine Frau Ludovika nahm am anderen Ende des Tischs Platz. Zwischen ihnen saßen links Néné und Sissi, rechts die drei Buben. An diesem Abend war es Sissis Aufgabe, auf sie zu achten – was sie aßen, ob sie aßen, was sie miteinander sprachen und was ihre Blicke aussagten. Zwei von ihnen, Ludwig Wilhelm und Maximilian, schwiegen und hielten den Kopf gesenkt. Nur Karl Theodor war lebhaft. Er rutschte auf seinem Stuhl hin und her und hielt Messer und Gabel so verkrampft in den Fäusten, als könne er das Abendessen kaum erwarten.

»Was ist ein wilder Vampir?«, fragte er. Fantasie und Neugier blitzten in seinen Augen.

Sissi mochte Theodor als Einzigen der Buben. Sie hoffte – und manchmal betete sie sogar –, dass sie ihn nie würde *befreien* müssen.

»Wilde Vampire«, begann Sissis Vater, »sind Kreaturen, die bei Nacht wüten. Sie unterwerfen sich keinem Herrscher und keinem Recht. Man muss sie erschlagen wie räudige Hunde, sonst morden sie weiter bis ans Ende aller Tage.«

Theodor begann mit den Beinen zu schlenkern. Der Stuhl, auf dem er saß, war viel zu hoch für ihn. »Aber wenn man sie erschlägt«, sagte er mit seiner hellen Kinderstimme, »dann stehen sie doch nur wieder auf. Pfählt man sie nicht besser oder schlägt ihnen den Kopf ab?«

Herzog Max lächelte. »Du hast gut aufgepasst.« Kurz glitt sein Blick zu den anderen, teilnahmslos dasitzenden Buben. »Aber ich bin sicher, deine Brüder hätten das auch gewusst, nicht wahr?«

Einen Moment lang herrschte erwartungsvolle Stille am Tisch. Sissi tastete nach dem kleinen Holzpflock, den sie stets in einer Lederschlaufe am Oberschenkel trug.

»Ja, Vater«, antworteten die beiden Buben schließlich.

Sissi legte ihre Hand wieder auf den Tisch. Sie spürte, wie die Spannung, die sich so plötzlich in dem großen Esszimmer aufgebaut hatte, verflog.

Ihr Vater lächelte. »Dann waren die Lehrstunden ja nicht vergebens«, sagte er, bevor er das fertig geschnittene Brot in einen Korb legte und in die Mitte des Tischs stellte. Nacheinander griffen alle zu, die Buben als Letzte. Theodor schaufelte mit einem großen Löffel Fleischsalat auf seinen Teller. Er wollte gerade Butter auf seine Brotscheibe schmieren, als Prinzessin Ludovika ihn aufhielt.

»Hast du nicht etwas vergessen, Theodor?«, fragte sie.

Er hielt inne und nickte. »Verzeih, Mutter. Ich war ungeduldig.«

»Dann hoffe ich, dass dein Gedächtnis ausgeprägter ist als deine Geduld. Du hast heute Abend die Ehre, das Tischgebet zu sprechen.«

Aus den Augenwinkeln sah Sissi die Erleichterung auf Nénés Gesicht, die sie selbst verspürte. Rasch ergriff sie die Hand ihrer Schwester und die ihrer Mutter. Herzog Max und die Buben schlossen den Kreis.

Theodor schluckte, räusperte sich, öffnete den Mund und schloss ihn wieder.

»Du musst keine Angst haben«, sagte Sissi. »Wir alle wissen, wie schwer das ist.«

Er sah sie an, schluckte und setzte erneut an. Zögernd begann er zu sprechen. Es waren seltsame, fremde Laute, die aus seiner Kehle und aus dem Dunkel der Zeit emporstiegen. Sissi schloss die Augen und lauschte ihnen. Sie liebte es, sie zu hören, und hasste es, sie auszusprechen. Das Gebet, wenn es denn eines war, erfüllte sie mit Hoffnung und Zuversicht und schien etwas in ihr zu wecken, was sonst verborgen blieb. Es schenkte ihr Ruhe und die Gewissheit, dass Tausende vor ihr ihm gelauscht hatten – in Hütten und Burgen, in Zelten und Palästen, auf Schlachtfeldern und im Angesicht unvorstellbar grausamer Macht. Doch es existierte immer noch, war weitergereicht worden über Generationen, von Vätern an Söhne, von Müttern an Töchter. Das Böse hatte ihm nichts anhaben können.

Bis vor Kurzem hatte man geglaubt, es stamme aus dem alten Ägypten, doch die Gelehrten unter ihnen, die sich mit dem Gebet beschäftigten, zweifelten mittlerweile daran, hielten es für älter, vielleicht so alt wie die Sprache selbst. Sissi lief ein Schauer über den Rücken, wenn sie daran dachte.

»Fertig.«

Theodor riss sie aus ihren Gedanken. Sie öffnete die Augen und griff nach ihrer Gabel.

»Das hast du gut gemacht«, sagte sie. »Ich habe keinen einzigen Fehler gehört.«

»Was nur daran liegt«, mischte sich ihre Mutter ein, »dass du es auch noch nie fehlerfrei aufgesagt hast. Aber du hast es wirklich gut gemacht, Theodor, wenn auch nicht so gut, wie Sissi glaubt.«

»Danke, Mutter. Darf ich jetzt essen?«

»Soviel du willst.«

Sissi sah, wie Theodor begann, sein Brot zu schmieren. Die Worte ihrer Mutter taten ihr nicht weh, denn sie stimmten. Néné war das einzige Kind am Tisch, das nie einen Fehler machte, wenn es das Gebet aufsagen musste.

Sie griff nach dem Brotkorb und sah ihren Vater an. »Wann werden wir uns um den wilden Vampir kümmern?«, fragte sie.

Er stellte den Bierkrug ab, aus dem er gerade getrunken hatte, und unterdrückte einen Rülpser. »Ich habe noch nicht entschieden, ob wir uns überhaupt um ihn kümmern, wenn es ihn denn gibt.«

»Aber wir können ihn doch nicht weiter die Tiere umbringen lassen.« Néné verdrehte die Augen, aber Sissi beachtete sie nicht. »Es ist unsere Pflicht, etwas gegen ihn zu unternehmen.«

Max stützte das Kinn in seine Handfläche. Mit der Gabel zeichnete er Muster in den Fleischsalat auf seinem Teller. »Du vergisst, dass es auf unserem Land von Gendarmen nur so wimmelt«, sagte er. »Sie könnten uns mit Anarchisten verwechseln.«

»Aber das wäre doch eine gute Übung für uns.« Sissi ließ nicht locker. Sie sah ihm an, dass er nur nach Ausreden suchte, um ihre Mutter zufriedenzustellen. Sie saß am anderen Tischende und hatte die Arme vor der Brust verschränkt. Ungeduldig trommelte sie mit den Fingern auf ihren Oberarm.

»Wir könnten nicht bei Tag auf die Suche gehen«, fuhr ihr Vater fort. »Da gräbt sich der Vampir irgendwo ein und wir würden ihn nie finden. Also müsste es nachts sein, wenn er stark und wach und gefährlich ist.«

»Umso besser.« Sissi stützte ihre Ellbogen auf den Tisch und beugte sich vor. »Alles, was du uns beigebracht hast, wird …«

»Manieren, bitte!«, unterbrach ihre Mutter sie.

Sissi nahm die Ellbogen vom Tisch.

»Sissi hat recht«, sagte Néné unerwartet. »Wie sollen wir uns auf das Große Erwachen vorbereiten, wenn wir keine Gelegenheit bekommen, unsere Fähigkeiten auszuprobieren?«

Ihr Vater antwortete nicht, sondern sah seine Frau an. Sie schienen eine lautlose Unterhaltung zu führen, die mit seinem Nicken endete.

»Also gut«, sagte er. »Heute Nacht.«

Sissi grinste. Néné klatschte aufgeregt in die Hände und sprang auf. »Ich ziehe mich nur eben um, dann …«

Prinzessin Ludovika ließ sie nicht ausreden. »Nicht du, Néné, nur dein Vater und Sissi. Für dich ist das zu gefährlich.« Sie hob die Hand, als Néné widersprechen wollte. »Du bist zu etwas Höherem berufen als wir alle, das weißt du doch. Für dieses Privileg musst du Opfer bringen und dazu zählt auch, dass du nicht jeden x-beliebigen Vampir verfolgst und dein Leben riskierst.«

»Ich will aber nicht länger unter einer Käseglocke leben.« Néné verschränkte die Arme vor der Brust. Sissi hatte noch nie erlebt, dass sie sich gegen ihre Mutter auflehnte. »Ich will frei sein wie Sissi.«

»Das wird nie geschehen.« Prinzessin Ludovikas Stimme klang schneidend, fast schon brutal. »Und nun setz dich wieder und iss weiter.«

Néné zögerte. Erst als Sissi unauffällig an ihrem Rock zupfte, ließ sie sich auf ihren Stuhl fallen, die Arme weiterhin vor der Brust verschränkt. Ihre Lippen zitterten. Tränen standen in ihren Augen.

Ihre Mutter schien die harten Worte bereits zu bereuen, denn sie beugte sich vor und sagte sanfter: »Ihr dürft nie vergessen, dass ich euch beide mehr liebe als alles andere.«

Sissi sah, wie Theodor den Blick senkte. Die beiden anderen Buben spielten lustlos mit ihrem Essen, so als bekämen sie nichts von der Unterhaltung mit.

»Ich liebe euch beide gleichermaßen, aber ihr seid nicht gleich. Sissi kann Dinge, die du, Néné, nicht kannst und umgekehrt. Ihr müsst euch in dieses Schicksal fügen, sonst werdet ihr Unglück über euch und uns bringen. Versteht ihr das?«

»Ja, Mutter«, sagte Sissi.

Néné nickte einen Lidschlag später.

Schweigend aßen sie weiter, doch Sissi schmeckte es nicht. Ihr ganzes Leben hatte Néné gelernt, eine Dame zu sein, der Position gerecht zu werden, die sie eines Tages – wenn auch nur kurz – einnehmen würde. Sie sprach sechs Sprachen fließend, beherrschte das komplizierte Spanische Hofzeremoniell besser als ... Sissi dachte einen Moment nach ... als die Spanier, nahm sie an. Sie spielte vier Instrumente, konnte singen, tanzen und sticken. Und sie wusste, wie man einen Vampir aus nächster Nähe tötete. Niemand beherrschte den Pflock besser als sie. Néné hatte gelernt, zu gehorchen, zu gefallen und zu töten.

Aber was, wenn es nicht dazu kam?, fragte sich Sissi, als sie das letzte Stück Brot in den Mund schob. *Was, wenn der Kaiser eine andere erwählte? Was, wenn der Plan fehlschlug?*

Sissi hoffte, dass sie die Antwort auf diese Fragen nie erfahren würde. Sie gönnte Néné den Ruhm, den sie ernten würde, wenn sie der Monarchie den größten Schlag seit der Französischen Revolution zufügte.

Bitte lasst es geschehen, ihr alten Götter, dachte sie. *Gewährt Néné diesen Triumph, bevor ihr sie zu euch holt.*

KAPITEL VIER

Wer das Privileg genießt, in eine Familie der Kinder Echnatons hineingeboren zu werden, erfährt die Welt so, wie sie wirklich ist. Schon in frühester Kindheit wird die Rolle bestimmt, die er – oder sie – in diesem endlos erscheinenden Krieg spielen wird. Es werden Soldaten gebraucht und Offiziere, Schriftgelehrte und Wissenschaftler, Spione und Bankiers. Und dann wieder gibt es solche, deren Hingabe und Gehorsam so außergewöhnlich sind, dass man ihnen das größte Opfer abverlangen muss. Diese Wenigen werden im Tod zu einer Fackel der Freiheit, deren Licht alle anderen voller Demut folgen.
– Die geheime Geschichte der Welt von MJB

Der Wald war dunkel und kühl, der Himmel schwarz. Es nieselte, aber Sissi ließ die Kapuze ihres Umhangs auf dem Rücken liegen. Sie musste beweglich bleiben und den Überblick behalten, so gut das in der Dunkelheit möglich war. Der Vampir würde sie entdecken, lange bevor sie ihn sahen, wenn es ihn denn gab.

Sie spürte eine kurze Berührung an ihrem Arm und blieb stehen. Ihr Vater zeigte nach vorn. Sissi folgte seinem Blick und entdeckte eine Gestalt, die an einem Baumstamm lehnte. Der Mann hatte sich in seinen Umhang gewickelt und hielt seine Muskete locker in der Armbeuge. Es war einer der Gendarmen, die Leutnant Kraxmayer abgestellt hatte, um nach Anarchisten zu suchen.

Sissi nickte kurz, um ihrem Vater zu zeigen, dass sie die Warnung verstanden hatte, dann wandte sie sich nach links. Der Druck auf ihrem Arm ließ nicht nach. Mit dem Kinn deutete Herzog Max auf den schmalen Weg, der hinter dem Baumstamm tiefer in den Wald hineinführte.

Zeig mir, was du gelernt hast, sagte seine Geste.

Sissi hob die Augenbrauen, zögerte jedoch nicht. Sie fasste die Streitaxt fester und lief geduckt weiter. Die Klinge hatte sie, ebenso wie ihr Gesicht, mit Ruß und Fett eingerieben, sodass sie mit der Dunkelheit verschmolz. Aus dem Augenwinkel sah Sissi, wie ihr Vater zurückblieb. Die Begegnung mit dem Gendarmen war eine Prüfung, die nur sie zu bestehen hatte.

Sissi ging auf den Mann zu. Durch ihre weichen Stiefelsohlen fühlte sie den Waldboden unter sich. Kein Zweig entging ihr und kein Stein. Sie tastete sich voran, ohne den Gendarmen aus den Augen zu lassen. Er wirkte wachsam und angespannt. Immer wieder drehte er den Kopf, mal nach links, mal nach rechts. Es lag ein gewisser Rhythmus in dieser Bewegung, der Sissi an das Pendel einer Uhr erinnerte. Sie passte ihre Schritte an, verharrte jedes Mal, wenn sein Kopf zurückschwang. Schließlich war sie ihm so nahe, dass sie seine Schulter hätte berühren können. Er wandte ihr den Rücken zu, der zum Teil von dem Baumstamm verdeckt wurde, an dem er lehnte.

Sissi warf einen Blick zurück, aber das rußgeschwärzte Gesicht ihres Vaters war in der Dunkelheit nicht zu erkennen. Trotzdem war sie sicher, dass er sie sehen konnte.

Sie blieb hinter dem Soldaten stehen, bückte sich und hob ein Eichenblatt auf. Es war nass, aber nicht zu schwer für ihre Zwecke. Langsam näherte sich ihre Hand dem Kopf des Mannes. Er trug keine Mütze. Der Baum schützte ihn vor dem Regen. Sissi nahm das Blatt zwischen Zeigefinger und Daumen und legte es ihm so vorsichtig auf den Kopf, als könne es bei der kleinsten Unachtsamkeit explodieren. Sie hielt inne, als es seine schütteren Haare berührte, aber er drehte seinen Kopf ungerührt weiter von rechts nach links und wieder zurück. Sie ließ das Blatt los. Es kam auf seinem Kopf zur Ruhe.

Zufrieden trat Sissi einen Schritt zurück, streckte dem Hinterkopf des Gendarmen die Zunge heraus und ging weiter lautlos den Weg entlang. Nicht einmal der Rhythmus seines Atems veränderte sich. Er hatte sie nicht bemerkt.

Erst als der Weg einen kleinen Trampelpfad kreuzte, blieb Sissi stehen, um auf ihren Vater zu warten. Er würde einen Umweg gehen. Beweisen musste er nichts mehr. Trotzdem war sie überrascht, als sie plötzlich seinen Atem im Nacken spürte.

»Das war unnötig und dumm«, sagte er leise.

Sissi drehte sich um. »Es war unnötig und dumm, mich zu ihm zu schicken.«

Sie hätte es nie gewagt, in dieser Weise mit ihrer Mutter zu sprechen, aber zu ihrem Vater hatte sie ein innigeres Verhältnis, in dem sie sich beinah gleichberechtigt vorkam.

Er seufzte. »Deine Fähigkeiten einer Prüfung zu unterziehen, ist weder das eine noch das andere. Damit anzugeben, schon.«

Sie hob die Schultern, die einzige Antwort, die ihr darauf einfiel.

Ihr Vater nahm seinen Lederrucksack von den Schultern, schnürte ihn auf und zog eine unterarmlange quadratische Holzschatulle heraus. Es gab kein Schloss daran, nur eine Reihe ineinandergreifende Holzplättchen, die man über den Deckel der Schatulle schieben musste, bis sie ein kompliziertes Muster bildeten. Ihr Vater beherrschte es längst, ohne hinsehen zu müssen. Sissi dagegen fiel es immer noch so schwer wie das Gebet.

Ein leises Klicken ertönte.

Als Kind hatte Sissi geglaubt, das Ding, das im Innern der Schatulle lag, sei lebendig. Sie hatte ihm sogar einen Unterteller mit Milch hingestellt. Mittlerweile wusste sie, dass es nicht lebte. Nichts, was weder fraß noch trank, konnte lebendig sein. Nur was das Ding war, wusste sie nicht. Niemand wusste es. Aber es war ihnen allen klar, was es tat: Es fand Vampire.

Herzog Max klappte die Schatulle auf. Das Ding schmatzte und seufzte. Es hatte keinen Namen. Man nannte es nur *das Ding*.

Sissi wandte den Blick ab, als es sich zu entrollen begann. Manchmal glaubte sie, es sei ein Wurm, dann wieder wirkte es wie ein Oktopus mit ineinander verschlungenen grauen Tentakeln. Ihr wurde übel, wenn sie es zu lange ansah.

Auch ihr Vater wandte sich von der Schatulle ab, während er sie mit einer Hand von seinem Körper weghielt und sorgsam darauf achtete, das Ding darin nicht zu berühren.

Sissi glaubte, noch einmal die Ohrfeige zu spüren, die ihr Vater ihr versetzt hatte, als sie vor langer Zeit nach dem Ding gegriffen hatte. »Du fasst das nicht an!«, hatte er geschrien. »Fass es niemals an!« Es war die einzige Ohrfeige ihres Lebens gewesen. Vielleicht brannte sie deshalb immer noch.

Sissi folgte ihrem Vater den schmaler werdenden Pfad hinunter. Sie wusste, dass er ins Tal hinein und dann am Bachlauf entlang bis zur Quelle führte. Jäger benutzten ihn oft, um das Wild beim Trinken zu überraschen. Manchmal gelang es Sissi, ihnen zuvorzukommen und die Rehe und Böcke von der Quelle zu vertreiben. Ihr Vater wusste nichts davon. Es war ihr Geheimnis.

Herzog Max blieb so unerwartet stehen, dass Sissi beinah mit ihm zusammengeprallt wäre.

»Spürst du es?«, fragte er leise.

»Ja.« Es war, als säße man in einem Zimmer, dessen Fenster nicht ganz geschlossen waren. Ein unbestimmbares Ziehen im Nacken, eine leichte Brise, die ihren Blick nach rechts zog, immer wieder, selbst wenn sie versuchte, nicht hinzusehen.

Das Ding war fündig geworden.

»Also gibt es einen Vampir«, flüsterte Sissi. Das Brot vom Abendessen lag ihr plötzlich schwer im Magen wie ein Stein.

»Hier entlang.« Ihr Vater blieb auf dem Pfad, der nach rechts abknickte. Sie überließ ihm die Führung, versuchte nicht, die Zeichen selbst zu deuten. Es war leicht, sie zu spüren, doch sie zu verstehen, bedurfte jahrelanger Erfahrung.

»Wie weit entfernt ist er?«, fragte Sissi.

Ihr Vater antwortete, ohne sich umzudrehen. »Nicht weit.«

Sissi umklammerte den Griff ihrer Streitaxt so fest, dass ihre Knöchel schmerzten. Mit den Fingern der anderen tastete sie nach den drei Pflöcken in ihrem Gürtel. Die Waffen erschienen ihr auf einmal lächerlich, so als würde sie mit einer Armee aus Zinnsoldaten in den Krieg ziehen.

Wie konnte sie es wagen, sich einer jahrhundertealten Kreatur zu stellen, einem Wesen, das Kriege und Verfolgungen, Pestilenz und Hunger überstanden hatte und ihr so überlegen war wie … Vergeblich suchte sie nach einem Vergleich. Er war ein Vampir, sie ein fünfzehnjähriges Mädchen. Sie konnte nichts gegen ihn ausrichten. Es war besser, die Axt fallen zu lassen und zu rennen, so lange zu rennen, bis sie das Anwesen erreichte und sich unter dem Bett verstecken konnte.

Sissi begann zu zittern.

»Er ist in deinem Kopf«, hörte sie ihren Vater durch einen Nebel aus Selbstzweifeln und Angst sagen. »Lass nicht zu, dass er mit dir spielt.«

»Woher weißt du das?«

»Weil er auch in meinem ist.« Die Stimme ihres Vaters klang angestrengt. »Er sagt mir, dass ich mich dafür schämen sollte, meine Tochter in den Tod zu schicken. Er ist recht … überzeugend.«

Sissi kämpfte gegen die Worte in ihrem Kopf. Sie waren so stark, so ehrlich wie ihre eigenen Gedanken.

»Mir kann er nichts anhaben«, sagte sie mit einer Leichtigkeit, die sie nicht spürte. Die Zweifel hämmerten auf sie ein.

»Hörst du?«, schrie sie, ohne es zu wollen. »Du kannst mir nichts anhaben. Deinen Kopf schlag ich dir ab! Du bist ein Nichts, du … du … widerlicher stinkender Anarchist!«

Ihre Worte hallten von den Bergen wider. Irgendwo schrie ein Nachtvogel. Ihr Vater drehte sich zu ihr um. Trotz der Dunkelheit glaubte Sissi zu sehen, wie er eine Augenbraue hob.

Sie zuckte mit den Schultern. »Er weiß doch sowieso, wo wir sind«, sagte sie.

»Jetzt weiß er es in jedem Fall.« Ihr Vater klappte die Schatulle zu.

Und dann hörte Sissi ihn – nicht mehr nur in ihren Gedanken, sondern im dichten Unterholz links von ihr. Äste knackten, Zweige brachen, ein Reh sprang auf den Weg und verschwand mit weiten, beinah schwerelos wirkenden Sätzen in der Dunkelheit.

Hinter ihm trat der Vampir aus den Sträuchern. Sissi stieg die Schamesröte ins Gesicht, als sie sah, dass er nackt war. Dreck und Tannennadeln bedeckten seine bleiche Haut. Sein Haar war lang, schmutzig und verfilzt. Noch nie in ihrem Leben hatte sie einen nackten Mann gesehen, noch nicht einmal die Buben hatte sie als Kleinkinder gebadet. Ihre Mutter hatte es vorgezogen, sie von »solch vulgären Dingen«, wie sie das nannte, fernzuhalten.

Der Vampir stemmte die Hände in die Hüften. Seine Fingernägel waren so lang, dass sie fast bis zu seinen Knien reichten.

»Gefällt dir, was du siehst?«, fragte er. Seine Stimme klang heiser und rau, als benutze er sie nur selten. Aus gelben Raubtieraugen musterte er Sissi. Sein Grinsen enthüllte scharfe, blutverkrustete Eckzähne. Herzog Max beachtete er nach einem kurzen Blick nicht weiter, als sei ihm klar, dass er nur die Tochter töten musste, um auch den Vater zu vernichten.

Sissi zwang sich zur Ruhe. Sie wusste nicht, was sie mehr verstörte, einem Vampir gegenüberzustehen oder einem nackten Mann.

»Haben Sie denn keinen Funken Anstand im Leib?«, fragte sie, so wie es ihre Mutter getan hätte. Das gab ihr Sicherheit. »Wie können Sie es wagen, eine Prinzessin zu duzen?«

Der Vampir blinzelte. Kurz sah er an sich herab, dann begann er zu lachen. »Es wird mir eine Freude sein, *Ihr* Blut zu trinken, Prinzessin.« Er stieß sich ab. Aus dem Stand sprang er höher und weiter als ein Rehbock. Dreck spritzte an Sissis Rock empor, als er keine Armeslänge von ihr entfernt mit beiden Füßen auf dem Boden landete und fauchte. Er roch nach Laub und Erde.

»Pass auf!«, schrie ihr Vater. Er ließ Rucksack und Schatulle fallen und zog zwei Krummschwerter aus dem Gürtel, während Sissi bereits mit ihrer Axt nach dem Vampir hieb.

Die Kreatur wich aus, trat einen Schritt zur Seite und schlug zu. Sissi blockte seinen Arm mit dem Stiel ihrer Axt. Der Aufprall schmerzte so sehr, dass sie die Waffe beinah hätte fallen lassen. Doch sie hielt den Griff fest umklammert, holte über die Schulter aus und legte alle Kraft, die sie besaß, in den Schlag. Gleichzeitig stürmte ihr Vater von hinten auf den Vampir zu. Regen tropfte von den Klingen seiner Schwerter.

Sissis Axt wirbelte dem Kopf des Vampirs entgegen, doch im nächsten Moment war er verschwunden. Stattdessen sah sie das Gesicht ihres Vaters vor sich auftauchen. Seine Augen weiteten sich. Sissi ließ die Axt los. Die scharfe Klinge raste auf ihren Vater zu, drehte sich jedoch plötzlich in der Luft und traf ihn mit dem Stiel an der Stirn. Sie hörte den dumpfen Schlag und sein Stöhnen. Vom eigenen Schwung getragen, prallte ihr Vater gegen sie. Eines seiner Schwerter durchtrennte den Stoff ihres Umhangs, bevor sie zu Boden ging. Ihr Vater stürzte neben ihr in eine Pfütze. Sein zweites Schwert verfing sich zwischen zwei Wurzeln. Mit einem hohen, singenden Ton brach die Klinge ab.

»Prinzessin?«

Sissi drehte sich auf den Rücken, als sie die Stimme des Vampirs hörte. Er hockte wie ein Raubvogel über ihr auf einem Ast, den Oberkörper vorgeneigt, die Arme nach hinten ausgestreckt. »Ich habe seit Beginn meiner Existenz schon oft gegen euch Pfähler gekämpft …«

Sissi tastete nach einem der Pflöcke in ihrem Gürtel.

»… aber ich schwöre, dass ich noch nie gesehen habe …«

Ihre Finger schlossen sich um den Pflock. Sie zog ihn aus seiner Lederschlaufe und schob ihren Arm langsam zurück.

»… wie sich zwei von euch beinah gegenseitig umbringen.«

Sein Lachen hallte durch den Wald. Er schüttelte den Kopf und ruderte mit den Armen, als er um sein Gleichgewicht kämpfte.

»Diese Geschichte«, fuhr er fort, »werde ich …«

Mit einem Ruck richtete Sissi sich auf, holte gleichzeitig aus und schleuderte den Pflock. Sie sah die Überraschung auf dem Gesicht des Vampirs. Im nächsten Moment war er nur noch eine Wolke aus Staub und Blut und Schleim.

Sissi rollte sich zur Seite, hörte das feuchte Klatschen, mit dem die Überreste des Vampirs neben sie, und zu ihrem Entsetzen, auch auf sie fielen. Schleim lief ihr über das Gesicht.

»Meine Haare!«

Das Stöhnen ihres Vaters beantwortete ihren Schrei. Er setzte sich auf, zog die Knie an und stützte den Kopf in die Hände. Eine breite rote Schwellung zog sich über seine Stirn.

»Hör mir zu …«, sagte er.

Sissi zog eine Handvoll Schleim aus ihren Haaren und schüttelte ihn angeekelt ab. »Das ist so widerlich. Ich werde mir die Haare bestimmt fünfzig Mal …«

»Elisabeth!«, sagte ihr Vater schärfer.

Sie ließ die Hände sinken und sah ihn an. Seit Jahren hatte er sie nicht mehr so genannt.

Herzog Max hob den Kopf. »Was hier gerade passiert ist, bleibt unser Geheimnis. Wir werden niemandem davon erzählen. Niemandem auf der Welt.«

Sissi runzelte die Stirn. »Auch nicht Mutter?«

»Ist Mutter auf der Welt?«

»Natürlich.«

Ihr Vater sah sie schweigend an.

Sissi senkte den Blick. »Ach so.«

Sie half ihm auf die Beine. Eine Weile blieb er schwankend stehen und stützte sich mit einer Hand an einem Baumstamm ab.

»Und morgen«, sagte er dann, als sei keine Zeit vergangen, »üben wir, wie man zu zweit das gleiche Ziel angreift.«

Sissi hob ihre Axt auf und lächelte. »Ja, Vater.«

KAPITEL FÜNF

Die Kinder Echnatons leben in gefährlichen Zeiten. Die großen Männer, die sie einst anführten – Cromwell, Washington, Robespierre –, liegen schon lange in ihren Gräbern und es scheint niemanden zu geben, der ihre Stelle einnehmen könnte. Die Revolutionen im Deutschen Bund und in Österreich sind gescheitert, viele Kämpfer gefallen. Die Überlebenden agieren im Verborgenen, werden gejagt von den Schergen des Kaisers. Doch eines ganz und gar nicht fernen Tages werden ihre Pläne aufgehen. Bis dahin dürfen sie nicht, wie so viele andere vor ihnen, der Ungeduld verfallen. Sie müssen warten, bis ihre Stunde gekommen ist.
 – Die geheime Geschichte der Welt von MJB

»Der Kaiser! Der Kaiser!«

Sissi öffnete die Augen und setzte sich ruckartig in ihrem Himmelbett auf. Im ersten Moment dachte sie, die Stimme in einem Traum gehört zu haben, doch dann hallte sie erneut durch das Treppenhaus.

»Der Kaiser!«

Sissi sprang aus dem Bett, einem – wie ihre Mutter einmal gesagt hatte – stoffgewordenen Albtraum aus Altrosa, warf sich den Morgenmantel im gleichen Farbton über und lief barfuß über den dicken altrosa Teppich. Das Schlafzimmer war ein Geschenk von Erzherzogin Sophie. Etwas daran zu verändern, hätte Konsequenzen nach sich gezogen. Sophie verteilte Geschenke wie Befehle und strafte ihre Missachtung.

Als Sissi auf den Gang trat, hörte sie polternde Schritte im Treppenhaus. Irgendwo wurde eine Tür zugeschlagen.

»Was ist denn hier los?«

Es war die Stimme ihres Vaters. Sissi beugte sich über das Treppengeländer und sah Herzog Max auf den Stufen unter ihr stehen. Er trug einen Morgenmantel in Marineblau – ebenfalls ein Geschenk von Sophie – und hatte seine Schlafmütze tief ins Gesicht gezogen. Trotzdem bezweifelte Sissi, dass er seine Verletzung lange würde verbergen können. Ihre Mutter durchschaute jeden.

Es polterte erneut, dann kam Néné die Stufen zu ihrem Vater herauf. Prinzessin Ludovika blieb am Treppenabsatz stehen.

»Der Kaiser lädt mich zu sich ein.« Néné wedelte mit einem Brief. Sissi erkannte das kaiserliche Siegel auf dem Briefkopf. »Mich! Der Kaiser!«

»Sprich nicht im Telegrammstil, Liebes, das schickt sich nicht.«

»Verzeih, Mutter.«

Prinzessin Ludovika legte eine Hand auf das Treppengeländer. Sissi sah, wie ihr Blick an der Schlafmütze ihres Mannes hängen blieb.

»Was ist mit deinem Kopf?«

Herzog Max räusperte sich. »Was soll damit sein? Erzähl mir lieber von dieser Einladung des Kaisers.«

Prinzessin Ludovika öffnete den Mund, aber ihre Tochter kam ihr zuvor. Ihre Stimme zwitscherte wie eine Lerche.

»Der Brief stammt von Tante Sophie.«

Ihre Mutter verzog das Gesicht. Wenn die Familie allein war, nannten sie die angebliche Mutter des Kaisers nie »Tante«, aber im Treppenhaus, umgeben von Dienstboten, mussten sie den Schein waren.

»Sie sagt, der Kaiser wünsche mich, also uns alle, in seiner Sommerresidenz zu sehen«, fuhr Néné fort. »So schnell wie möglich.«

Sissi holte tief Luft. »Oh Néné«, flötete sie dann aus vollem Herzen, während sie die Stufen hinunterlief. »Wie wundervoll! Ich freu mich so für dich.«

»Ich kann es selbst kaum fassen.« Néné umarmte sie.

Aus den Augenwinkeln sah Sissi Frau Huber und Josef, den Gärtner, im Eingang stehen. Sie grinsten und lachten, als wären es ihre eigenen Töchter, die zum Kaiser von Österreich eingeladen worden waren. Manchmal fragte sich Sissi, ob die Dienstboten nicht vielleicht ebenso nur Theater spielten. Der Gedanke verwirrte sie.

»Wann fahren wir?«, fragte sie, um sich abzulenken.

»*Du* fährst überhaupt nicht«, erklärte ihre Mutter. »Die Einladung richtet sich ausschließlich an Néné und mich.«

»Was?«, stieß Sissi hervor. Sie glaubte, Genugtuung in den Augen ihrer Schwester aufblitzen zu sehen, doch einen Lidschlag später stand nur noch Bedauern darin.

»Oh, wie schade«, sagte Néné. »Ich hatte gehofft, wir würden alle fahren.«

Ihr Vater kam die letzten Stufen herunter und blieb neben seiner Frau stehen. »Ich reiße mich nicht darum. Von mir aus könnt ihr fahren. Dann gehen Sissi und ich auf die Jagd.«

Doch Sissi konnte ihre Enttäuschung nicht verbergen. »Aber ich will mit«, sagte sie.

»Wir werden beim Frühstück darüber sprechen, Sissi.« Ihre Mutter zeigte auf die Tür des Speisesaals. Es war der einzige Raum, zu dem die Dienstboten nur Zutritt hatten, wenn die Familie ihn nicht benutzte. Die Türen und Wände waren so dick, dass kein Laut hinausdrang.

Sissi ging als letzte hinein und schloss die Tür. Das Frühstück war bereits aufgetragen, aber die Buben saßen noch nicht an ihren Plätzen. Sie schliefen meistens länger als der Rest der Familie.

»Du wirst nicht mitfahren«, sagte Prinzessin Ludovika, kaum war die Tür ins Schloss gefallen.

Sissi lehnte sich an das Holz. »Aber warum denn nicht?«

»Weil …«, begann ihr Vater, während er sich an seinen Platz am Kopfende des Tischs setzte, »… ich es dir zutrauen würde, der alten Vettel Sophie einen Pflock ins Herz zu rammen, bevor sie ›Guten Morgen, Elisabeth, wie geht es dir?‹ sagen kann.«

Sissi schüttelte den Kopf. »Das würde ich nie tun. Ich kann mich beherrschen.«

»Dass du das nicht kannst, haben wir ja gestern Nacht gesehen.« Ihr Vater wollte die Mütze zurückschieben, besann sich dann aber eines Besseren und griff stattdessen nach einem Wasserkrug.

»Was soll das heißen?«, fragte seine Frau. »Was ist gestern Nacht geschehen?«

»Nichts.« Sissi seufzte. »Vater hat mich geprüft und ich habe bestanden.«

»Du hast dich kindisch verhalten.« Herzog Max wirkte genervt. Sissi vermutete, dass er Kopfschmerzen hatte. »Und bis sich das ändert, können wir deinen Worten nicht trauen.«

Es klang, als stamme das aus dem Mund ihrer Mutter. Sissi fühlte sich im Stich gelassen. »Aber …«, begann sie, doch ihr Vater ließ sie nicht ausreden.

»Keine Diskussionen«, sagte er. »Du und ich bleiben hier bei den Buben. Néné und deine Mutter fahren nach Österreich.«

Prinzessin Ludovika nickte. »So wird es gemacht. Wir haben noch viel vorzubereiten, aber bevor wir damit beginnen, möchte ich endlich wissen, was mit deinem Kopf ist, Max.«

Sissi hörte den Ausflüchten ihres Vaters nicht zu, sondern blieb mit vor der Brust verschränkten Armen an der Tür stehen.

Ich werde fahren, dachte sie. *Und ich werde niemanden pfählen, noch nicht einmal versehentlich. Ich werde allen beweisen, dass man mir vertrauen kann.*

Der Tag verging quälend langsam. Während ihre Mutter und ihre Schwester Reisevorbereitungen trafen, lag Sissi auf dem altrosa Albtraum und starrte aus dem Fenster. Für die Besucher, die ihr

Zimmer betraten – zuerst ihr Vater, dann Néné –, musste es so aussehen, als schmolle sie, doch in Wirklichkeit lauschte sie den Unterhaltungen der Kutscher auf dem Hof. Die Sommerresidenz des Kaisers, ein Schloss in der Nähe von Bad Ischl, lag zwar nur eine Tagesreise entfernt, doch keiner der Kutscher war je dort gewesen, also diskutierten sie über den besten Weg. Einige der Orte, von denen sie sprachen, kannte Sissi, andere waren ihr vollkommen fremd. Der Klang der unbekannten Namen reichte, um ihre Abenteuerlust zu wecken.

Sie versuchte, sich alle zu merken, sie in ihren Gedanken wie an einer Perlenschnur aufzureihen, sodass sie sich von einem Ort zum nächsten vorarbeiten konnte, bis sie Bad Ischl erreichte. Dort angekommen, würde sie das Quartier beziehen, das man für ihre Mutter und ihre Schwester vorbereitet hatte. Kein Bediensteter würde es wagen, eine Prinzessin abzuweisen, auch wenn sie den falschen Vornamen trug. Solange sie als Erste in Bad Ischl eintraf, konnte nichts schiefgehen. Ihre Mutter würde natürlich verärgert sein, ebenso Néné, doch Sissi glaubte nicht, dass man sie zurückschicken würde. Der Gesichtsverlust bei einer so ungehorsamen Tochter wäre einfach zu groß.

Bis zum Abend blieb Sissi in ihrem Zimmer und verließ es erst, als ihr Vater zum Essen rief. Sie verhielt sich trotzig, aß nichts und antwortete einsilbig, bis ihre Mutter die Geduld verlor und sie mit den Worten: »Wenn du dich nicht zusammenreißen kannst, musst du uns morgen früh auch nicht verabschieden«, wieder nach oben schickte. Nun würde man sie erst im Laufe des nächsten Vormittags vermissen, wenn sie nicht, wie sonst üblich, von ihrem morgendlichen Ausritt zurückkehrte.

Sissi setzte sich vor den Frisierspiegel und begann ihr langes braunes Haar zu kämmen. Sie hasste die Vampire, hasste alles, wofür sie standen, aber noch mehr als die Lügen, die Unterdrückung und die Morde hasste sie, was sie aus den Menschen machten, die ihnen zu nahe kamen. Die leeren Gesichter der Buben, die Scham in der Stimme ihrer Eltern, wenn sie von ihren

Familien sprachen, die Erkenntnis, dass Néné niemals erwachsen und niemals alt werden würde – das alles nur wegen der Vampire.

Eines Tages werden wir sie aus dem Deutschen Bund, aus Österreich und aus Ungarn verjagen, so wie wir sie aus Frankreich und Amerika verjagt haben, dachte Sissi, als sie die Bürste zur Seite legte und mit schräg gelegtem Kopf der Stille im Treppenhaus lauschte. Alle schienen ins Bett gegangen zu sein. Kein einziges Geräusch drang zu ihr herauf.

Sie klemmte die Notiz, die sie für ihren Vater geschrieben hatte, an den Rahmen des Spiegels und stand auf. Die hohen Reiterstiefel, die sie bereits am Nachmittag zusammen mit ihrer restlichen Reisekleidung zurechtgelegt hatte, nahm sie in die Hand, den Rest trug sie bereits.

Sissi öffnete die Tür und lauschte in die Dunkelheit, aber nur das beständige Knarren und Seufzen des alten Anwesens war zu hören.

Der Weg zum Eingang war Sissi noch nie so lang erschienen. Als sie das Haus endlich verließ, atmete sie tief die kühle Nachtluft ein. Der Hof lag verlassen da. Von den Gendarmen, die den Besitz angeblich Tag und Nacht bewachten, war nichts zu sehen. Rasch schlüpfte Sissi in die Stiefel und lief zum Stall. Der Hengst ihres Vaters, Tutenchamun, schnaufte, als sie seine Box öffnete und ihm Sattel und Zaumzeug anlegte.

Die Knechte schliefen über dem Stall in mehreren kleinen Kammern. Einen von ihnen hörte sie durch das Gebälk schnarchen.

Tuti ließ sich bereitwillig aus dem Stall und auf den schmalen Weg dahinter führen. Seine Hufe hätten auf dem Kopfsteinpflaster des Hofs zu viel Lärm gemacht, also brachte Sissi ihn zu dem kleinen Waldstück, das zwischen den Gärten und der Straße lag. Erst als die Bäume sie vor Blicken aus dem Haus schützten, saß sie auf und ritt geduckt unter tief hängenden Ästen los.

Das Herz schlug ihr bis zum Hals, ihr Mund war trocken. Sie hatte es fast geschafft. Nur noch den Weg entlang, dann rechts die Straße hinunter in Richtung Possenhofen und …

»Halt! Wer da?«

Die Stimme rollte wie Donner durch die nächtliche Stille. Sissi zuckte zusammen und zügelte den Hengst, als sie eine Gestalt auf dem Weg auftauchen sah. Im Licht des Vollmonds blitzten Uniformknöpfe.

»Ich sagte: Halt, wer da? Bekomme ich eine Antwort?«

Sissi erkannte die Stimme wieder. Vor ihr, keine zehn Meter entfernt, stand Leutnant Kraxmayer.

Es hätte so einfach sein können. Sissi hätte sich nur die Kapuze ihres Umhangs vom Kopf ziehen, ihn gebieterisch ansehen und ein paar Worte sagen müssen und er hätte sie vorbeigelassen, ohne auch nur eine Frage zu stellen. Sie hob sogar schon den Arm, um genau das zu tun, aber im gleichen Moment sagte Kraxmayer mit einer seltsamen Mischung aus Nervosität und Arroganz: »Niemand kommt an einem Gendarmen des Königs vorbei.«

Sissi ließ den Arm sinken. Es war, als habe jemand eine Weiche in ihrem Kopf umgestellt. Der Zug ihrer Gedanken sprang vom sicheren, geraden Hauptgleis auf ein kurviges, von Erdrutschen bedrohtes, krummes Nebengleis. Und der Lokführer fuhr mit verbundenen Augen.

Ich treibe diesen Vergleich mit dem Zug zu weit, dachte Sissi, als sie dem Hengst in die Flanken trat. Laut wiehernd machte das Pferd einen Satz. Seine Hufe gruben sich in den weichen Waldboden, sein Hals streckte sich.

Leutnant Kraxmayer wich zurück. Sissi sah, wie er nach etwas unter seinem Umhang griff.

Keine Pistole, dachte sie. *Bloß keine Pistole!*

Es war ein Degen.

Wild fuchtelte Kraxmayer damit herum, während er weiter zurückstolperte und »Alarm! Anarchisten!« schrie.

Rufe antworteten ihm aus dem Wald. Sissi hörte Pferde schnaufen und Äste brechen. Sie schluckte, doch die Weiche war gestellt, die Richtung eingeschlagen. Daran war nichts mehr zu ändern.

Tuti jagte auf Kraxmayer zu. Der nahm den Degen in beide Hände und richtete ihn auf die Brust des Tiers.

Will er etwa einem Pferd etwas antun? Sissi war entsetzt, als sie mit einem Mal die Tragweite ihrer Entscheidung erkannte. Aber Ausweichen konnte sie nicht mehr. Kraxmayer war weniger als zehn Schritte entfernt. Und so tat sie das Einzige, was sie tun konnte. Sie spornte Tuti zu noch größerer Geschwindigkeit an.

Kraxmayers Augen weiteten sich. Mit beiden Händen hielt er den Degen fest. Die Spitze zitterte. Er wich weiter zurück und dann stolperte er. Sissi sah nicht, worüber er fiel, aber mit einem Mal fiel er auf den Rücken. Der Degen ragte empor. Der Hengst sprang, ohne dass sie es ihm befohlen hätte. Sie sah Kraxmayers entsetztes Gesicht unter sich, spürte, wie die Klinge an ihrem Stiefel entlangkratzte, dann kamen die Hufe auch schon wieder auf dem Waldboden auf. Sie presste ihre Knie gegen den Leib des Hengstes und hielt sich an seinem Hals fest, um nicht abgeworfen zu werden. Hinter ihr brachen Pferde durch das Unterholz.

»Schnappt ihn euch!«, schrie Kraxmayer beinah hysterisch. »Holt euch den Anarchisten.«

Im gestreckten Galopp jagte Sissi den Weg entlang. Tuti war ein großer Hengst, nicht wendig, aber schnell. Die Gendarmen fluchten und schrien hinter ihr. Sie wurde rot. Manche der Worte, die sie ihr nachriefen, hatte sie noch nie gehört, andere hatte sie von ihrer Schwester kichernd und hinter vorgehaltener Hand gelernt.

Schließlich sah sie die Straße vor sich. Entgegen ihrem Plan bog sie nicht rechts nach Possenhofen ab, sondern lenkte Tuti nach links, tiefer in die Wälder hinein. Sie wagte es nicht, sich umzudrehen, hatte Angst, dass der Wind ihr die Kapuze aus dem Gesicht reißen und den Gendarmen enthüllen könnte, wen sie verfolgten.

Die Straße wurde schmaler und kurviger. Sissi wusste, dass sie zu einigen entlegenen Höfen führte und irgendwann im Nichts endete. Es gab kleinere Wege, die von ihr abzweigten.

Sie schreckte davor zurück, in einen davon einzubiegen. Auf der Straße war ihr Hengst schneller als die kleineren Pferde der Gendarmen, aber im Wald würde ihm Geschwindigkeit weniger nutzen als Wendigkeit.

Der Abstand zwischen ihr und den Gendarmen wurde größer. Sie hörte es am Hufschlag und an der zunehmenden Wut in den Flüchen der Männer. Doch noch war sie nicht außer Sichtweite. In der sternenklaren Vollmondnacht konnte man fast so weit sehen wie bei Tag.

Als Sissi einen Weg links neben sich auftauchen sah, traf sie eine Entscheidung. Hart zog sie Tuti herum. Der schüttelte den Kopf, verweigerte aber nicht, sondern machte die abrupte Drehung mit und galoppierte in den Weg hinein.

»Er will zu Lennigers Hof!«, rief einer der Gendarmen hinter ihr.

Sissi beachtete ihn nicht. Der Weg war uneben. Die Räder der schweren Ochsenkarren, mit denen die Bauern ihre Ernten einbrachten, hatten tiefe Furchen in den Boden gegraben. Einige Male strauchelte Tuti, doch dann sah sie den Hof vor sich. Felder und Weiden begannen unmittelbar hinter dem gedrungen wirkenden Haupthaus. Kein Licht war zu sehen, nur ein Hund bellte, als sie näher kam.

Sissi spürte Tutis Erschöpfung. Trotzdem zwang sie ihn zum Sprung über den Zaun, der das Haus von dem großen Hopfenfeld dahinter trennte. An langen Holzstangen wuchsen die Pflanzen hoch in den Himmel. Als der Hengst zwischen ihnen aufkam, wurde es schlagartig dunkler. Die Blätter fingen das Mondlicht ab und ließen am Boden nur Dunkelheit zurück.

Sissi zügelte den Hengst. An seinen Hals gepresst, lenkte sie ihn an den Stangen vorbei. Die Erde war weich, seine Hufschläge konnte sie kaum hören. Nur sein schneller, schnaufender Atem würde den Verfolgern verraten, wo sie waren.

Die Gendarmen waren von ihren Pferden gestiegen und kletterten über den Zaun.

»Wos is 'n da los?« Es war die Stimme des Bauern, den Sissi flüchtig kannte. Im Dorf galt er als unangenehmer, übellauniger Einzelgänger.

»Geh zurück ins Haus«, sagte ein Gendarm. »Das ist eine Angelegenheit des Königs.«

»Zoiht der Herr König mia etwa den Hofer, den ihr mia kaputt trampelts?«

»Sei ruhig oder ich lass dich in den Kerker werfen.«

Sissi beachtete den Rest der Unterhaltung nicht. Solange die Gendarmen mit dem Bauern beschäftigt waren, folgten sie ihr nicht.

Sie stieg ab und führte Tuti durch das Feld. Die Reihen erschienen ihr endlos. Die Pflanzen standen so dicht, dass sie über ihr ein Dach bildeten. Sissi suchte nach Lücken zwischen ihnen und wechselte von einer Reihe zur nächsten, um die Gendarmen zu verwirren. Irgendwann wusste sie selbst nicht mehr, wo sie war.

Gut, dachte sie. *Wenn ich es nicht weiß, wissen die es schon gar nicht.*

Erst in diesem Moment bemerkte sie die Stille. Die Stimmen der Gendarmen waren nicht mehr zu hören, sie schien allein auf dem Feld zu sein. Wahrscheinlich versuchten sie wie Wölfe, ihre Beute einzukreisen. Vielleicht warteten sie aber auch auf Verstärkung. Sissi kümmerte das nicht. Sie war zu sehr mit ihren Gedanken beschäftigt. Ihr Vater hatte recht, sie war kindisch. Nur aus einer Laune heraus hatte sie einen Konflikt provoziert, der Tuti beinah das Leben gekostet hätte. Dass es nicht dazu gekommen war, hatte nichts mit ihren Fähigkeiten zu tun, sondern mit Glück.

Glück, das ihr immer noch treu zu bleiben schien, denn Sissi stand plötzlich am Rand des Felds und blickte auf die breite Straße dahinter. Kurz sah sie sich um, aber es war niemand zu sehen. Sie war allein.

Ihre Selbstzweifel verflogen. Sie schwang sich in den Sattel und strich über Tutis Hals. Sie wusste, dass die Straße hinter Possenhofen erst einen Bogen machte, bevor sie weiter nach Osten führte. Anscheinend war sie genau an dieser Stelle aus dem Feld gekommen.

»Dafür bekommst du allen Hafer, den du fressen kannst«, flüsterte Sissi dem Hengst ins Ohr. Dann trieb sie ihn behutsam vorwärts und spornte ihn zu einem leichten Trab an.

Im Mondlicht wirkte die Straße silbrig grau. Mit geradem Rücken und erhobenem Kopf ritt Sissi dahin.

Erst im Morgengrauen wurde ihr klar, dass es die falsche Straße war.

KAPITEL SECHS

Vampire leben in strikter Hierarchie. Wollte man einen Vergleich zwischen ihnen und den Kreaturen der natürlichen Ordnung ziehen, so käme ihr Umgang miteinander wohl dem in einem Wolfsrudel am nächsten. Es steht jedoch außer Frage, dass ein Wolfsrudel als höherwertig anzusehen ist, denn dort findet ein geschulter Beobachter Anzeichen für Mitgefühl und gegenseitigen Respekt.
– Die geheime Geschichte der Welt von MJB

»Ich habe die wilden Vampire nie verstanden«, sagte Pierre Roger, während er sich an einen Baumstamm lehnte und begann, die Rinde mit seinen langen, weiß lackierten Fingernägeln abzukratzen. »Wer würde freiwillig in einem Wald leben und Rehe jagen, wenn es Paläste voller Bediensteter gibt, die nur darauf warten, leer getrunken zu werden.«

»Kein Wunder, dass du das nicht verstehst.« Edgar verzog verächtlich die Mundwinkel. Er war ein großer, grobschlächtiger Vampir und intelligenter, als er aussah. »Man braucht Leidenschaft für die Jagd – und nicht nur für die neueste Mode aus Paris.«

»Ich bin doch hier, oder? Und was weißt du schon von Mode? Du siehst aus, als habe ein Schimpanse deine Garderobe ausgesucht.«

»Das ist Kleidung für Männer. Kein Wunder, dass sie dir nicht gefällt.«

Franz-Josef beteiligte sich nicht an der Unterhaltung. Er hätte alles getan, um der Enge der Sommerresidenz wenigstens für ein paar Stunden zu entfliehen. Sophies Bitte, sich um einen wilden Vampir zu kümmern, der anscheinend in den Wäldern rund um die Residenz aufgetaucht war, hatte ihm schließlich die Flucht ermöglicht. Dass Pierre und Edgar sich ihm aufgedrängt hatten, war zwar wie ein Tropfen Galle in süßem Blut, aber immer noch besser als Sophies Belehrungen und Intrigen. Sie bestimmte die Politik des Landes und diktierte Franz-Josef jede Entscheidung. Manchmal fragte er sich, warum er sich die Mühe gemacht hatte, um sein erstes Amt zu kämpfen, denn herrschen durfte er nicht.

Aber in die Öffentlichkeit darf ich mich begeben, um Zielscheibe für Attentäter zu werden, dachte er. *Zu mehr tauge ich wohl nicht.*

Franz-Josef lehnte seine Armbrust an einen Baumstamm und gähnte. Die Nacht war fast vorbei, aber sie hatten noch immer keine Spur des wilden Vampirs gefunden.

»Glaubt ihr, es gibt ihn wirklich?«

»Den wilden Vampir?« Edgar hob die Schultern und griff in seine Jackentasche. Franz-Josef lehnte ab, als er ihm eine Zigarre anbieten wollte. »Wahrscheinlich nicht. Sie sind selten geworden. Wir haben sie fast ausgerottet.« Es klang bedauernd.

Pierre nahm eine Zigarre und roch daran. »Zum Glück«, sagte er, als er sie mit angewidertem Blick zurückgab. »Diese primitiven Barbaren sind eine Gefahr für uns alle.«

»Es sind Puristen.« Edgar biss ein Ende seiner Zigarre ab und begann, sie zwischen den Fingern zu drehen. »Sie tun das, wozu sie erschaffen wurden, jagen und töten. Wir sollten ihnen nacheifern, anstatt sie auszurotten.«

Franz-Josef betrachtete den Wald, der sich vor ihnen erstreckte. Sie standen an einem Hang hoch über Bad Ischl. Das Licht des Vollmonds war so hell, dass er jeden Schatten, jede Nuance in der Färbung des Waldes erkennen konnte, fast so, als blicke er in seine Seele.

»Wir töten sie, damit wir unentdeckt bleiben«, sagte er nach einem Moment, »nicht weil es uns gefällt.«

»Also töten wir aus Feigheit.« Edgar zündete die Zigarre mit einem Streichholz an.

Franz-Josef trat einen Schritt zur Seite, doch der graue, beißende Qualm hüllte ihn trotzdem ein.

»Das ist schlimmer, als wenn wir Gefallen daran fänden«, fuhr Edgar fort.

Pierre verdrehte die Augen, schwieg jedoch. Franz-Josef hatte den Eindruck, dass sie diese Unterhaltung schon oft geführt hatten.

»Wir verstecken uns vor den Menschen, obwohl wir über sie herrschen.«

»Nicht in Frankreich«, warf Pierre ein.

Edgar beachtete ihn nicht. »Wir ...«

»Und auch nicht in Amerika.«

Edgar machte ein Gesicht, als wolle er Pierre am liebsten pfählen. »Wir beherrschen die Menschen, abgesehen von Franzosen und Amerikanern ...«, er warf seinem Begleiter einen kurzen Blick zu, doch der unterbrach ihn nicht noch einmal, »... aber anstatt unsere Macht zu feiern, verbergen wir uns hinter Masken. Wir tragen ihre Kleidung, lauschen ihrer Musik, lesen ihre Bücher. Wir versuchen, sie nachzuahmen.« Er schüttelte den Kopf. »Der Wolf ahmt das Schaf nach. Habt ihr je etwas Lächerlicheres gehört?«

Franz-Josef hob die Schultern. »Wölfe sind Schafen auch nicht mit einer Million zu eins unterlegen.«

»Und die wenigsten Schafe wissen, wie man eine Guillotine bedient«, sagte Pierre.

Wütend trat Edgar die Zigarre aus. »Ich kenne all die Argumente. Ich habe lange genug selbst daran geglaubt. Aber seht doch, was dieses Versteckspiel aus uns macht! Wir sind faul geworden und dekadent. Wann habt ihr das letzte Mal einen Menschen gejagt, richtig *gejagt,* anstatt ihn zu betören und sein Blut zu trinken, ohne dass er weiß, wie ihm geschieht? Wann habt ihr das letzte Mal getötet, ohne dass man es euch erlaubt hatte?«

Franz-Josef schwieg. Er musste darüber nicht nachdenken, er kannte die Antwort auch so: kein einziges Mal.

Pierre hingegen begann lautlos, etwas an seinen Fingern abzuzählen.

»Und?«, fragte Edgar, als seine Antwort ausblieb.

Pierre sah ihn an. »Zählen Tiere?«

»Nein.«

»Auch nicht, wenn sie Menschen gehört haben?«

»Nein!« Edgar schrie beinah.

Franz-Josef wurde langsam klar, wie ernst er es meinte. »Und wann hast du das letzte Mal ohne Erlaubnis getötet?«, fragte er.

Der große Vampir zögerte, nicht aus Scham, das sah Franz-Josef ihm an, sondern aus einem anderen, weniger klar erkennbaren Grund.

»Vorgestern«, sagte Edgar nach einem Moment.

Franz-Josef blickte ihn ungläubig an. »Was? Du lügst. Das ...«

»Psst.« Pierre stieß ihn an und legte einen Finger auf die Lippen. »Riecht ihr das?«

»Unterbrich mich nicht. Das ist wichtiger ...« *als deine Spielchen,* wollte Franz-Josef fortfahren, doch dann roch er es auch. Der Wind trug den Duft zu ihm herüber, vermischt mit dem Geruch nach Harz und Tannennadeln. Süß und leicht stach er daraus hervor.

»Ein Mensch«, sagte Edgar. Seine Stimme war kaum mehr als ein Zischen.

Pierre nickte. »Ein Mensch allein im Wald zu dieser Stunde? Der Herr muss es gut mit uns meinen.«

Edgar hob die Nase in die Luft. »Er ist nicht weit von hier. Kommt, sehen wir ihn uns einmal an.«

Er ging los, ohne auf die anderen zu achten. Pierre folgte ihm mit langen Schritten, Franz-Josef eher zögernd. Edgars Geständnis ging ihm nicht aus dem Kopf. Er hatte nicht nur gegen Sophies

Befehl, sondern auch gegen das uralte Gebot der Königshäuser verstoßen und das so leichthin zugegeben, als sei es nicht mehr als ein unerlaubtes Knabbern an einer betörten Zofe. Franz-Josef wusste nicht, was er tun sollte, wenn Edgar beschloss, auch den Menschen zu töten, dem sie nun folgten.

Er hätte dem Dilemma aus dem Weg gehen können, wenn er sich einfach umgedreht und zur Residenz zurückgekehrt wäre, doch die Neugier trieb ihn weiter – und der süße, lockende Geruch des Blutes.

Hintereinander folgten sie dem Weg hinunter ins Tal, Edgar als Erster, dann Pierre und Franz-Josef. Ein Bach plätscherte, Grillen zirpten, Zweige knackten unter ihren Stiefelsohlen. Am Rand einer Lichtung blieb Edgar stehen. Franz-Josef schloss zu ihm auf und sah ein Pferd, das neben einem Baum stand und graste. Ein Umhang und ein Sattel lagen im Gras, ausgebreitet wie ein improvisiertes Nachtlager. Jemand hatte Holz zu einem Lagerfeuer aufgeschichtet, aber es nicht entzündet. Der Geruch wurde stärker.

»Er ist ganz nah«, flüsterte Edgar. Er zog die Lippen hoch und leckte sich über seine spitzen Eckzähne. »Meine Freunde, heute Nacht sind wir nicht nur Fürsten, sondern wir werden auch speisen wie Fürsten.«

Pierre kicherte, Franz-Josef räusperte sich. »Was das Speisen angeht ...«, begann er. »Es wäre vielleicht besser, zu fasten. Sophie wird uns ansehen, was wir getan haben. Ich glaube nicht, dass einer von uns Antworten auf ihre Fragen hätte. Oder besser gesagt, Antworten, nach denen unser Kopf noch auf den Schultern sitzt.«

Edgar spie aus. »Memme.« Er ließ Franz-Josef stehen und betrat die Lichtung, die Nase weiter in die Luft gereckt.

Das Pferd sah kurz auf und graste weiter. Tiere reagierten nur selten auf Vampire, wahrscheinlich, weil sie nach nichts rochen. Genau wusste das niemand.

»Nimm es nicht persönlich«, sagte Pierre leise. »Wenn er nostalgisch wird, prallen die Forderungen der modernen Welt einfach an ihm ab.«

»Sophie wird ihn umbringen, wenn sie erfährt, was er tut.«

Pierre hob die Schultern. In seinem Blick mischten sich Liebe und Bedauern. »Vielleicht, aber so ist er nun mal. Ich könnte ihn nicht ändern, selbst wenn ich es wollte.«

Edgar winkte ungeduldig, dass sie ihm folgen sollten.

»Du musst nicht mitkommen«, sagte Pierre, als er auf die Lichtung trat. »Du bist jetzt der Kaiser. Lass dich nicht von ein paar alten Spinnern wie uns zum Ungehorsam anstiften.«

Franz-Josef antwortete nicht, aber er blieb auch nicht zurück. Es war der Geruch des Menschen, der ihn weitergehen ließ. Tag für Tag war er von Menschen umgeben, aber so stark, so verführerisch hatte er ihn noch nie wahrgenommen. Vielleicht lag es an der klaren, kalten Nachtluft, vielleicht am Vollmond, aber er würde nicht eher umdrehen, bis er den Menschen, dem dieser Geruch anhaftete, gesehen hatte.

Edgar wirkte überrascht, sogar ein wenig beeindruckt, als er Franz-Josef sah. »Da hinten«, flüsterte er mit einem Blick auf einen Pfad, der ins Dickicht führte. »Er ist dort hineingegangen. Und wir sind nicht die Einzigen, die ihm folgen.«

Er zeigte auf eine Stelle vor sich im Gras. Franz-Josef erkannte die Abdrücke nackter Zehen im weichen Boden.

»Der wilde Vampir?«, fragte er.

»Wer sonst? Hast du je gesehen, wie sie töten?«

Franz-Josef schüttelte den Kopf.

»Ich auch nicht, aber das würde ich gern ändern.« Edgar wollte weitergehen, aber Pierre legte ihm eine Hand auf die Schulter.

»Dann kriegen wir doch alle, was wir wollen«, sagte er. »Du siehst dir deinen wilden Vampir an, Franz und ich warten, bis du damit fertig bist, dann gehen wir alle nach Hause und erzählen Sophie, wir hätten ihn nicht gefunden.«

»Wir jagen den wilden Vampir nicht?«, hakte Edgar nach. Er fragte Pierre, aber sein Blick richtete sich auf Franz-Josef.

»Nein«, sagte der. »Wir jagen ihn nicht. Niemand muss sterben … außer dem Menschen natürlich, wenn wir es zulassen.«

Pierre winkte ab. »Ach, die sterben doch ständig. Einer mehr oder weniger fällt da nicht ins Gewicht.«

»Also gut.« Edgar wirkte erleichtert. Der Gedanke an Sophies Rache hatte ihn wohl doch nicht ganz kalt gelassen. »Dann folgt mir.«

»Danke«, flüsterte Pierre, als sie die Lichtung verließen.

Franz nickte knapp, obwohl er insgeheim stolz auf seine Lösung war. Es war die erste eigenständige Entscheidung, die er als Kaiser getroffen hatte.

Der Pfad brachte sie zu einem Bach, der sich zwischen Bäumen und Felsen hindurchwand. Sie sprangen über einige Steine, um ans andere Ufer zu gelangen. Franz-Josef sah nasse Sohlenabdrücke auf dem Fels. Der Mensch, den sie verfolgten, hatte erstaunlich kleine Füße. Er fragte sich, ob es ein Kind war und ob es ihm etwas ausmachen würde, wenn das der Fall war.

Edgar blieb plötzlich stehen. »Da«, sagte er leise.

Franz-Josef blickte über Edgars Schulter. Vor ihnen wurde der Wald dichter und unwegsamer. Sträucher wuchsen zwischen umgestürzten Bäumen, Moos und Farne bedeckten den Boden. Edgar stieß Franz-Josef an und zeigte auf eine große Eiche, die mehr als einen Steinwurf entfernt aus dem Unterholz hoch in den Nachthimmel ragte. Im ersten Moment wusste er nicht, was Edgar dort gesehen hatte, doch dann entdeckte er die Gestalt, die am Stamm emporkletterte.

Der wilde Vampir war nackt und dreckverkrustet. Geschickt und lautlos wie ein Affe sprang er vom Stamm auf einen breiten Ast und lief auf ihm entlang zum nächsten Baum. Sein Blick war nach unten gerichtet, sein Körper so angespannt, dass die Sehnen seines Halses hervortraten.

Franz-Josef suchte zwischen den Sträuchern nach der Beute, die er ausgemacht hatte. Der Geruch des Menschen war stark. Er musste ganz in der Nähe sein, irgendwo unter dem Vampir.

Und dann sah er sie. Wie eine vornehme Dame, die am Sonntag nach der Kirche durch die Stadt flanierte, schlenderte sie durch den Wald. Den Stoff ihres Rocks hatte sie zusammengerafft. Sie schien Nüsse und Beeren darin zu sammeln, denn sie bückte sich immer wieder und legte etwas in die Kuhle, die der Stoff bildete. Im Licht des Vollmonds wirkte ihr Gesicht weiß und so ebenmäßig wie Porzellan. Langes braunes Haar fiel offen über ihren Rücken. Wenn sich der Mond darin fing, sah es aus, als flösse Wasser von ihrem Kopf herab.

Sie ist wunderschön. Es traf ihn wie ein Schlag und es war der einzige Gedanke, zu dem Franz-Josef fähig war. Er starrte sie an, wollte keine Bewegung verpassen, keine Geste übersehen, keinen Blick an etwas anderes als ihr Gesicht verschwenden.

»Hübsches Mädchen«, flüsterte Pierre leidenschaftslos. »Ist schade um sie.«

Edgar brachte ihn mit einem Blick zum Schweigen. »Nicht reden«, sagte er leise. »Es geht los.«

Franz-Josef ballte die Fäuste, als sich der Vampir erneut in Bewegung setzte. Er hatte das Mädchen fast erreicht, wandte sich aber im nächsten Moment ab und verschwand zwischen den hohen Farnen.

»Ich muss ihr helfen«, flüsterte Franz-Josef.

Edgar und Pierre sahen sich an. Dann, als hätte ihnen die kurze Geste als Absprache gereicht, packten sie ihn an den Armen.

»Lass den Dingen ihren Lauf«, sagte Pierre leise.

Franz-Josef wand sich im Griff der beiden, aber sie waren stärker und älter als er. Edgar presste ihm die freie Hand auf Mund und Nase.

Der wilde Vampir hockte auf einem Ast über den Farnen, hinter denen das Mädchen verschwunden war. Ansatzlos stieß er sich ab. Franz-Josef wehrte sich verzweifelt, kämpfte gegen den Griff seiner Begleiter, trat nach ihren Beinen und warf den Kopf hin und her, um die Hand über seinem Mund abzuschütteln, doch er kam nicht frei.

Ein Sturm schien durch die Farne zu toben, doch nach nur wenigen Lidschlägen beruhigten sie sich wieder. Franz-Josef hörte weder Schreie noch Stöhnen, nur die Stille der Nacht, die sich über den Wald senkte. Es war vorbei.

»Und wir haben nichts gesehen.« Edgar nahm die Hand von Franz-Josefs Mund. »Nur wegen dir.«

»Vielen Dank, Franz.« Pierre trat einen Schritt zurück. »Jetzt darf ich mich erst mal ein paar Nächte mit seiner schlechten Laune herumschlagen.« Er legte Edgar eine Hand auf die Wange. »Willst du vielleicht noch etwas umbringen, Schatz? Ich bin sicher, wir finden einen Rehbock, oder wie wäre es mit dem Pferd hinten auf der Lichtung?«

»Behandle mich nicht wie ein Kind.« Edgar wischte seine Hand beiseite. »Es wird bald Tag. Lass uns gehen. Aber halte die Memme von mir fern, sonst muss sich Sophie einen neuen Speichellecker suchen.«

Franz-Josef stieß ihn so fest an, dass Edgar beinah das Gleichgewicht verlor. »So darfst du nicht mit mir reden. Ich bin der Kaiser.«

Erst als die Worte heraus waren, erkannte er, wie albern sie klangen. Edgar und Pierre schüttelten den Kopf und ließen ihn stehen. Mit langen Sprüngen, schneller und weiter, als es einem Menschen möglich gewesen wäre, kehrten sie auf den Pfad zurück und verschwanden im Wald.

Franz-Josef sah ihnen nach, dann kehrte sein Blick zurück zu den Farnen. Er wollte nicht sehen, was dahinter geschah, aber er spürte den seltsamen Drang, das Mädchen, was dort wohl gerade leer getrunken wurde, zu begraben. Auch wenn er es nur einen Augenblick lang gesehen hatte, so wusste er doch, dass er es seine Existenz lang nicht vergessen würde.

Ich hätte sie retten müssen, dachte er.

Es raschelte. Franz-Josef hob den Kopf. Die Farne bewegten sich, eine Hand schob sie zur Seite, dann trat das Mädchen zwischen ihnen hervor und klopfte sich Tannennadeln und Dreck aus der Kleidung. Franz-Josef wünschte, sein Herz hätte einen Schlag aussetzen können. Es wäre eine der Situation angemessene Reaktion gewesen. Stattdessen starrte er das Mädchen nur stumm an, unternahm nicht einmal den Versuch, sich vor ihm zu verbergen.

Er hat sie verschont, dachte er. *Der wilde Vampir hat sie tatsächlich verschont. Er muss das Gleiche in ihr gesehen haben wie ich.*

Das Mädchen machte einige Schritte auf ihn zu, entdeckte ihn dann plötzlich und wich mit weit aufgerissenen Augen zurück. Ihre Hand glitt unter ihren Gürtel und verharrte dort.

»Wer sind Sie?« Ihre Stimme war weich wie das Mondlicht und hell wie der Gesang einer Lerche. Irgendwo weit entfernt röhrte ein Hirsch.

Franz-Josef versuchte, sich locker und unbefangen zu geben. Solange sie den Vampir nicht erwähnte, würde er es auch nicht tun. Vielleicht hatte er sie betört und ihr die Erinnerung an die Begegnung genommen.

»Das Gleiche könnte ich sie auch fragen«, sagte er. »Was macht sie denn hier zu solch später Stunde ganz allein im Wald?«

Das Mädchen nahm die Hand aus dem Gürtel und stemmte sie in die Hüfte. »Was fällt Ihnen ein, mich in der dritten Person anzusprechen? Denken Sie, Sie wären etwas Besseres als ich, nur weil ich mich im Wald verlaufen habe und Nüsse suche, um meinen Hunger zu stillen, oder gehen Sie mit jedem so um, den Sie treffen?«

Franz-Josef trat unwillkürlich einen Schritt zurück. Ihre Stimme klang nicht mehr weich, sondern kämpferisch. »Nein, natürlich nicht. Ich habe nur … das ist so eine Angewohnheit … dumme Angewohnheit. Ich …« Etwas in ihm warnte ihn davor, ihr zu verraten, wer er war. Stattdessen streckte er die Hand aus. »Ich bin der Franz. Freut mich, Sie kennenzulernen.«

Sie zögerte, bevor sie seine Hand ergriff. Er spürte Schwielen an ihren Fingern, die nicht zu ihrem Aussehen passten.

»Ich bin die Sissi und so spät ist es gar nicht, eher früh. Die Sonne geht ja schon auf.«

Wie? Sie hatte recht. Der Horizont färbte sich bereits rosa und der Weg zur Residenz war weit. Er musste sich beeilen.

»Da habe ich bei der Jagd glatt die Zeit vergessen.« Franz-Josef hielt Sissis Hand länger als nötig fest, aber sie ließ ebenfalls nicht los. Ihr Blick glitt über sein Gesicht.

»Dann müssen Sie jetzt wohl gehen«, sagte sie. Er hoffte, dass er sich das Bedauern in ihrer Stimme nicht nur einbildete.

»Ja, das muss ich.«

Einige Lidschläge lang standen sie sich schweigend gegenüber, dann ließ Franz-Josef ihre Hand los. »Jetzt, da ich Sie getroffen habe, bedaure ich nicht mehr, die Nacht im Wald verbracht zu haben, ohne dass mir das Jagdglück zuteilgeworden ist.« Errötete sie etwa? Er war sich nicht sicher.

»Und ich bedaure nur ein wenig, dass ich zu dumm war, die Straße nach Bad Ischl zu finden.«

»Bad Ischl? Das ist nur wenige Kilometer entfernt. Sie war also nicht so dumm, wie sie dachte ... ich meine, *Sie waren* also ...«

In seiner ganzen Existenz hatte er noch nie einen Menschen anders als in der dritten Person angesprochen, doch das konnte er Sissi kaum sagen.

Sie lachte. »Lassen Sie's gut sein, Franz. Erklären Sie mir nur, wo ich lang muss, dann verzeihe ich Ihnen auch Ihre seltsame Angewohnheit.«

»Natürlich.« Er erklärte ihr den Weg, dann riss er sich mühsam von ihr los.

»Leben Sie wohl«, sagte er. »Ich hoffe, Sie verlaufen sich bald wieder in dieser Gegend.«

Sie senkte den Kopf und lächelte.

Er wandte sich ab.

Ruf mich zurück!, dachte er. *Sag, dass du mich wiedersehen willst.*

Er hatte den Bach fast erreicht, als er ihre Stimme hörte.

»Franz?«

Er fuhr herum. »Ja?«

»Mein Vater ist ein passionierter Jäger. Er würde sich sicher freuen, wenn ich ihm bei seinem nächsten Aufenthalt in Bad Ischl die besten Wildwechsel zeigen könnte. Vielleicht wären Sie so nett ...« Sie ließ den Satz unvollendet in der Luft hängen.

Franz-Josef grinste. »Es wäre mir eine Ehre.«

Seine Kleidung dampfte bereits, als er in den Schatten der Schlossmauer eintauchte.

Die Gänge der Residenz waren verlassen, in den Gemächern herrschte Stille. Durch die verhangenen Fenster drang kein Sonnenstrahl ins Innere. Die menschlichen Dienstboten hatten nur unter Aufsicht Zugang zum Haupthaus, die Vampire zogen es vor, unter sich zu sein.

Franz-Josef öffnete die Tür zu seinem Privatquartier und ging ins Schlafzimmer. Er war erschöpft von dem Wettrennen gegen die Sonne, aber zu aufgeregt, um an Schlaf zu denken. Noch nie hatte ihn die Begegnung mit einem anderen Wesen so aufgewühlt. Er wusste nicht, was er fühlte, warum er in Sissi keine Beute, sondern eine Frau sah, aber es gefiel ihm.

Ich will jede Stunde der Nacht mit dir verbringen, dachte er, als er seine Stiefel auszog und die Jacke aufknöpfte, *für den Rest meiner Existenz.*

Er nahm den Zettel vom Nachttisch, so wie jeden Morgen, bevor er zu Bett ging. Sophie schrieb ihm stets seine Termine für den nächsten Abend auf.

Dort stand in ihrer gestochenen, beinah gedruckt wirkenden Handschrift:

1. Todesurteile unterschreiben (Audienzsaal)
2. Helene kennenlernen (Namen merken!)
3. Ferdinands Chinesen probieren (wenn nötig, lügen)

Franz-Josef knüllte den Zettel zusammen und warf ihn in den erloschenen Kamin. Dann rutschte er unter das breite Bett – eine Spezialkonstruktion, die sich mit einem Hebel hermetisch gegen Tageslicht, Anarchisten und Feuer abdichten ließ – und verschränkte die Arme unter dem Kopf.

Helene, dachte er, *ich werde dich nicht heiraten, egal, wie sehr Sophie sich das wünscht.*

Die Erinnerung an Sissis Lachen verfolgte ihn bis in den Schlaf.

KAPITEL SIEBEN

Neue Rekruten stellen den Kindern Echnatons stets die gleichen Fragen: »Wieso weiß die Welt nichts von dem, was ihr tut? Warum sagt ihr den Menschen nicht die Wahrheit?«
Die Antwort darauf ist einfach: »Wer sagt dir, dass wir es nicht schon hundertmal getan haben?«
– Die geheime Geschichte der Welt von MJB

Das Donnerwetter, mit dem ihre Mutter sie empfing, schien erst nach einigen Stunden zu verhallen. Immer wenn Sissi glaubte, der Wortschwall fände ein Ende, setzte ihre Mutter zu einem weiteren an. Es wurden die üblichen Geschütze aufgefahren, von: »Wieso straft mich der Herrgott mit einer solchen Tochter?«, über: »Wir hätten dich ins Internat schicken sollen, wie Großmutter es wollte«, bis hin zu »Dein Vater hat dich nie richtig erzogen.« Irgendwann verließ Néné weinend und: »Das wird auch auf mich zurückfallen«, murmelnd das Zimmer, während Sissi in sich zusammengesunken sitzen blieb und gelegentlich nickte. Die Worte ihrer Mutter sausten wie Geschosse an ihr vorbei, ohne sie jedoch zu treffen.

Zwei Tage war sie durch Österreich geirrt, hatte unter Bäumen geschlafen und sich ohne einen Pfennig in der Tasche von Nüssen und Beeren ernähren müssen. Sie war erschöpft, hungrig und so müde, dass sie kaum einen klaren Gedanken fassen konnte. Wenn es ihr dann doch gelang, dachte sie an Franz. Sie spürte seine kühle, trockene Hand immer noch in der ihren, sah seine hellen, klaren Augen vor sich und hörte seine sanfte, aber dennoch kräftige Stimme. Er war der bestaussehende Mann, dem sie je begegnet war, und der netteste. Sie dankte den Göttern dafür, dass er erst aufgetaucht war, nachdem sie den wilden Vampir erledigt hatte. Was wäre in ihm vorgegangen, wenn er sie mit einem Pflock in der Hand über einer Pfütze aus Schleim und Asche hätte stehen sehen? Wahrscheinlich hätte er sie für eine Anarchistin gehalten oder Schlimmeres, wenn es denn etwas Schlimmeres gab. Doch es war gut gegangen; er hatte nichts bemerkt.

Sissi spürte ein Kribbeln im Bauch, als sie daran dachte, dass sie Franz noch an diesem Abend wiedersehen würde. Bis dahin musste sie Néné davon überzeugen, ihr etwas Vernünftiges zum Anziehen zu leihen. Sie musste schlafen, baden und vor allem, dringender als alles andere, ihre Haare waschen. Der angetrocknete Schleim des Vampirs juckte immer noch auf ihrer Kopfhaut.

»Sissi?«

Sie schrak zusammen. Ihre Mutter stand mit auf dem Rücken verschränkten Händen vor dem kleinen Sessel, auf dem sie saß. Sophie hatte ihnen einen ganzen Trakt im Besucherhaus zugewiesen, doch Sissi hatte bisher nur dieses eine Zimmer gesehen.

»Hörst du mir überhaupt zu?«

»Natürlich, Mutter, und ich schwöre, dass ich so etwas nie wieder tun werde. Es war dumm und selbstsüchtig.«

Ob Néné mir wohl ihren grünen Rock leiht?, dachte sie währenddessen. *Er passt so gut zu der kleinen braunen Weste, die ich mitgenommen habe.*

»… sicher nichts ausmachen, deine Reue zu beweisen, indem du den Rest unseres Aufenthalts auf deinem Zimmer verbringst.«

Prinzessin Ludovikas Worte bohrten sich wie Pfeile in ihr Bewusstsein. Sissi sprang auf. »Aber das geht doch nicht! Ich muss …«

»Du musst überhaupt nichts. Du bist weder eingeladen noch erwünscht. Niemand wird dich vermissen.«

»Doch! Ich ...« Sissi biss sich auf die Unterlippe. Wenn sie von ihrer Begegnung im Wald erzählte, würde ihre Mutter sie mit großer Wahrscheinlichkeit in ein Kloster stecken und enterben. Also schwieg sie lieber und senkte den Kopf.

»Gut.« Prinzessin Ludovika wandte sich ab. »Dann geh jetzt auf dein Zimmer. Ich wünsche, dich erst bei unserer Abfahrt wiederzusehen.«

»Mutter?«

»Keine Widerworte!«

»Aber ich weiß doch gar nicht, wo mein Zimmer ist.«

»Dritte Tür links, neben Nénés«, erwiderte ihre Mutter ungeduldig.

Ohne ein weiteres Wort verließ Sissi den Raum und wandte sich nach links. Dicke Teppiche bedeckten den Boden des Gangs. An den Wänden hingen Porträts von ernst dreinsehenden Männern, die sie nicht kannte. Sie zählte die Türen ab und wollte gerade ihr Zimmer betreten, als sie die Zofe bemerkte, die ihr entgegenkam. Sie war kaum älter als Sissi, bewegte sich jedoch langsam und schleppend. Ihre Haut war blass, fast schon durchscheinend. Trotz des warmen Sommertags trug sie einen Schal um den Hals. In den Händen hielt sie ein Tablett mit Gebäck und einigen Tellern. Es schien zu schwer für sie zu sein.

»Kann ich Ihnen helfen?«, fragte Sissi, als sie auf gleicher Höhe waren.

Die Zofe bemerkte sie erst, als sie ihre Worte wiederholte. Es war, als erwache sie aus einem tiefen Schlaf. Ihr trüber Blick klärte sich.

»Nein«, sagte sie mit dünner Stimme. »Das ist nicht nötig.«

Sissi sah ihr nach, bis sie um eine Biegung verschwand, dann öffnete sie die Tür zu ihrem Zimmer, lief zum Fenster und sah hinaus. Erleichtert entdeckte sie keinen Meter unter ihr ein Vordach und ein massiv wirkendes Holzgitter, an dem sich Efeu emporrankte. Es würde ihr nicht schwerfallen, das Zimmer heimlich zu verlassen und auch wieder zu betreten.

Eine Weile blieb sie am geöffneten Fenster stehen und betrachtete das Haupthaus auf der anderen Seite des großen Innenhofs. Dort hielt sich der Kaiser mit seinem kleinen Hofstaat auf. Allen anderen war es verboten, das Haus ohne seine Erlaubnis zu betreten. Die meisten glaubten, er wolle sich auf diese Weise vor Attentätern schützen, aber Sissi kannte die Wahrheit. Jeder, der in diesem Haus seine Gemächer hatte, war ein Vampir. Sie blieben unter sich, um ungestört ihren abscheulichen Riten nachgehen zu können. Die fast leer getrunkene Zofe war nur ein Indiz dafür, was sich hinter den hohen, verschlossenen Türen und verhangenen Fenstern abspielte. Wenn es möglich gewesen wäre, hätte Sissi das ganze Haus gesprengt, mit allen, die sich darin aufhielten.

Es würde kein Falscher in den Flammen verbrennen, dachte sie. *Und Mutter könnte endlich mit der Schande, die ihre Familie seit Generationen wie ein dunkler Schatten verfolgte, abschließen.*

Der Name dieser Schande lautete Sophie. Vor Jahrhunderten hatte das damalige Oberhaupt der Familie sich bereit erklärt, ihr seinen Namen zu geben und sie als sein Kind anzunehmen. Warum, wusste mittlerweile niemand mehr. Vielleicht hatte Sophie ihm die Unsterblichkeit versprochen, vielleicht hatte sie ihn auch bedroht oder bestochen.

Seitdem begleitete Sophie die Familie, zwang sie zu politischen Allianzen, zu Ehen, zu Kriegen. Mal war sie Mutter, dann wieder Tante und in dieser Generation die Schwester von Prinzessin Ludovika. Die Familie bewahrte ihr Geheimnis und durfte dafür an ihrer Macht teilhaben. Gemeinsam beherrschten sie fast den gesamten Deutschen Bund, Österreich und Ungarn. Doch hinter den Adelstiteln, dem Geld und den Schlössern stand stets Sophie. Sie befahl, die Familie folgte und lebte dabei in ständiger Angst vor den Gefallen, die sie gelegentlich einforderte.

Gefallen wie die Buben zum Beispiel, dachte Sissi, als sie sich auf das viel zu weiche Bett legte und die Augen schloss. Sie fragte sich, wie viele Adelsfamilien den gleichen Fehler begangen hatten und wussten, wer in Wahrheit über fast ganz Europa herrschte. Auf den Festen lachten und scherzten sie miteinander, aber wie sah es aus, wenn sich die Türen ihrer Gemächer schlossen? Wer bot dann den Hals dar und wer biss hinein? »In was für einer kranken, irren Welt leben wir nur«, murmelte Sissi und gähnte. Kurz darauf war sie eingeschlafen.

Als sie erwachte, fiel der Schatten des Fensterkreuzes bereits lang in ihr Zimmer. Erschrocken setzte sie sich auf. Es war schon später Nachmittag; sie hatte fast den ganzen Tag verschlafen.
Franz, dachte sie und dann als Nächstes: *meine Haare!*
Sissi sprang aus dem Bett und versuchte, ihr Aussehen wenigstens einigermaßen in Ordnung zu bringen. Den Gürtel mit den Pflöcken versteckte sie im Schrank, dann lief sie in das zum Glück leere Zimmer ihrer Schwester, fischte den grünen Rock, auf den sie aus war, aus einem der drei Schrankkoffer, die Néné dort stehen hatte, und wusch sich die Haare gleich viermal in einer Waschschüssel. Auf das Bad musste sie verzichten, auch wenn sie immer noch nach Wald und ein wenig nach Schleim roch. Sie wollte keine Zofe rufen. Gerade mal eine Stunde später, als die Sonne bereits tief über dem Anwesen stand, stieg sie aus dem Fenster und kletterte an dem Efeugitter herab. Niemand bemerkte sie. Der Hof war verlassen.
Sie hatte sich mit Franz an einer kleinen Jagdhütte am Rand des Waldes verabredet. Kurz nach Sonnenuntergang, hatte er gesagt, wenn seine Geschäfte erledigt seien.
Sie hatte ihn noch nicht einmal nach der Art dieser Geschäfte gefragt, aber es war ihr egal, welchem Gewerbe er nachging oder aus welcher Familie er stammte. Sie hätte sich sogar mit ihm getroffen, wenn er Schauspieler gewesen wäre oder einer dieser Scharlatane, die Tränke gegen die Schwindsucht verkauften.
Sissi war außer Atem, als sie die Hütte erreichte. Sie hatte damit gerechnet, dass Franz bereits auf sie wartete, aber es war niemand zu sehen. Sie war allein. Einen Moment lang fragte sie sich, was sie tun würde, wenn er nicht kam, doch dann schüttelte

sie den Gedanken ab. Er würde kommen, sie hatte es in seinen Augen gelesen.

Die Hütte war abgeschlossen, die Fenster vernagelt, also setzte sie sich auf eine schmale Holzbank neben der Tür und fuhr sich mit dem Holzkamm durchs Haar, den sie zur Sicherheit eingesteckt hatte. Es war immer noch feucht. Sie wollte nicht, dass es sich verknotete.

»Ich war mir nicht sicher, ob Sie wirklich kommen würden«, ertönte plötzlich neben ihr eine Stimme.

Sissi zuckte zusammen, fuhr mit erhobenem Kamm herum und lächelte dann. »Franz. Ich habe Sie gar nicht gehört.«

Er trug ein weißes Hemd, eine eng anliegende dunkle Hose und hohe Stiefel. Ein Gewehr hing über seiner Schulter, in seinem Gürtel steckte ein Jagdmesser.

»Habe ich Sie etwa erschreckt?«, fragte er. »Das würde mir leidtun.«

Sissi bemerkte, dass sie den Kamm immer noch in der erhobenen Hand hielt und ließ ihn sinken. »Nein, ich war nur in Gedanken.«

»Schöne Gedanken, hoffe ich.«

»Ja. Schöne Gedanken.«

Sissi zögerte, als Franz auf einen Weg zuging, der in den Wald hineinführte. Erst in diesem Augenblick wurde ihr klar, wie ungeheuerlich es war, mit einem fremden Mann allein in den Wald zu gehen. Wenn sie jemand sah und erkannte, war ihr Ruf ruiniert. Dann würden ihre Eltern sie mit niemandem mehr verheiraten können, außer vielleicht mit einem Schauspieler oder Scharlatan.

Aber ich will doch keinen anderen als ihn, dachte Sissi und schluckte, als ihr klar wurde, dass das tatsächlich stimmte. *Ich will nur ihn.*

Franz drehte sich zu ihr um. »Ist alles in Ordnung?«

Sie nickte. »Ja, alles in bester Ordnung.«

Dann folgte sie ihm in den Wald, während sich der Himmel langsam schwarz zu färben begann.

KAPITEL ACHT

Vampire sind Blender. Nichts liegt ihnen ferner als die Wahrheit, nichts näher als die Lüge. So hält sich seit Jahrhunderten die von ihnen in die Welt gesetzte Legende, das Blut eines Vampirs könne Unsterblichkeit verleihen. Selbst unter den Kindern Echnatons gibt es solche, die, wenn auch insgeheim, daran glauben. Auch die Tatsache, dass es so wenige von ihnen und so viele von uns gibt, bringt sie nicht davon ab. Unsterblichkeit ist der Lockruf des Vampirs. Wer ihm erliegt, ist verloren.

– Die geheime Geschichte der Welt von MJB

Sie redeten.

Anfangs gingen sie noch den Weg entlang, dann, als es für Sissi zu dunkel wurde und Franz-Josef zumindest so tun musste, als schränke ihn die Nacht ein, setzten sie sich auf einen Stein und redeten weiter.

Sie sprachen über die Jagd, über Tiere, über Blumen und über die Dinge, die sie liebten. Meistens überließ Franz-Josef Sissi das Wort. Er genoss den Klang ihrer Stimme und den süßen Geruch, der bei jeder ihrer Bewegungen zu ihm herüberwehte. Wenn er die Augen schloss, hörte er, wie das Blut in ihrem jungen, warmen Körper pulsierte. Es hätte ihn vor Gier verzehren müssen, aber er spürte nichts dergleichen, nur Freude und Zufriedenheit. Erschrocken erkannte er, dass er in seiner ganzen Existenz noch nie so glücklich gewesen war.

Irgendwann unterbrach Sissi ihren eigenen Redefluss. »Was tue ich denn da?«, lachte sie. »Da rede ich die ganze Zeit und lasse Sie kaum zu Wort kommen. Das muss Sie ja schrecklich langweilen.«

»Im Gegenteil.« Franz-Josef widerstand nur mühsam der Versuchung, ihre Hand zu ergreifen. »Ich erfreue mich an all den Dingen, die wir gemeinsam haben. Wir lieben beide rote Rosen und mögen Tiere.«

»Sie mögen sie aber am liebsten, wenn sie vor Ihrer Flinte auftauchen.«

Er lachte. Das Geräusch erschreckte ihn beinah, so selten hörte er es. Er konnte sich nicht daran erinnern, wann er das letzte Mal gelacht hatte. Im Palast war er nur von Herrschsucht, Intrigen und Tod umgeben, da gab es wenig Anlass zur Freude. Und es würde noch weniger geben, wenn er sich Sophie widersetzte und ihre Heiratspläne ablehnte.

»Was ist?«, fragte Sissi. Obwohl sie sich erst seit wenigen Stunden kannten, schien sie seine Stimmungen so gut zu spüren, als lebten sie seit Jahren zusammen.

»Mir ist nur gerade klar geworden, dass wir diesen Wald irgendwann wieder verlassen und in unsere Leben zurückkehren müssen. Dabei wünsche ich mir nichts sehnlicher, als hier bei Ihnen bleiben zu können.«

»Ist Ihr Leben denn so trostlos?«

»Meine Zukunft ist es.«

Er sagte die Wahrheit, ungeschminkt und ungeschönt. Es kam ihm vor, als könne er Sissi seine geheimsten Wünsche und tiefsten Ängste anvertrauen. Wenn er in ihre Augen sah, fühlte er eine Verbundenheit, die weiter ging als alles, was er bisher je erlebt hatte.

Wieso will ich ihr Blut nicht trinken?, fragte er sich. *Warum entsetzt mich nichts so sehr wie der Gedanke, sie zu verletzen?*

Es war widernatürlich, fast schon beängstigend. Wäre er älter gewesen, hätte er an seinem Verstand gezweifelt.

Ihre Finger bewegten sich auf die seinen zu, verharrten aber kurz vor der Berührung.

»Mein Vater«, begann Sissi, »geht immer in den Wald, wenn ihn Sorgen plagen. Er sagt, dort würde alles, was ihn bedrückt, unbedeutend, denn er erkenne dann die Größe der Schöpfung und den Willen der Gött… den Willen Gottes.« Sie schüttelte den Kopf. Ihre Worte überschlugen sich. »Wie dumm von mir. Es gibt natürlich nur einen Gott. Und seinen Willen erkennt er im Wald, nicht den von … etwas anderem, was selbstverständlich nicht Gott ist. Sonst gäbe es ja mehr als einen und das … glauben nur Wilde.«

Franz-Josef runzelte die Stirn.

Sissi räusperte sich. »Da sehen Sie, was passiert, wenn Sie einfach so ein fremdes Mädchen ansprechen. Es stellt sich als Verrückte heraus, die seltsames Zeug plappert und eben mal so die Grundlagen des Christentums vergisst.«

»Betrachten wir das als Ausrutscher und sprechen nicht mehr davon«, sagte er. *Ein sehr seltsamer Ausrutscher,* fügte er in Gedanken hinzu.

Sissi wirkte erleichtert. »Sie sind sehr verständnisvoll.«

»Nicht mehr als Sie. Schließlich opfern Sie gerade Ihre Zeit einem Fremden, der offensichtlich sehr angetan von Ihnen ist, obwohl Sie sicherlich Besseres zu tun hätten.«

»Nein, ganz und gar nicht. Meine Mutter sperrt mich eh nur die ganze Zeit im Zimmer ein, weil ich ungehorsam war.«

»Dann helfen wir uns ja gegenseitig.« Franz-Josef lächelte und schob seine Hand ein kleines Stück weiter, bis sie Sissis Finger berührte. Er sah, wie sie erstarrte, befürchtete bereits, zu weit gegangen zu sein, doch dann ergriff sie plötzlich seine Hand.

Einen Moment saß Sissi schweigend neben ihm. Gemeinsam betrachteten sie den Mond und lauschten den Geräuschen des Waldes.

»Warum ist Ihre Zukunft trostlos?«, fragte Sissi.

»Weil ich eine Frau hei…« Der Schlag traf ihn aus dem Nichts.

Franz-Josef wurde durch die Luft geschleudert. Er sah einen Baumstamm auf sich zukommen. Die Äste streckten sich ihm spitz und bedrohlich entgegen. Er drehte sich, um dem Zusammenstoß auszuweichen, und biss die Zähne zusammen, als er mit dem Rücken gegen den Stamm prallte. Äste splitterten. Irgendetwas bohrte sich in seine Schulter. Er spürte scharfen Schmerz und für einen Augenblick wurde alles schwarz um ihn.

Sissis Schrei riss ihn aus seiner Benommenheit. Franz-Josef schüttelte den Kopf und kam unsicher auf die Beine. Sein Blick klärte sich.

Sissi stand breitbeinig neben dem Stein, auf dem sie gesessen hatten. Sie hielt einen langen, schwer aussehenden Ast in beiden Händen und schwang ihn wie ein Schwert. Die nackte, dreckverkrustete Gestalt, die sich ihr näherte, wich jedes Mal aus, wenn der Ast auf sie zuschoss, aber Josef sah, dass sie nur mit Sissi spielte. Sie grinste und fauchte, täuschte Bewegungen an, die sie nicht ausführte, und Angriffe, die nicht erfolgten. Ihre kleinen Brüste hüpften bei jeder Bewegung auf und ab.

Franz-Josef stieß einen gellenden Pfiff aus. Die wilde Vampirin fuhr herum. Ihr langes Haar war zu einer verfilzten Matte zusammengewachsen, die wie ein Teppich schwer über ihren Rücken hing.

»Igitt«, hörte er Sissi sagen. Die Reaktion erschien ihm fast noch seltsamer als ihr *Aussetzer*.

Die Vampirin beachtete Sissi nicht mehr, sondern ging mit langen, kräftigen Schritten auf Franz-Josef zu. Er warf einen Blick auf seine Flinte, die er an den Stein gelehnt hatte. Sie würde ihm ebenso wenig nutzen wie das Messer in seinem Gürtel. Trotzdem zog er es.

»Geh«, sagte er. »Dann lasse ich dich leben.«

Er hatte erwartet, dass sie lachen oder ihn verhöhnen würde, nicht aber, dass sie stehen blieb. Doch genau das tat sie. Mit schräg gelegtem Kopf sah sie ihn an, ihre Augen so hell wie der Mond.

Franz-Josef ließ das Messer sinken. »Geh. Ich habe keinen Streit mit dir.«

Die wilde Vampirin antwortete nicht. Ihr Blick glitt hinauf zum Himmel, so als lausche sie einer lautlosen Stimme. Einen Moment lang verharrte sie so. Auf Franz-Josef wirkte sie verloren, wie eine Gestalt aus einer längst vergessenen Zeit, gefangen in einer Welt, die sie nicht mehr verstand. Mit einem Mal tat sie ihm leid.

»Der Wald soll dir gehören«, sagte er so leise, dass nur sie ihn verstehen konnte. »Ich werde dafür sorgen, dass niemand dich hier belästigt.«

Ihr Blick kehrte zu ihm zurück. Etwas veränderte sich darin. Und dann sprang sie aus dem Stand heraus auf ihn zu. Sie riss den Mund auf und fauchte. Ihre Eckzähne glänzten feucht im Mondlicht. Sie roch nach Erde und Einsamkeit.

Franz-Josef riss das Messer hoch und stieß zu. Die Klinge durchstieß die Haut ihres Arms und bohrte sich in ihr Fleisch, aber sie wich nicht zurück, stieß keinen Laut aus. Mit dem Knie prellte sie ihm die Waffe aus der Hand, mit dem unverletzten Arm schlug sie nach seinem Gesicht. Er duckte sich unter ihrem Schlag weg und rammte ihr die Schulter in die Rippen. Er hörte Knochen brechen. Die wilde Vampirin wurde zur Seite geschleudert. Er setzte nach, aber sie ließ sich fallen und trat ihm die Beine unter dem Körper weg.

Dann war sie auch schon über ihm. Ihre Fäuste waren wie Steine. Sie hämmerte sie in seinen Magen, seine Rippen, gegen seinen Kopf. Er versuchte, sie abzuwehren, sah plötzlich ihre Kehle über sich, riss den Kopf hoch, um sie ihr aus dem Hals zu reißen, schloss den Mund jedoch im letzten Moment.

Sissi, dachte er. *Sie darf mich so nicht sehen.*

Es war, als kämpfe er mit einer Hand hinter dem Rücken. Die wilde Vampirin schlug auf ihn ein, bedrängte ihn immer weiter, während er versuchte, sich wie ein Mensch zu verteidigen. Er hätte Sissi betören können, doch mit der Erinnerung an den Kampf hätte er ihr auch jene an diesen Abend genommen. Dazu war er nicht bereit.

Die Vampirin schien seine Zurückhaltung zu spüren, denn sie fauchte und schnappte nach seinem Hals. Franz-Josef schlug ihren Kopf zur Seite, sodass sie auf den Boden prallte. Mit einem Mundvoll Erde kam sie wieder hoch.

Er schlug ihr beide Fäuste ins Gesicht. Schwarzes Blut spritzte über sein Hemd. Die Vampirin schüttelte sich. Einen Moment lang ließen ihre Attacken nach. Franz-Josef stemmte die Knie gegen ihre Hüften, wollte sie von sich stoßen, aber sie krallte sich mit einer Hand in seine Brust.

Wieso nur mit einer Hand?

Er drehte den Kopf. Seine Augen weiteten sich, als er den abgebrochenen Ast in ihrer freien Hand sah. Sie holte aus und … explodierte!

Asche und Schleim klatschten Franz-Josef ins Gesicht. Der Druck verschwand von seinem Körper. Er fuhr sich mit dem Ärmel über die Augen und blinzelte. Sissi stand über ihm. In einer Hand hielt sie ihren hölzernen Kamm. Die Zacken waren abgebrochen, Schleim tropfte von dem langen, spitzen Griff.

»Bist du verletzt?«, fragte sie.

»Nein.« Er war zerschlagen und zerkratzt, aber in der Dunkelheit konnte sie sein schwarzes Blut nicht sehen. Es vermischte sich mit der Asche und dem Schleim. »Und du?«

»Nichts passiert.« Sie klang erstaunlich gelassen, fast schon fröhlich. »Hast du gesehen, wie schnell die war? Wenn ich nicht daran gedacht hätte, dass der Kamm …« Sie unterbrach sich. Einen Augenblick lang sagte sie gar nichts, dann begann sie plötzlich zu schluchzen und sackte neben ihm zusammen.

»Oh mein Gott, oh Gott, wie entsetzlich! Was war das? Franz, was war das für eine schreckliche Frau?«

Er setzte sich auf und nahm Sissi in die Arme. Ihre Tapferkeit beeindruckte ihn. Sie hatte ihm die Existenz gerettet. Kein Wunder, dass sie nach so einem furchtbaren Erlebnis zusammenbrach.

Beruhigend strich er ihr über das lange Haar. »Du musst keine Angst mehr vor ihr haben. Sie ist ja fort.«

Sissi hielt sich an ihm fest. Sie zitterte. »Aber wer war sie? Was wollte sie von uns?«

»Es war bestimmt eine Verrückte. Ein paar Kilometer entfernt von hier gibt es eine Anstalt. Da muss sie ausgebrochen sein.«

Es gab keine Anstalt in der Nähe, aber das wusste Sissi ja nicht. Er spürte, wie sie nickte, während er sie streichelte.

»Und wieso ist sie …«, Sissi schluckte, »… geplatzt?«

Franz-Josef zögerte. »Vielleicht, weil sie krank war?«

Sissi barg ihr Gesicht an seine Schulter und schluchzte. Es klang beinah so, als lache sie.

KAPITEL NEUN

Die Kinder Echnatons glauben nicht, dass der gleiche Gott, der die Vampire erschuf, auch die Menschen erschaffen hat. Der Gedanke erscheint ihnen blasphemisch. Um fruchtlosen und langwierigen Debatten über den Ursprung beider Völker aus dem Weg zu gehen, hat es sich als praktisch erwiesen, allen Göttern, die nicht der Gott der Vampire sind, Respekt zu bezeugen. Dies mag Neulingen seltsam vorkommen, doch wer in den Orden hineingeboren wird, betet mit der gleichen Inbrunst zu den Göttern, die unsere Schöpfer sein könnten, wie andere zum Gott der Vampire.

– Die geheime Geschichte der Welt von MJB

Sissi gelang es nur mit Mühe, Franz davon abzubringen, sie nach Hause zu begleiten. Sie wollte weder, dass sie zusammen gesehen wurden, noch dass er erfuhr, wo sie lebte. Obwohl sie die halbe Nacht miteinander geredet hatten, wusste Sissi nicht mehr über ihn als zuvor. Er hielt sein Leben vor ihr geheim. Es erschien ihr nur gerecht, umgekehrt dasselbe zu tun. Sosehr sie ihn auch mochte und sich zu ihm hingezogen fühlte.

Wer bist du?, dachte sie, als sie durch den Efeu zu ihrem dunklen Zimmer hinaufkletterte. *Warum gibst du nichts von dir preis?*

Das Fenster stand immer noch offen. Sie stieg hindurch, setzte sich auf einen Hocker und zog ihre Stiefel aus. Es polterte, als sie sie achtlos in eine Ecke warf.

Auf ihrem Bett fuhr eine Gestalt in die Höhe. »Sissi?«, fragte eine verschlafene Stimme.

»Néné?« Sissi stand auf. Sie war sich sicher, im richtigen Zimmer zu sein. »Was machst du denn hier?«

Sie hörte, wie ihre Schwester ein Streichholz anriss. Eine kleine Flamme tauchte ihr Gesicht in gelbliches Licht, dann zündete Néné die Kerzen auf dem Nachttisch an. Sie trug einen Morgenmantel über ihrem dünnen Nachthemd.

»Ich wollte dir etwas von unserem Nachtisch abgeben«, sagte Néné, während sie sich aufsetzte. »Mutter sagte zwar, man solle dich bei Wasser und Brot halten wie eine Verbrecherin, aber das fand ich zu streng.« Sie nahm einen in eine Serviette eingeschlagenen Teller vom Nachttisch und streckte ihn Sissi entgegen. »Hier. Das ist Kuchen aus Wien.«

Sissi spürte auf einmal, wie hungrig sie war. »Was würde ich nur ohne dich machen?«, sagte sie grinsend und setzte sich neben Néné aufs Bett. Gierig packte sie den Teller aus. Zwei Kuchenstücke samt einer Gabel lagen darauf. Der Geruch nach Schokolade und Kirschen ließ ihren Magen knurren.

»Wir werden es bald erfahren«, sagte Néné.

Sissi stellte den Teller auf ihre Knie. »Hast du mit Franz-Josef gesprochen?«

»Nein, aber mit Sophie. Obwohl … das stimmt auch nicht. Sophie hat mit Mutter gesprochen. Ich habe nur danebengesessen und genickt.«

»Und was kam dabei heraus?«

Néné lehnte sich an das Kopfteil des Bettes und zog die Decke bis zu ihrem Bauch. »Dass er mich morgen Abend beim Ball offiziell bitten wird, seine Verlobte zu werden.«

Sie lächelte und faltete die Hände über der Decke. Es sah aus, als läge sie in einem Sarg. Der Geruch des Kuchens regte Sissis Appetit auf einmal nicht mehr an. Im Gegenteil, sein schweres, süßes Aroma war ekelerregend.

»Ist das nicht wundervoll?«, fragte Néné.

Es war eine von diesen Fragen, auf die man keine Antwort erwartete. Sissi konnte sich den richtigen Ausdruck dafür nicht merken. *Retrofrage oder so,* dachte sie.

»Endlich wird sich erfüllen, worauf wir so lange hingearbeitet haben«, fuhr Néné fort.

Sissi legte die Serviette auf den Teller und schob ihn unters Bett. Dann streckte sie sich ebenfalls aus. Die Nacht war so warm, dass sie keine Decke brauchte.

»Sei froh, dass du bei dem Gespräch nicht dabei warst«, sagte ihre Schwester. »Sophie hat uns behandelt wie Bettler. Sie hat Mutter sogar gefragt, ob ich fehlerfrei lesen und schreiben könne. Ist das nicht unverschämt?«

Das war es tatsächlich. Sissi öffnete den Mund, um Néné zuzustimmen, aber die ließ sie nicht zu Wort kommen.

»Du hättest dich nicht beherrschen können, das schwöre ich dir. Vor der versammelten Dienerschaft hättest du versucht, ihr einen Pflock ins Herz zu rammen.«

»Das hätte ich nicht«, sagte Sissi ruhig. »Ich kann mich beherrschen.«

»Kannst du nicht.«

»Kann ich doch.«

»Mutter und Vater sagen beide, dass du es nicht kannst.«

»Was wissen die schon …« Sissi drehte sich auf die Seite und sah zum Fenster hinaus. Sie wollte nicht mit Néné streiten. Es war vielleicht das letzte Mal, dass sie so zusammen sein konnten. Nach Bekanntgabe der Verlobung würde man Néné in den Palast nach Wien bringen und dann war alles nur noch eine Frage der Zeit.

»Fürchtest du dich denn gar nicht?«, fragte Sissi nach einer Weile.

Néné schwieg.

Sissi dachte schon, ihre Schwester sei eingeschlafen, aber dann antwortete sie doch.

»Ein wenig.« Die Bettdecke raschelte. Néné setzte sich auf.

»Ich habe Angst, zu versagen. Wenn ich den falschen Zeitpunkt wähle, stirbt vielleicht nur der Kaiser. Ihn können sie leicht ersetzen. Ich muss sie alle erwischen, das ganze verdammte Pack.«

Der Hass in ihrer Stimme schien den Raum zu verdunkeln. Sissi drehte sich auf den Rücken und sah Néné an. »Das meinte ich nicht«, sagte sie leise. »Ich dachte daran, dass du sterben wirst, wenn es gelingt.«

»Das ist nicht schlimm. Solange unser Land befreit wird, kann ich damit leben.«

Die Worte hingen im Raum. Sissi spürte ein Kribbeln in der Kehle. Sie wollte es unterdrücken, aber das Lachen bahnte sich seinen Weg.

»Du kannst damit leben?«, wiederholte sie.

Néné runzelte die Stirn, dann begann auch sie zu lachen. »Ach, du weißt schon, was ich meine.« Sie zog die Beine wieder an und schlang die Arme um ihre Knie. »Wo warst du eigentlich die halbe Nacht?«

Sissi setzte sich ebenfalls auf. »Du wirst bestimmt nicht glauben, was passiert ist«, sagte sie, dann begann sie zu erzählen.

»… und als ich ihn fragte, weshalb die Vampirin explodiert sei, sagte er: ›Vielleicht war sie krank.‹«

Néné lachte so laut, dass Sissi ihr aus Angst, ihre Mutter könnte sie hören, die Bettdecke vor den Mund drückte.

»Das hat er wirklich gesagt. Ich hatte so eine Angst, dass er die Gendarmen rufen würde, aber das kam ihm gar nicht in den Sinn.«

Néné wischte sich die Lachtränen aus den Augen und zog die Bettdecke herunter. »Magst du ihn?«

»Ja. Er ist vielleicht nicht sehr schlau, aber er ist freundlich und nett und sieht gut aus. Irgendwie gefällt er mir. Wir haben auch viel gemeinsam. Sogar die gleichen Blumen mögen wir.«

»Dann erzähl Mutter von ihm«, sagte Néné. Sie musste gesehen haben, dass Sissis Augen sich weiteten, denn sie fügte rasch hinzu: »Natürlich nicht alles. Sag ihr, dass er sich vorstellen wird, und wenn dabei alles gut geht, wirst du ihn so oft sehen können, wie du willst. Ihr werdet euch verlieben, heiraten, Kinder großziehen und zusammen alt werden.« Ein seltsamer Ausdruck trat in ihr Gesicht. Sissi las Bedauern darin, aber auch Stolz.

»Das werden wir«, sagte sie. Dann lächelte sie. »Wenn Mutter ihn nicht verschreckt.«

»Ja.« Néné räusperte sich und lachte, als wolle sie sich von etwas befreien. »Willst du deinen Kuchen nicht?«

»Doch, aber du kannst die Hälfte haben.« Sissi zog den Teller wieder unter dem Bett hervor. Sie spürte Nénés Hand auf ihrem Arm.

»Das hätte ich ja beinah vergessen«, sagte ihre Schwester. »Sophie besteht darauf, dass du morgen Abend an dem Ball teilnimmst. Tu so, als wüsstest du von nichts, wenn Mutter dir das erzählt, und gib ihr vernünftige Antworten. Sie fürchtet schon, dass du jemanden pfählen wirst, wenn sie dich mitnimmt.«

Sissi legte die Serviette zur Seite und stellte den Kuchenteller auf das Bett. »Wieso traut mir Mutter eigentlich nichts zu? Ich kann alles, was du kannst.«

Néné wurde ernst. »Nein, das kannst du nicht«, sagte sie, ohne die Stimme zu heben.

Sissi wusste, dass sie recht hatte.

KAPITEL ZEHN

Die Spanische Inquisition, dieser Flächenbrand des Wahnsinns, der Europa jahrhundertelang in einen Ort des Entsetzens verwandelte, ist zugleich eines der dunkelsten Kapitel in der Geschichte der Kinder Echnatons. Die Inquisition sollte die Mitglieder des Ordens aus dem Verborgenen treiben, doch als sie außer Kontrolle geriet, mussten Hunderttausende ihr Leben in Folterkellern und auf Scheiterhaufen lassen.

Bis zum heutigen Tag müssen die Kinder Echnatons sich die Frage gefallen lassen, ob sie nicht mehr zum Wohlergehen der Menschheit hätten beigetragen können, wenn sie alle sich gestellt und dem Irrsinn ein Ende bereitet hätten.

– Die geheime Geschichte der Welt von MJB

Der Hof der Residenz stand voller Kutschen, die meisten mit schwarz verhangenen Fenstern und Türen. Der Ball brachte Adlige aus Preußen, Sachsen, Bayern und Österreich zusammen. Viele waren bereits vor ein oder zwei Tagen eingetroffen, um die Gastfreundschaft des Kaisers auszunutzen. Franz-Josef störte das nicht. Sollten die Vampire doch von seinen Zofen trinken und in seinen Wäldern jagen, solange sie taten, was er – beziehungsweise Sophie – von ihnen wollte.

Die Soldaten, die am Haupteingang der Residenz Wache standen, salutierten, als Franz-Josef an ihnen vorbeikam. Seine Wunden waren unterwegs bereits verheilt, nur den Schmutz und den

Schleim der getöteten Vampirin hatte er noch nicht entfernen können. Die Wachen zuckten mit keiner Wimper und er beachtete sie auch nicht weiter. Es waren nur Menschen.

So wie Sissi, dachte er im nächsten Moment. *Sie ist auch nur ein Mensch und doch würde ich meine Existenz hergeben, um ihr kurzes, armseliges Leben zu retten.*

Dass sein Verhalten nur unter einer Voraussetzung einen Sinn ergab, war ihm klar, trotzdem schreckte er vor dem Wort zurück. Er empfand etwas für Sissi, er mochte sie, sehr sogar. Aber Liebe?

Liebe war ein Gefühl für Menschen, eine sentimentale Schwäche, der sich kein Vampir hingeben würde. Zumindest hatte Franz-Josef noch nie von einem Vampir gehört, der zu einem anderen »Ich liebe dich« gesagt hätte. Die Vorstellung war einfach grotesk.

Und doch wünschte er sich, er hätte Sissi genau diese Worte ins Ohr flüstern können.

»Ich liebe dich, Sissi«, flüsterte er probeweise. Es klang seltsam, aber auf eine angenehme, warme Art.

Franz-Josefs Schritte hallten durch die leeren Gänge der Residenz. Der Wachbereich der menschlichen Soldaten endete am Eingang, um die Innenräume kümmerten sich vampirische Bedienstete und Leibwächter. Es waren zumeist verarmte Adlige, die versuchten, auf diese Weise um Sophies Gunst und um eine zweite Chance zu buhlen.

Franz-Josef begegnete nur einem von ihnen, einem jung aussehenden, schüchternen Mann, der den Blick senkte, an ihm vorbeiging und hastig »Guten Abend, Majestät« murmelte.

Franz-Josef erwiderte den Gruß. Obwohl die Nacht noch jung war, schienen die meisten Vampire in ihren Gemächern zu sein. Wahrscheinlich bereiteten sie sich auf den Ball vor. Man brauchte Ruhe und Konzentration, um Menschen in nächster Nähe über Stunden hinweg ein anderes Aussehen vorzugaukeln. Sophie würde weder übermüdete noch verkaterte Vampire auf ihrem Ball dulden, da war sich Franz-Josef sicher. Ein Scheitern der

Tarnung wäre erstens peinlich gewesen und hätte zweitens die Keulung der menschlichen Gäste nach sich gezogen. Hysterische Menschen ließen sich nicht betören.

Er ging an den geschlossenen Türen des Ballsaals vorbei und wollte gerade zu dem Trakt abbiegen, in dem sich Sophies Gemächer befanden, als er Geräusche hörte – ein Poltern, Klirren und Murmeln. Es kam aus dem Ballsaal.

Franz-Josef blieb vor einer der Türen stehen und lauschte. Sein Gehör war besser als das eines Menschen, aber die Türen bestanden aus einem halben Meter massivem Holz und waren auf der Innenseite zusätzlich mit schweren Vorhängen verkleidet. Sophie benutzte den Saal auch für politische Gespräche, bei denen Zuhörer unerwünscht waren.

Franz-Josef öffnete die Tür einen Spaltbreit und zuckte zusammen, als Musik, Stimmengewirr und starker Eisengeruch ihm entgegenschlugen. Hunger zog seinen Magen zusammen. Seit der vergangenen Nacht hatte er nicht mehr getrunken.

Er schob den schweren Stoff zur Seite und ließ den Anblick, der sich ihm bot, einen Moment lang auf sich wirken.

Gut zwei Dutzend Vampire hielten sich in dem Saal auf. Zigarrenrauch hing wie eine Nebelbank über ihnen. In einer Ecke standen menschliche Musiker, die ihre Instrumente mit dem entrückten Blick Betörter spielten. Pierre hockte hinter einem Geiger am Boden und trank Blut aus dessen Oberschenkel. Der Mann schien ihn nicht einmal zu bemerken.

Eine kleine Gruppe Adliger hatte sich unter einem Kronleuchter versammelt, auf den jemand ein totes Schwein geworfen hatte. Blut tropfte aus seinen Wunden auf Gesicht und Kleidung der Vampire. Zwischen ihnen am Boden hatte sich eine Blutlache gebildet, in der sich eine ältere, übergewichtige Vampirin suhlte. Ferdinand saß etwas abseits von ihnen an einem Tisch und spielte Schach. Auf dem Stuhl ihm gegenüber lag eine Melone. Ab und zu sah er von dem Brett auf und sagte etwas zu ihr.

Eine Vampirin, die Franz-Josef nicht kannte, tanzte vor den

Musikern mit einem nackten Diener, der aus dem Hals blutete und immer wieder in den dunklen Pfützen am Boden ausrutschte. Einige andere sahen ihr zu.

»Hey, Kaiser!«

Franz-Josef drehte sich um und sah, wie Edgar die Zofe, von der er getrunken hatte, fallen ließ und mit unsicheren Schritten auf ihn zukam. In einer Hand hielt er eine halb volle Schnapsflasche. Alkoholisierte Menschen gaben ihren Rausch mit ihrem Blut weiter.

Edgar blieb vor ihm stehen. »Willst du sie weiter abfüllen?«, fragte er. »Ich überlasse sie dir, wenn du willst. Sie hat genau den richtigen Pegel.«

»Nein, danke.« Franz-Josef blickte sich um. »Hast du Sophie gesehen?«

Auch untereinander redeten sie sich nur mit den Namen an, die sie in der Öffentlichkeit verwendeten. Das half, Fehler zu vermeiden.

Edgar lachte. »Glaubst du etwa, dass wir so feiern würden, wenn sie hier wäre? Da hätten doch alle einen Stock im Arsch.«

Das stimmte allerdings. Sophies Anwesenheit lockerte niemals die Stimmung auf. Zumindest aber wäre sie so klug gewesen, keine Blutorgie in einem Saal zu feiern, der in nur wenigen Stunden für einen Ball geschmückt werden sollte – von menschlichen Dienern, die ausnahmsweise die Residenz betreten durften.

Nicht mein Problem, dachte Franz-Josef. Er sah Edgar an. »Ich muss leider zu Sophie. Es gibt bis heute Abend noch viel zu regeln.«

Er wollte sich abwenden, aber Edgar legte ihm die Hand auf die Schulter und stützte sich schwer auf.

»Hab schon gehört, dass du heiraten wirst.« Er schüttelte den Kopf. »Ich würde mir eher die Eckzähne abfeilen, als mich zu einer Menschenfrau ins Bett zu legen. Aber wer dank Sophies Gnaden den Kaiser spielen darf, muss wohl gewisse Kompromisse eingehen.«

»Ich spiele den Kaiser nicht. Ich bin der Kaiser.«

Sie wussten beide, dass das eine Lüge war.

»Dann heiratest du sie also freiwillig.« Edgar hob die Schultern. »Dass du eine Vorliebe für Menschenfrauen hast, haben wir ja gestern Nacht schon gesehen.«

»Ich habe keine Vorliebe für Menschenfrauen!« Die Bemerkung traf Franz-Josef tiefer, als er gedacht hätte. Einige Vampire drehten sich zu ihm um. Er hatte zu laut gesprochen.

»Na, bravo!«, rief Ferdinand.

Franz-Josef schüttelte Edgars Hand ab, ging zur Tür und schlug sie hinter sich zu. Die plötzliche Stille hallte in seinen Ohren wider.

Ich bin nicht so schwach, wie er glaubt. Ich könnte jede Vampirin haben, wenn ich nur wollte. Er zögerte, bevor er den Gedanken zu Ende brachte. *Aber ich will nicht.*

Der Leibwächter, der vor Sophies Gemächern stand, verschwand im Innern, als er Franz-Josef kommen sah. Kurz darauf tauchte er wieder auf und verneigte sich. »Die Erzherzogin ist bereit, Sie zu empfangen.«

»Das sollte sie besser auch. Ich bin der Kaiser. Ich kann sie aufsuchen, wann immer ich will.«

Seine Wut prallte an dem Vampir ab. »Wie Sie meinen.«

Franz-Josef betrat den kleinen Salon, in den sich Sophie meistens zurückzog, wenn der Morgen nahte. Seine Stiefel versanken in den dicken Teppichen. Auf der fast zwei Meter langen Landschaftsmalerei, die über dem Kamin hing, war eine mondbeschienene Ebene zu sehen, über die riesige Elefanten zogen. Im Hintergrund stand ein Turm. Franz-Josef hatte Sophie einmal nach diesem Bild gefragt, aber sie hatte nur ausweichend geantwortet. Es schien ihr jedoch wichtig zu sein, denn sie ließ es jedes Jahr aus Wien in die Sommerresidenz bringen.

Karl stand seitlich vor dem Kamin, den rechten Ellenbogen auf den Sims gelegt, den Rücken kerzengerade. Die Knöpfe seiner dunklen Uniform waren poliert, die Ordensleiste an seiner Brust so groß, dass Franz-Josef befürchtete, der Stoff würde nachgeben. In der linken Hand hielt er ein Buch, aber sein Blick war in die Ferne gerichtet. Es sah aus, als wolle er sich porträtieren lassen.

Und genau das war der Fall, erkannte Franz-Josef, als er zur Seite blickte und die Staffelei entdeckte. Der Vampir, der dahinter stand, trug einen mit Farbklecksen übersäten Kittel und hielt einen Pinsel in der Hand. Sein Gesicht wirkte verbissen. Die Spitze seiner Zunge ragte über die Lippen. Er schien keine Freude an seiner Arbeit zu haben.

Franz-Josef warf einen Blick auf das Porträt, während er darauf wartete, dass Sophie, die auf dem Sofa saß und stickte, ihn begrüßte.

Das Bild war schlecht, wie er es erwartet hatte. Niemand hatte eine Erklärung dafür, dass es unter Vampiren keine guten Künstler gab.

Sophie legte ihre Stickerei neben sich aufs Sofa. »Du wirkst ungehalten«, sagte sie.

»Ich bin nur müde.«

»Hast du schon getrunken?«

Er schüttelte den Kopf. Sophie läutete die kleine Glocke, die vor ihr auf dem Tisch stand. Ein Diener trat aus dem Nebenraum ein und stellte ein Tablett mit drei Teetassen und einer großen Kanne auf den Tisch. Er goss etwas Blut in jede Tasse, dann zog er sich wieder zurück.

Franz-Josef runzelte die Stirn. Sophie hatte in seiner Gegenwart kein Wort gesprochen. Woher also hatte der Diener gewusst, was er tun sollte?

Er schob den Gedanken beiseite, als Sophie ihn mit einer Geste aufforderte, sich zu setzen.

»Was führt dich heute zu mir?«, fragte sie. »Hat schon wieder jemand die Vermessenheit besessen, dich umbringen zu wollen?«

Karls Mundwinkel zuckten.

»Um ehrlich zu sein, ja.« Franz-Josef genoss die Überraschung auf Sophies Gesicht. Betont langsam trank er das heiße Blut aus seiner Tasse. Es schmeckte jung und frisch, aber noch etwas war darin, was er nicht einordnen konnte.

»Ein wenig Chinese«, sagte Sophie, ohne dass er fragen musste. »Der Geschmack ist sehr angenehm, wenn man sich daran gewöhnt hat.«

»Ja, das ist er.« Franz-Josef wartete, aber Sophie sprach ihn nicht auf seine erneute Begegnung mit dem Tod an. Es war ein Machtspiel. Sie wollte kein Interesse an etwas bekunden, was ihm widerfahren war. Also zwang sie ihn, ohne Aufforderung davon zu sprechen.

Er schluckte seinen Stolz herunter. »Es war eine wilde Vampirin«, sagte er. In Gedanken sah er sie wieder vor sich stehen, in all ihrer Verlorenheit. »Ich glaube nicht, dass sie mich wirklich töten wollte. Eher, dass sie nicht wusste, was sie sonst tun sollte.«

Sophie stellte ihre Tasse auf den Tisch und tupfte sich mit einem Seidentuch das Blut von den Mundwinkeln.

Karl schickte den Maler mit einem Kopfnicken aus dem Salon und setzte sich zu ihnen. »Ich dachte, ihr hättet sie gestern Nacht schon gejagt«, bemerkte er.

»Nein. Der Vampir, den wir gestern gejagt haben, ist uns entkommen. Die Vampirin von heute habe ich getötet.«

Es war nicht ungefährlich, Sophie anzulügen. Sie neigte dazu, Lügen aufzuspüren und so lange nachzubohren, bis sie die Wahrheit herausfand. Doch dieses Mal fragte sie nicht nach. Stattdessen warfen sie und Karl sich einen kurzen Blick zu.

»Das sind vier wilde Vampire in nur zwei Tagen«, stellte Sophie fest.

»Vier?« Von den anderen hatte Franz-Josef nichts gehört.

»Es sind noch zwei in Hessen aufgetaucht.« Karl roch an dem Blut in seiner Tasse und verzog das Gesicht. »Wir haben eben ein Telegramm erhalten.«

»Aber ich dachte, sie seien fast ausgestorben.« Franz-Josef erinnerte sich an die Geschichten, die alte Vampire über nächtelange Hetzjagden im Wald erzählten. Noch im Spätmittelalter hatten sie dabei gleich Dutzende erlegt, später nur noch einzelne und in den letzten Jahrzehnten keine mehr.

»Das dachten wir alle«, sagte Karl. Er lehnte sich in seinem Sessel zurück und schlug die Beine übereinander. »Alle außer Sophie.«

Sie erwiderte nichts darauf, sondern drehte nur stumm den blutbefleckten Teelöffel zwischen den Fingern. Dann erhob sie sich plötzlich.

Franz-Josef sprang auf, ebenso Karl. Man blieb nicht sitzen, wenn Sophie stand.

»Es war richtig, zu mir zu kommen, Franzl«, sagte sie, während sie sich bereits ihrer Schlafzimmertür zuwandte. »Gute Nacht.«

Franz-Josef neigte den Kopf. »Schlafen Sie gut, Sophie.« Er wartete, bis sie die Tür hinter sich geschlossen hatte, dann sah er Karl an. »Was hat das zu bedeuten? Kehren die wilden Vampire zurück?«

»Sophie sagt mir auch nicht alles. Warte ab. Sie wird dich schon noch einweihen.« Karl läutete die kleine Glocke, die auf dem Tisch stand.

»Haben wir auch etwas ohne Chinesen?«, fragte er.

Der Diener nickte und verschwand hinter dem Vorhang.

Franz-Josef trank seine Tasse aus. »Wir sehen uns morgen auf dem Ball, Karl. Gute Nacht.«

»Gute Nacht.«

Er legte bereits die Hand auf die Klinke, als ihm ein Gedanke kam. »Haben die menschlichen Diener schon angefangen, den Saal zu schmücken?«, erkundigte er sich.

Karl schüttelte den Kopf. »Die kommen erst bei Tageslicht.«

Franz-Josef runzelte in gespielter Verwirrung die Stirn. »Wieso habe ich dann eben Stimmen im Saal gehört?«

»Verdammter Mist.« Karls Augen weiteten sich. Dann wandte er den Kopf zum Schlafzimmer. »Sophie!«

Franz-Josef verließ den Salon und machte sich pfeifend auf den

Weg zu seinen Gemächern. Erst als er den zusammengeknüllten Zettel neben seinem Bett liegen sah, fiel ihm ein, dass er sich seiner zukünftigen Braut nicht vorgestellt hatte.

Was soll's, dachte er mit erzwungener Leichtigkeit. *Ich werde sie ja sowieso nicht heiraten.*

KAPİTEL ELF

Die Schätzungen darüber, wie viele Vampire es tatsächlich in Europa gibt, gehen weit auseinander. Manche sprechen von fünfhundert, andere von fünftausend oder sogar fünfzigtausend. Es ist ein Geheimnis, dass die Vampire mit solchem Argwohn hüten, dass sie es selbst unter der Folter nicht preisgeben.
 – Die geheime Geschichte der Welt von MJB

»Mutter, sitzt mein Kleid auch?«
»Dreh dich mal um. Nein, nicht so schnell.«
Sissi saß auf der Treppe des Gästetrakts und sah zu, wie ihre Schwester und ihre Mutter sich gegenseitig in den Wahnsinn trieben. Viermal hatte Néné sich bereits umgezogen, einmal sogar Sissi gezwungen, das Kleid, das sie ihr geliehen hatte, wieder auszuziehen, weil sie es selbst anprobieren wollte.
Entschieden hatte sie sich, wenn die Entscheidung denn nun tatsächlich nach nur zwei Stunden gefallen war, für ein fliederfarbenes Ballkleid mit dazu passenden Schuhen. Sissi hatte ihr etwas schlichteres weißes zurückbekommen.
»Ich habe Hunger«, sagte sie, aber niemand hörte ihr zu. Prinzessin Ludovika steckte Néné zum wiederholten Male die Haare hoch, zerrte und zog an ihr und trat schließlich einen Schritt zurück.
»Das muss reichen«, sagte sie. »Wir kommen sonst zu spät.«
»Sehe ich denn gut aus?«, fragte Néné.

»Du siehst aus wie die Braut eines Kaisers«, sagte Sissi, bevor ihre Mutter sie weiter verunsichern konnte, und stand auf. »Lasst uns gehen.«

Néné blieb unschlüssig stehen. »Vielleicht sollte ich noch einmal das rosa Kleid …«

»Nein«, unterbrach Prinzessin Ludovika sie. »Komm jetzt.«

Es fiel Sissi schwer, in dem unförmigen Ballkleid die Treppe zum Eingang hinunterzusteigen. Sie konnte ihre Füße nicht sehen und musste sich jede Stufe ertasten. Néné und ihre Mutter schienen damit keine Probleme zu haben. Mit der Eleganz von Balletttänzerinnen glitten sie die Stufen hinunter. Während Sissi gelernt hatte, einen Beidhänder zu halten, hatte ihre Mutter Néné beigebracht, sich in solchen Kleidern zu bewegen.

Wir haben beide unsere Rollen zu spielen, dachte Sissi.

Die Diener, die an der geöffneten Eingangstür standen, verneigten sich vor ihnen.

»Er möge eine Kutsche holen«, sagte Prinzessin Ludovika zu dem älteren der beiden, »und sich damit beeilen.«

»Jawohl.« Der Mann trat auf den Hof und pfiff einmal laut.

Sissi sah zum hell erleuchteten Eingang der Residenz hinüber. »Eine Kutsche?«, fragte sie. »Das sind nicht einmal fünfzig Schritte. Warum laufen wir nicht?«

»Laufen?« Ihre Mutter sah sie an, als habe sie den Verstand verloren. »Wir sind Prinzessinnen auf dem Weg zu einem kaiserlichen Ball, keine Mägde, die zu einem Erntefest wollen. Hier wird niemand laufen.«

Der zweite Diener warf ihr einen kurzen Blick zu. Seine Mundwinkel zuckten.

Prinzessin Ludovika entging seine Reaktion nicht. »Findet er etwas lustig? Und wenn ja, möchte er uns an seiner Freude teilhaben lassen?«

Der Mann schluckte. »Nein, Prinzessin, verzeihen Sie bitte.«

Sie schien noch nicht fertig mit ihm zu sein, aber in diesem Moment fuhr die offene Kutsche vor.

Der ältere Diener öffnete die Tür und verneigte sich tief. »Ihre Kutsche, Prinzessinnen«, sagte er.

Sie stiegen ein, Néné und ihre Mutter äußerst elegant, Sissi vorsichtig und schwerfällig.

»Impertinentes Volk«, schimpfte Prinzessin Ludovika, als sich die Kutsche in Bewegung setzte. »Wie kann der Kaiser eine solche Dienerschaft in seiner Residenz dulden.«

Sissi hob die Schultern. »Vielleicht schmecken sie gut.«

Sie erwartete, dass Néné über die Bemerkung lachen würde, aber sie sah nur nach vorn und sagte: »Man findet heutzutage einfach kein gutes Personal mehr. Daran sind bestimmt diese schrecklichen Revolutionen schuld.«

Sie übte bereits für die Unterhaltungen bei Tisch. Prinzessin Ludovika tätschelte ihre Hand. »Sehr gut, Kind.«

Sie reihten sich in die lange Schlange der Kutschen ein, die den von Fackeln und Soldaten in Paradeuniformen gesäumten Weg entlangrollten. Sissi wusste nicht, wie viel Zeit vergangen war, bis sie endlich aussteigen konnten und von Dienern zum Eingang geleitet wurden, aber als sie die Residenz betrat, knurrte ihr der Magen.

Es war Sissis erster großer Ball. Sie hatte erwartet, dass man sie zu ihrem Tisch führen würde, doch stattdessen mussten sie sich in eine weitere Schlange einreihen. Sie verlief vom Eingang über eine breite Treppe nach oben. Alles war hell erleuchtet, funkelte und glänzte. Diener gingen mit Tabletts voller Champagnergläser an der Schlange vorbei, aber Prinzessin Ludovika schüttelte den Kopf, als Sissi danach greifen wollte.

»Champagner macht einen schlechten Atem.«

Sissi ließ die Hand wieder sinken. »Weshalb stehen wir eigentlich an?«, fragte sie, um sich von Hunger und Durst abzulenken.

»Wir stehen für den Kaiser an. Er begrüßt jeden Gast persönlich.«

Sissi warf einen Blick auf die Schlange. Sie schätzte, dass noch mehr als fünfzig Gäste vor ihnen standen. »Kann er uns nicht nach dem Essen begrüßen?«, fragte sie.

Hinter ihr lachte jemand. Sissi drehte sich um und sah in das Gesicht eines jungen, bemerkenswert gut aussehenden Offiziers. Er lächelte. »Ich habe es mir angewöhnt, vor jedem Ball etwas zu essen. Das erleichtert die Wartezeit.« Sein Blick glitt von Sissi zu Néné. »Eine freundliche Unterhaltung mit solch wundervollen Geschöpfen wie Ihnen und Ihrer … Schwester …?«

Néné und Sissi nickten.

»… erzielt natürlich den gleichen, nein, einen noch größeren Effekt.«

Prinzessin Ludovika drehte sich zu ihm um. »Meine Töchter haben nicht die Angewohnheit, sich mit fremden Männern zu unterhalten, die ihren Namen verschweigen.«

Die Augen des Offiziers weiteten sich. »Mein Gott, wie unhöflich von mir. Vergeben Sie mir bitte. Ich bin Major Gustav von Reitlingen. Es ist mir eine Ehre und eine Freude, eine Mutter kennenzulernen, die zwei so wundervolle Töchter hervorgebracht hat. Ihr Gatte ist ein wahrhaft glücklicher Mann.«

Seine Worte schienen Prinzessin Ludovika zu versöhnen, denn sie stellte sich vor. »… und das sind meine Töchter Helene und Elisabeth.«

Der Offizier schlug die Hacken zusammen und verneigte sich.

»Sie sind aber sehr jung für einen Major«, meinte Sissi.

Néné stieß sie hinter dem Rücken an. Anscheinend war eine solche Bemerkung unpassend.

Gustav von Reitlingen blinzelte, antwortete dann aber ohne zu zögern. »Auf dem Feld der Ehre wird man schnell befördert.«

Die Schlange rückte einige Schritte vor. Sissi musterte von Reitlingen neugierig. »Sie haben gekämpft?«

»Hier und da.« Er räusperte sich. »Aber das ist kein Thema für einen solch fröhlichen Rahmen. Wäre es allzu vermessen, Sie, Prinzessin Helene, und Sie, Prinzessin Elisabeth, darum zu bitten, einen Platz auf Ihrer Tanzkarte für mich frei zu halten?«

Sissi öffnete den Mund, aber ihre Mutter kam ihr zuvor. »Meine Töchter werden es in Erwägung ziehen«, erklärte sie, ohne sich umzudrehen. »Bis dahin müssen Sie sich gedulden.«

Damit war die Unterhaltung beendet. Major von Reitlingen schien das ebenfalls zu bemerken, denn er verneigte sich noch einmal kurz und wandte sich dann ab. Als Sissi sich das nächste Mal nach ihm umdrehte, stand er nicht mehr hinter ihr. Sie stellte sich auf die Zehenspitzen, aber er war nirgendwo zu sehen.

»Wahrscheinlich will er uns Gelegenheit geben, ungestört über ihn zu reden«, sagte Néné, als Sissi sie darauf aufmerksam machte. »Das ist wirklich sehr anständig von ihm.«

Die Schlange rückte wieder ein Stück vor. Sissi stieß mit den Zehen gegen eine Treppenstufe und fluchte leise. Ihre Mutter drehte sich um und sah sie mahnend an.

»Entschuldigung«, sagte Sissi.

»Wirst du mit ihm tanzen?«, flüsterte Néné, als Prinzessin Ludovika wieder nach vorn blickte.

»Ich weiß nicht.« Es kam ihr wie Verrat vor, darüber nachzudenken.

»Wegen Franz?«

Sie nickte. Am nächsten Abend waren sie wieder verabredet. Sie hatten die Hütte am Waldrand als Treffpunkt ausgemacht.

Néné hakte nicht weiter nach und auch Sissi schwieg.

Stufe für Stufe bewegte sich die Schlange die Treppe hinauf. Die Unterhaltungen der Wartenden schienen sich hauptsächlich um all die zu drehen, die gerade nicht in Hörweite standen. Es wurde gelästert, getratscht und verhöhnt. Sissi fragte sich auf einmal, wer von denen, die um sie herumstanden, ein Vampir war und wer ein Mensch.

Was, wenn sie alle Vampire sind?, dachte sie. Ihr wurde auf einmal kalt. Sie zog den dünnen Seidenschal enger um die Schultern und schüttelte den Gedanken ab.

Es dauerte fast eine Stunde, bis sie das Ende der Treppe erreichten. Gäste standen in dem breiten Gang, der zum Ballsaal führte, und unterhielten sich. Gläser klirrten, Menschen – wenn es denn welche waren – lachten. Ihre Worte hallten von den hohen Wänden wider, wurden zu einem diffusen Brummen, das klang, als würden hundert Musiker ihre Instrumente stimmen.

»Ludovika?« Der Name ihrer Mutter drang durch das Gewirr.

Sissi drehte sich um und entdeckte Sophie neben sich. Unwillkürlich trat sie einen Schritt zurück.

»Sophie.« Ihre Mutter lächelte und hauchte Sophie einen Kuss auf die Wange. Ihre Ballkleider berührten sich und raschelten.

Sissi knickste, als Sophies Blick auf sie fiel. »Tante Sophie«, sagte sie betont schüchtern. »Danke, dass du mir erlaubst, an dem Ball teilzunehmen.«

»Danke, dass Sie mir erlauben …«

»Was?«

»Elisabeth.« Ihre Mutter schüttelte den Kopf. »Wieso duzt du deine Tante, als befänden wir uns in einer Bauernstube?«

Wieso sollte ich sie nicht duzen? Ist sie nicht angeblich meine Tante?, wollte Sissi entgegnen, schluckte die Worte aber im letzten Moment herunter.

»Verzeih, Sophie«, fuhr ihre Mutter fort. »Elisabeth hat das Benehmen ihres Vaters geerbt.«

»Das hättest du ihr austreiben sollen. So macht sie nie eine gute Partie.«

Sissi stellte sich vor, wie der Holzabsatz ihres Schuhs Sophies Herz durchbohrte. Dann zwang sie sich zu einem Lächeln. »Danke, dass Sie mich auf meinen Fehler aufmerksam gemacht haben. Ich werde mich bestimmt bessern.«

Sophies Blick sagte deutlich: *Das bezweifle ich.* Aber sie beachtete Sissi nicht weiter, sondern wandte sich Néné zu.

»Und wie steht es mit dir? Entspricht der Kaiser deinen Vorstellungen?«

Néné knickste vor ihr und senkte den Kopf. »Ich freue mich darauf, das herauszufinden.«

»Dann war er gestern nicht bei dir?«

»Nein, Tante, aber in seiner Position kann ich auch nicht erwarten, dass er alles stehen und liegen lässt, um mit mir Tee zu trinken.«

Ärger huschte über Sophies Gesicht. Dann fing sie sich. »Ich bin mir sicher, dass er seine Verfehlung heute Abend wettmachen und dir die gebührende Aufmerksamkeit schenken wird.«

Sie wechselte in eine Sprache, die Sissi nicht verstand. Néné antwortete ebenso fließend.

Sophie schien zufrieden. »Dein Ungarisch ist besser geworden.«

»Ihr Lob ehrt mich, Tante.«

»Dann sehen wir uns gleich bei Tisch.« Sophie drehte sich um und ging weiter an der Schlange entlang. Sie wirkte, als wolle sie eine Parade abnehmen.

Erst als sie die Treppe hinauf verschwand, atmete Sissi durch. »Was für eine schreckliche alte Vettel. Erweise mir einen Gefallen, Néné, und jage ihr als Erster einen Pflock ...«

»Sissi!« Der scharfe Ton ihrer Mutter brachte sie abrupt zum Schweigen. *Ich mache heute auch alles falsch,* dachte sie.

Néné stieß sie kurz mit dem Ellbogen an, zwinkerte und nickte. »Das werde ich«, flüsterte sie.

Wieder ging es ein paar Schritte voran. Die geöffneten breiten Türen des Ballsaals lagen auf der linken Seite. Sissi war überrascht, wie dick das Holz war. Selbst mit einem Rammbock hätte man es wahrscheinlich nicht zerstören können. Sie nahm sich vor, ihrem Vater davon zu erzählen. Er sammelte solche Informationen.

Im Saal war es leiser als auf dem Gang. Sissi blieb in der Tür stehen. Ihre Augen weiteten sich, als sie die Kronleuchter an der Decke erblickte, den glänzenden Marmorboden und die mehr als mannshohen Spiegel an den Wänden, in denen sich das Licht Tausender Kerzen brach. Alles funkelte und glitzerte, als habe sie gerade die Schatzkammer aus einem orientalischen Märchen betreten. In einer Ecke bereiteten Musikanten ihre Instrumente vor, während Diener die großen runden Tische deckten, an denen die Gäste Platz nehmen würden. Der eigentliche Ballsaal lag dahinter. Säulen trennten ihn vom Rest des riesigen Raums.

Sissis Blick glitt an der Schlange entlang. Sie endete in einem Halbkreis aus Zuschauern, die wohl den Begrüßungen durch den Kaiser lauschten. Herzog Max hatte einmal erzählt, bei großen Festen wäre es üblich, darauf zu wetten, wie viele Namen der Gastgeber verwechselte.

Den Kaiser selbst sah Sissi nicht. Die Zuschauer verdeckten ihn.

Sophie trat durch eine kleinere Seitentür und schritt zu einer Stelle irgendwo hinter den Zuschauern. Sissi konnte ihren Gesichtsausdruck nicht erkennen, aber etwas sagte ihr, dass sie nicht erfreut war. Ging es darum, dass der Kaiser Néné nicht besucht hatte? Es erschien ihr seltsam, dass Sophie sich mit einer solchen Kleinigkeit befasste.

Néné ergriff ihre Hand. »Gleich ist es so weit«, flüsterte sie Sissi ins Ohr. »Wünsch mir Glück.«

Sissi drückte ihre Hand. Aus den Augenwinkeln bemerkte sie Diener, die zu den Zuschauern traten und sie ansprachen. Höflich, aber bestimmt wurden sie dazu aufgefordert, sich zu ihren Tischen zu begeben.

Die Reihen lichteten sich.

Und dann sah sie ihn.

KAPİTEL ZWÖLF

Eine Frage sollte man sich selbst immer wieder stellen: Wie weit könnten wir – die Menschheit – sein, wenn es unsere Unterdrücker nicht gäbe? Hätten wir bereits die Armut besiegt, den Krieg, das Leid? Würden wir in einem friedlichen, vereinten Europa leben und nicht in einem, das von Misstrauen und Konflikten zerrissen ist? Wir werden es nie erfahren, manche sagen, zum Glück.
– Die geheime Geschichte der Welt von MJB

»Es ist mir eine große Freude, Sie heute Abend begrüßen zu dürfen, Baron.« Franz-Josef gab einem jungen Mann, den er noch nie gesehen hatte, die Hand. »Ich hoffe, Ihre Frau hat sich von ihrem Reitunfall erholt.«

»Das hat sie, vielen Dank, Majestät.«

Der Mann ging weiter. An seiner Stelle erschien ein neues Gesicht vor Franz-Josef, das ihm ebenso unbekannt war wie das letzte.

»Baronin Leonide von Ansbach-Großau, vor zwei Monaten verwitwet«, flüsterte ihm sein Sekretär Ludwig zu.

Aus den Augenwinkeln bemerkte Franz-Josef, wie sich Sophie einen Weg durch die Menge bahnte. Ihr Gesichtsausdruck ließ nichts Gutes ahnen.

»Baronin.« Er sprach der alten Frau sein Beileid aus, drückte tröstend ihre Hand und wartete auf den nächsten Gast.

Sophie blieb neben ihm stehen und hob die Mundwinkel.

Franz-Josef nahm an, dass diese Bewegung ein Lächeln darstellen sollte, doch es wirkte eher, als würde ein Wolf die Zähne blecken. Die menschliche Familie, die er hatte begrüßen wollen, wich erschrocken einen Schritt zurück.

Er winkte sie heran. »Kommen Sie ruhig näher, Graf ...« Ludwig hatte ihm den Namen keine Minute zuvor gesagt, aber er fiel Franz-Josef nicht mehr ein. »Es freut mich, Sie auf meinem Fest begrüßen zu dürfen.« Sein Blick glitt über die beiden uniformierten Jungen, die neben dem Mann standen, zu der korpulenten Dame, die mit einem Fächer wedelte. »Ihre Gattin ist bezaubernd wie immer.«

Er wusste, dass er etwas Falsches gesagt hatte, als die Jungen zu Boden blickten und die Frau ihren Fächer vors Gesicht hob.

»Das ist meine Tochter.« Der Blick des Grafen – war es überhaupt ein Graf oder nicht doch ein Baron? – war kalt. »Meine Frau ist vor fünf Jahren an der Schwindsucht gestorben. Sie waren auf ihrer Beerdigung.«

Franz-Josef öffnete den Mund, aber der Mann wandte sich bereits ab und nahm seine Tochter wortlos beim Ellbogen. Die beiden Jungen trotteten hinter ihm her. In den Zuschauerreihen fluchte jemand so leise, dass es nur ein Vampir hören konnte. Ein anderer rieb sich die Hände. Franz-Josef wusste nicht, was das zu bedeuten hatte.

Sophie befahl den Dienern mit einem Wink, die Zuschauer zu entfernen. Sie hasste es, wenn er Fehler machte.

»Wieso hast du dich Prinzessin Helene gestern nicht vorgestellt?«, flüsterte sie dann mit hochgezogenen Lefzen. Gleichzeitig raunte ihm Ludwig den Namen des nächsten Gastes, eines ungarischen Grafen, zu.

Franz-Josef begrüßte ihn geistesabwesend. Seine Gedanken kreisten um die Antwort, die er Sophie geben würde.

Ich habe es vergessen.
Oh, war das gestern?
Prinzessin wer?

Hau ab, du alte Vettel, bevor ich dich in der Mittagssonne nackt über den Hof jage.

Keine der Antworten, vielleicht mit Ausnahme der letzten, stellte ihn zufrieden, und die zu geben, wäre selbstmörderisch gewesen. Was er nach der Begrüßung des nächsten Gastes sagte, war jedoch nicht viel besser.

»Weil ich sie nicht heiraten werde.«

»Natürlich wirst du das. Ich habe es so entschie…«

Ein lautes Scheppern und Klirren übertönte den Rest ihrer Erwiderung.

Sophie reckte den Hals wie ein Vogel. »Was ist denn da los?«

Die Zuschauer, die noch nicht zu ihren Plätzen gebracht worden waren, wichen hastig zurück, bildeten eine Gasse, durch die Franz-Josef einen Diener sehen konnte. Der Mann hockte am Boden und sammelte Scherben von Champagnergläsern auf. Offenbar hatte er ein Tablett fallen lassen. Zwei Frauen in Ballkleidern liefen an ihm vorbei aus dem Saal.

»Sissi!«, rief die jüngere.

Sissi?

Franz-Josef folgte Sophie mit langen Schritten. Der Diener am Boden zuckte zusammen und schüttelte seine Hand. Blut tropfte auf den Boden. Er musste sich an einer der Scherben geschnitten haben.

Hoffentlich dreht jetzt keiner durch, dachte Franz-Josef.

»Er soll das aufwischen, und zwar schnell«, fuhr Sophie den Menschen im Vorbeigehen an.

»Jawohl, Euer Majestät.«

Dann hatten sie den Saal auch schon verlassen.

Franz-Josef hob die Nase, aber die Luft war so schwer von Parfüms, Duftwässern und Kerzenwachs, dass der zarte Geruch der Menschen davon erschlagen wurde. Er roch weder Sissi noch jemand anders.

Mit flatternden Seidenschals bogen die beiden Frauen um eine Ecke. Der Gang führte zur Terrasse und weiter in den Garten.

Sophie folgte ihnen, achtete dabei jedoch mit sichtlicher Mühe darauf, sich nicht schneller als ein Mensch zu bewegen.

»Ludovika!«, rief sie, als auch Franz-Josef um die Ecke bog. »Was geht hier vor?«

Die ältere der beiden Frauen drehte sich um. Die jüngere lief bereits durch die geöffnete Terrassentür hinaus. »Ich weiß es nicht, Sophie. Das Kind ist auf einmal durchgegangen wie ein Pferd.«

Franz-Josef lief an ihr vorbei. Die Terrasse war breit und zog sich rund um das Schloss. Von ihr führten geschwungene Marmortreppen in einen makellos gepflegten Garten, dessen Blumenpracht Franz-Josef niemals sehen würde.

Er blieb stehen, als er die jüngere der beiden Frauen entdeckte. Sie saß neben einem Mädchen, das auf einer der Steinbänke kauerte und das Gesicht in den Händen vergraben hatte. Trotzdem erkannte Franz-Josef sie sofort. Es war Sissi.

Was macht sie denn hier?, fragte er sich. *Wer ist sie?*

Er trat neben die beiden. »Ist alles in Ordnung?«, fragte er. »Kann ich Ihnen helfen?«

Sissi sah nicht auf, aber ihre Begleiterin hob den Kopf. »Euer Majestät sind zu gütig. Meine Schwester ist bestimmt nur überwältigt von dem, was sie hier gesehen hat. Es ist ihr erster Ball, müssen Sie wissen.«

»Dann wäre es schade, wenn sie nichts mehr davon sehen würde.«

»Sissi, was hast du denn?« Die ältere Frau tauchte in der Tür auf und eilte zu Sissi. Sie wollte ihr die Hände vom Gesicht nehmen, aber Sissi ließ es nicht zu.

»Geht weg«, sagte sie nur dumpf.

Sophie blieb neben Franz-Josef stehen. »Ludovika, deine Tochter benimmt sich unmöglich. Was gedenkst du, dagegen zu unternehmen?«

Franz-Josef sah das kurze Aufblitzen in den Augen der älteren Frau, dann hatte sie sich wieder in der Gewalt. »Wir können das besprechen, sobald ein Arzt sich Elisabeth angesehen hat. Ich werde sie in unsere Gemächer bringen. Es würde mich freuen, wenn ich dir solange Helene anvertrauen könnte.«

Ludovika. Helene. Elisabeth. Die Erkenntnis, wer dort vor ihm saß, traf Franz-Josef so unerwartet, dass er sich beinah mit der Hand vor die Stirn geschlagen hätte.

»Das ...«, begann Sophie, aber Franz-Josef ließ sie nicht ausreden.

»Kann ich Sie kurz allein sprechen?«, fragte er.

Sie wirkte irritiert, nickte jedoch und ging mit ihm zurück in den Gang. Im Saal hatte das Orchester zu spielen begonnen. Ludwig musste es darum gebeten haben, als Franz-Josef die Begrüßungszeremonie so unerwartet abgebrochen hatte.

»Ich hoffe, du willst mit mir über deine Heirat sprechen«, sagte Sophie.

»In gewisser Weise. Helene, das Mädchen auf der Terrasse, ist die, mit der ich mich verloben soll?«

»Das wüsstest du, wenn du sie, wie abgesprochen, gestern aufgesucht hättest.«

Franz-Josef ging nicht darauf ein. »Ich möch... ich werde ihre Schwester Sissi heiraten.«

Sophie schwieg. Die Musik aus dem Ballsaal hallte durch den Gang.

»Ihnen geht es doch nur um die politische Verbindung, nicht wahr?«, fragte Franz-Josef, als Sophies Antwort ausblieb. »Was macht es da für einen Unterschied, ob ich die ältere oder die jüngere Schwester zur Frau nehme?«

Sophie wandte sich ab. »Warte hier«, sagte sie.

Und das tat er.

Sissi hörte, wie Franz – *Franz-Josef,* dachte sie mit erneutem Entsetzen – und Sophie die Terrasse verließen. Néné und ihre Mutter redeten auf sie ein, aber sie nahm die Hände nicht vom Gesicht und wechselte kein Wort mit ihnen. Was hätte sie auch sagen sollen? Dass sie sich in einen Vampir verliebt und ihm das Leben gerettet hatte? Dass sie ihn nicht pfählen, sondern küssen wollte?

»Sag doch was, Kind.«

Sissi schüttelte den Kopf. Am liebsten hätte sie sich im Bett verkrochen und geschlafen, bis ihr Leben vorüber war. Sie hatte ohnehin nichts mehr davon zu erwarten.

Schritte rissen sie aus ihren Gedanken. »Ludovika«, hörte sie Sophie sagen. »Ich muss mit dir sprechen.«

Es raschelte, als ihre Mutter aufstand. Schritte entfernten sich.

»Es ist keiner mehr hier außer mir«, sagte Néné nach einem Moment. »Du kannst die Hände herunternehmen.«

»Nein.« Sissi wollte ihrer Schwester nicht in die Augen sehen.

»Sprich doch mit mir. Du machst mir Angst.«

Sissi schüttelte nur stumm den Kopf.

Eine Weile saß Néné neben ihr. Sie redete nicht, strich ihrer Schwester nur ab und zu übers Haar. »Mutter kommt zurück«, sagte sie schließlich.

Sissi hörte ihre Schritte. Etwas wurde auf dem Tisch neben ihr abgestellt, dann raschelte ein Kleid. Prinzessin Ludovika hatte sich neben sie gesetzt.

Sie weiß es, dachte Sissi. Der Gedanke war beruhigend; sie war nicht mehr allein.

»Néné, setz dich und trink den Champagner«, sagte ihre Mutter.

»Aber was ist mit meinem Atem?«

»Das spielt im Moment keine Rolle.« Sie holte tief Luft. »Ich muss dir etwas sagen.«

KAPITEL DREIZEHN

Manchmal stoßen die Kinder Echnatons auf solche, die sie gern in ihren Reihen sehen würden, vor allem Offiziere mit strategischem Geschick und – sagen wir es ganz offen – Menschen mit erheblichen finanziellen Mitteln. Die Organisation und Geheimhaltung eines internationalen Netzwerks ist kostspielig. Die Reisekosten der einzelnen Mitglieder sind teils erheblich, ebenso die Ausgaben für Telegrafie, falsche Papiere, Waffen und Hinterbliebenenrenten gefallener Mitglieder. Die bei Weitem höchsten Kosten fallen jedoch für Bestechungen an, in erster Linie der von Gendarmen und Palastdienern. Letzteren ist es zu verdanken, dass die Kinder Echnatons Grundrisse sämtlicher Herrscherpaläste in Europa besitzen und über die Angewohnheiten der hochadligen Bewohner bestens informiert sind.
– Die geheime Geschichte der Welt von MJB

Es war, als hätte ein anderer die Kontrolle über ihren Körper übernommen. Sissi aß, ohne satt zu werden, trank, ohne etwas zu schmecken, redete, ohne die Unterhaltungen zu verstehen. Sie fühlte sich wie die Leute, die sich von einem Zauberer auf der Bühne in Hippose – so nannte man das doch? Sie war sich nicht sicher – versetzen ließen und auf einmal wie Hühner gackerten. Sie wusste nicht, was sie tat.

Sie saßen am Tisch des Kaisers, sie, ihre Mutter und Néné. Sissi bewunderte ihre Schwester mehr als je zuvor. Sie lachte, scherzte und flirtete mit den jungen Männern, die ab und zu neben ihrem Stuhl auftauchten, tanzte mit Gustav von Reitlingen und lauschte den alten Frauen am Tisch, wenn sie über ihre Gebrechen redeten. Nur mit dem Kaiser wechselte sie kein einziges Wort. Sie sah ihn noch nicht einmal an.

Sissi starrte hauptsächlich auf ihren Teller. Franz versuchte einige Male, sie in seine Gespräche einzubeziehen, aber sie tat stets so, als bemerke sie es nicht. Anfangs wurde sie ebenfalls von vielen Männern, darunter auch Gustav von Reitlingen, zum Tanz aufgefordert, doch irgendwann schien sich herumgesprochen zu haben, was an diesem Abend geschehen würde, denn ihre Tanzkarte blieb ziemlich leer, während die ihrer Schwester immer voller wurde. Man wilderte nicht im Revier des Kaisers.

Oh Götter, dachte Sissi, als das Orchester ein weiteres Mal aufspielte. *Wenn dieser Abend nur schon vorbei wäre.*

Während sie auf die Ballgäste wahrscheinlich nur schüchtern wirkte, musste jeder bemerken, wie angespannt ihre Mutter war. Seit ihrer Rede auf dem Balkon war sie blass wie ein ungeschminkter Vampir und fahrig. Ausgerechnet neben Sophie hatte sie Platz nehmen müssen. Gelegentlich wechselten die beiden ein paar Worte, aber Prinzessin Ludovika suchte meistens den Blickkontakt ihrer Töchter, versuchte sie zu ermuntern.

Sissi wird Franz-Josef heiraten, nicht du, Néné. So hatte sie ihre Rede begonnen. Sie hatte den Wunsch des Kaisers erklärt, ohne wütend zu werden oder Sissi zu beschimpfen. Am Ende hatte sie beide Töchter in die Arme genommen und geweint.

Ihr müsst stark sein. Du, Sissi, aber vor allem du, Néné. Feiere die Verlobung deiner Schwester und freue dich an ihrem Glück. Alle müssen es glauben.

Sissi hatte sich gesträubt, hatte darauf bestanden, Sophie und den Kaiser zu sprechen, doch schließlich war es Néné, die die entscheidenden Worte sprach: *Wenn du dich ihm verweigerst, wird er mich trotzdem nicht erwählen. Dann wird alles scheitern, wofür wir ein Leben lang gearbeitet haben. Tu uns das nicht an, Sissi.*

Und nun saß sie an einem Tisch mit dem Mann, den sie liebte und der gleichzeitig ein Vampir war, den sie töten musste. *Darüber hätte Shakespeare schreiben sollen,* dachte Sissi, *nicht über Romeo und Julia.*

Franz-Josef stand auf. Das Essen, das Sissi sich hineingezwungen hatte, ballte sich zu einem heißen Klumpen in ihrem Magen.

»Darf ich um diesen Tanz bitten?«, fragte Franz-Josef. Der Moment, den sie befürchtet hatte, war da.

Ruhig legte sie die Serviette beiseite und erhob sich. »Es wird mir eine Freude sein, Ihnen diesen Wunsch zu erfüllen, Majestät.«

Die alten Frauen am Tisch sahen ihnen nach, als sie durch die Säulen schritten und sich zu den anderen Tänzern gesellten.

»Was für ein wunderschönes Paar«, sagte eine von ihnen.

»Und so jung«, antwortete eine andere. »Das ganze Leben liegt noch vor ihnen, wenn es keine Revolution gibt.«

»Agnes!«, tadelte die erste.

Die Musik wurde so laut, dass Sissi den Rest ihrer Unterhaltung nicht mehr verstehen konnte. Die Tänzer nahmen Aufstellung. Franz-Josef stand ihr gegenüber. Er trug seine kaiserliche Uniform und sah so glücklich aus, so zufrieden, als habe sich der größte Wunsch seines Lebens erfüllt.

Sissi wünschte, sie hätte das Gleiche empfinden können, doch sie spürte nichts außer einer betäubenden Leere. Mühsam rang sie sich ein Lächeln ab.

Die Tänzer bewegten sich steif von einer Seite zur anderen, traten in exakt vorgeschriebenen Schrittfolgen vor und zurück. Nur wenigen gelang es, dem Rhythmus der Musik zu folgen. Die meisten konzentrierten sich auf ihre Bewegungen und zählten die Schritte lautlos mit. Nicht so Franz-Josef – wie ein Schwimmer ließ er sich von den Wellen der Musik tragen. Neben ihm kam Sissi sich wie ein Bauerntrampel vor.

Die Musik trug Franz-Josef auf sie zu. »Sie wird darüber hinwegkommen«, sagte er leise und meinte Néné. »Sie kennt mich ja noch nicht einmal.«

Sissi wollte antworten, aber die Musik trug ihn wieder davon. Als er sich ihr das nächste Mal näherte, sagte sie ebenso leise: »Es war feige, zu Sophie zu gehen. Du hättest mit mir reden müssen.«

Die Anschuldigung traf ihn, das sah sie ihm an. »Du hattest die Hände vor dem Gesicht. Ich musste schnell handeln.«

Erneut trennte sie die Musik. Als sie einander wieder begegneten, schwieg Sissi. Franz-Josef warf ihr mehrfach Blicke zu, sagte jedoch nichts. Als die Musik endete, verbeugte er sich vor ihr. Sie knickste und wollte sich von ihm zurück zu ihrem Tisch geleiten lassen, aber er hielt sie mit einem leichten Kopfschütteln auf. Einige andere Frauen blieben ebenfalls stehen, unter ihnen Néné. Man merkte ihr die Schande nicht an, im Gegenteil, sie wirkte glücklich und gelöst, so als genieße sie die Aufmerksamkeit all der Männer um sie herum.

Diener betraten den Raum. Sie schoben Wagen vor sich her, auf denen Vasen mit großen Blumensträußen standen. Gustav von Reitlingen wollte darauf zugehen, aber ein anderer ebenso junger Offizier hielt ihn zurück. Erst als der Offizier in Richtung des Kaisers deutete, schien Gustav zu verstehen. Ihm musste man die erste Wahl überlassen.

Franz-Josef ging zielstrebig auf den ersten Wagen zu und nahm einen Strauß roter Rosen aus seiner Vase. Wasser tropfte auf den hellen Marmorboden. Einer der Diener wischte es sofort auf und schlang ein großes Seidentuch um die Blumenstängel, während Franz-Josef sich bereits abwandte und Sissi ansah.

Die Musik hatte aufgehört zu spielen, die Unterhaltungen erstarben. Natürlich wusste der Hochadel von den Gerüchten über eine anstehende Heirat des Kaisers, aber kaum jemand hatte eine Ahnung, wen er erwählen würde. Sissi spürte die Blicke der Menschen und Vampire. Abschätzend glitten sie über die Gesichter der Frauen auf der Tanzfläche. Einige Adlige tuschelten. Sissi stieß die Trüffelsoße auf, als ihr klar wurde, dass sich schon bald all diese Blicke auf sie konzentrieren und alle Gespräche im Saal um sie kreisen würden. Ihr wurde übel.

Franz-Josef blieb vor ihr stehen. Es war so still im Saal, dass seine Schritte nachhallten.

»Elisabeth«, begann er mit fester Stimme, »würden Sie mir die Ehre erweisen, diese roten Rosen als Zeichen meiner Wertschätzung und Zuneigung anzunehmen?«

Sissi schluckte ihre Übelkeit herunter, lächelte gezwungen und nahm die Rosen entgegen. Die Stacheln waren entfernt worden, die Stiele lang und glatt. Frischer, süßer Duft stieg von den Blüten auf. Er erinnerte Sissi an die Schüssel mit Rosenwasser, in der sie sich das Fett von den Fingern gewaschen hatte. Die Übelkeit wurde so stark, dass sie nicht zu sprechen wagte. Also knickste sie tief, neigte den Kopf und hoffte, man würde ihr Schweigen als Schüchternheit auslegen.

Franz-Josef wirkte enttäuscht, als sie ihm keine Antwort gab, fasste sie aber dann sanft am Ellbogen und richtete sie wieder auf.

»Majestäten«, sagte er, »meine Damen und Herren: Prinzessin Elisabeth in Bayern.«

Die Gäste applaudierten, als hätte Sissi einen Teller auf der Nase balanciert. »Ich freue mich ja so für dich«, hörte sie Néné sagen. Es klang, als meine sie es ernst.

Es gibt kein Zurück mehr, dachte Sissi. Schon wieder bahnte sich die Trüffelsoße einen Weg aus ihrem Magen empor. Noch nie in ihrem Leben war ihr so übel gewesen.

»Lass uns in den Garten gehen«, sagte Franz-Josef leise. Hinter ihm nahmen Männer die restlichen Blumen vom Wagen und reichten sie den Damen, die sie erwählt hatten. Gustav von Reitlingen ging auf Néné zu, mehr sah Sissi nicht, denn Franz-Josef führte sie bereits aus dem Saal. Im Gang stank es nach Zigarrenrauch und Schweiß. Sehnsüchtig starrte Sissi auf die geöffnete Terrassentür. Nur noch wenige Meter trennten sie von frischer, kühler Luft.

»Ich kann es noch kaum fassen, dass wir zusammen sein werden«, sagte Franz-Josef. »Stell dir das nur vor, du und ich, dein … ein Leben lang.«

Sissi konnte nicht mehr. Sie übergab sich in die Rosen.

KAPITEL VIERZEHN

Die Französische Revolution war nicht nur der größte Erfolg der Kinder Echnatons, sondern gleichzeitig auch ihr größter Fehlschlag. Sie hatten gehofft, durch die Öffentlichkeit der Hinrichtungen und die spektakuläre Art und Weise, mit der Vampire ihre Existenz beenden, würde die breite Masse endlich erkennen, wer wirklich über sie herrschte, doch das passierte nicht. Wer sich in diesem Herbst 1789 in Paris aufhielt (und überlebte), beobachtete stattdessen Merkwürdiges: Vampire, die im Sonnenlicht zu Staub zerfielen, wenn sie zu ihrer Hinrichtung gebracht wurden, und Guillotinen, neben denen Henker auf dem Schleim der Getöteten ausrutschten, ohne sich etwas dabei zu denken. Alles spielte sich vor den Augen des johlenden Volkes ab, doch kein einziger Mensch, nicht einer von den Zigtausenden, die sich auf den Plätzen von Paris drängten, schien die Vampire tatsächlich zu sehen. Es ist oft darüber spekuliert worden, warum das so war. Manche gehen von einem bisher noch unerklärten Phänomen aus, das uns möglicherweise angeboren ist und es uns erschwert, die Wahrheit zu erkennen, andere unter den Kindern Echnatons glauben, dass Vampire das Land betörten, um ihre Enttarnung zu verhindern. Letztere Theorie ist allerdings umstritten, denn die Gedankenkraft, die dazu nötig wäre, ist kaum vorstellbar.
– **Die geheime Geschichte der Welt** von MJB

Es traf Sissis Vater härter, als sie gedacht hatte. Zwei Tage lang schloss er sich in seinem Arbeitszimmer ein, verließ es nur nachts und redete mit niemandem ein Wort. Selbst die Hunde gingen ihm aus dem Weg. Am Morgen des dritten Tages hörte Sissi schließlich, wie er den Schlüssel umdrehte und durch das Treppenhaus nach unten ging. Wenig später ritt er davon.

Sissi schlug die Bettdecke zurück und sah sich in ihrem Zimmer um. Sophie hatte sie für den fünfzehnten September nach Wien in den Palast bestellt, was bedeutete, dass ihr weniger als drei Wochen für die Vorbereitungen blieben. Bisher hatte jedoch nur ihre Mutter damit begonnen. Von ihr wurde Sissi in die komplizierten Eigenheiten des Spanischen Hofzeremoniells eingeführt. Ihre Schwester und ihr Vater, diejenigen, die ihr hätten erklären sollen, was sie bei Hof zu tun hatte, hielten sich fern und ihre Mutter sagte nur, sie wolle sich in die Belange ihres Gatten nicht einmischen.

Zum ersten Mal in ihrem Leben, dachte Sissi, während sie aufstand und sich einen Morgenmantel überzog. Sie fühlte sich allein gelassen.

Sie setzte sich an ihren Schreibtisch und schlug die ungarische Grammatik auf, die sie aus Nénés Zimmer entwendet hatte. Drei Stunden lang versuchte sie, darin zu lesen, aber die Worte verschwammen vor ihren Augen. Stattdessen drängte sich Franz-Josef in ihre Gedanken. Er trug seine Kaiseruniform und hielt den Strauß roter Rosen in der Hand.

Wenn er nur nicht so gut aussehen würde, dachte Sissi, *und so nett wäre … Wenn ich ihn nur nicht lieben würde.*

Sie schlug das Buch zu, als Hufschlag im Hof erklang, und trat ans Fenster. Ihr Vater stieg gerade von seinem Pferd und reichte die Zügel einem Knecht. Die beiden Männer unterhielten sich einen Moment, dann sah Herzog Max plötzlich zu ihrem Fenster hinauf. Sissi wäre beinah unwillkürlich zurückgewichen, als täte sie etwas Verbotenes, doch dann winkte sie ihrem Vater zu.

Er erwiderte die Geste und zeigte zur Eingangstür. *Ich will mit dir reden,* schien er sagen zu wollen.

Sissi zog sich rasch an. Ihr Herz schlug schneller. Als sie unten ankam, standen ihr Vater und ihre Schwester bereits an der Tür zum Keller.

»Kommt«, sagte Herzog Max.

Hintereinander stiegen sie die Treppe hinunter, gingen durch lange Gänge, vorbei an Apfel- und Kartoffelkisten, und blieben vor einer Wand stehen. Néné bückte sich und drückte einen der Ziegel hinein. Sissi hörte, wie der Mechanismus in der Mauer zu knirschen und zu quietschen begann, dann schwang die Wand auf. Der große Raum, der dahinter lag, war Sissi so vertraut wie ihr eigenes Zimmer. Schwerter, Äxte und Dolche hingen an den Wänden, auf dem Boden lagen einige Matratzen, auf denen sie gelernt hatte, zu fallen und Gegner über die Schulter zu werfen. In einer Ecke hingen schwere silberne Ketten. Sie hatte immer gehofft, dass sie eines Tages einen Vampir gefangen nehmen würden, doch das war nie geschehen.

Herzog Max öffnete eine schmale Tür am Ende des Raums. Der Geruch nach altem Papier schlug Sissi entgegen. Bücher und Schriftrollen stapelten sich in den Regalen, auf dem Schreibtisch lag eng beschriebenes Papier. Herzog Max nannte den Raum: *Das Zimmer der Legenden,* Sissi nannte es: *Das Zimmer der Langeweile*. Hier hatte sie das Gebet auswendig lernen und sich all die Geschichten anhören müssen, die ihr Vater über Vampire zusammengetragen hatte. Néné hatte sehr viel Zeit auf dem Stuhl vor dem Schreibtisch verbracht. Sissi hatte sie nicht darum beneidet.

Früher einmal war das anders gewesen. Damals, als sie und Néné Kinder gewesen waren, hatte Sissi oft darum gebeten, mit in das Zimmer gehen zu dürfen, um an all den Dingen teilzuhaben, die Néné dort erfuhr. Doch ihr Vater hatte es stets verboten.

»Du bist eine Soldatin«, hatte er gesagt, wenn Sissi nach dem Grund fragte, »und Néné eine Spionin. Jede von euch erfährt, was sie auf ihrem Weg brauchen wird.«

Und so hatte Néné Ungarisch und Spanisch, Französisch, Englisch und Serbisch gelernt, während Sissi vor der Tür den

Schwertkampf übte. Néné wurde beigebracht, wie man sich bei Hof benahm, wie man redete, mit fünf verschiedenen Bestecken aß und sich über Themen wie Philosophie, Geografie, Geschichte und Kunst unterhielt; Sissi dagegen lernte den Umgang mit Beidhändern, Degen und Dolchen.

Manchmal hatte sie während Nénés stundenlangen, ihr endlos erscheinenden Übungseinheiten heimlich an der Tür gelauscht, um wenigstens etwas von der fremden Welt, die sich dahinter auftat, zu erfahren. Doch irgendwann hatte sie sich damit abgefunden, dass diese Welt in ihrem Leben keine Rolle spielen würde, und sich stattdessen darauf konzentriert, die beste Soldatin zu werden, die ein Vater sich nur wünschen konnte.

Sie erinnerte sich noch an den Nachmittag, an dem sie sich endgültig von dem Zimmer, durch das unbekannte Worte wie seltsame exotische Vögel flatterten, abgewandt hatte. *Dann bleibe ich eben ungebildet und dumm,* hatte sie damals gedacht. *Aber all der schöngeistige Quatsch wird Néné nicht retten, wenn die Vampire kommen. Ich werde das tun.*

Mittlerweile erschien ihr diese Reaktion trotzig, aber wenn sie ehrlich sich selbst gegenüber war, musste sie sich eingestehen, dass sie auch heute noch so empfand.

Herzog Max schloss die Tür hinter sich. »Setzt euch«, sagte er.

Sissi räumte ein paar Bücher von einem Hocker und nahm darauf Platz. Néné blieb stehen. Seit dem Abend in der Sommerresidenz hatte sie abgenommen, ihr Gesicht wirkte hohlwangig, unter ihren Augen lagen tiefe Ringe, als leide sie an Schwindsucht. Nachts hörte Sissi sie oft auf und ab gehen. Sie schien nicht gut zu schlafen.

Herzog Max lehnte sich an die Schreibtischkante, verschränkte die Arme vor der Brust und unterdrückte ein Gähnen. Er war unrasiert.

»Ich habe dem Cousin in Wien telegrafiert«, sagte er.

Johannes Reinisch war nicht wirklich ein Cousin, sie hatten es sich nur angewöhnt, ihn so zu nennen, um Fragen aus dem Weg zu gehen. Wie alle anderen Cousins, die man Sissi vorgestellt hatte, gehörte er zu den Kindern Echnatons.

»Er wird ein Treffen anberaumen, damit wir die veränderte Sachlage …«, Néné senkte den Kopf, »… besprechen können. Für dich, Sissi, ist es natürlich zu spät, aber wir werden dafür sorgen, dass du alles erfährst, was wir dort beschließen.«

»Und wenn ich auch etwas beschließen will?«, fragte Sissi, aber ihr Vater ignorierte es. Er wirkte angespannt, als habe er Angst vor dem, was er als Nächstes sagen musste.

»Unser ursprünglicher Plan sah vor, Néné in den Palast einzuschleusen. Wir wissen, dass Sophie in unregelmäßigen Abständen die hochrangigsten Vampire Europas zu sich bittet, um weitab von allem aristokratischen Pomp die Geschicke der Länder zu bestimmen. Néné sollte dieses Treffen sprengen.« Er lächelte knapp. »Im wahrsten Sinne des Wortes.«

Niemand hatte Sissi je die Einzelheiten des Plans verraten. Bis zu dieser Stunde hatte sie nur gewusst, dass Néné zur Attentäterin werden sollte und wahrscheinlich dabei sterben würde.

»Mit einer Bombe?«, fragte sie. Die Überraschung in ihrer Stimme schien Néné zu ärgern.

»Ich habe schon mit vier Jahren Bomben gebaut«, erklärte sie.

»Warum habe ich das nicht gewusst?«

»Weil jeder nur das erfährt, was nötig ist.« Ihr Vater begann im Zimmer hin und her zu gehen. »Das schließt dich ein.«

Sissi öffnete den Mund, verzichtete dann jedoch auf Widerworte. Ihr Vater war in einer seltsamen Stimmung.

»Dann bringt mir eben bei, wie man eine Bombe baut. So schwer kann es nicht sein.« *Wenn sogar Néné es gelernt hat,* fügte sie in Gedanken hinzu. Ihre Schwester war nicht gerade das, was man geschickt nennen würde.

»Ich wünschte, das wäre unser einziges Problem.« Ihr Vater blieb stehen und sah Néné an, fast so, als bitte er um ihre Erlaubnis, fortzufahren. »Die Vampire leben im Wiener Palast in ihrem eigenen Trakt, der von Wölfen abgeriegelt wird.«

»Die mit Fell?«, unterbrach Sissi ihn.

»Nein, ich meine die *Selbstschussanlagen*. Néné hätte sie überwinden können, du nicht.« Er sprach nicht weiter, als sei damit alles gesagt.

Sissi runzelte die Stirn. »Wieso nicht?«

»Weil du nach Mensch riechst«, sagte Néné. Sie klang nervös.

»Und wonach riechst du?«, fragte Sissi. »Nach Wildschwein?« Es sollte ein Scherz sein, aber niemand lachte.

»Nein.« Néné faltete die Hände im Schoß. »Ich rieche nach gar nichts.«

Ihre Worte hingen in der Luft. Herzog Max trat neben seine Tochter und legte ihr eine Hand auf die Schulter. Sie drückte sie mit einem Lächeln.

Sissi fuhr sich durchs Haar und freute sich darüber, wie glatt und glänzend es im Kerzenlicht des Zimmers aussah. *Ich sollte mich nur noch bei Kerzenlicht zeigen,* dachte sie. Dann fiel ihr ein, dass sie noch nichts erwidert hatte.

»Was soll das heißen?«, fragte sie. »Wieso riechst du nach ...«

Ihr Vater schnitt ihr das Wort ab. »Herrgott noch mal, Sissi, weil sie so ist wie die Buben!«

Etwas schien plötzlich in Sissis Kehle zu stecken, ihr Magen begann zu schmerzen. »Sie ist ...«, es fiel ihr schwer, die Worte auszusprechen, »... sie ist zur Hälfte Vampir?«

Néné nickte.

Sissi kam es vor, als säße plötzlich eine Fremde vor ihr. »Dann sind wir nicht verwandt?«, fragte sie. »Bist du aufgenommen worden, so wie die Buben?«

»Ihr habt dieselbe Mutter«, erklärte Herzog Max, »nur nicht denselben Vater.«

»Dann ...« Sissi wagte es kaum, den Gedanken zu Ende zu führen. Dass ihre Mutter mit einem Vampir ... verkehrt hatte, erschien ihr unglaublich. »Wer ist der Vater?«, fragte sie schließlich, weniger aus Interesse als aus dem Bedürfnis heraus, die Stille zu beenden.

»Das wurde mir bislang nicht mitgeteilt«, sagte Néné gepresst. Das Thema schien ihr unangenehm zu sein.

Verständlich, dachte Sissi. Ihre Augen weiteten sich plötzlich. »Aber es ist nicht Franz-Josef, oder?«

»Natürlich nicht.« Empört schüttelte Herzog Max den Kopf. »Glaubst du wirklich, ich würde meine eigene Tochter zur Heirat mit ihrem Vater ...« Er unterbrach sich. »Ach, ihr wisst schon, was ich meine.«

Néné sah Sissi an. »Verstehst du jetzt, weshalb ich dir sagte, ich könnte Dinge, die du nicht kannst?«

»Ja.« Mehr brachte sie nicht heraus. Sissi war zu verwirrt, zu schockiert, um alles verarbeiten zu können, was sie hörte. Mit weichen Knien stand sie auf. »Ich werde jetzt auf mein Zimmer gehen und ungarische Vokabeln lernen.«

Ihr Vater und ihre Schwester warfen sich einen kurzen Blick zu. »Soll ich dich nachher abhören?«, fragte Néné.

»Vielleicht, ich weiß nicht.« Sissi schloss die Tür hinter sich. Einen Moment lang blieb sie an das kühle Holz gelehnt stehen. Ihre Gedanken wirbelten durcheinander wie Blätter in einem Herbststurm. Erst Franz-Josef, nun auch noch Néné. Je mehr Sissi von der Welt erfuhr, desto weniger gefiel sie ihr. Am liebsten hätte sie sich auf ihr Pferd geschwungen, wäre losgeritten und nie wieder zurückgekehrt.

Ihre Schwester die Tochter eines Vampirs, eine Missgeburt, so wie die Buben, die sie so argwöhnisch belauerten. Vielleicht hatte Prinzessin Ludovika sie deshalb bei sich aufgenommen, als Sophie sie ihr brachte. *Schwächlich und zurückgeblieben, nicht reif für das Leben in einem Palast,* hatte man sie beschrieben, dabei war jedem klar gewesen, dass die Buben aus unheiligen Verbindungen entstanden waren. Sie trugen den Keim eines Ungeheuers in sich, der sich eines Tages vielleicht entfalten würde. So wie bei ihrer Schwester.

Sie ist immer noch der gleiche Mensch ... die gleiche Person, zwang sich Sissi zu denken. *Sei nicht ungerecht zu ihr.*

Sie drehte sich um, schluckte und öffnete die Tür. Ihre Schwester und ihr Vater unterbrachen ihr Gespräch.

»Néné«, sagte Sissi. Sie war froh über den ruhigen Klang ihrer Stimme. »Ich würde mich freuen, wenn du mich nach dem Mittagessen abhören würdest.«

Néné lächelte.

KAPITEL FÜNFZEHN

Nicht alle großen Herrscher und Eroberer der Welt waren Vampire. Im Gegenteil, bei einigen der bedeutendsten handelte es sich um Menschen, die von Vampiren entweder geduldet wurden oder sich trotz ihrer nach oben arbeiteten. Julius Caesar ist ein Beispiel für einen geduldeten Menschen, während Dschingis Khan sich durch ihre Reihen morden musste, um sein Ziel zu erreichen. Bei anderen berühmten Figuren der Geschichte wissen wir einfach nicht, welcher Spezies sie zuzuordnen sind. Ein beliebtes Streitobjekt ist Alexander der Große, den selbst die damaligen Kinder Echnatons nicht einwandfrei zuordnen konnten. Und das ist bis zum heutigen Tage so geblieben.
– *Die geheime Geschichte der Welt* von MJB

Ferdinand zog den Chinesen hinter sich her wie ein kleiner Junge eine Lumpenpuppe.

»Der ist ganz schön zäh«, sagte Karl, als er ihm in die Kutsche half.

»Und wohlschmeckend.« Ferdinand lehnte den fast bewusstlosen Mann an die gepolsterte Kutschenwand. Dann setzte er sich. Sein riesiger Kopf wackelte auf dem dürren Hals.

Franz-Josef wartete, bis auch Karl eingestiegen war, dann nahm er die beiden Metallsprossen und schloss die Kutschentür hinter sich. Nur noch der Platz neben Sophie war frei.

Natürlich, dachte er resignierend und setzte sich.

»Wir hätten wesentlich mehr Platz, wenn du deinen Chinesen nicht mitnehmen müsstest.«

»Aber auch wesentlich weniger Freude.« Ferdinand legte dem Mann eine Pferdedecke über die zitternden Beine. »Er bereichert meine Existenz.«

Franz-Josef hörte, wie der Kutscher mit der Zunge schnalzte, dann setzte sich das Gefährt in Bewegung. Rund dreißig Kutschen, Wagen und Karren waren vor zwei Tagen in Bad Ischl aufgebrochen, doch dank der unterschiedlichen Geschwindigkeiten hatten sich das Feld rasch auseinandergezogen. Die Reise nach Wien war lang und Sophie ungeduldig. Bereits nach wenigen Stunden hatte sie beschlossen, sich nur mit einem kleinen Trupp Leibwächter vom Rest der Reisenden abzusetzen.

Franz-Josef kam das gelegen. Je früher sie im Palast ankamen, desto eher konnte er alles für Sissis Eintreffen vorbereiten.

»Was machen wir mit den Wölfen?«, fragte er über das Rumpeln der Räder hinweg. »Wir müssen sie wenigstens aus meinem Trakt entfernen, sonst läuft Sissi noch in einen hinein.«

»Das wäre peinlich«, meinte Karl, ohne den Blick von Ferdinands Chinesen zu nehmen.

Die Halsschlagader des Menschen war selbst in der Dunkelheit deutlich zu sehen. Obwohl sie nur bei Nacht reisten und die Tage in sorgfältig ausgesuchten Herbergen verbrachten, hatte Sophie darauf bestanden, die Fenster mit schwarzem Stoff abzuhängen.

Sie hob kurz die Schultern. »Was du in deinem Trakt machst, interessiert mich nicht, aber meiner bleibt unangetastet. Sie hat dort nichts zu suchen, mach ihr das klar.«

»Ja, Sophie.« Franz-Josef lehnte sich in die Polster zurück. Er kannte Sissi noch nicht wirklich gut, war sich aber sicher, dass das nicht einfach sein würde.

Sie hat ihren eigenen Kopf, dachte er, bevor er sich in Tagträumereien verlor. Er stellte sich das Zusammenleben mit Sissi vor – wie sie gemeinsam im Bett lagen, frühstückten, wie sie zusammen einschliefen, aufwachten und den Tag mit einem Ausritt begannen. Alles würden sie gemeinsam tun, nie wollte er von ihr getrennt sein.

Er zuckte zusammen, als die Realität mit langen Schritten in seinen Traum marschierte. *Nichts von dem wird so sein,* sagte sie, *du wirst dich von ihr fernhalten, dich nachts heimlich aus ihrem Bett schleichen, um zu trinken, Ausreden erfinden, damit sie nicht merkt, dass du den Tag verschläfst und die Sonne meidest. Du bist ein Vampir, und sie ist ein Mensch. Ihr habt keine Gemeinsamkeiten.*

Franz-Josef öffnete die Augen. Sophie war neben ihm eingeschlafen, Ferdinand stützte seinen Kopf auf die Schulter des Chinesen und schnarchte. Nur Karl war wach. Mit einer Hand hatte er die Vorhänge einen Spalt auseinandergeschoben und blickte hinaus in die Nacht.

»Du warst doch schon mit Menschenfrauen zusammen, oder?«, fragte Franz-Josef leise.

Neben ihm seufzte Sophie im Schlaf.

Karl drehte den Kopf und sah ihn an. »Das stimmt, aber ich war auch mit Vampirinnen zusammen, falls du meine Männlichkeit infrage stellen möchtest oder darüber nachdenkst, ob mit deiner alles in Ordnung ist.«

Franz-Josef runzelte die Stirn. »Nein, daran habe ich nicht gedacht.«

»Gut. Die Frage wird nur sehr häufig gestellt.«

»Ich möchte etwas anderes wissen.« Franz-Josef beugte sich vor und sprach noch leiser. »Hast du je einer gesagt, was du bist?«

Karl ließ den Vorhang los. Der Spalt, durch den Sternenlicht sein Gesicht erhellt hatte, schloss sich. »Ich habe ihnen gesagt, was ich in dem Moment gewesen bin – ein König, ein Prinz, ein General. Mehr war nie nötig.«

»Wolltest du ihnen auch nie mehr sagen?«

Franz-Josef und Karl standen sich nicht nahe, aber in diesem Moment kam der ältere Vampir dem Vater, den er vor so langer Zeit verloren hatte, am nächsten. Ein solches Gespräch mit Sophie zu führen, wäre unmöglich gewesen, und Ferdinand war selbst an seinen klaren Tagen seltsam.

Karl zog die Lippen zusammen. »Du willst meinen Rat wegen Sissi«, sagte er, ohne es als Frage zu formulieren.

Franz-Josef nickte.

»Also gut, dann werde ich ihn dir geben. Lass es!« Er wandte sich ab und öffnete den Spalt im Vorhang. Sternenlicht ließ seine Augen funkeln.

Franz-Josef stützte die Ellbogen auf die Knie. »Aber wäre nicht alles viel einfacher, wenn sie es wüsste? Sie könnte ihren Rhythmus dem meinen anpassen. Ich müsste keine Ausreden erfinden und sie nicht anlügen. Sie ...«

»Menschen verändern sich, wenn sie von uns erfahren.« Karl unterbrach ihn, ohne den Blick von der Nacht abzuwenden. »Sie fürchten und beneiden uns. Sie beginnen zu lügen, um zu bekommen, was wir haben. Alles würden sie tun, um den Verfall zu stoppen, um so zu werden wie wir. Deshalb hassen sie uns. Nicht weil wir ihr Blut trinken, sondern weil sie hundertmal Schlimmeres tun würden, um ihrem Tod zu entgehen.« Sein Blick kehrte aus der Ferne zu Franz-Josef zurück. »Sag ihr nichts. Sie wäre nicht mehr die Sissi, die du kennst, und wie ich vermute, liebst.«

Irgendwo röhrte ein Hirsch.

Eine Weile saßen sie sich schweigend gegenüber. Das Rumpeln der Räder nahm der Stille ihre Schärfe. Karl starrte in die Nacht hinaus und Franz-Josef wagte es nicht, ihn nach den Erinnerungen zu fragen, denen er so offensichtlich nachhing. Irgendwann öffnete Ferdinand die Augen.

»Möchte jemand eine Partie Schach spielen?«, fragte er.

»Wir haben kein Brett«, erwiderte Franz-Josef.

»Man benötigt zum Schachspielen ein Brett?« Ferdinand schloss die Augen wieder. »Das wusste ich nicht.«

»Es wird immer schlimmer mit ihm«, sagte Karl, als er zu schnarchen begann, »aber Sophie weigert sich, das zu erkennen. Es wird an dir und mir hängen ...« Er unterbrach sich. Sein ganzer Körper spannte sich. Sein Kopf ruckte vor wie der eines Raubvogels. »Wir werden verfolgt«, sagte er.

»Was?« Franz-Josef zog den Vorhang neben seinem Platz zur Seite und sah hinaus in die Nacht. Unter dem sternenklaren Himmel erstreckten sich Felder bis zum Horizont. Zwischen ihnen lagen Hecken und dunkle Gebäude, aber nichts, was sich bewegte. »Bist du sicher?«

Es war eine dumme Frage. Wenn Karl sich nicht sicher gewesen wäre, hätte er geschwiegen.

»Sie sind auf den Feldern.«

»Wer ist auf den Feldern?«, fragte Sophie.

Franz-Josef hatte nicht bemerkt, dass sie aufgewacht war.

»Ich weiß es nicht«, sagte Karl. »Sie zeigen sich nicht. Es sind mehrere, das ist alles, was ich erkennen konnte.«

Sophie griff nach ihrem Stock und schlug mit dem Knauf gegen das Dach der Kutsche. »Anhalten«, rief sie, dann fügte sie leiser hinzu: »Wir müssen den Leibwächtern Bescheid geben.«

Die Kutsche wurde langsamer und blieb stehen. Franz-Josef hörte das Quietschen von Metall, als der Kutscher sich auf seiner Bank umdrehte. Er war ein Vampir, so wie die Leibwächter.

»Was kann ich für die Majestäten tun?«, fragte er dumpf durch das Holz, das den Innenraum vom Kutschbock trennte.

»Er möge den Soldaten Bescheid sagen, dass sie sich um uns sammeln sollen.« Sophie öffnete den Vorhang auf ihrer Seite einen Spalt.

Franz-Josef fiel auf, wie vorsichtig sie war. Nicht umsonst hatte sie ein höheres Alter erreicht als die meisten Vampire.

Ferdinand öffnete die Augen und fuhr sich mit der Hand übers Gesicht. Zwei seiner Finger waren bis zum zweiten Glied zusammengewachsen. Er schien es erst in diesem Moment zu bemerken, denn er betrachtete sie, drehte die Hand einige Male hin und her und zuckte dann mit den Schultern, als handele es sich um keine besonders wichtige Veränderung.

»Ist es wirklich klug, in der Kutsche zu bleiben?«, fragte er dann mit erstaunlicher Klarheit. »Sollten wir nicht den Kampf auf offenem Gelände suchen, anstatt wie Kaninchen im Bau zu sitzen?«

»Noch ist es kein Kampf«, sagte Franz-Josef.

Ein Schatten huschte an ihm vorbei, im nächsten Moment schrie der Kutscher laut und durchdringend. Als sein Schrei erstarb, tropfte Schleim durch die Ritzen ins Innere der Kutsche.

»Jetzt ist es ein Kampf.« Franz-Josef trat die Tür mit dem Stiefel auf – und starrte in eine verzerrte Fratze. Doch die Tür warf die nackte, dreckverkrustete Gestalt auch schon zurück.

Wilde Vampire, dachte Franz-Josef. Er hörte Pferde wiehern; ein reiterloses Tier galoppierte an ihm vorbei. Mit einem Satz war er bei der Gestalt, die zu Boden gegangen war. Schwarzes Blut spritzte aus ihrer zerstörten Nase. Sie riss den Mund auf und zischte durch schwarz verschmierte Zähne. Franz-Josef rammte ihr das Knie gegen den Kopf.

Hinter ihm sprang Karl aus der Kutsche, schwang sich direkt aufs Dach zu dem Vampir, der den Kutscher getötet hatte und jetzt dessen Blut aufleckte.

Die wilde Vampirin vor Franz-Josef nutzte seinen Moment der Unaufmerksamkeit, um auf die Beine zu kommen. Sie hatte kurzes Haar, das aussah, als sei es von Tieren abgenagt worden.

Franz-Josef zog den Degen, den er auf Sophies Wunsch auf Reisen stets bei sich trug. Es war eine einfache Klinge aus schlechtem Stahl, mehr eine Zierde als eine Waffe, aber er trug sie, weil sie leicht war – und weil er nicht damit gerechnet hatte, sie wirklich benutzen zu müssen.

Die Vampirin wich seinem ersten Stich aus, schüttelte sich wie ein Hund und sprang ihm mit beiden Füßen voran gegen die Brust. Franz-Josef wurde gegen die Kutsche geschleudert, fing sich und holte erneut mit dem Degen aus. Die Vampirin schlug seinen Arm zur Seite, aber er hatte damit gerechnet, nutzte den Schwung, den sie ihm gab, für eine Drehung und schlug ihr den

Kopf ab. Ein Gemisch aus Schleim und Asche klatschte zu Boden. Franz-Josef drehte sich um und versuchte Ordnung in das Chaos zu bringen, das er vor sich sah.

Karl stand breitbeinig auf dem Kutschendach. Er hatte einen Vampir an der Kehle gepackt und hielt ihn hoch, während er mit der anderen Hand nach dem Dolch in seinem Gürtel tastete.

Unter ihm, auf dem Boden der Kutsche, saß Ferdinand mit übereinandergeschlagenen Beinen und tröstete den Chinesen, der mit dem Kopf in seinem Schoß lag.

Franz-Josef wandte den Blick ab und konzentrierte sich stattdessen auf die ehemals sechs Leibwächter, von denen noch drei übrig waren. Einer von ihnen versuchte die wilden Vampire mit seinem Pferd niederzureiten, wurde jedoch abgeworfen, als zwei von ihnen sich gegen die Flanken des Tiers warfen.

»Kämpfe wie ein Mann, du Memme!«, schrie Karl vom Dach der Kutsche, bevor er seinen Gegner erdolchte.

Im ersten Moment dachte Franz-Josef, er sei gemeint, sosehr war er daran gewöhnt, als Feigling beschimpft zu werden, doch dann sah er, dass der abgeworfene Leibwächter über den Boden kroch und versuchte, in die Felder zu fliehen. Er stützte sich auf die Ellbogen und zog seine reglosen, anscheinend bei dem Sturz verletzten Beine hinter sich her. Die Vampire, die ihn angegriffen hatten, tanzten um ihn herum wie Derwische aus einem orientalischen Märchen und traten ihm immer wieder die Arme unter dem Körper weg. Der Leibwächter weinte trocken und schrie vor Schmerzen. Franz-Josef schämte sich für ihn.

Er wollte ihm helfen, doch im gleichen Moment traf ihn von hinten ein Schlag. Im Fallen drehte er sich, kam mit dem Rücken hart auf und stach mit dem Degen in die Luft. Zwei nackte Vampire stürzten sich fauchend auf ihn.

Wie viele sind das denn noch?, grübelte er, während er sich zur Seite rollte. Blind schlug er mit dem Degen um sich. Die Klinge traf Fleisch, dann Knochen und brach ab. Er fluchte und warf den Griff nach dem verletzten Vampir. Der wich aus, grinste und zog sich die Klinge aus den Rippen. Er schien den Schmerz nicht zu spüren.

Der zweite Vampir landete auf Franz-Josefs Brust und hieb ihm die Fäuste ins Gesicht. Sein Fauchen wurde zu einem dumpfen, weit entfernten Laut, als die Welt sich verdunkelte. Franz-Josef schüttelte den Kopf und versuchte benommen, die Hände, die sich um seinen Hals legten, wegzudrücken. Scharfer Schmerz zuckte durch seine Kehle und seinen Nacken.

Er will mir den Kopf abreißen, dachte er. Verzweifelt wehrte er sich, aber die Hände lagen so fest um seinen Hals, als hätte man sie angenagelt. Seine Haut riss auf, die Sehnen dehnten sich. Ein Schatten zuckte über sein Gesicht, dann verschwanden die Hände plötzlich von seinem Hals und der Druck von seiner Brust.

»Schluss jetzt!« Sophies Stimme kam von irgendwo über ihm.

Franz-Josef blinzelte Benommenheit und Schmerzen weg und starrte in den Nachthimmel. Sophie schwebte zwischen den Sternen. Eine Hand hatte sie in die Brust des Vampirs gebohrt, die andere hielt seinen Kopf fest. Windböen zerrten an ihrem dunklen Kleid und verwirbelten ihr sonst so sorgfältig hochgestecktes langes Haar.

Franz-Josef hatte sie noch nie fliegen sehen. Er hatte Gerüchte gehört, dass sie es konnte, aber auf seine Fragen hatte sie nicht geantwortet. Ihre schwebende Gestalt am Nachthimmel war ein Anblick aus einer anderen Welt.

Es wurde still auf der Straße zwischen den Feldern. Vampire ließen die Arme sinken, brachen ihre Kämpfe ab und starrten Sophie an.

»Geht«, sagte sie.

Die nackten Gestalten zögerten.

Sophie wartete einen Moment, dann schwebte sie zu Boden und setzte Franz-Josefs Angreifer ab. Der Vampir wich vor ihr zurück. In seinen Augen loderte Angst wie ein Feuer. Er musste ebenso wie die anderen wissen, dass Sophie sie alle töten konnte, wenn sie nur wollte.

Franz-Josef fragte sich, weshalb sie es nicht tat.

Wie auf einen unhörbaren Befehl wandten sich die wilden Vampire von ihren Gegnern ab. Mit langen Sprüngen verschwanden sie in den Feldern.

Karl sprang vom Dach. Er hielt immer noch den Dolch in der Hand und ging auf den verletzten, am Boden liegenden Leibwächter zu.

Der Mann schien zu ahnen, was ihn erwartete, denn er drehte sich auf den Rücken und hielt abwehrend die blutverschmierten Hände hoch. »Es tut mir leid«, stieß er hervor. »Ich habe die Fassung verloren.«

Karl rammte ihm den Dolch bis zur Klinge in den Bauch. Die beiden anderen Leibwächter sahen scheinbar regungslos zu.

»Trinkt«, sagte Karl. »Saugt ihn aus, bis nichts mehr in ihm ist außer Staub und Feigheit.«

Die Leibwächter traten zögernd einen Schritt vor. Franz-Josef richtete sich auf und rieb seinen Hals. Das Blut eines anderen Vampirs zu trinken, war ein Tabu, dessen Bruch mit dem Tod bestraft wurde.

»Trinkt!«, schrie Karl.

Die Leibwächter zögerten nicht länger. Sie hockten sich neben ihren schreienden und bettelnden Kameraden und tranken das Blut, das aus seinen Wunden floss.

Franz-Josef trat zu Karl. »Was soll das?«, fragte er, während er angewidert zusah, wie die Haut des Leibwächters zu Pergament wurde, seine Augäpfel austrockneten und zerfielen, seine Schreie verstummten. Staub rieselte aus seinem Mund.

»Wer uns entehrt, gehört nicht länger zu uns«, erklärte Karl. »Die beiden verstehen das jetzt und werden jedem, den sie kennen, erzählen, was sich hier zugetragen hat. Das ist einen Toten wert.« Er lächelte knapp. »Nicht erwähnen werden sie, wie gut sein Blut ihnen geschmeckt hat.«

Die Leibwächter tranken nicht mehr aus den Wunden, sondern saugten das letzte Blut aus der Halsschlagader des sterbenden

Vampirs. Nur wenige Minuten später zerfiel er unter ihren Händen zu Staub.

Karl wandte sich ab. »Fangt eure Pferde ein und schließt zu uns auf«, sagte er. »Wir müssen weiter.«

Franz-Josef folgte ihm zurück zur Kutsche. Ferdinand saß wieder auf seinem Platz und redete mit dem Chinesen, der auf dem Boden hockte. Sophie stand vor der Kutsche und steckte ihre Haare hoch.

»Hast du gewusst, dass sie das kann?«, fragte Franz-Josef leise. Er brauchte nicht zu erklären, was er meinte. Das war Karl auch so klar.

»Sie ist nicht die Einzige«, sagte er.

»Mein Chinese fährt auf dem Boden mit«, sagte Ferdinand, als sie näher kamen. »Er sagt, es stört ihn nicht.«

Franz-Josef bezweifelte, dass der bewusstlose Mann tatsächlich irgendetwas gesagt hatte. »Wieso soll er nicht mehr neben dir sitzen?«, fragte er, während er bereits nach der Tür griff.

»Weil wir sonst nicht alle Platz haben.« Ferdinand zeigte neben sich.

Franz-Josef folgte seinem Blick und zuckte zurück.

»Jesus Christus«, stieß Karl neben ihm hervor.

Sophie ließ die Hände sinken und kam näher.

Der wilde Vampir saß auf ihrem Platz in der Kutsche. Er war nackt und dreckig wie die anderen, jedoch war sein Kopf kahl geschoren und verschorft.

»Raus«, sagte Sophie ruhig.

Der Vampir drehte den Kopf. Franz-Josef tastete nach dem Degen, der nicht mehr an seinem Gürtel hing. Die Augen des Mannes waren verdreht und leuchteten weiß in der dunklen Kutsche.

»Ihr seid Schwächlinge«, sagte er.

Aus einem Grund, den er selbst nicht verstand, war Franz-Josef sofort klar, dass eine fremde Stimme aus ihm sprach.

»Früher einmal hättet ihr die wilden Vampire in Stücke gerissen und jetzt kriecht ihr vor ihnen im Staub.«

»Einer ist gekrochen«, murmelte Karl, »nur einer.«

Der Vampir beachtete ihn nicht. Franz-Josef fragte sich, ob der, der aus ihm sprach, verstand, was um ihn herum gesagt wurde.

»Eine neue Zeit bricht an. Ich überlasse es euch, ob ihr daran teilhaben oder von ihr hinweggefegt werden wollt. Beim nächsten Vollmond erwarte ich eure Antwort.«

Der Vampir öffnete die Tür auf der anderen Seite der Kutsche. Ferdinand rutschte höflich zur Seite, sodass er aussteigen konnte.

Franz-Josef sah der nackten Gestalt nach, bis sie zwischen den Hecken verschwunden war. »Was war denn das?«, fragte er.

Sophie steckte die letzte Haarnadel in ihre Frisur und rückte sie zurecht. »Ich kenne nur einen Vampir, der einen anderen betören kann«, sagte sie, ohne auf Franz-Josefs Frage einzugehen.

Karl nickte. »Er ist also zurück.« Er wirkte besorgt und ein wenig ängstlich.

Ferdinand klatschte in die Hände. »Na, bravo!«

KAPITEL SECHZEHN

Die Vampirdynastien Europas sind ein merkwürdiges Gebilde. Auf der einen Seite sind sie organisiert wie eine Armee mit einem General an der Spitze und zahlreichen hohen Offizieren, die als Fürsten und Könige eigenen Ländern vorstehen, auf der anderen führt diese Armee immer und immer wieder Krieg gegen sich selbst.

Die Vampire, denen die Kinder Echnatons diese Informationen abringen konnten, schienen den Grund dafür nicht zu kennen, behaupteten aber, nichts geschähe ohne einen Befehl ihres Generals.

– **Die geheime Geschichte der Welt** von MJB

»Wer ist zurück?«

Zum vierten Mal stellte Franz-Josef die Frage, zum vierten Mal antwortete niemand, während die Kutsche durch den Wald rumpelte.

Nur Ferdinand sagte leise: »Na, bravo«, so wie immer, wenn etwas sein Hirn überforderte und er das, was er eigentlich sagen wollte, nicht mehr ausdrücken konnte. Es erschien Franz-Josef als ein schlechtes Zeichen, dass seine Ausrufe immer häufiger wurden.

Es wird bald mit ihm zu Ende gehen, dachte er. *Er wird kaum noch ein Jahrhundert bei uns sein, wenn man Karl glauben darf.*

Für Franz-Josef, der selbst gerade mal achtzig Jahre existierte, war das eine lange Zeit, aber er wusste, dass Vampire, die so alt waren wie Sophie, Karl und Ferdinand, anders fühlten. Jahrhunderte verstrichen für sie so schnell wie für ihn Monate.

»Wieso sagt mir niemand, wer das war?«, versuchte er es erneut.

»Weil du es nicht verstehen würdest.« Sophie zog den Vorhang ihres Fensters beiseite und sah in die Dunkelheit.

Karl seufzte. »Wenn er wirklich zurück sein sollte, wäre es besser, wenn Franz Bescheid wüsste.« Als Sophie ihm nicht antwortete, fuhr er fort. »Möchtest du, dass ich es ihm erkläre?«

Sie schwieg.

Karl sah Franz-Josef an und schüttelte leicht den Kopf, als wolle er sich entschuldigen.

»Seine Eminenz«, sagte Ferdinand in diesem Moment leise. »Na, bravo.«

Sophie zuckte zusammen.

Franz-Josef runzelte die Stirn. »Unser Kaiser? Aber er ist doch tot.«

»Anscheinend nicht«, erwiderte Karl.

Franz-Josef erinnerte sich an die Geschichte, die man ihm als Kind erzählt hatte. Der *wahre Kaiser,* so war er darin genannt worden, hatte seine Existenz gegeben, um die geifernden Massen rund um die Guillotinen zu betören, damit sie nicht erkannten, wer da vor ihren Augen hingerichtet wurde. Dieser gewaltige Kraftakt, zu dem niemand außer ihm in der Lage gewesen wäre, hatte ihn die Existenz gekostet.

»Er war mein Herr«, sagte Ferdinand. »Mein Gott.«

»Er war unser aller Herr.« Karl warf Sophie einen kurzen Blick zu, aber sie reagierte nicht. Die Kutsche krachte mit einem Rad in ein Schlagloch. »Wir haben nie sein Gesicht gesehen. Er sprach immer durch andere, so wie eben, gab uns seine Befehle, sagte, welche Politik wir zu betreiben und welche Kriege wir zu führen hatten. Manchmal tauchte er nur einmal in einem Jahrzehnt auf, manchmal zehn Mal in einem Jahr.«

»Aber wir wussten immer, dass er da war.« Ferdinand lächelte. »Er beschützte uns.«

»Er kontrollierte uns!« Sophies Stimme zitterte.

Franz-Josef hatte sie noch nie so wütend gesehen und so … ängstlich?

»Und als er verschwunden war«, sagte er, »was geschah dann?«

»Es gab keinen Vampir in ganz Europa, der darüber traurig war.« Karl ignorierte Ferdinand, der die Hand hob. »Aber wir alle machten uns Sorgen, dass Europa ohne seine Führung auseinanderbrechen würde. Zum Glück war Sophie bereit, seine Nachfolge anzutreten. Sie sagte, er habe sie dazu auserko…«

Sophie fuhr herum. »Er hat es mir versprochen, und zwar vor langer Zeit, lange bevor ich dich kannte!«

»Na, bravo«, flüsterte Ferdinand. Er wackelte mit dem Kopf und streichelte seinen Chinesen.

»Ich habe nichts anderes behauptet.«

Franz-Josef hatte den Eindruck, dass dies ein lange schwelender Streit zwischen Sophie und Karl war. Er selbst hatte nie etwas davon bemerkt.

Was halten sie sonst noch vor mir geheim?, fragte er sich. »Und jetzt, wo er offenbar zurückgekehrt ist, befürchten Sie, dass er seinen Herrschaftsanspruch wieder geltend machen wird?«

Sophie schloss den Vorhang. In ihren Augen blitzte es, ihre Mundwinkel zuckten, als habe sie sich kaum noch unter Kontrolle. »Haltet die Kutsche an!«, befahl sie.

Ferdinand klopfte gegen das Dach. Der Leibwächter, der anstelle des toten Kutschers dort oben saß, brachte die Pferde zum Stehen.

Sophie riss die Tür auf und trat nach draußen. »Verschwindet.« Der Befehl war an die Leibwächter gerichtet. »Wir holen euch wieder ein.«

»Ja, Erzherzogin.«

Franz-Josef hörte, wie der Kutscher abstieg, dann entfernte sich Hufschlag.

»Er wird mir nicht nehmen, was mein ist«, erklärte Sophie. Zu wem, wusste Franz-Josef nicht. Als er ausstieg, war sie bereits verschwunden. Hinter ihm sprang Karl auf das Kutschdach.

»Riecht ihr Menschen?«, rief er. »Seht ihr irgendwo Lichter?«

Franz-Josef hielt die Nase hoch. Er roch den Wald, die Nacht und das Leben darin, keins davon menschlich.

Ferdinand verließ ebenfalls die Kutsche. Sein Chinese blieb betört am Boden sitzen.

»Sie muss irgendetwas gesehen oder gerochen haben.« Karl drehte sich auf dem Kutschdach, dann zeigte er plötzlich in die Ferne. »Da! Da ist ein Licht.«

»Es gibt ein Licht in der Dunkelheit eines jeden Lebens«, bemerkte Ferdinand.

»Was hat sie denn vor?« Franz-Josef schloss zu Karl auf, der bereits in Richtung Wald lief. Er bewegte sich so schnell, dass seine Füße kaum den Boden berührten.

»Das Einzige, was Sophie immer vorhat, wenn sie wütend ist.« Karl sah ihn kurz an. »Töten.«

Das Licht stammte von einer Öllampe, die vor einem kleinen Marienaltar stand. Jemand hatte Blumen danebengelegt. Franz-Josef berührte sie und spürte, dass sie relativ frisch abgeschnitten worden waren. Sie konnten erst seit wenigen Stunden dort liegen. Irgendwo in der Nähe musste es ein Dorf, ein Anwesen oder einen Hof geben.

Ferdinand bekreuzigte sich vor dem Altar, nahm eine der Blumen und roch daran. »Sie duften nach Brombeeren«, sagte er.

Karl winkte ungeduldig. »Hier ist ein Weg. Kommt.«

Der schmale Pfad führte durch Sträucher – Brombeersträucher, wie Franz-Josef überrascht feststellte – aus dem Wald hinaus in einen kleinen Kräutergarten. Das graue Haus, das dahinter aufragte, war dunkel. Ein schmiedeeisernes Tor trennte den Pfad vom Grundstück. Es war verbogen und aufgerissen, als hätte die Hand eines Riesen es zur Seite geschlagen.

»Sie ist hier«, sagte Karl.

Ein Schrei gellte durch die Nacht, dann ein zweiter, dritter und dann so viele, dass sie zu einem einzigen zu verschmelzen schienen.

»Hört ihr den Chor?«, fragte Ferdinand mit schräg gelegtem Kopf. »Er begrüßt Sophie.«

Franz-Josef lief an ihm vorbei und über den Hof zum Eingang. Das Haus war Teil eines kleinen Anwesens. Eine Scheune und ein Stall, neben dem mehrere Pferdewagen standen, gehörten noch dazu. Offensichtlich bereitete man sich auf die Ernte vor, denn Franz-Josef sah Werkzeug und große gefaltete Säcke auf den Wagen liegen.

Deshalb sind hier so viele Menschen, dachte er. *Die Ernte soll eingeholt werden.*

Er stieg die fünf Stufen zum Haupteingang hinauf. Die Tür war aus den Angeln gerissen worden und lag in der Eingangshalle. Ein abgerissener Menschenkopf rollte ihm entgegen.

Karl fuhr sich mit der Hand durchs Haar. »Sagte ich schon, dass sie wütend ist?«

Eine breite dunkle Holztreppe führte von der Eingangshalle in den ersten Stock. Auf dem Treppenabsatz hing das Bild einer afrikanischen Jagdszene – in Löwenfelle gehüllte Eingeborene mit langen Speeren, die eine Herde Antilopen hetzten, während über der Savanne die Sonne unterging. In dem rötlichen Licht des Gemäldes fielen die Blutspritzer kaum auf.

Oben schrie ein Mann, laut und gellend.

»Wie sollen wir sie aufhalten?«, fragte Franz-Josef.

»Man hält Sophie nicht auf.« Karl sah die Treppe hinauf. Oben knallte es, eine Tür schlug, dann polterten Schritte auf der Treppe. Eine junge Frau kam die Stufen herunter. Sie war barfuß. Blutflecken bedeckten ihr weißes Nachthemd. Mit weit aufgerissenen Augen und bleichem Gesicht stolperte sie Franz-Josef entgegen.

»Helfen Sie mir!«, stieß sie zwischen keuchenden Atemzügen hervor. »Bitte helfen Sie mir!«

Karl war mit einem Satz bei ihr, drückte ihren Hals gegen

seinen geöffneten Mund und riss ihr die Kehle heraus. Gurgelnd brach die junge Frau zusammen. Sie war nicht älter als Sissi.

»Man hält Sophie nicht auf«, wiederholte Karl. Er spuckte Blut und Knorpel aus. »Man räumt nur hinter ihr auf.«

Er stieg über die sterbende Frau hinweg und lief die Treppe hinauf. Franz-Josef folgte ihm. Der Geruch des Blutes war überwältigend. Er spürte, wie seine Fangzähne hervortraten, und hörte ein tiefes, drohendes Knurren. Erst nach einem Moment erkannte er, dass er selbst es ausstieß. Der Jäger in ihm war erwacht.

Die Treppe endete in einem quer verlaufenden Gang mit mehreren Türen. Die meisten standen offen. Franz-Josef sah eine herabhängende Klappe in der Decke und eine Leiter, die daran lehnte. Dort musste es zum Dachboden gehen. Er drehte sich um und blickte die Treppe hinunter. Ferdinand hockte über der Frau im Nachthemd und trank das Blut, das aus ihrer Kehle floss. Dabei streichelte er ihr Haar. Franz-Josef ging auf die Luke zu, an Zimmern vorbei, in denen Blutlachen schimmerten und Eingeweide herumlagen. Einen älteren Mann hatte Sophie förmlich in Stücke gerissen. Eine Hand hielt noch den Degen.

Dann stand sie plötzlich vor ihm. Ihr Haar war verklebt, ihre Kleidung schwer von Blut. Sie fletschte die Zähne. »Lass keinen entkommen«, sagte sie.

»Sophie.« Franz-Josef wollte sie am Ärmel festhalten, aber sie verschwand bereits durch die Luke wie Rauch durch einen Kamin. »Warten Sie!«

Es war sinnlos. Sie hatte noch nie auf ihn gehört, wieso sollte sie es ausgerechnet in dieser Situation tun? Franz-Josef wollte ihr folgen, rutschte in einer Blutlache aus und strauchelte. Mit einer Hand hielt er sich an der offen stehenden Tür fest und gewann sein Gleichgewicht zurück.

Die Tür schwang zu. Franz-Josef entdeckte den Mann, der dahinter hockte. Er war kaum älter als er, nur mit einer langen Unterhose bekleidet und dünn. In einer Hand hielt er ein Brotmesser. Die Klinge zitterte.

»Tu mir nichts«, flüsterte er auf Serbisch. »Ich will nicht sterben.«

Franz-Josef zögerte. Er sah zu der Luke, hörte das Poltern und Kreischen über seinem Kopf. Bei jedem Laut zuckte der Mann zusammen. Er schwitzte so stark, dass sein dunkles Haar wie frisch gewaschen am Kopf klebte.

Franz-Josef hatte nie viel über Menschen nachgedacht, deshalb überraschte es ihn, dass er in diesem Moment Mitleid für den Fremden am Boden empfand. Er ahnte, dass Sissi die Schuld daran trug. Seit er sie kennengelernt hatte, sah er in jedem Menschen, den er traf, ein Stück von ihr.

»Dir wird nichts geschehen«, sagte er ebenfalls auf Serbisch. Dann hörte er Schritte vor der Tür. Hektisch sah er sich um, suchte nach einem Versteck für den Mann, doch die Tür wurde bereits geöffnet.

»Ist hier noch einer?«, fragte Karl.

Nein, wollte Franz-Josef antworten, aber der Mann sprang im gleichen Moment auf und stach mit seinem Messer nach Karl. Der wich noch nicht einmal aus. Die Klinge drang in seinen Arm, während er bereits beide Hände ausstreckte und dem Mann den Kopf auf den Rücken drehte.

Es ging so schnell, dass Franz-Josef nicht reagieren konnte.

Falsch, dachte er einen Lidschlag später. *Ich hätte reagieren können, aber es war einfacher, das Problem aus dem Weg zu räumen.*

Karl zog das Messer aus seinem Arm und kniete sich neben den Toten. »Geh auf den Dachboden«, sagte er. »Ich komme gleich nach.«

Franz-Josef tat, was ihm gesagt wurde, so wie immer.

Ich bin schwach, dachte er, während er die glitschigen, blutverschmierten Sprossen zum Dachboden hinaufstieg. Edgar hat recht. Ich bin kein Kaiser.

Er zog den Kopf ein, als ein menschlicher Körper an ihm vorbeistürzte, dann kletterte er aus der Luke. Es herrschte Chaos auf dem Dachboden. Ein gutes Dutzend Menschen lief umher, die Münder weit aufgerissen, die Augen angsterstarrt. Kein Laut drang über ihre Lippen.

»Das Geschrei ging mir auf die Nerven«, sagte Sophie.

Sie schwebte in der Mitte des Raums zwischen Wäscheleinen und Körperteilen. Die Menschen versuchten, sich vor ihr unter den Dachschrägen und hinter Wäschekörben zu verstecken, aber Sophie fuhr zwischen sie wie ein Wirbelsturm und schleuderte sie zurück in die Mitte des Raums.

»Pass auf, dass keiner durch die Luke flüchtet«, sagte sie.

In einer Hand hielt sie einen Jungen, in der anderen eine ältere, stumm schreiende Frau. Einen Moment lang sah sie beide an, dann biss sie in die Frau wie in einen Apfel.

Franz-Josef blieb an der Luke stehen. Die Menschen wichen nun auch vor ihm zurück, erkannten wohl, dass sie keine Hilfe zu erwarten hatten.

»Sie bringen uns alle in Gefahr«, sagte Franz-Josef.

Sophie warf die halb tote Frau gegen einen Balken. Es krachte laut, als er zerbarst.

»Sei still. Deine Meinung ist hier unerwünscht.«

Franz-Josef öffnete den Mund, schwieg jedoch. Egal, was er sagte, es würde nichts ändern. Also blieb er an der Luke stehen, kämpfte gegen den Blutrausch, der ihn zu übermannen drohte, und sah zu, wie Sophie Menschen in Stücke riss. Sie kreischte und schrie, geiferte und spuckte, brüllte und trank. Blut spritzte über die Wände, bedeckte Ziegel und Holzbohlen. Der Geruch nach Kot und Urin mischte sich unter den des Blutes. Das war keine Jagd, kein ehrenhaftes Nachstellen der Beute, es war ein Massaker.

Plötzlich stand Karl neben ihm. »Ich habe sie schon sehr lange nicht mehr so gesehen«, sagte er. Es klang geradezu wehmütig. Er duckte sich, als ein abgerissenes Bein dicht über ihn hinwegflog, und schlug dann Franz-Josef auf die Schulter. »Komm, es ist genug für alle da.

»Nein, ich gebe lieber acht, dass niemand flieht.«

Sophie sah von dem Mann auf, in dessen Hals sie gebissen hatte. Blut tropfte aus ihren Haaren. »Er hat gesagt, du sollst kommen. Karls Befehle sind wie die meinen. Du befolgst sie ohne Widerworte.«

Es war das Blut, das aus ihr sprach. In solchen Mengen konnte es berauschen.

Ich bin der Kaiser, wollte Franz-Josef darauf antworten. *Ich folge keinem Befehl außer dem Gottes.*

»Wie Sie wünschen, Sophie«, sagte er stattdessen. Wie eine Memme.

Sie tranken bis in die späte Nacht, dann weckten sie Ferdinand auf, der neben der Toten auf der Treppe eingeschlafen war, und zündeten das Haus an. Als die Flammen den ersten Stock erreichten, hörten sie einen lang gezogenen, hohen Schrei durch das Prasseln und Knacken.

»Da haben wir wohl doch einen übersehen«, meinte Karl. Sein Gesicht war blutverschmiert. »Schade.«

Sie wandten sich ab und gingen zurück zur Kutsche. Sophie wirkte ruhig, beinah heiter. Sie hatte sich wieder gefangen. Franz-Josef fragte sich, ob sie an diesem Abend ihr wahres Gesicht gezeigt hatte oder ob es nur ein kurzer Moment des Wahnsinns gewesen war, der sie überkommen hatte.

Franz-Josef hielt Karl zurück, als der hinter Sophie in die Kutsche steigen wollte. »Ist es das, was Seine Eminenz meinte?«, fragte er. »Will er, dass wir so leben?«

Karl schüttelte den Kopf. »Nein, ich glaube, die Welt, die er sich vorstellt, wird weitaus weniger unterhaltsam.« Er schob Ferdinand in die Kutsche und folgte ihm.

Franz-Josef kletterte nach vorn auf den Bock und griff nach den Zügeln. Hinter ihm erhellte orangeroter Feuerschein den grauen Nachthimmel.

KAPITEL SIEBZEHN

Gibt es einen Einzelnen, der über die Kinder Echnatons herrscht? Nein, obwohl viele Mitglieder wünschten, es wäre so. Wir neigen dazu, hierarchisch zu denken, eine Angewohnheit, die wir von den Vampiren übernommen haben. Bei ihnen ist es unüblich, das Wort eines Höherstehenden infrage zu stellen, während die Kinder Echnatons versuchen, genau das zu fördern. Jedes Mitglied gilt als gleichwertig, keine Idee ist besser als eine andere, nur weil sie von jemandem mit dem richtigen Namenszusatz ausgesprochen wurde. Diese Prinzipien wurden von der Französischen und der Amerikanischen Revolution aufgegriffen, aber wie tief der hierarchische Ansatz im Menschen verankert ist, erkennt man daran, dass nach der siegreichen Amerikanischen Revolution viele Kinder Echnatons darum baten, George Washington zum lebenslangen Kaiser Amerikas zu ernennen.
– Die geheime Geschichte der Welt von MJB

Es war immer dunkel, dort, wo er jetzt lebte. Er hatte alles, was er brauchte, aber nichts, was er liebte. Sein Bett war weich, das Essen gut, die Gesellschaft gebildet und klug. Und doch gab es keinen Morgen, wenn das Wort denn angebracht war, an dem er nicht mit einer Sehnsucht in seinem Herzen erwachte, die er an diesem Ort niemals würde stillen können.

Sorgfältig strich er die Bettdecke glatt und zog den Vorhang auf der anderen Seite des Raums zur Seite. Dahinter befand sich ein Waschtisch mit Schüssel, Rasierzeug und frischen Handtüchern, eine Badewanne, die er nur selten nutzte, und ein Klosett. Er wusch sich schweigend und putzte sich die Zähne mit einer Bürste aus Rosshaar. Sein kurzes graues Haar feuchtete er nur an.

Als er das Handtuch neben der Schüssel zusammenfaltete, hörte er, wie die Tür zu seinem Privatbereich geöffnet wurde. Sie war nicht abgeschlossen. Weshalb auch, schließlich war er freiwillig an diesen Ort gekommen.

»Professor?« Es war die Stimme eines seiner Assistenten, eines jungen Mannes – auch bei diesem Begriff zögerte er, denn er war nur zum Teil korrekt – namens Gunther von Riebsfelde-Treuhass. »Ihr Paket ist eingetroffen.«

»Danke, Gunther. Stellen Sie es auf den Labortisch an der Wand.«

Professor Friedrich von Rabenholde warf einen letzten Blick in den Spiegel, richtete die Manschettenknöpfe an seiner Jacke und wandte sich ab. Er hätte auch im Morgenmantel arbeiten können, aber es war ihm wichtig, sein Äußeres zu pflegen. Wer sich gehen ließ, erreichte nichts im Leben.

»Ich habe über unser Isolierungsproblem nachgedacht«, sagte er, als er seinen Privatbereich verließ und durch die geöffnete Tür das Labor betrat. »Ich glaube, die Lösung liegt näher, als wir vermutet haben, und mit dem neuen Instrument werden wir das auch beweisen.«

»Guten Morgen, Professor.« Gunther schlug die Hacken zusammen und neigte den Kopf. Er hatte tadellose Manieren.

»Guten Morgen, Gunther.« Seine Worte hallten von den Wänden des Labors wider. Es war ein gewaltiger höhlenartiger Saal, den man wohl aus dem Stein herausgesprengt hatte. Werkbänke standen an der linken Seite, Schränke voller Glasbehälter und Phiolen an der Rückwand. Labortische zogen sich bis zur Treppe, die hinauf in ein Gebäude führte, das Friedrich noch nie gesehen hatte. Über den Tischen hingen Zeichnungen, Berechnungen und

Formeln. Die großen Schiefertafeln, die man ihm zur Verfügung gestellt hatte, reichten längst nicht mehr aus.

Wie jeden Morgen – wieder dieses unpräzise Wort – spürte Friedrich einen Moment des Stolzes, als er die Maschine betrachtete, die einen Großteil des Labors einnahm. Kupferrohre, Ventile, Hebel und hinter Glas liegende Anzeigen bedeckten einen riesigen schwarzen Metallzylinder. Eine Seite war geöffnet. Davor lagen Röhren, Glaskugeln und Teile einer Dampfmaschine.

Friedrich nannte die Maschine bescheiden sein *Projekt,* die anderen hatten ihm den Namen *Weltveränderer* gegeben.

»Um auf unser Problem zurückzukommen«, fuhr er fort, während er zu einem der Labortische trat und den Deckel der Holzkiste, die dort stand, abnahm. Beiläufig bemerkte er, dass Gunther sämtliche Hinweise auf den Ort, für den sie bestimmt gewesen war, entfernt hatte, so wie immer.

Friedrich wusste nicht, wo er sich aufhielt. Weder die Stadt noch das Land, nicht einmal den Kontinent konnte er mit Sicherheit bestimmen. Von draußen drang kein Laut zu ihm und kein Licht. Seine Assistenten trugen stets die gleiche Kleidung und ihre Schuhe waren nie schmutzig oder nass. Es war zu einem Spiel zwischen ihnen geworden: Er versuchte herauszufinden, wo er war, sie versuchten es zu verhindern. Bislang hatte er noch keinen Erfolg gehabt.

Friedrich packte das Mikroskop aus, das speziell nach seinen Vorgaben für ihn in London gefertigt worden war, und wog es in der Hand.

»Entspricht es Ihren Vorstellungen?«, fragte Gunther.

»Das tut es.« Er setzte das Mikroskop vorsichtig auf dem Labortisch ab. Sein Herz schlug schneller, als er sich vorstellte, wie kurz vor dem Durchbruch er vielleicht stand. »Ich werde vielleicht noch eines herstellen lassen, wenn die Zeit reicht. Wie lange hat das Paket hierher gebraucht?«

Gunther lächelte. »Sie sprachen über die Isolation, Professor.«

»Danke, dass Sie mich daran erinnern.« Friedrich ließ sich den fehlgeschlagenen Versuch nicht anmerken. Auch das war Teil des Spiels. Nie hätte er direkt gefragt, an welchem Ort er war, nie hätte er verlangt, dass man ihm zeigte, was an der Oberfläche lag. Er hätte es als impertinent empfunden, den Mann, den er seinen Gönner nannte, in eine solche Verlegenheit zu bringen, auch indirekt durch einen seiner Helfer.

»Wird Seine Eminenz heute Abend mit mir dinieren?«, fragte er, während er eine der Schiefertafeln mit einem Lappen säuberte.

»Selbstverständlich. Sie wissen doch, wie sehr er die Unterhaltungen mit Ihnen schätzt.« Gunther reichte ihm ein Stück Kreide und trat zurück, als Friedrich begann, die Formeln, die er in den schlaflosen Stunden, die er Nacht nannte, entwickelt hatte, niederzuschreiben.

Es erfüllte ihn mit Stolz, dass sein Gönner den Gedankenaustausch mit ihm suchte. Sie waren nicht immer einer Meinung, doch selbst in der Uneinigkeit respektierten sie einander. Man traf nur selten solche Men… Er unterbrach sich innerlich, schalt sich für seine überholten Begriffsvorstellungen. Ein Wissenschaftler wie er, ein Mediziner und Biologe musste die Welt in ihrer wahren Form betrachten und sich ihr anpassen, egal, wohin dieser Weg führte.

Er legte die Kreide beiseite, öffnete einen Manschettenknopf und schob seinen linken Hemdsärmel nach oben. Sein Handgelenk war vernarbt und wulstig.

»Sie können ein wenig von mir trinken, wenn Sie durstig sind«, sagte er, während er fortfuhr, seine Formeln niederzuschreiben. »Ich möchte nicht, dass Sie wieder bei der Arbeit einschlafen wie vor ein paar Tagen.«

»Sehr aufmerksam, vielen Dank.« Gunther ging neben ihm in die Knie und schlug seine Fänge in Friedrichs Fleisch.

KAPITEL ACHTZEHN

Fortschritt ist der Feind des Vampirs, Stagnation sein Freund. Er wehrt sich gegen jede Veränderung, strebt stattdessen eine Welt an, die ebenso erstarrt ist wie er selbst. Neue Erkenntnisse und Erfindungen tragen nicht zu seinem Wohlbefinden bei. Ginge es nur nach ihm, wäre das Feuer nie bezwungen worden, denn er braucht keine Wärme und zieht keinen Vorteil aus gekochter Nahrung. Der Mensch hingegen strebt stets nach einer Verbesserung seiner Lebensumstände, nicht zuletzt, weil sein Körper so fragil und seine Lebenserwartung so kurz ist. Diese beiden Philosophien, die der Stagnation und die der kontinuierlichen Anstrengung, stehen einander unvereinbar gegenüber.
  – *Die geheime Geschichte der Welt* von MJB

Sie hatte sich von allen verabschiedet, von Frau Huber, den Knechten, ihrem Pferd und den Buben. Theodor schien es als Einzigen der Jungen zu berühren, dass er sie so bald nicht wiedersehen würde. Er hatte sie umarmt, fest an sich gedrückt und: »Ich werde kein Ungeheuer, ich verspreche es dir«, geflüstert. Noch nie zuvor hatte einer der Buben erkennen lassen, dass er wusste, was er war.

Néné und ihre Mutter hatten geweint, als sie Sissi zur Kutsche brachten, ihr Vater war mit starrer Miene neben ihnen hergegangen. Ihn traf ihre Abreise am härtesten, das wusste sie. Deshalb versuchte er wohl mit solcher Mühe, die Fassung zu bewahren.

Sie wünschte, er hätte es nicht getan. Es fiel ihr schwer, in sein regloses Gesicht zu blicken und darin den Vater zu erkennen, von dem sie wusste, dass er sie liebte.

Sie hatte ihn als Letzten umarmt. »Wir werden uns wiedersehen. Es ist noch nicht vorbei.«

Er hatte nicht geantwortet, sie aber erst losgelassen, als Prinzessin Ludovika seine Schulter berührte. »Sie muss abfahren. Es liegt noch ein langer Weg vor ihr.«

»Ich weiß.«

Und dann war sie in die Kutsche gestiegen. Ohne einen Blick zurückzuwerfen, hatte sie das Haus ihrer Kindheit verlassen und war nach Wien aufgebrochen. Sie wurde nur von zwei Kutschern begleitet und reiste in einem schlichten, von zwei Pferden gezogenen Gefährt. Ihre Eltern wollten nicht, dass Sissi Aufsehen erregte. Es gab Banditen – und vielleicht sogar Anarchisten –, die alles getan hätten, um die zukünftige Kaiserin von Österreich in ihre Gewalt zu bringen.

Kaiserin von Österreich. Der Titel klang fremd und beängstigend, so als gehöre er zu einer anderen, einer reiferen Frau und nicht zu ihr. Sie war keine Kaiserin. Sie war die Sissi, ohne Titel, ohne Majestätsanrede, einfach nur die Sissi. Etwas anderes hatte sie nie sein wollen.

Aber ich werde etwas anderes sein, für Néné, für Vater, für Mutter, für die Cousins, egal, wie schwer es mir auch fallen mag.

In ihrem Kopf schwirrte all das umher, was sie in den vergangenen drei Wochen gelernt hatte. Wie verwirrte Motten bei einem Lichterfest. Ungarische Vokabeln mischten sich mit den Abläufen des Spanischen Hofzeremoniells, wie es am kaiserlichen Hofe herrschte, und Regeln für den Bombenbau. Alles war so viel schwerer, als sie gedacht hatte. Zum Glück verfügte der Cousin in Wien über genügend Wissen, um ihre technische Unkenntnis zu kompensieren. Er würde die Schießpulvermischung bei seinen Besuchen in den Palast schmuggeln und ihr erklären, wie sie die Bombe zu bauen hatte. Es war gefährlich, aber es gab keinen anderen Weg. Sie selbst konnte die Bestandteile nicht in ihrem Gepäck mit in den Palast bringen. Der Sprengstoff war so instabil, dass sie damit wahrscheinlich die Kutsche in die Luft gejagt hätte, samt der umliegenden Ländereien. Néné hätte die Bombe einfach aus den Dingen bauen können, die sich ohnehin im Palast fanden, Sissi nicht. In den ganzen drei Wochen hatte sie nur eine Bombe korrekt zusammengebaut, aber anschließend fallen lassen, als sie ihrem Vater davon erzählen wollte. Das war ein nicht gerade überwältigendes Ergebnis.

Der Cousin wird's schon richten, dachte Sissi.

Müde legte sie den Kopf gegen die gepolsterte Wand der Kutsche und streckte die Beine aus. Ihre Zehen stießen gegen etwas Hartes. Sissi zog den Vorhang, der den Innenraum der Kutsche verdunkelt hatte, vom Fenster zurück und beugte sich vor. Unter dem gegenüberliegenden Sitz lag ein langer, in Stoff eingeschlagener Gegenstand. Sie zog ihn hervor, hob ihn auf ihre Oberschenkel und begann, die Stricke zu entknoten. Noch bevor sie den Stoff zurückschlug, wusste sie bereits, was sich darin befand. Eine stählerne Klinge blitzte im Sonnenlicht auf, der lange schwarze Griff war mit eingearbeiteten japanischen Schriftzeichen verziert. Es war das Katana ihres Vaters, seine Lieblingswaffe, die Sissi stets bewundert hatte. Herzog Max pflegte zu sagen, man könne damit eine fallende Feder in der Luft zerteilen, aber sie zog es vor, damit Melonen und Kürbisse in Stücke zu schlagen. Ihr Vater hatte sie gelehrt, die Waffe zu pflegen und zu reinigen. Es war ein gemeinsames Ritual, das Sissi immer genossen hatte.

Sie wollte die Waffe wieder in den Stoff einschlagen, als sie die kleine Karte bemerkte, die unter dem Katana lag.

Dies ist eine Leihgabe, kein Geschenk. Du wirst sie mir wiedergeben, wenn alles erledigt ist. – Dein Vater

Sissi lächelte und schloss die Augen. *Ich werde dich nicht enttäuschen.*

Sie erwachte, als das Rumpeln der Wagenräder verstummte. Durch das Fenster sah Sissi die Fassade eines heruntergekommen wirkenden Gasthauses. Bauern saßen an Holztischen vor der Tür und genossen die letzten Sonnenstrahlen des warmen Septembertages. Herzog Max hatte Sissi verboten, Orte zu besuchen, an denen sie schon einmal gewesen waren. Stattdessen sollten die Kutscher entscheiden, wo übernachtet wurde. Sissi nahm an, dass ihre Entscheidung wegen der großen Portionen auf den Tischen und den riesigen Bierhumpen in den Händen der Bauern auf diese Unterkunft gefallen war. Sie nahm es ihnen nicht übel. Bei Hofe würde sie eine solche Kost nicht mehr bekommen.

Die Männer an den Tischen – die einzige Frau, die sie sah, war die Kellnerin – taten so, als würde sie weder die Kutsche noch das junge Mädchen, das sie mit einem langen, eingeschnürten Gegenstand unter dem Arm verließ, interessieren. Doch als Sissi die Schankstube betrat, sahen sie ihr nach und ihre Unterhaltungen wurden leiser.

Die beiden Kutscher, ein junger Mann namens Xaver und ein älterer, gebeugt gehender, den alle nur Buckel nannten, gingen vor ihr zur Theke und sprachen mit dem Wirt. Der nickte einige Male und zeigte nach oben in den ersten Stock, zu dem eine schmale Holztreppe führte. Die Schenke war fast leer, nur an einem Tisch saßen ein paar ältere Männer und spielten Karten. Es roch nach Essen, abgestandenem Bier und Zigarrenrauch.

Buckel kehrte zu Sissi zurück. »I war so frei und hob a Zimmer für Eahna gemietet, Hoh…« Er unterbrach sich. Da sie *inkotnito* – nannte man das so? – reisten, hatte Herzog Max den Männern verboten, sie mit ihrem Titel anzusprechen. Buckel setzte erneut an, wusste dann aber wohl nicht mehr, wie er fortfahren sollte, und kratzte sich stattdessen am Kopf.

»Sissi. Nennen Sie mich Sissi.«

»Ja, Hoh… ja, des mach i.« Buckel wirkte verunsichert. Sie nahm nicht an, dass er sie jemals mit ihrem Namen ansprechen würde. Eine solche Vertraulichkeit wäre zu anmaßend gewesen, selbst wenn sie befohlen wurde. Noch vor wenigen Wochen hätte sie über seine Unsicherheit gelacht, mittlerweile konnte sie verstehen, wie er sich fühlte.

Von Geburt an haben wir einen Platz in der Welt. Verändert er sich, wissen wir nicht mehr, was wir machen sollen.

»Der Xaver und i wern in da Kutschn schlafa, dann müss ma des Gepäck net ausladn.«

»Gut.« Sissi lächelte. »Aber seien Sie beim Essen nicht so bescheiden wie bei der Übernachtung. Essen und trinken Sie nach Herzenslust auf Kosten meines Vaters.«

Buckel wollte den Hut ziehen und sich verneigen, erinnerte sich aber wohl im letzten Moment an die Mahnung von Herzog Max und blieb steif stehen. »Ja, S…«

Xaver trug Sissis Tasche in den ersten Stock und stellte sie vor ihrem Zimmer ab. Er zog den Hut, als keiner hinsah, dann ging er hinunter zu Buckel.

Sissi öffnete die Tür und trat ein. Die Holzdielen knarrten unter den Sohlen ihrer Stiefel. Das Zimmer war karg ausgestattet. Es gab ein Bett, einen kleinen Tisch mit einer Waschschüssel und an der Wand hing ein Holzkreuz. Sissi schloss die Tür hinter sich, nahm das Kreuz ab und legte es in die Schublade des Waschtischs. Das Katana schob sie unter die Matratze.

Als Sissi in die Schankstube zurückkehrte, saßen Xaver und Buckel bereits am Tisch der Karten spielenden Männer. Buckel wollte sich erheben, als er sie sah, aber Xaver hielt ihn fest.

Sissi blieb neben dem Tisch stehen. »Ist hier noch ein Platz für mich?«

Die Männer sahen auf. Sie waren zu viert, deutlich jenseits der vierzig und braun gebrannt von der Feldarbeit. Zwei von ihnen sahen sich ähnlich wie Brüder.

»Passt scho«, sagte der ältere der beiden, während der jüngere missmutig seine Karten betrachtete. »Ziag'ns Eahna an Stuhl da her.« Er stieß den anderen Mann an. »Loisl, ruck a bissl zur Seit'n.«

Der Mann grunzte, tat aber, wie ihm geheißen.

Sissi setzte sich neben ihn. »Ich bin die Sissi«, sagte sie. »Grüß Gott.«

Die Männer stellten sich der Reihe nach vor. Loisl und sein Bruder Sepp waren Gemüsebauern, Gustl hielt Vieh und Toni war sein Knecht. Anfangs wirkten sie gehemmt, so als wären sie die Anwesenheit von Frauen beim Kartenspiel nicht gewohnt, aber je mehr Bier floss, desto entspannter verhielten sie sich.

Sissi unterhielt sich mit ihnen über Pferde – die waren gut –, die Eisenbahn – pures Teufelszeug – und die Telegrafie – moderner Schnickschnack. Die Männer fragten sie nach ihrem Ziel und schienen beeindruckt, als Sissi sagte, sie würde in Wien einen jungen Mann heiraten. Sie aß und trank, bis ihr fast die Augen zufielen, dann stand sie auf und gähnte. »Es wird spät. Ich gehe noch ein wenig durchs Dorf und dann ist es Zeit fürs Bett.«

Loisl schüttelte den Kopf. »Geh besser glei ins Bett. In da letztn Woch'n san zwoa Madl verschwund'n.«

»Nämlich die Tochter vom Schmied Ferdl und die Schwester von der Magda«, fügte Sepp hinzu, als wisse Sissi, wer gemeint sei.

»I hob's am Abend no' gsehn vom Feld aus«, sagte Gustl, als sei das eine besondere Leistung. »Koana woaß, was danach no' passiert is.«

»D' Gendarmerie woaß scho Bescheid, aber macha kennan's trotzdem nix, weil's nämlich alle Leut in Possenhofen beim Herzog Max braucha.« Loisl spuckte Kautabak in einen Napf neben seinem Stuhl. »Typisch.«

Sissi biss sich auf die Zunge. Xaver und Buckel schwiegen mit gesenkten Köpfen.

Loisl runzelte die Stirn, als er ihre Reaktionen bemerkte. »Wos is?«

»Nichts«, sagte Sissi, bevor einer der beiden antworten konnte. »Wir finden es nur schrecklich, was hier geschehen ist. Danke für die Warnung. Ich werde im Zimmer bleiben.«

Sie verabschiedete sich von den Männern und ging nach oben. Die Frage, woher die Gendarmen kamen, die das Anwesen bewachten, hatte sie sich nie gestellt. Es war ihr unangenehm, dass man ihre Familie vor *igaminären Anchristen* schützte, während nur einen Tagesritt entfernt Menschen verschwanden.

Bedeutet das nicht, dass ich Verantwortung übernehmen und ihnen helfen muss?

Sie wünschte, ihr Vater wäre hier gewesen, um ihr diese Frage zu beantworten.

Sissi legte sich auf das Bett, verschränkte die Arme hinter dem Kopf und starrte an die Decke. Spinnweben hingen in den Ecken. Die Kerze auf ihrem Nachttisch flackerte. Die Müdigkeit, die der Alkohol und das schwere Essen zunächst heraufbeschworen hatten, schwand bei dem Gedanken an einen nächtlichen Ausflug. Was, wenn ein Vampir die Mädchen entführt hatte und bereits auf neue Beute lauerte? Dann waren selbst die Gendarmen machtlos und die Kinder Echnatons würden vielleicht erst von der Gefahr hören, wenn noch weitere Menschen verschwunden waren. War es da nicht ihre Pflicht, den Hinweisen nachzugehen?

»Natürlich ist es das«, sagte sie leise, während sie sich bereits vom Bett schwang und das Katana unter der Matratze hervorzog. In ihrem Bauch begann es zu kribbeln. Und das fühlte sich gut an.

Sissi wartete, bis das Licht in der Schankstube erloschen war, dann öffnete sie ihre Zimmertür und trat nach draußen. Das Katana verbarg sie unter ihrem Umhang. Sie schlich die Treppe hinunter. Mondlicht fiel auf die verlassenen Tische und Bänke und zeigte ihr den Weg bis zur Tür. Sie zog den Riegel zurück und verließ das Gasthaus.

Niemand war auf dem Hof. Ihre Kutsche stand vor einer großen Scheune neben dem Haupthaus, die Pferde hatte man wohl den Stall gebracht. Auf der einzigen Straße verließ Sissi das Dorf. Felder erstreckten sich auf beiden Seiten des Wegs und gingen über in Wälder, die in der Dunkelheit schwarz und formlos wirkten. Wenn es einen Vampir gab, dann verbarg er sich irgendwo dort.

Sissi bog in einen Feldweg ein und zog das Katana unter dem Umhang hervor. Sie bemühte sich nicht, leise zu sein. Im Gegenteil. Sie trat fest auf und begann, einen Walzer zu pfeifen. Der Vampir würde sie ohnehin bemerken, bevor sie ihn entdeckte, da konnte sie die Sache ebenso gut beschleunigen.

Töricht, sagte Herzog Max in ihren Gedanken. *Töricht und leichtsinnig.*

Sissi pfiff noch lauter, um seine Stimme zu übertönen. Nach einer Weile wurde ihr Mund trocken und sie hörte auf. Das Feld erstreckte sich rechts von ihr noch weiter, doch der Weg, auf dem sie folgte, führte nach links in einen Wald, der ihr wie ein riesiges schwarzes Maul entgegengähnte.

Sie blieb stehen, begann sich mit einem Mal zu fragen, ob es wirklich klug war, mitten in der Nacht allein einen Vampir zu verfolgen, nur um Menschen zu helfen, die sie nie wiedersehen würde. Wieso kümmerte es sie, was in diesem Dorf geschah?

Zögernd ging Sissi weiter. Ihr Blick glitt schnell von einem Baum zum nächsten, suchte im Geäst nach einem Gesicht, einem Stück nackter Haut, nach Klauen, die Sträucher zur Seite bogen. Ließ die Wirkung des Alkohols nach und machte sie vorsichtiger oder war es der Vampir, der ihr diese Gedanken einflüsterte? War er ihr so nah?

Sie fuhr herum, das Katana in beiden Händen. Die Geräusche der Nacht erschienen ihr fremd und bedrohlich. Hinter ihr hatte sich der Wald geschlossen wie eine Falle. Das Feld war nicht mehr zu sehen.

Meine Eltern würden mir eigenhändig den Kopf abschlagen, wenn sie davon wüssten, dachte Sissi. *Wieso mache ich nur immer wieder so einen Blödsinn? Wieso denke ich erst nach, wenn es bereits zu spät ist?*

Trotz ihrer Zweifel blieb sie nicht stehen. Es war, als zöge irgendeine Macht sie tiefer in den Wald.

Sissi hörte den Vampir, bevor sie ihn sah. Er kauerte über dem Kadaver eines Rehbocks, die Fangzähne tief in dessen Halsschlagader versenkt. Es sah aus, als würde er das Tier küssen.

Er war ebenso verdreckt wie die beiden anderen wilden Vampire, denen sie begegnet war, doch im Gegensatz zu ihnen trug er Kleidung, Stiefel, einen Rock, ein zerrissenes Hemd und einen Strohhut. Es war eine Mischung aus Männer- und Frauenkleidung, als wisse er nicht, was für welches Geschlecht gedacht war.

Er sah nicht auf, als Sissi sich ihm näherte. Sie wagte kaum zu atmen, setzte vorsichtig einen Fuß vor den anderen. Der Waldboden war voller kleiner Äste und Zweige, die unter ihren Sohlen knackten. Nach jedem Geräusch blieb sie stehen, wartete auf das unvermeidliche Fauchen, den sofortigen Angriff des Vampirs. Doch der reagierte nicht, war wie ein Schlafwandler in seiner eigenen Welt versunken.

Sissi drehte das Katana in ihren Händen, bis die Klingenspitze auf den Rücken des Vampirs zeigte. Sie konnte kaum schlucken, so trocken war ihr Mund. Hinter der Kreatur blieb sie stehen und holte aus. Konnte es wirklich so leicht sein?

Die gebrochenen Augen des Rehbocks schienen sie anzustarren. Sissi presste die Lippen aufeinander und stieß zu. Mühelos bohrte sich die Klinge in totes Fleisch und fand das Herz des Vampirs. Schleim und Staub klatschten auf den Boden und den Kadaver des Rehbocks.

Sissi holte tief Luft. Die Anspannung fiel von ihr ab; sie begann zu kichern. Die Ängste, die sie ausgestanden, die Gedanken, die sie sich gemacht hatte, erschienen ihr auf einmal albern. Sie war Sissi, die zukünftige Kaiserin von Österreich – und eventuell auch Ungarn, da war sie sich nicht ganz sicher. Jedenfalls konnte kein Vampir ihr etwas anhaben.

Ich werde Vater davon erzählen, dachte sie, während sie sich bückte und das Katana im Laub reinigte. *Er wird stolz auf mich sein.*

Als sie das Fauchen hörte, war es bereits zu spät. Ein harter Schlag traf sie in den Rücken, heiß und scharf schoss der Schmerz von ihrer Schulter bis zur Wirbelsäule. Sissi schrie auf und brach in die Knie. Ein nackter, schmutziger Fuß trat ihr das Katana aus der Hand. Fingernägel, lang und spitz wie Klauen, zuckten an ihrem Gesicht vorbei. Verschwommen sah Sissi das Blut, das von ihnen herabtropfte.

Mein Blut!

Dann traf ein Knie ihre Schläfe, und alles um sie herum wurde dunkel.

KAPITEL NEUNZEHN

Unter den Kindern Echnatons, besonders unter den neu hinzugekommenen Mitgliedern, herrscht große Verwirrung über die Fähigkeiten und Eigenheiten des Vampirs. An dieser Stelle sollen in aller Kürze die häufigsten aufgezählt werden.

Vampire sind gestorbene Menschen! *Das ist falsch. Sie kommen bereits als Vampire zur Welt. Es gibt keinen Hinweis darauf, dass sie aus Menschen entstehen. Sie sind auch nicht im biologischen Sinne tot. Darauf soll jedoch in einem anderen Kapitel ausführlicher eingegangen werden.*

Vampire können fliegen! *Nein.*

Vampire sind übermenschlich stark! *Das ist richtig. Man schätzt, dass ein erwachsener Vampir viermal so stark ist wie ein ausgewachsener kräftiger Mann – und zehnmal so schnell.*

Man kann einen Vampir nur töten, indem man sein Herz durchbohrt, seinen Kopf abtrennt, ihn verbrennt oder dem Sonnenlicht aussetzt! *Das ist unseres Wissens nach korrekt. Der Vampir verfügt zwar über Organe wie Lunge, Leber, Nieren und Magen, doch sie spielen für seinen Organismus keine Rolle und liegen brach. Nur Herz und Gehirn sind aktiv und müssen durch eine regelmäßige Blutzufuhr mit Nährstoffen versorgt werden. Darauf deuten zumindest unsere Obduktionen hin, die aus offensichtlichen Gründen am lebenden, beziehungsweise existierenden Objekt vorgenommen werden mussten.*

Vampire zerfallen zu Asche, Schleim und Staub, weil sie Dämonen sind, die aus der Hölle kommen! *Wir wissen nicht, weshalb Vampire auf diese Weise verenden, aber die Kinder Echnatons lehnen übernatürliche Erklärungen grundsätzlich ab.*

Vampire können Menschen manipulieren und ihnen ihren Willen aufzwingen! *Das ist richtig. Je nach Alter sind Vampire in der Lage, Menschen eine andere Umgebung, ein anderes Aussehen, sogar eine andere Geisteshaltung zu suggerieren. Sich dagegen zu wehren, ist schwer. Es hilft jedoch, wenn man sich die Manipulation bewusst macht, indem man auf Anzeichen dafür achtet. Mehr dazu in einem anderen Kapitel.*

Vampire benötigen Menschen nicht nur als Nahrungsquelle, sondern auch als Lustobjekt! *Das ist falsch, und wenn ich denjenigen pfählen könnte, der erotische Vampirliteratur in Umlauf gebracht hat, würde ich es tun.*

– *Die geheime Geschichte der Welt* von MJB

Schmerz riss Sissi aus ihrer Bewusstlosigkeit. Sie spürte, dass sie sich von der Stelle bewegte, obwohl ihr Rücken den Boden berührte. Ihr ganzer Körper brannte und pochte, doch am schlimmsten, sogar noch schlimmer als die tiefe Wunde in ihrer Schulter, schmerzte ihr Kopf.

In Panik begann Sissi, um sich zu schlagen. Durch die Tränen in ihren Augen sah sie Baumwipfel über sich und einen kalten schwarzen Himmel. Jemand stapfte vor ihr über den Waldboden, eine Hand in ihr Haare gekrallt, und zog sie hinter sich her. Sissi spürte die Klauen auf ihrer Kopfhaut.

Meine Haare!, dachte sie entsetzt.

Sie griff nach dem Handgelenk, das sie festhielt. Die Gestalt blieb stehen und drehte sich zu ihr um. Ein Gesicht tauchte in Sissis Blickfeld auf. Es war eine Frau, verdreckt, übergewichtig und mit hängenden Brüsten, die sich an einem fetten Bauch rieben.

Voller Ekel musste Sissi würgen.

Die Vampirin fauchte sie an. Es war klar, was sie sagen wollte: *Noch einmal und es gibt Ärger!*

Sissi ließ das Handgelenk los und biss die Zähne zusammen, um nicht zu schreien, als die Vampirin sich wieder umdrehte und weiterstapfte, in der freien Hand das Katana. Getrockneter Schleim bedeckte die Klinge. Sie hatte es noch nicht einmal gereinigt, wusste wahrscheinlich nicht, welchen Schatz sie bei sich trug.

Ungebildete alte Schl… Selbst in Gedanken wagte Sissi es nicht, das Wort auszusprechen. Es war einfach zu unanständig.

Der Waldboden war weich, trotzdem litt Sissi bei jedem Schritt ihrer Entführerin. Kleine Äste bohrten sich in ihren Rücken, die Wunden, die ihr die Vampirin mit ihren Klauen gerissen hatte, brannten und sandten stechende Schmerzen bis in ihren Kopf. Jede Baumwurzel wurde zu einer Prüfung. Aber Sissi schrie nicht, auch wenn der Schmerz ihr fast die Besinnung raubte. Die Vampirin hatte sie nur aus einem Grund nicht betört, sie wollte ihr Opfer leiden sehen.

Aber das wirst du nicht, dachte Sissi. *Egal, was du auch tust.*

Der Boden unter ihr wurde plötzlich felsig, die Umgebung dunkler. Sie hatten eine Höhle erreicht. Die Decke hing so tief, dass die Vampirin sich unter ihr ducken musste. Dann ließ sie Sissi endlich los.

Es war ein erlösender Moment. Sissi drehte sich auf die Seite, um ihren schmerzenden Rücken zu entlasten, und presste die Wange gegen den Fels. Die Kälte verscheuchte ihre Benommenheit.

Sie wird sich Zeit damit lassen, mich zu töten, dachte Sissi. *Ich habe ihren Was-auch-immer-ich-will-gar-nicht-darüber-nachdenken getötet. Dafür wird sie sich rächen wollen.*

Sie hörte, wie die Vampirin sich einige Schritte von ihr entfernte, und drehte langsam den Kopf. In der Höhle war es so dunkel, dass sie kaum etwas erkennen konnte. Trotzdem spürte sie die Anwesenheit anderer Menschen. Sie war nicht allein mit der Vampirin.

»Hallo?«, flüsterte sie.

Niemand antwortete. Die Vampirin, die sie gehört haben musste, beachtete sie nicht weiter, sondern hockte sich an eine der Wände und drehte das Katana in der Hand. Sie schien zu finden, wonach sie gesucht hatte, denn einige Lidschläge später führte sie die Klinge mit der stumpfen Seite zum Mund und begann, sie abzulecken.

Bei allen Göttern, dachte Sissi, *wie kann ein Wesen nur so widerlich sein.*

Jemand seufzte in einer der dunklen Ecken im hinteren Teil der Höhle.

Sissi hob den Kopf, sah jedoch niemanden. *War das eines der Mädchen?*, fragte sie sich.

Die Vampirin legte die Klinge schließlich beiseite und stand auf.

Sissi wusste, dass sie noch vor Sonnenaufgang zuschlagen würde, denn sie konnte es sich nicht erlauben, ihr Opfer bei Tageslicht unbeobachtet zu lassen, während sie schlief. Selbst wenn die Vampirin sie betörte, konnte etwas schiefgehen. Nach dem Tod ihres *Denk-nicht-darüber-nach* würde sie kein Risiko eingehen.

Vorsichtig setzte Sissi sich auf. Ihr Rücken und ihre Schulter fühlten sich an, als würde die Haut bei jeder Bewegung reißen. Sie versuchte, sich nicht vorzustellen, wie die Wunde aussah.

Das Katana lag keine fünf Schritte von ihr entfernt auf einem Felsvorsprung. Die Vampirin schien sich nicht mehr dafür zu interessieren, aber Sissi war überzeugt, dass es nur eine Falle war. Die Vampirin wollte, dass ihr Opfer versuchte, sich zu wehren, wollte, dass es nach seinem Scheitern in tiefe Verzweiflung stürzte. Das war Teil des Spiels. Ihr Vater hatte oft genug ähnliche Geschichten vorgelesen.

Nicht mit mir.

Sissi kam in die Hocke. Immer noch stand die Vampirin reglos in der Mitte der Höhle. Wäre sie ein Mensch gewesen, hätte sie das Katana schon jetzt nicht mehr vor Sissi erreichen können, doch sie war ein Vampir und wäre schneller als ein Gedanke dort.

Ihre Anspannung war selbst in der Dunkelheit unübersehbar. Auch Sissi spannte sich, verdrängte den Schmerz und schnellte hoch. Die Vampirin griff bereits nach dem Katana, bevor sie den ersten Schritt getan hatte, aber Sissi lief nicht zu dem Schwert, sondern drehte sich um und rannte auf die Stelle zu, an der sie das Seufzen gehört hatte. Knochen knackten unter ihren Stiefeln, hinter ihr fauchte die Vampirin, vor ihr tauchten zwei Gestalten in der Dunkelheit auf. Sie hockten am Boden und nagten an etwas, was Sissi im ersten Moment für Äste hielt, aber im zweiten als Knochen erkannte. Sie riss einer der beiden den Knochen aus der Hand und fuhr herum.

Die fauchende Fratze der Vampirin war keine Armeslänge mehr von ihr entfernt. Das Katana hing als dunkler Schatten in der Luft.

Sissi stieß zu. Das Fauchen wurde zum Schrei, dann regneten Schleim und Asche zu Boden. Die Gestalt, der Sissi ihre Waffe entrissen hatte, griff ungerührt nach einem anderen, kleineren Knochen. Sie schien nicht zu bemerken, was um sie herum geschah. Die andere sah jedoch auf. Im Sternenlicht, das durch den Höhleneingang fiel, erkannte Sissi, dass es ein Mädchen mit schmutzigen Haaren und großen dunklen Augen war. Es trug eine Bluse und einen verdreckten, zerrissenen Rock.

»Des san nette Leud. De ham uns a no' wos zum ess'n geb'n«, bemerkte es.

Die zweite Gestalt, ebenfalls ein Mädchen, nickte. »Hier schmeckt's so vui guat, vui besser ois wia bei da Muatta.«

Sie waren betört worden, hatten den Vampiren wahrscheinlich als Festmahl dienen sollen, wenn denen die Lust auf Wild verging. Der Effekt würde noch einige Stunden anhalten, vielleicht bis zum Morgen. Sie würden sich an nichts erinnern, wenn sie erwachten, sich nur fragen, wieso sie zwischen alten Knochen in einer Höhle saßen. Wenn sie klug waren, würden sie bei ihrer Rückkehr ins Dorf behaupten, sich verlaufen zu haben. Ob ihnen das jemand glauben würde – zwei Mädchen, die getrennt voneinander verschwunden waren, aber gemeinsam den Weg nach Hause gefunden hatten, klang nicht gerade wahrscheinlich –, aber ein paar Wochen Dorfklatsch war besser als ein Leben hinter den Mauern einer Anstalt oder eines Klosters.

»Dann noch guten Appetit«, sagte Sissi und wandte sich ab. Die Mädchen wären nicht mit ihr gekommen, selbst wenn sie versucht hätte, sie dazu zu zwingen.

Der Weg zurück ins Dorf war eine Tortur. Einige Male stolperte sie über Baumwurzeln und stürzte, aber sie zwang sich jedes Mal, wieder aufzustehen, obwohl Schmerz und Erschöpfung ihr die letzten Kräfte raubten. Das Katana hatte sie in seine Scheide gesteckt. Sie stützte sich darauf, wenn der Weg zu uneben wurde.

Es war noch kein Streifen Rosa am Horizont zu sehen, als sie das Gasthaus erreichte. Mit letzter Kraft kämpfte sie sich die Treppe hinauf und betrat ihr Zimmer. Auf dem Bett brach sie zusammen.

Sie erwachte erst, als jemand an ihre Zimmertür klopfte.

»An schena guat'n Morg'n, Ho… griaß Eahna Gott.« Es war Buckel. »'s Frühstück wär jetzat serviert.«

Sissi setzte sich mit einem Ruck auf, fiel zurück und musste sich die Bettdecke gegen den Mund pressen, um nicht vor Schmerz aufzuschreien. Das Katana polterte zu Boden.

»Passt ois?«, ertönte es besorgt von draußen.

Sie wartete einen Moment, bis der Schmerz in ihrem Rücken nachließ, dann nahm sie die Decke von den Lippen. »Ja, alles in bester Ordnung«, flötete sie. »Ich mache mich nur gerade etwas zurecht. Frühstücken Sie ruhig, ich habe keinen Hunger.«

Es stimmte. Der Schmerz nahm ihr jeden Appetit.

»Wia's woin.« Schwere Schritte stapften davon und die Treppe hinunter. Erst als Sissi Buckels Stimme unten in der Schankstube hörte, wagte sie es, sich ein zweites Mal aufzusetzen. Sie wollte niemanden mit einem Schrei auf die Idee bringen, ihre Zimmertür einzutreten, um sie zu retten.

Sissi schrie nicht, dafür schien ihr Magen in ein Loch zu fallen, als sie das Blut auf den Laken bemerkte. Es war längst geronnen und fast schwarz. Wäre Sissi von diesem Anblick in einem fremden Zimmer überrascht worden, sie hätte geglaubt, jemand sei aufs Brutalste ums Leben gekommen.

Langsam stand sie auf. Blut verklebte ihren Rücken. Sie musste den Stoff ihres Kleids mit dem Katana – dem schmutzigen, ungereinigten Katana, wie sie mit schlechtem Gewissen bemerkte – aufschneiden, sonst hätte sie es nicht ausziehen können.

So viel Blut, dachte sie. *Wo kommt das nur alles her?*

Sie ahnte es natürlich, war aber gleichzeitig froh, die Wunden, die ihr die Vampirin gerissen hatte, nicht sehen zu müssen. Mit der Klinge schnitt sie ein sauberes Stück Laken ab und tauchte es in das Wasser des Waschkrugs. Es war schwiwig, die Wunden auf ihrem Rücken zu reinigen. Die Seife im Wasser stach, aber sie nahm an, dass das ein gutes Zeichen war.

Dann schüttete sie das blutige Wasser aus dem Fenster, zog ein frisches Kleid aus ihrer Tasche und stopfte stattdessen die Laken und das alte Kleid hinein. Der Wirt würde sich wahrscheinlich fragen, warum ein Mädchen, das sich eine Kutsche und zwei Fahrer leisten konnte, Laken stahl, aber das war ihr egal.

Sissi benutzte den Stoff, in den ihr Vater das Katana eingeschlagen hatte, um ihre Wunden zu verbinden. Dann wusch sie sich die Haare und verließ das Zimmer. Die Klinge verbarg sie unter ihrem Umhang.

Lautes Stimmengewirr empfing sie, als sie hinunter in die Schankstube kam. Trotz der frühen Stunde wimmelte der Raum von Menschen und diesmal waren es nicht nur Männer, sondern auch Frauen.

»Aber wenn i doch sog«, begann Gustl, der Bauer, den sie am Vorabend kennengelernt hatte, »dass i die zwoa selber gseg'n hob. Alle beide san's wiada do.«

Stimmen antworteten, einige ungläubig, andere erleichtert.

»Des is wohl wahr.« Eine ältere Frau bahnte sich einen Weg in die Mitte des Raums. Ihr Gesicht war vor Aufregung gerötet. »'s Marei hat mia verzählt, dass die zwoa Madl si verlauf'n ham und dann san's zufällig im Woid aufeinandertroff'n und so ham's dann z'ruck gfund'n.«

»So a Bledsinn«, mischte sich der Loisl ein. »Da steckt oana von dene Buam dahinter, des sog i euch.«

Sissi lächelte und nickte Buckel und Xaver zu, um sie wissen zu lassen, dass sie bereit zur Abfahrt war. Die beiden verließen die Schankstube nur ungern, das sah man ihnen an. Je mehr sie von den Ereignissen erfuhren, desto besser würden sie zu Hause davon erzählen können. Nur zögernd standen sie auf. Xaver nahm Sissi die Tasche aus der Hand, Buckel hielt ihr die Tür auf.

»Jetzt seid's doch froh, dass unser lieber Herrgott da drob'n die Kinder guad hoamg'führt hod!«, meinte die ältere Frau.

»Guad?«, fragte Loisl. »Des wer'ma in neun Monat dann scho sehn.«

Die Leute in der Schankstube lachten und Buckel schloss hinter Sissi die Tür.

KAPITEL ZWANZIG

Laien fällt es häufig schwer, einen Vampir von einem Menschen zu unterscheiden, und selbst die Kinder Echnatons irren gelegentlich. Vampire sind in der Lage, ihre Fangzähne nach Belieben zu verstecken, ähnlich einer Wespe, die ihren Stachel nur zeigt, wenn sie ihn zu benutzen gedenkt. Die Behauptung, Vampire müssten zubeißen, wenn die Fänge einmal ausgefahren sind, da sie sonst nicht wieder im Zahnfleisch verschwinden könnten, ist jedoch falsch. Sie sind durchaus dazu in der Lage und haben das auch immer wieder unter Beweis gestellt. Die Fänge wachsen außerdem bei Verletzungen innerhalb kürzester Zeit nach, solange der Vampir über genügend Blut im Körper verfügt. Wie wir an anderer Stelle sehen werden, ist Blut die Triebfeder des gesamten Vampirorganismus. Ohne Blut verdorrt er wie eine Pflanze ohne Wasser.

Woran erkennt man also einen Vampir, wenn die Fänge, sein offensichtlichstes Merkmal, sich so leicht verbergen lassen?

Zum einen an der Blässe seiner Haut, was allerdings mit Schminke kaschiert werden kann. Zum anderen dann doch an seinen Zähnen, die zumeist makellos sind, egal, welches Alter er auch angenommen hat.

Dass man ihn nie bei Tag sieht, sollte ein herausstechendes Merkmal sein, doch Vampire sind sehr gut darin, den Anschein zu erwecken, nicht nur nachtaktiv zu sein. Sie betören Menschen und suggerieren ihnen auf diese Weise, dass man sie beim ge-

meinsamen Picknick oder einer anderen Festivität im prallen Sonnenlicht gesehen habe.

Ein subtilerer Hinweis ist die Kleidung, die ein Vampir trägt, und die Kombination der Farben. Aus Gründen, die uns unbekannt sind, aber wahrscheinlich mit dem Leben in Dunkelheit zusammenhängen, fällt es Vampiren schwer, Farben korrekt zu erkennen und miteinander zu kombinieren. Ein Vampir schreckt weder vor grellen noch seinem Geschlecht unangemessenen oder schlichtweg schrecklichen Farben zurück. Viele sind sich dieser Schwäche jedoch bewusst und lassen sich von menschlichen Helfern einkleiden.

– *Die geheime Geschichte der Welt* von MJB

»Ist sie wirklich sicher, dass der Prinzessin ihre Gemächer gefallen werden?«, fragte Franz-Josef. Er stand in der Tür des Raums, der schon bald als Sissis Schlafzimmer dienen würde, und sah sich um.

Lena, die alte Zofe, die Sophie bereits seit Jahren begleitete, nickte. »Ich hatte damals die Ehre, gemeinsam mit Ihrer Frau Mutter, der Erzherzogin, die Einrichtung für das Zimmer von Prinzessin Elisabeth in Possenhofen aussuchen zu dürfen, und sie hat danach mehrfach in Briefen betont, wie sehr ihr die Farben gefielen. Es wird ihr gefallen, Majestät, davon bin ich überzeugt.«

»Wenn sie meint.« Auf Franz-Josef wirkte das gewaltige altrosa Himmelbett auf dem altrosa Teppich eher bedrohlich als angenehm, aber der Geschmack von Menschen war etwas, was Vampire nur schwer einschätzen konnten, außer es ging um den Geschmack ihres Blutes. Menschen schienen Farben anders wahrzunehmen. Was ihnen gefiel, wirkte auf Vampire meistens grell und übertrieben. Ferdinand hatte einmal, als er bei Verstand war, darüber sinniert, ob ihre Augen vielleicht durch das ständige Sonnenlicht abgestumpft seien. Franz-Josef hatte noch keine bessere Erklärung gehört.

»Sie kann gehen«, sagte er.

Die Zofe knickste und verließ das Zimmer durch eine zweite Tür, die zu einem von Sissis Bädern und einem kleinen Salon führte. Er ließ die Gemächer jeden Tag von den menschlichen Dienstboten reinigen und schmücken. Kein Staubkorn und keine verwelkte Rose in einer Vase sollte Sissis Glück trüben.

Er selbst betrat das Schlafzimmer nicht. Es erschien ihm falsch, dies ohne ihre Erlaubnis zu tun. Franz-Josef drehte sich um, schloss die Tür und ging durch den großen Empfangsbereich zum Fenster. Die Sonne war bereits vor mehreren Stunden untergegangen. Auch in dieser Nacht würde Sissi wohl nicht eintreffen.

Ihre Kutsche war zwar überfällig, doch noch war ihre Verspätung nicht besorgniserregend und ließ sich durch das Regenwetter und die schlechten Straßenverhältnisse erklären. Er hatte auf seiner Rückreise nach Wien Ähnliches erlebt und sogar Sophie gefragt, ob er als Kaiser nicht für bessere Straßen und Brücken sorgen sollte, die nicht beim ersten Hochwasser davongerissen wurden. Aber sie hatte nur geantwortet, früher seien die Menschen in ihren Dörfern geblieben und hätten gearbeitet, aber seit es die Eisenbahn gebe, glaube jeder, er müsse die Welt kennenlernen. Daraufhin hatte Franz-Josef nicht mehr darüber gesprochen.

Wenn sie morgen noch nicht hier ist, werde ich Husaren nach ihr suchen lassen, dachte er. Vor Sophie würde er diese Entscheidung nicht verantworten müssen, denn sie hielt sich für einige Wochen am spanischen Hof auf. Er wünschte, sie würde den Aufenthalt um einige Jahrzehnte verlängern, wie sie es schon einmal in Sankt Petersburg getan hatte, als Bauernaufstände für reichhaltige Mahlzeiten sorgten. Aber Spaniens Bauern waren friedlich und Sophies Kontrollzwang zu groß. Sie würde es nicht ertragen, dass Sissi und er allzu lang allein regierten.

Franz-Josef blieb nachdenklich stehen. *Wozu auf die Husaren warten?,* fragte er sich. *Warum suche ich Sissi nicht selbst?*

Es war nicht so, dass nur ein Weg zur Hofburg führte, aber wenn sie auf direktem Weg aus Possenhofen kam, gab es nur wenige Straßen, die infrage kamen. Und falls er die falsche erwischte und Sissi bereits auf ihn wartete, wenn er in den Palast zurückkehrte, hatte er wenigstens mehr getan, als nur zu warten.

Mit langen Schritten verließ er das Zimmer und bog in den öffentlichen Trakt ein. Die Hofburg hatte mehr als zweitausend Zimmer, viele davon wurden nur selten benutzt. Von einem Trakt in den nächsten zu gelangen, kostete Zeit. Franz-Josef erinnerte sich an eine Geschichte über einen Vampir, der auf dem Weg vom Eingang zu seinen Gemächern verdurstet war. Er wusste nicht, ob sie stimmte, aber sie wurde immer wieder erzählt.

In seinen eigenen Gemächern herrschte Stille. Ludwig, sein Assistent, hatte die Fenster geöffnet, um frische Nachtluft ins Zimmer zu lassen. Die Vorhänge bauschten sich im Wind.

»Ludwig?«, rief Franz-Josef.

Es blieb still. Ludwig musste trinken gegangen sein.

Franz-Josef ging zu seinem Schreibtisch, tauchte eine Feder in Tinte und schrieb eine kurze Notiz.

Bin unterwegs, komme irgendwann wieder. Sagen Sie meine Termine ab. – FJ

Das würde Ludwig natürlich verärgern, aber da er sich nicht bei Sophie beschweren konnte, störte es Franz-Josef nicht weiter. Bis zu ihrer Rückkehr war das längst vergessen.

Er zog seine Uniform aus und einfache Reisekleidung über, dann verließ er die Hofburg durch einen Seiteneingang, der ihn direkt zu den Stallungen brachte. Wenige Minuten später ritt er bereits hinaus in die Nacht. Er schätzte, dass ihm noch sechs Stunden bis Sonnenaufgang blieben, genügend Zeit, um einige Herbergen außerhalb Wiens nach Sissi abzusuchen. Sie würde nicht unter ihrem eigenen Namen reisen, das war zu gefährlich, aber ein so hübsches Mädchen fiel auf. Man würde wissen, wer gemeint war, wenn er nach ihr fragte.

Die Nacht war wolkenverhangen und grau. Sein Pferd trabte durch feuchtes Herbstlaub aus der Stadt hinaus. Es hatte fast den ganzen Abend geregnet und die Straßen waren leer. Nur zwei

Menschen traf er in den ersten Stunden und eine Vampirin namens Danielle, die ihn höflich grüßte, aber nicht stehen blieb.

Franz-Josef war froh darüber. Seit er Kaiser war, hatte er das Alleinsein schätzen gelernt. Fast immer war er von anderen umgeben, von Leibwächtern, Bittstellern, Freunden und solchen, die sich dafür ausgaben. Allein war er nur, wenn er sich zum Schlafen unter sein Bett zurückzog.

Vielleicht wird sich das schon bald ändern.

Er hatte sich noch nicht entschieden, ob er Sissi die Wahrheit über seine Existenz sagen würde. Trotz allem, was Karl gesagt hatte, erschien es ihm falsch, etwas so Grundlegendes vor ihr zu verheimlichen. Derjenige, der ein Geheimnis vor anderen verbarg, stellte sich über sie, doch er wollte, dass Sissi ihm ebenbürtig war – soweit sie das als Mensch sein konnte.

Und wenn Karl recht hat und sie sich wirklich verändert?, fragte er sich. *Wenn ich sie verderbe, ohne es zu wollen?*

Er wusste nicht, wie er damit existieren sollte.

Franz-Josef war erleichtert, als Hufschlag ihn aus seinen Gedanken riss. Er hörte das Rumpeln von Wagenrädern und die Unterhaltung zweier Männer. Sie klangen besorgt, aber er konnte nicht verstehen, worüber sie sprachen.

Wenig später sah er die Kutsche unter grauen Wolken auftauchen. Sie fuhr schnell, fast zu schnell für die schlechten Sichtverhältnisse. Franz-Josef roch zwei, nein, drei Menschen. Ein schwerer, bitterer Geruch mischte sich in die süße Leichtigkeit, die ihm so vertraut war. Seine Augen weiteten sich. Er trieb sein Pferd an und galoppierte der Kutsche entgegen.

»Halt!«, rief er, als er sicher sein konnte, dass die Menschen auf dem Kutschbock ihn verstehen konnten. »Haltet an!«

Die Pferde wurden nicht langsamer.

»Im Namen des Kaisers!«, schrie Franz-Josef.

Einer der beiden Kutscher trat auf die Bremse, nahm die Zügel kurz und brachte die Pferde zum Stehen.

»Wer red da im Namen vom Kaiser?«, fragte er.

Franz-Josef sprang neben ihm aus dem Sattel. »Der verdammte Kaiser! Was ist mit ihr?«

Die beiden Männer sahen sich an. Einer von ihnen war bucklig. »Woher woin Sie wissen …?«, begann er, dann erst schien er zu begreifen, was Franz-Josef gesagt hatte. Hastig zog er den Hut. Der andere versuchte sich im Sitzen zu verbeugen. »Majestät.«

»Was ist mit der Sissi, soll er mir sagen.«

»Krank is'«, sagte der Bucklige. »Vor a paar Dog hat's o'gfanga.«

Franz-Josef riss die Tür der Kutsche auf. Der bittere Geruch wurde stärker.

Schlechtes Blut, dachte er. Jeder Vampir kannte den Geruch. Es war wie eine Warnung, nicht vom Blut eines Menschen zu trinken.

Sissi lag mit angezogenen Beinen auf der breiten Sitzbank. Sie hatte sich in ihren Umhang gewickelt, zitterte und stöhnte. Franz-Josef hatte nicht den Eindruck, dass sie ihn überhaupt bemerkte.

»Jeden Dog is' schlechter beinand«, sagte der zweite Kutscher. »Mia woitn sie so schnell wia möglich zur Hofburg bringa.«

»Er hätte sie lieber zum Arzt bringen sollen.« Franz-Josef stieg in die Kutsche.

»Wer?«, fragte der Bucklige.

»Di moand er«, sagte der andere Mann.

Franz-Josef beachtete sie nicht. Er legte seine Hand auf Sissis Stirn. Sie war so heiß und trocken, dass er erschrak. Er nahm an, dass diese Temperatur nicht normal für Menschen war, aber er konnte die Kutscher schlecht fragen, ob seine Vermutung zutraf. Der bittere Geruch schien von Sissis Rücken auszugehen. Franz-Josef zog ihr vorsichtig den Umhang von den Schultern und erschrak, als er die tiefen Wunden sah, die teils von blutigem Stoff verdeckt waren. Kein Tier hatte sie gerissen, das roch er sofort. Sie mussten von einem Vampir stammen.

Was ist dir nur zugestoßen?, fragte er sich entsetzt.

»Mia woitn sie zum Doktor bringa«, sagte der Bucklige auf

dem Kutschbock, »aber des hat's uns verbotn. Sie woit sich nur im Palast behandeln lassn.«

Keine gute Idee! Franz-Josef wurde übel bei dem Gedanken, was hätte geschehen können, wenn Sissi in diesem Zustand in einem Palast voller Vampire aufgetaucht wäre. Jeder hätte ihr schlechtes Blut gerochen und der eine oder andere vielleicht sogar die richtige Schlussfolgerung daraus gezogen – ein Todesurteil, denn Vampire schätzten es nicht, wenn das Wissen um ihre Existenz sich unkontrolliert ausbreitete wie eine Krankheit. Sophie hätte keine andere Wahl gehabt, als Sissi umbringen zu lassen.

Franz-Josefs Gedanken überschlugen sich. Er durfte sie nicht in die Hofburg bringen, es musste einen anderen Weg geben.

Er legte seine Arme um Sissi und hob sie vorsichtig hoch. Sie stöhnte. Etwas rutschte von der Sitzbank und polterte zu Boden – ein länglicher, in Stoff eingeschlagener Gegenstand. Ohne nachzudenken, klemmte Franz-Josef ihn sich unter den Arm. Sissi war so leicht, dass er sie mit einer Hand halten konnte. Trotzdem benutzte er beide, als er die Kutsche verließ. Die Männer sollten ihn nicht für ein Wunder an Kraft halten.

»Sie ist zu schwach«, sagte er. »Es gibt einen Arzt ganz in der Nähe. Dorthin bringe ich sie.«

Die beiden Kutscher zögerten. Sie wagten nicht zu widersprechen, aber er sah ihnen an, dass sie sich fragten, weshalb er den Wagen nicht einfach zu diesem Arzt führte, anstatt Sissi einen Ritt zuzumuten.

»Vergesst den Arzt«, sagte Franz-Josef, als ihm die Ungereimtheiten in seiner Geschichte klar wurden. Sein Blick richtete sich abwechselnd auf die Männer. Er beschwor dieses seltsame Gefühl in seinem Innern, für das es keinen Namen gab. Er hatte die Kutscher nicht betören wollen, weil es Kraft kostete und er nur wenig getrunken hatte, aber sie ließen ihm keine andere Wahl.

»Sissi muss nicht zum Arzt«, fuhr er fort. Seine Stimme klang anders, wenn er jemanden betörte, tiefer und – wenn er ehrlich war – ein wenig gruselig. »Seht doch, es geht ihr wieder gut. Sie hat den ganzen Tag in der Kutsche geschlafen und sich erholt. Ihr müsst euch keine Sorgen mehr um sie machen.«

Er wiederholte die Worte einige Male, spürte, wie die Verbindung zwischen ihm und den Männern stärker wurde. Es war, als steche man eine Nadel durch Leder. Zuerst spürte man Widerstand, aber wenn die Spitze erst einmal hindurch war, ging alles ganz leicht.

»Do samma froh«, sagte der Bucklige schließlich. »Mia ham uns nämlich scho große Sorgen um sie g'macht.«

Franz-Josef konzentrierte sich auf den anderen. »Und gerade, als es ihr wieder besser geht, taucht ihr Verlobter auf, was für eine Überraschung. Die beiden wollen einige Tage allein verbringen, bevor sich Sissi dem ganzen Hofstaat stellen muss.«

»Des Madl is zu bedauern«, sagte der Kutscher. »Meim ärgsten Feind dad i so was niemals net wünschn.«

Unangebrachte Ehrlichkeit war eine Nebenwirkung des Betörens.

»Ihr werdet jetzt zur Hofburg fahren und den Wachen dort mitteilen, dass der Kaiser und seine Verlobte ungestört bleiben wollen und zurückkehren werden, wenn es ihnen passt. Danach fahrt ihr nach Possenhofen. Sagt allen dort, wie romantisch Kaiser Franz-Josef seine Sissi begrüßt hat.«

Der Kutscher nickte. »Da Kaiser hod sei Sissi sehr romantisch begrüßt. Des wern ma in Possenhofen verzoih'n. Und dene Posten in der Hofburg werma sogn, dass der Kaiser und sei Sissi hoamkomma werdn, wann's eahna beliebt.«

Die Wachen in den Außenbereichen des Palastes waren Menschen. Sie würden nicht bemerken, dass die Männer betört worden waren. Selbst Vampire konnten den Unterschied zwischen einem normalen und einem betörten Menschen nicht immer feststellen.

Franz-Josef trat einen Schritt zurück. »Dann fahrt jetzt. Ihr müsst euch nicht beeilen.«

Der bucklige Kutscher schnalzte ohne ein weiteres Wort mit der Zunge. Die Pferde legten sich ins Geschirr und die Kutsche rumpelte langsam an Franz-Josef vorbei die Straße hinunter. Er sah ihr nach, bis sie hinter der nächsten Kurve verschwand.

Sissi stöhnte leise in seinen Armen.

Und was jetzt?, dachte er.

Dass ein Arzt in der Nähe wohnte, war eine Lüge. So weit vor den Toren Wiens gab es nur Felder, Weiden, Wald und kleine Dörfer. In den Palast zurückzukehren und Sissi dort zu verstecken, war zu riskant. Er musste einen Unterschlupf irgendwo in der Nähe finden und das, bevor die Sonne aufging.

Vorsichtig setzte Franz-Josef Sissi auf sein Pferd und stieg dann selbst in den Sattel. Den länglichen Gegenstand schnallte er hinter sich fest. Er musste Sissi mit einer Hand festhalten, damit sie nicht herunterfiel. Selbst durch den Stoff ihrer Kleidung spürte er, wie heiß ihre Haut war.

Er ritt zuerst langsam, doch als er sicher war, dass Sissi ihm nicht entgleiten konnte, ließ er das Pferd traben. Ab und zu warf er einen Blick zum Himmel. Noch war es dunkel, aber er wusste, dass die Sonne bald aufgehen würde. Die innere Uhr eines Vampirs täuschte sich nie.

Franz-Josef bog von der Hauptstraße in einen schmalen Weg ein. In der Ferne sah er Bauernhöfe und kleine Dörfer, deren Häuser sich dicht aneinanderdrängten. Dort konnte er sich nur verstecken, wenn er alle Einwohner umbrachte und davor schreckte er noch zurück. Er ahnte jedoch, dass sich das ändern würde, wenn der Morgen nahte und seine Verzweiflung und sein Hunger wuchsen.

Ein halb verfallenes, hinter Gestrüpp und hohen Bäumen verborgenes Haus bewahrte ihn schließlich vor dieser Entscheidung. Franz-Josef lenkte sein Pferd auf den Weg, der dorthin führte, und hielt vor dem Eingang an.

Das Haus war größer, als er vermutet hatte, und zweistöckig. An einigen Stellen war das Dach eingestürzt, aber die Mauern wirkten stabil. Über der Tür hing ein Schild in einer verwitterten, nicht mehr lesbaren Schrift. Das Glas in den kleinen Fenstern war zerbrochen, Efeu rankte sich über die Wände bis zum Dach.

Franz-Josef stieg vom Pferd und ließ Sissi in seine Arme gleiten. Eine Kette, die von einem schweren, längst verrosteten Schloss zusammengehalten wurde, sicherte die Tür. Mit einem Tritt sprengte er sie auf. Die Tür krachte gegen die Wand und flog aus den Angeln. Staub wirbelte auf. Sissi stöhnte leise und murmelte etwas, was Franz-Josef nicht verstand.

Das Haus roch alt und verlassen. Er betrat den Raum hinter der Tür und sah sich um. Eine breite Holztreppe führte hier in den ersten Stock. Rechts und links von ihm lagen Zimmer, deren Türen offen standen. Unter den Sohlen seiner Stiefel knirschten Scherben und Schmutz. Überall lag der Kot von Mäusen und Ratten. Er hörte es in den Mauern rascheln, roch aber keine größeren Tiere.

Was soll hier auch schon sein?, fragte er sich. Seine Vorsicht erschien ihm lächerlich. *Vielleicht ein Löwe?*

Etwas knurrte über ihm. Franz-Josef hätte Sissi vor Schreck beinah fallen lassen, bevor ihm klar wurde, dass es nur ein Fenster war, das im Wind knarrte.

Ich bin so ein Idiot, dachte er.

Das erste Zimmer, das er betrat, war leer bis auf ein großes Holzkreuz, das an der hinteren Wand hing, und einen kaputten Stuhl unter dem Fenster. Im zweiten und dritten Zimmer standen mehrere Betten unter Kreuzen. Schimmel bedeckte Wände und Decke, Wasser hatte sich in Pfützen am Boden gesammelt. In einer lag eine tote Ente.

Erst im vierten Zimmer, auf der anderen Seite der Treppe, wurde Franz-Josef fündig. Das Dach musste an dieser Stelle noch intakt sein, denn der Raum war trocken und staubig. Vier Pritschen standen nebeneinander, über jeder hing ein Holzkreuz. Es gab weder Bettlaken noch Kissen und die strohgefüllten Matratzen stanken, aber zumindest waren sie nicht feucht. Das kleine Fenster war irgendwann einmal vernagelt worden, von wem und warum, konnte Franz-Josef nicht erkennen.

Er nahm Sissi den Umhang von den Schultern und breitete ihn auf einem der Betten aus. Sie begann zu zittern, als er sie seitlich darauf legte, also zog er seine Jacke aus und deckte sie damit zu.

Ob das reicht?, fragte er sich. Über kranke Menschen wusste er nur, was er zufällig beim Lesen aufgeschnappt hatte. Man heilte Schlangenbisse, indem man das Gift aus der Wunde saugte, man bekämpfte Skorbut mit Sauerkraut und ließ den Patienten auf ein Stück Holz beißen, bevor man sein Bein amputierte.

Sophie hat recht, dachte Franz-Josef frustriert. *Ich hätte nicht nur Piratenromane lesen sollen.*

Er schob einen alten Kleiderschrank vors Fenster, warf einen kurzen Blick auf die zitternde und stöhnende Sissi, dann durchsuchte er den Rest des Hauses. Die Treppe nach oben war morsch, aber begehbar. Fast alle Zimmer, abgesehen von einer Küche und etwas, was wie ein Büro aussah, standen voller Betten. Kreuze hingen an den Wänden. Auf den vergilbten und verschimmelten Gemälden, die im Büro hingen, waren religiöse Motive zu erkennen. Jesus, der eine Schafherde segnete; Maria mit dem Jesuskind auf dem Schoß; Engel, die einen Sonnenstrahl zur Erde schickten und ein im Schnee sitzendes Mädchen damit wärmten. Franz-Josef wusste nicht, ob er an Engel glauben sollte, aber er hoffte, dass sie sich, wenn es sie tatsächlich gab, vorher darüber informierten, ob ein Mensch oder Vampir im Schnee saß.

Vielleicht helfen sie ja Sissi, dachte er.

Bei dem Gebäude schien es sich um ein altes Kloster zu handeln. Vielleicht wachte Gott ja noch darüber und bemerkte das Leid, das sich darin abspielte.

Franz-Josef warf einen Blick aus dem Fenster. Das Grau des Himmels wurde am Horizont bereits ein wenig heller. In spätestens einer Stunde konnte ein Vampir draußen nicht mehr ungeschützt überleben.

Aber wir brauchen Hilfe, dachte Franz-Josef. *Ich kann nicht bis zum Abend warten.*

Sissi lag in unveränderter Haltung auf dem Bett, als er durch ihre Zimmertür blickte. Es gefiel ihm nicht, sie allein zu lassen, aber er hatte keine andere Wahl. Er zog die Tür zu, hängte die Kette ein und hoffte, dass niemand vorbeikommen und das zerstörte Schloss bemerken würde. Dann schwang er sich auf sein Pferd und ritt zu dem kleinen Dorf, das er in der Nähe gesehen hatte.

Er wurde schneller fündig, als er gehofft hatte. In einer Hütte am Rand des Dorfes entdeckte er eine Frau hinter einem Fenster. Rauch stieg aus dem Schornstein. Franz-Josef stieg vom Pferd und klopfte an die Tür.

Die Geräusche, die er im Innern hörte, erstarben.

»Ja?«, fragte eine weibliche Stimme.

»Grüß Gott«, sagte Franz-Josef. »Würde sie … würden Sie bitte aufmachen? Ich brauche Hilfe für eine Kranke.«

Er hörte Schritte, dann würde die Tür geöffnet. Die Frau, die ihn ansah, hatte graues, streng nach hinten gekämmtes Haar und ein hageres, faltiges Gesicht. Ein Mann saß hinter ihr an einem Holztisch und schnitt Brotscheiben von einem Laib ab. Es waren arme Leute, wahrscheinlich Tagelöhner, die sich bei den Bauern der Umgebung verdingten.

»Wos hot's denn?«, fragte die Frau.

Sie hat schlechtes Blut, wollte Franz-Josef im ersten Moment sagen, doch damit hätte sie wohl nicht viel anfangen können. »Sie hat sich verletzt und ihre Haut ist ganz heiß.«

»Hot's a Fiaber?«, fragte der Mann am Tisch.

Nannte man das so? Franz-Josef nickte vorsichtshalber.

»Ham's ka Göld fia an Oarzt?«

»Nein.« Er trug nie Geld bei sich. Wenn er etwas benötigte, fragte er jemanden und bekam es. Er wusste weder, was ein Ei kostete, noch wie viel ein Tagelöhner verdiente.

Die beiden Menschen sahen sich an.

Franz-Josef versuchte, sich zu konzentrieren, um sie mit letzter Kraft zu betören, doch dann sagte die Frau: »Kumman's eina.«

Sie erklärte ihm, was er zu tun hatte, während der Mann Decken aus einem Schrank holte und eine Flasche mit klarem Schnaps und die Hälfte des Brotlaibs, von dem er Scheiben abgeschnitten hatte, darin einwickelte. Dann verließ er die Hütte. Erschrocken bemerkte Franz-Josef, wie hell es draußen schon geworden war.

Er lauschte den Erklärungen der Frau. Sie schien zu spüren, wie unerfahren er in solchen Dingen war, denn sie zwang ihn dazu, alles zu wiederholen, was sie sagte. Bevor sie geendet hatte, kehrte der Mann zurück. In einer Hand hielt er einen Eimer mit Wasser, in der anderen eine große verkorkte Milchflasche.

»Is des ihna Pferd?«, fragte er, als die Frau kurz schwieg.

»Ja.«

Wieder sahen sich die beiden an. Sie fragten sich sicherlich, warum ein Mann, der sich ein so edles Pferd leisten konnte, kein Geld für einen Arzt hatte, aber sie fragten ihn nicht danach. Stattdessen schnürten sie ihm aus den Decken ein Bündel zusammen und reichten ihm den Wassereimer.

Kein Wunder, dass sie arm sind, wenn sie mit einem Wildfremden ihr Hab und Gut teilen, dachte Franz-Josef. Schon im nächsten Moment bereute er den Gedanken. Sie halfen ihm freiwillig, ohne betört worden zu sein. Das war mehr, als er erhofft hatte.

»Bringen's olles zruck, wans ihna besser geht«, sagte die Frau. »I winsch ihna ollas Guate. Der Herrgott mecht ihna bewohrn.«

»Danke.«

Der Mann brachte ihn zu seinem Pferd und half ihm, die Sachen zu verstauen. Den Wassereimer nahm Franz-Josef in die Hand. Das graue Dämmerlicht stach in seinen Augen.

»Vielen Dank noch mal«, sagte er, als er sein Pferd wendete. »Ich weiß das zu schätzen.«

Der Mann griff ihm in die Zügel, sah sich um, als wolle er sich vergewissern, dass niemand zusah, dann flüsterte er: »Und mir wiss'n zum schätz'n, wos se fia uns tuan. Vive la revolution.«

Er sprach es so falsch aus, dass Franz-Josef die Bedeutung erst begriff, als er auf den Weg zum alten Kloster einbog.

Jesus, dachte er. *Sie glauben, ich bin ein Anarchist.*

Die Erkenntnis schockierte ihn, aber er brachte nicht mehr die Konzentration auf, darüber nachzudenken. Die Helligkeit stach wie Nadeln in seine Haut, seine Augen drohten auszutrocknen. Vampire konnten nicht weinen, die einzige Flüssigkeit in ihrem Körper war das Blut, das sie zu sich nahmen.

Ich habe zu wenig getrunken, dachte Franz-Josef. *Sonst würde mir die Helligkeit nicht so zusetzen.*

Er spürte die Hitze der noch unsichtbaren Sonne unter dem Stoff seines Hemds und auf der Kopfhaut.

Hätte ich doch nur die beiden Menschen in ihrer Hütte angezapft. Doch er hatte einfach nicht daran gedacht, versuchte er sich einzureden, obwohl eine kleine Stimme in seinem Hinterkopf fragte, ob er es in Wahrheit nur nicht übers Herz gebracht hatte.

Mit geschlossenen Augen ritt er dem Gebäude entgegen. Es gab nur den einen Weg, sein Pferd würde sich nicht verlaufen. Erst begannen seine Hände zu schmerzen, dann sein Rücken. Er wusste, dass seine Kleidung dampfte. Sein Körper verlor die Feuchtigkeit, die das Blut des Vorabends ihm geschenkt hatte.

Franz-Josef zwinkerte kurz und bemerkte erleichtert, dass sich das alte Kloster keinen Steinwurf mehr von ihm entfernt befand. Er trieb sein Pferd an und versuchte dabei, den Wassereimer gerade zu halten, damit er nichts verschüttete. Was er bei sich hatte, musste bis zur Nacht reichen.

Er bog in den schmalen Pfad ein, den Gestrüpp und Unterholz ihm gelassen hatten – und hielt erschrocken an.

Die Eingangstür stand offen, die Kette lag im Gras.

Verdammt!

Am liebsten wäre Franz-Josef vom Pferd gesprungen, aber er zwang sich, langsam abzusteigen und den Eimer auf den Boden zu stellen, bevor er ins Haus stürmte.

»Sissi?«

Ihr Bett war leer.

Er drehte sich um, suchte zuerst im Erdgeschoss nach ihr, dann im Keller. Zuletzt lief er, zwei Stufen auf einmal nehmend, die Treppe zum ersten Stock hinauf.

»Sissi?«

Er hörte nichts außer dem Knarren der Dielen unter seinen Sohlen.

Sie musste nach draußen gelaufen sein, aus welchem Grund, konnte er nicht sagen. Vielleicht war sie aufgewacht und hatte Angst bekommen, weil sie nicht wusste, wie sie an diesen Ort gelangt war.

Franz-Josef eilte nach unten, nahm Sissis Umhang vom Bett und legte ihn sich über Kopf und Schultern. Der Stoff roch nach schlechtem Blut.

Hitze und Helligkeit zwangen Franz-Josef beinah in die Knie, als er das Haus verließ. Für ihn fühlte es sich an, als liefe er über die Oberfläche der Sonne. Die Luft war heißer als alles, was er je zuvor gespürt hatte, die Welt schien im wabernden, schmutzig orangefarbenen Licht des Sonnenaufgangs zu zerfließen.

Wie halten die Menschen diese Hässlichkeit nur aus?, fragte er sich. *Das ist doch entsetzlich.*

»Sissi?«, schrie er. Seine Stimme klang heiser. Er schmeckte Staub auf der Zunge. »Sissi!«

Er stolperte am Haus vorbei, riss sich Stoff und Haut am Gestrüpp auf und fiel über längst niedergetretene Zäune. Das Licht raubte ihm die Orientierung, verwirrte ihn mit seiner tosenden Helligkeit.

Ich werde verbrennen, dachte er entsetzt, als seine Hände sich röteten. Blasen bildeten sich auf seinen Fingern.

»Sissi?«

Dann stolperte er über ihre ausgestreckten Beine. Sie lag reglos im hohen Gras und hatte die Arme unter ihrem Körper angewinkelt, als wolle sie sich hochstemmen wie bei einer Liegestütze.

Sie musste aus dem Haus gekrochen sein, denn als Franz-Josef sie auf die Seite drehte, sah er, dass ihre Bluse zerrissen und schmutzig und ihre Finger dreckverkrustet waren. Sie hielt ausgerissene Grasbüschel gepackt.

»Sissi?« Er beugte sich zu ihr hinab. Der Schatten des Umhangs fiel über ihr Gesicht. Franz-Josef erschrak, als er sah, wie blass ihre Haut war.

Mit einer Hand hob er sie vorsichtig hoch, mit der anderen hielt er den Umhang fest. Sein Arm dampfte unter dem Stoff seines Hemds, Brandblasen bedeckten seine Haut. Der Schmerz raubte ihm fast den Verstand. Taumelnd machte er sich auf den Weg zurück ins Haus.

Sissi stöhnte in seinem Arm und öffnete die Augen, ohne ihn zu sehen. »Nein …«, sagte sie. Und dann noch einmal lauter: »Nein!«

Sie begann, sich gegen ihn zu wehren, ballte eine Faust und hieb mit ihr gegen seine Brust. Sie schien zu glauben, etwas mit ihren Fingern zu umklammern – ein Messer vielleicht, oder eine andere Waffe.

»Schon gut. Alles wird gut.« Er versuchte, sie zu beruhigen, aber der Klang seiner Stimme schien ihre Angst nur noch zu steigern. Die Hitze pochte in seinem Kopf, machte einen klaren Gedanken unmöglich. Gleichzeitig hämmerte ihm Sissi immer wieder die Faust gegen die Brust.

»Pfählen!«, stieß sie hervor. »Pfählen!«

Was sagte sie da? Franz-Josef war sich nicht sicher, ob er sie richtig verstanden hatte, und er hatte nicht mehr die Kraft, darüber nachzudenken.

Mit dem Knie stieß er die Tür zu dem verdunkelten Zimmer auf. Die Dunkelheit kühlte seine Haut und beruhigte seine Augen. Sissi wehrte sich immer noch heftig in seinen Armen. Franz-Josef legte sie aufs Bett, drückte sie gegen die Matratze, als sie versuchte aufzuspringen. Sie schrie und kreischte, schlug nach ihm und versuchte, ihm das Gesicht zu zerkratzen, bis er schließlich ausholte und ihr seinen Handballen gegen die Schläfe hieb. Sie sackte zusammen und blieb regungslos liegen.

Auf einmal war es still.

Franz-Josef musste noch einmal nach draußen, um das Bündel und den Eimer zu holen, dann warf er die Tür zu und setzte sich erschöpft neben Sissi auf das Bett. Mit den Stricken, die das Bündel zusammengehalten hatten, fesselte er ihre Arme und Beine. Er hatte nicht vor, zu schlafen, wusste aber nicht, ob ihm das auch gelingen würde.

Der Schmerz, den die Strahlen der aufgehenden Sonne auslösten, tobte immer noch durch seinen Körper. Die Vampire nannten es Lichtbrand. Er heilte schnell, wenn man Blut zu sich nahm. Doch konnte man das nicht, breitete er sich langsam, aber unaufhaltsam immer weiter aus, bis er den Körper vernichtete. Franz-Josef hatte gehört, es sei ein schrecklicher Tod.

Mühsam kam er auf die Beine und begann die Anweisungen der Frau aus der Hütte zu befolgen. Mit dem Schnaps reinigte er Sissis Wunden, dann verband er sie mit Stoff, den er aus seinem Hemd riss, und benutzte den Rest, um ihre Stirn mit Wasser zu kühlen. Sissi stöhnte einige Male, ansonsten blieb sie ruhig.

Immer wieder wischte er ihr mit dem feuchten Lappen übers Gesicht. Er wagte es nicht, damit aufzuhören, obwohl der Schmerz weiter wie ein Feuer in ihm loderte und seine Erschöpfung ihn zu zerreißen drohte. Die Helligkeit, die er draußen spürte, entzog ihm Kraft. Alles hätte er darum gegeben, trinken und dann schlafen zu können, aber er ruhte nicht. Sissis Leben hing davon ab, dass er durchhielt. Er roch es an ihrem Blut.

Die Brandblasen breiteten sich unaufhaltsam aus. Er sah sie an seinen Armen und auf seiner Brust, spürte sie in seinem Gesicht. Franz-Josef wusste, dass er aussah wie ein Mensch, den man zu spät aus einem brennenden Haus gezogen hatte, trotzdem machte er weiter. Irgendwann fand er sich auf dem Boden neben Sissis Bett wieder. Er musste zusammengebrochen sein, ohne es bemerkt zu haben.

Es hilft ihr nicht, wenn ich sterbe, dachte er mit plötzlicher Klarheit. *Ich muss trinken.*

Franz-Josef stemmte sich auf die Beine. Draußen war es erst Nachmittag, noch längst nicht spät genug, um das Haus zu verlassen. Von Sissis Blut konnte er nicht trinken, selbst wenn er es gewollt hätte. Er hätte sich damit vergiftet.

Für einen kurzen Moment sah er die tote Ente in der Pfütze vor sich, doch er schüttelte sich. Das Blut von Vögeln war nicht halb so nahrhaft wie das von Säugetieren und wer wusste, wie lange die Ente dort schon lag. Aber es gab andere Tiere im Haus, lebende, die ihre Spuren hinterlassen hatten.

Franz-Josef warf einen Blick auf Sissi. Sie schien ruhiger zu schlafen als zuvor, und als er seine mit Brandblasen bedeckte Hand auf ihr Gesicht legte, schien es nicht mehr ganz so heiß.

Er tastete sich an der Wand entlang durch den Flur bis zur Treppe, die in den Keller führte. Beinah wäre er die Stufen hinabgestürzt, so sehr zitterten seine Knie.

Kein Lichtstrahl trübte die Dunkelheit des Kellers. Dicke Mauern ohne Oberlichter schlossen ihn von der Außenwelt ab. Es war ein wunderbarer Schlafplatz, so einladend, dass Franz-Josef beinah seinen Hunger vergessen und sich einfach in den Staub gelegt hätte.

Er hob die Nase, suchte nach den Ratten, die er bei seiner Ankunft gehört hatte. Ihr Kot lag überall herum, also gab es sie nicht nur in den Wänden, sondern im ganzen Haus. Hinter einem zernagten Korb entdeckte Franz-Josef schließlich ein Nest. Die Tiere verhielten sich ruhig und beobachteten ihn aus schwarzen Augen. Sie hatten gelernt, dass Menschen sie in der Dunkelheit nur entdeckten, wenn sie Geräusche machten.

Aber Franz-Josef war kein Mensch.

Er nahm alle Kraft zusammen, die er noch aufbringen konnte, und warf sich auf das Nest. Zwei der Ratten zerdrückte er mit seinem Körper, zwei weitere packte er, eine letzte schnappte er mit den Zähnen. Sie wand sich zwischen seinen Lippen und schrie so laut wie ein Kind. Franz-Josef fuhr seine Fänge aus, jagte sie in ihr Fleisch und trank ihr Blut, bis sie erschlaffte. Dann spuckte er sie aus, riss der Ratte in seiner linken Hand den Kopf ab und trank aus ihrem Hals. Verglichen mit menschlichem Blut, das seinen Körper durchströmt hätte wie ein reißender Fluss, war das Blut dieser Tiere wie ein Tropfen auf eine Feuersbrunst, aber es hielt zumindest den Lichtbrand auf und gab Franz-Josef etwas von seiner Kraft zurück.

Er trank die letzten drei Ratten aus, dann stieg er die Treppe zum Erdgeschoss wieder hinauf. Er hatte sämtliche Türen bis auf jene, die in Sissis Zimmer führte, geschlossen. Trotzdem spürte er das Licht. Es ließ langsam nach. Der Abend nahte.

Neben einer Wand blieb er stehen und lauschte auf das Rascheln und Kratzen. Dann ballte er die Faust und stieß sie durch den Lehmputz. Die Ratte, die er packte, quiekte kurz, dann brach er ihr das Genick. Er trank sie aus und warf sie in eine Ecke. Zehn weitere Ratten fing er auf diese Weise, dann schienen die anderen die Gefahr erkannt zu haben, denn es wurde still in den Wänden. Franz-Josef wischte sich Blut vom Kinn und leckte es von seinem Handrücken. Der Geschmack war fad und ein wenig bitter, aber mit der Kraft, die er gewonnen hatte, würde er es bis in die Nacht schaffen. Dann musste er jagen, sonst würde der Lichtbrand ihn doch noch besiegen.

Sissi schlief, als er ihr Zimmer betrat, und wachte auch nicht auf, als er ihr über das schweißnasse Haar strich.

»Ich liebe dich«, flüsterte er.

Draußen röhrte ein Hirsch.

Als die Nacht kam, verließ Franz-Josef das Haus. Er erlegte einen Rehbock und trank von ihm, bis die Brandblasen auf seiner Haut verschwanden und neue Kraft ihn durchströmte. Auf dem Rückweg sattelte er sein Pferd ab und führte es hinter das Haus, damit man es von der Straße nicht sehen konnte. Den länglichen Gegenstand, den er hinter dem Sattel festgezurrt hatte, nahm er mit. In Sissis Zimmer legte er ihn auf eines der Betten und tauchte seinen Lappen wieder in den Wassereimer. Bis zum Morgen blieb er an Sissis Seite sitzen, dann holte die Erschöpfung ihn ein. Er legte sich unter ihr Bett und schloss die Augen.

Menschen schliefen nicht wie Vampire, das hatte ihm seine Mutter schon vor langer Zeit erklärt, als er sie gefragt hatte, was Träume seien. Im Schlaf, hatte sie gesagt, erzählten Menschen sich selbst Geschichten, manche schön, andere so schrecklich, dass sie schreiend erwachten.

Franz-Josef hatte das nie verstanden, aber als er an diesem Morgen langsam in den Schlaf glitt und Sissi atmen hörte, wünschte er sich, er hätte von ihr träumen können, um nie mehr von ihr getrennt zu sein.

»Vampir!«

Der Schrei riss ihn aus dem Schlaf. Franz-Josef fuhr hoch, stieß sich den Kopf an der hölzernen Pritsche und fluchte. Er rollte sich darunter hervor und stand auf, geduckt und bereit zum Kampf. Aus den Augenwinkeln sah er, dass Sissi schlief, aber er war sich sicher, dass es ihre Stimme gewesen war, die den Schrei ausgestoßen hatte.

Vielleicht hat sie ja wirklich von mir geträumt, dachte er, aber der unausgesprochene Scherz hinterließ einen bitteren Nachgeschmack. Ihm fiel ein, was sie gesagt hatte, als sie sich draußen so heftig gegen ihn wehrte.

Pfählen.

»Das kann nicht sein«, sagte er leise, nur um nicht allein mit der Stille des Hauses zu sein. »Sie kann doch nicht …«

Sein Blick fiel auf den länglichen Gegenstand. *Sah er nicht aus wie …?*

Seine Finger zitterten, als er danach griff und die Stricke um den Stoff löste.

Nein, dachte er, *bitte nicht.*

Er rollte den Stoff auseinander, dann lehnte er sich an den Bettpfosten und starrte regungslos auf das Schwert, das nun vor ihm lag. Es war ein Katana, eine japanische Waffe, wundervoll verziert und absolut tödlich.

Nach einer Weile beugte sich Franz-Josef vor und zog es aus seiner Scheide. Schmutz haftete an einer ansonsten makellosen Klinge. Er strich mit den Fingerspitzen über die stumpfe Seite, spürte getrockneten Schleim und Asche. Seine Gedanken erstarrten.

Sie ist eine von ihnen. Herrgott, Sissi ist ein Kind Echnatons.

KAPITEL EINUNDZWANZIG

Aufgrund ihres Aussehens unterstellt man Vampiren leicht menschliche Eigenschaften und Gefühle, was zwar naheliegend, aber – und das kann nicht mit genügend Nachdruck gesagt werden – absolut und vollkommen falsch ist. Vampire sind Raubtiere. Sie werden von einem blinden Überlebenswillen getrieben, dem sie alles unterordnen. Man wird nie einen ehrenvollen Vampir treffen und nie eine selbstlose Tat von ihm erleben. Selbst untereinander zerfleischen sie sich und streiten um den letzten Tropfen Blut wie Wölfe um einen Kadaver. Niemals darf man die Tücke eines Vampirs unterschätzen, niemals von den eigenen Werten ausgehen. Stets muss man daran denken, dass wir in seinen Augen Beute sind und er unsere Unterlegenheit, körperlich wie geistig, als gegeben voraussetzt.
– Die geheime Geschichte der Welt von MJB

Professor Friedrich von Rabenholde fuhr sich mit dem Handrücken über die Augen und lehnte sich in seinem Stuhl zurück. Das Mikroskop, das er sich aus London hatte schicken lassen, war das beste, mit dem er je gearbeitet hatte, und sicherlich auch das teuerste. Er sah Dinge damit, die er zuvor nicht mal hätte erahnen können, und zu seiner großen Zufriedenheit bestätigten seine Beobachtungen die Theorien, die Gunther, er und Roderick Wimmersham-Shelkes, sein zweiter Assistent, in den letzten Wochen ausgearbeitet hatten.

»Wir lagen richtig, Gunther«, sagte Friedrich. »Ich kann es kaum glauben, aber die Praxis belegt die Theorie.«

Gunther erhob sich von seinem Platz neben einem Gewirr aus mit Röhren verbundenen Glaskugeln, in denen Plasma brodelte, und reichte ihm die Hand. Seine linke Augenhöhle war leer.

»Herzlichen Glückwunsch, Professor. Das ist allein Ihr Verdienst.«

»Nein.« Friedrich hielt seine Hand fest. »Ohne Sie und Roderick wäre ich nie über das Anfangsstadium hinweggekommen. Sie dürfen Ihren Anteil an unserer Entdeckung nicht schmälern.«

Gunther neigte den Kopf. »Das ist sehr großzügig von Ihnen, Professor, aber wir waren nur Werkzeug in Ihren Händen, so wie das Mikroskop. Sie haben uns richtig eingesetzt, dafür sind Roderick und ich Ihnen dankbar.«

Friedrich wusste, dass sich dieses Spiel nun einige Zeit hinziehen würde, wenn er es nicht abbrach. »Danken Sie Roderick einfach von mir«, sagte er und stand ebenfalls auf. Seine Knochen knackten, sein Rücken schmerzte. Das Alter holte Friedrich trotz regelmäßiger Leibesertüchtigungen und einer gesunden, alkoholfreien Ernährung doch langsam ein.

Aber das wird bald vorbei sein, dachte er.

Die Tür am Ende der Treppe wurde geöffnet. Zwei Diener, die ein Tablett zwischen sich trugen, traten ein. Die Treppe war so breit, dass sie nebeneinander gehen konnten. Wie immer musterte Friedrich sie, suchte nach Eigenheiten, die er geografisch zuordnen konnte. Wie immer fand er nichts. Die beiden Männer sprachen nur das Nötigste mit ihm, ihre Schuhe waren stets sauber, ihr Aussehen konnte er nur als unauffällig europäisch beschreiben. Friedrich nahm an, dass es sich um Vampire handelte, aber sicher war er sich nicht.

»Seine Eminenz ist gleich bereit«, sagte einer von ihnen, während sie das Tablett auf einem Tisch abstellten. Der andere zog zwei Stühle heran und wischte sie mit einem weißen Tuch ab.

»Ich danke Ihnen.«

Mit knappen, präzisen Bewegungen servierten die Diener das Essen. Es gab Rinderbraten mit Kartoffeln und Rotkohl – einfache Hausmannskost, genau wie Friedrich sie schätzte.

Neben ihm schlug Gunther die Hacken zusammen. »Ich werde mich zurückziehen, Professor. Einen angenehmen Abend.«

»Ihnen auch.« Ob es wirklich Abend war, wusste Friedrich nicht. Es war ihm auch nicht wichtig. Sein Blick glitt die Treppe hinauf zur offen stehenden Tür. Kein Licht drang aus dem Gang, den er dahinter vermutete. Als Gunther darin verschwand, war es so, als verschlucke ihn die Dunkelheit.

Friedrich hörte gedämpfte Stimmen, dann tauchte sein Gönner oben am Treppenabsatz auf. Er war groß, größer als jeder Mensch, den Friedrich je gesehen hatte. Der dunkle, asiatisch wirkende Anzug, den er trug, betonte seine hagere Gestalt und war hochgeschlossen. An einem Arm führte er eine junge Frau die Treppe hinunter. Sie trug ein einfaches Bauernkleid und bewegte sich unsicher, als habe sie getrunken. Ihr Gesicht wirkte leer und freundlich; sie war betört worden.

Friedrich verneigte sich tief. »Euer Eminenz«, sagte er.

Einer der Diener zog die Stühle zurück, während der andere die junge Frau am Ende der Treppe entgegennahm und sie zu einem Stuhl auf der anderen Seite des Raums führte. Dort blieb er neben ihr stehen.

»Professor.« Die Stimme des Vampirs war kalt und klar wie ein Gebirgsfluss an einem Wintermorgen. »Setzen Sie sich doch. Ihr Essen wird kalt.«

»Danke, Euer Eminenz.« Friedrich blieb trotzdem neben seinem Stuhl stehen, bis sein Gönner Platz genommen hatte. Auch wenn er nie ein Wort darüber verlor, schätzte er solch kleine Gesten des Respekts. So gut kannte Friedrich ihn mittlerweile.

Anfangs hatte er dem Vampir zahlreiche Fragen gestellt, hatte wissen wollen, woher er kam, wie lange er bereits existiere und welche Persönlichkeiten der Geschichte er kennengelernt habe. Die Antworten waren ausweichend gewesen und Friedrich hatte irgendwann erkannt, dass er die falschen Fragen stellte und darauf die richtigen Antworten erhielt. Es war nur der außerordentlichen Geduld seiner Eminenz zu verdanken, dass er zu dieser Schlussfolgerung gelangt war. Seitdem fragte er nur noch nach Dingen, die für sein Projekt wichtig waren, und erfreute sich an dem, was er als Gedankenaustausch zwischen zwei Kulturen bezeichnete.

»Plato«, sagte Seine Eminenz unvermittelt, als Friedrich gerade den Mund voll Rotkohl hatte. Er schluckte hastig und wischte sich mit der Serviette über die Lippen.

»Ein interessanter Philosoph«, erwiderte er.

»In der Tat. Sie sind mit seiner Theorie der Formen vertraut?«

»Selbstverständlich.«

Seine Eminenz musterte ihn und schwieg. Es fiel Friedrich schwer, ihm ins Gesicht zu sehen. Seine Augen schienen daran abzugleiten, als wäre er nicht ganz in dieser Welt. Manchmal glaubte Friedrich, der Vampir habe asiatische Züge, dann wieder wirkte er nordeuropäisch, manchmal auch indisch. Obwohl Friedrich seinen Gönner fast jeden Tag sah, hätte er ihn niemandem beschreiben können.

Einmal, ganz zu Anfang, hatte Friedrich gefragt, ob er betört worden sei und ihn deshalb nicht erkennen könne, doch Seine Eminenz hatte das verneint. »Das wäre respektlos«, hatte er damals gesagt. Es hatte Friedrich beeindruckt, dass eine ihm intellektuell so hoch überlegene Persönlichkeit sich die Mühe machte, ihn zu respektieren. Das zeugte von Charakter.

Friedrich erkannte, dass Seine Eminenz darauf wartete, dass er fortfuhr, also sagte er: »Plato glaubte, dass alles, was in unserer Welt existiert, nur eine Kopie von etwas Perfektem sei, zu dem wir keinen Zugang hätten.«

»Stimmen Sie dem zu?«, fragte der Vampir. Er hob kurz die Hand.

Der Diener, der neben der jungen Frau stand, fasste sie am Arm und führte sie zu Seiner Eminenz.

»Nein«, sagte Friedrich, »denn das würde bedeuten, dass all

unser Streben nach Vollkommenheit sinnlos wäre, da wir sie niemals erlangen könnten.«

»Wäre das so schlimm? Ist Vollkommenheit überhaupt ein wünschenswertes Ziel und was würden wir tun, wenn es erreicht wäre? Stagnieren, so wie Ihr Volk es unserem immer wieder vorwirft?«

Mit einer Bewegung, so schnell, dass das menschliche Auge ihr nicht folgen konnte, riss er der Frau den Unterarm auf. Sie seufzte leise, als er zu trinken begann.

Friedrich schob seinen Teller weg. Als Mediziner war ihm der Anblick von Blut vertraut, aber die saugenden, schmatzenden Geräusche, mit denen Vampire tranken, lösten immer noch ein mulmiges Gefühl in seinem Magen aus.

»Wenn Stagnation das Ergebnis von Vollkommenheit ist, würden Sie dann sagen, dass Ihr Volk vollkommen ist und daher stagniert?«

Seine Eminenz sah auf. Blut lief aus seinen Mundwinkeln bis unter den hohen schwarzen Kragen seines Anzugs. »Ich würde sagen, dass viele meines Volks sich für ausreichend vollkommen halten und das Streben danach vergessen haben.«

»Und Sie, Eminenz?«

Der Vampir schüttelte den Kopf. Der Diener nahm die Frau erneut am Arm und führte sie zurück zu ihrem Stuhl.

»Ich«, sagte Seine Eminenz dann, »werde niemals aufhören, nach Perfektion zu streben, denn im Gegensatz zu Ihnen glaube ich an Platos Lehren. Er war arrogant und unangenehm, aber seine Weisheit steht außer Frage.«

»Sie kannten Plato?«

Seine Eminenz erhob sich. Friedrich stand ebenfalls auf. Der Diener zog die benommene Frau wieder auf die Füße. Die Begleiterinnen, die der Vampir zum Abendessen mitbrachte, sah Friedrich meistens kein zweites Mal. Es erstaunte ihn, dass er die Frauen nicht mehr bedauerte als das Vieh auf den Weiden, wenn die Schlachtzeit nahte. Fand das Leben einer Kuh nicht darin seine Erfüllung, als Nahrung für jemanden zu dienen, der bedeutender war als sie? Mussten Vampire nicht ebenso denken?

Seine Eminenz wechselte das Thema, ohne noch etwas zu Plato zu sagen. »Gunther erwähnte, dass Sie gute Nachrichten für mich hätten?«

»Ja, die besten.« Friedrich legte seine Serviette beiseite und führte Seine Eminenz zu dem Mikroskop, an dem er den ganzen Tag gearbeitet hatte. »Möchten Sie einen Blick hineinwerfen? Es ist ein wirklich hervorragendes Instrument.«

»Nein. Mir reichen Ihre Erläuterungen.« Seine Eminenz hatte kein Interesse an technischen Dingen, das fiel Friedrich nicht zum ersten Mal auf. Naturwissenschaften langweilten ihn, aber er war klug genug, um ihre große Bedeutung zu erkennen. Es gab Menschen, die nicht so weit dachten.

Friedrich räusperte sich. »Als Sie mich an diesen Ort holten, stellten Sie mir nur eine Frage: Ist die vampirische Fähigkeit des Betörens Beweis einer übernatürlichen Begabung oder das Resultat biologischer Eigenarten? Ich spekulierte, dass Letzteres der Fall sei, konnte das jedoch nicht belegen. Dank Rodericks und Gunthers unermüdlichem Einsatz konnten wir recht schnell Schallwellen, Duftstoffe und Hypnose ausschließen. Es blieb nur Licht, aber wir wussten nicht, wie der Wille eines Vampirs durch reine Helligkeit auf einen Menschen übertragen werden kann.«

Er schüttelte sich innerlich immer noch, wenn er an die unzähligen und letzten Endes sinnlosen Operationen dachte, denen er seine Assistenten unterzogen hatte. Mehr als zwanzigmal hatte er allein Gunthers Schädel aufgesägt, hatte Teile des Gehirns entnommen und sie nach Besonderheiten durchsucht, immer in der Angst, dass der Vampir nach einem weiteren Schnitt unter seinen Händen zu Staub zerfallen würde.

Dabei starrte mir die Lösung die ganze Zeit ins Gesicht, dachte er. *Buchstäblich.*

Der Blick Seiner Eminenz glitt über das Mikroskop, das aufgeschnittene Auge, das daneben lag, und die Messer und Skalpelle.

»Gehört das Gunther?«, fragte er. Anscheinend begann er, sich zu langweilen.

»Ja.« Friedrich sprach schneller und ließ viele Erklärungen weg, die er ihm gern gegeben hätte. »Es brachte uns auf die entscheidende Spur. Im Gegensatz zum menschlichen Auge empfängt das vampirische nicht nur Licht, sondern sendet es auch aus, allerdings in einer Art und Weise, die aus mir unbekannten Gründen für Menschen nicht sichtbar ist.«

Die Aufmerksamkeit Seiner Eminenz kehrte zurück. »Unsere Augen leuchten also bei Nacht?«

»Das tun sie, allerdings wird ihr Licht von festen Gegenständen reflektiert, sodass die Umgebung an sich erleuchtet wird, was den Effekt praktisch unbemerkbar macht. Aber ja, sie leuchten. Und nicht nur das.«

Friedrich zog ein dünnes Glasplättchen unter dem Objektiv des Mikroskops hervor. Darauf lag ein Tropfen gelblicher Flüssigkeit. »Bis heute Morgen konnten wir aufgrund unserer Untersuchungen nur vermuten, dass es einen Bereich im Auge gibt, der nicht für das eigentliche Sehen zuständig ist, sondern für die Fähigkeit, die sie Betören nennen. Seit heute Abend wissen wir, dass er sich in einer winzigen, mit dem bloßen Auge nicht zu erkennenden Tasche am hinteren Ende des Sehnervs befindet. Dort werden Sporen produziert, ähnlich denen einer Löwenzahnblume, die dank des Lichts ins Auge eines Menschen transportiert werden können. Der Befehl dazu stammt aus dem Gehirn, doch produziert werden die Sporen in dieser Tasche.« Er hielt das Glasplättchen hoch.

Seine Eminenz warf einen langen Blick darauf, dann lehnte er sich an den Labortisch und verschränkte die Arme vor der Brust. »Sprechen Sie weiter.«

Friedrich neigte den Kopf. »Im Gehirn eines Menschen angekommen, sorgen die Sporen für einen hypnoseartigen Zustand. Je länger der Kontakt zwischen Vampir und Mensch, desto größer die Anzahl der Sporen und die Dauer der Kontrolle. Und je älter der Vampir, desto effektiver sind seine Sporen.«

Er brach ab, als Seine Eminenz die Hand hob. Er erwartete weitere Fragen, möglicherweise zu seiner Methodik oder seinen nächsten Schritten, doch stattdessen sagte der Vampir nur: »Wie lange?«

Friedrich wusste, worauf er hinauswollte. »Ich weiß es noch nicht. Das hängt vor allem von der Überlebensdauer der Sporen und vom Erfolg der Verbesserungen ab, die ich an ihnen vornehmen möchte.« Er warf einen Blick auf sein Projekt. Es war gewagt gewesen, die Maschine zu bauen, bevor er seine Theorie hatte belegen können, doch nun war er froh darüber. »Ein paar Wochen vielleicht.«

»Dann fangen Sie an.« Seine Eminenz stieß sich vom Labortisch ab und stand nur einen Lidschlag später bereits auf der obersten Stufe der Treppe. »Gute Nacht.«

Friedrich schlug die Hacken zusammen. »Gute Nacht, Eminenz.«

Hinter ihm zog der Diener die Frau vom Stuhl hoch. Er bezweifelte, dass er sie jemals wiedersehen würde.

Jeder bringt Opfer, dachte er. *Doch nicht jeder wird in gleicher Weise dafür belohnt werden.*

KAPITEL ZWEIUNDZWANZIG

Die vampirische Herrschaft scheint sich allein auf Europa und die daraus entstandenen Kolonien zu beschränken. Gesicherte Erkenntnisse sind aufgrund der komplizierten Quellenlage zwar schwer zu erlangen, jedoch findet man in den Aufzeichnungen der großen Entdecker keinen Hinweis auf Begegnungen mit Vampiren. So glaubt man mittlerweile ausschließen zu können, dass sie in Afrika, Nord- und Südamerika oder Australien vor der Kolonisierung durch die Europäer gesichtet wurden. Asien stellt einen Sonderfall dar, da bereits Marco Polo von Kreaturen sprach, die er als Vampire bezeichnete, die aber nichts mit den uns vertrauten Bluttrinkern zu tun haben. So beschreibt er hüpfende, manchmal spinnenartige Wesen, die auch die Gestalt von Menschen annehmen können und ihr Blut trinken. Die Kinder Echnatons sind diesen Hinweisen sorgfältig nachgegangen, doch in all den Jahrhunderten seit Marco Polos Aufzeichnungen wurde nie auch nur eine dieser Kreaturen gesichtet.
– Die geheime Geschichte der Welt von MJB

Sissi erwachte. Eine Weile blieb sie ruhig liegen, starrte zur schmutzig braunen Zimmerdecke hinauf und versuchte sich daran zu erinnern, wo sie war. Irgendwann gab sie frustriert auf. Sie wusste es einfach nicht.

Ihr Mund war trocken, ihre Kehle rau. Als Kind wäre sie beinah an den Masern gestorben. Aufzuwachen, nachdem das Fieber heruntergegangen war, hatte sich genauso angefühlt wie dieser Moment. Nur dass ihre Mutter an ihrer Seite gesessen und ihr eine Schüssel mit Hühnerbrühe unter die Nase gehalten hatte.

Hühnerbrühe, dachte Sissi. Ihr Magen knurrte. Sie wollte sich aufsetzen, bekam aber ihre Hände nicht auseinander. Verwirrt hob sie die Arme und sah, dass ihre Handgelenke mit Stricken zusammengebunden waren. Sie versuchte ihre Beine unter dem Umhang, der sie bedeckte, zu bewegen und spürte groben Hanf. Angst schnürte ihr die Kehle zu. Einen Moment lang konnte sie nicht atmen. Sie zwang sich zur Ruhe und sah sich um. Außer ihr befand sich niemand in dem großen Zimmer. Die aufgereihten Betten erinnerten sie an ein Internat oder ein Kloster, vielleicht auch ein Lazarett. Doch die Menschen, die einmal an diesem Ort gelebt hatten, schienen ihn längst verlassen zu haben. Es gab kein Fenster in dem Zimmer, nur einen Schrank an der Wand und eine geschlossene Tür. Ein schmaler Lichtstreifen war unter der Tür zu sehen, ansonsten war es dunkel.

Mein Rücken, dachte Sissi, als die Erinnerung plötzlich einsetzte. Die Verletzung hatte sich nur einen halben Tag nach dem Angriff entzündet. Die Schmerzen und das Fieber waren schon bald so schlimm geworden, dass sie kaum noch einen Gedanken hatte fassen können. Sie hatte gewusst, dass sie keinen Arzt aufsuchen konnte, und gehofft, dass der Cousin in Wien ihr helfen würde. War sie so weit gekommen? Hielt sie sich in seinem Versteck auf? Aus irgendeinem Grund bezweifelte sie das.

Sissi setzte sich auf. Ihr Rücken schmerzte und brannte, aber längst nicht mehr so schlimm wie in der Kutsche. Wie lang war das her? Sie spürte Stoff. Jemand hatte sie verbunden.

Sie schwang die Beine über die Bettkante, stand auf und blieb neben dem Bett stehen, bis das Zimmer aufhörte zu schwanken. Sie trug nur noch ihre Bluse, den Rock hatte jemand zum Kopfkissen zusammengefaltet und auf ihr Bett gelegt. Sie wünschte, sie hätte ihn anziehen können, doch die Fesseln saßen zu eng. Hüpfend bewegte sie sich durch das Zimmer.

Was hat man mit mir gemacht? Die Frage war beängstigend, also verdrängte Sissi sie.

Ihre Stiefel fand sie in einer Ecke, unmittelbar neben dem ausgewickelten Katana. Sie klemmte es zwischen ihre Knie und zog es mit den Zähnen am Griff aus der Schwertscheide. Die Klinge blitzte selbst im Halbdunkel des Zimmers. Jemand musste es gesäubert haben.

War ich das? Sie konnte sich nicht mehr daran erinnern. Rasch schnitt sie die Stricke an ihren Handgelenken durch, dann die an den Füßen. Sie zog Rock und Umhang an, schlüpfte in ihre Stiefel und ging zur Tür. Einen Moment lang lauschte sie am Holz, dann zog sie die Tür vorsichtig einen Spalt auf. Sie knirschte auf dem schmutzigen Boden. Sissi wand sich durch den Spalt, versuchte, so leise wie möglich zu sein.

Der Gang war ebenso leer und still wie ihr Zimmer. Sämtliche Türen waren geschlossen. Die Wände waren übersät mit faustgroßen Löchern, als habe jemand mit einem Hammer hineingeschlagen. Überall lagen tote Ratten. Den meisten fehlte der Kopf, andere sahen aus, als seien sie zerquetscht worden.

Wer immer in diesem Haus lebte, war nicht normal.

Sie öffnete die Haustür. Frische, kühle Luft strich über ihr verschwitztes Gesicht. Die Abendsonne hing tief über den Bäumen.

Ich will gar nicht wissen, wie meine Haare aussehen, dachte Sissi.

Mit dem Katana in den ausgestreckten Händen trat sie vor das Gebäude. Vorhof und Gärten waren verwildert; ein schmaler Pfad führte durch Gestrüpp zu einem Weg. Neben ihr baumelte ein Bündel an einem Haken. Neugierig nahm Sissi es ab und öffnete den Knoten. Ihr Rücken schmerzte bei jeder Bewegung. Im Innern des Beutels fand sie einen halben Brotlaib und eine Flasche mit Milch. Sie stellte das Katana nach einem weiteren prüfenden Blick in die Runde ab, entkorkte die Flasche mit den Zähnen und trank. Dann biss sie in das alte, trockene Brot. Jemand hatte die

Lebensmittel wohl an den Haken gehängt, um sie vor Ungeziefer zu schützen.

Sissi warf die Kruste des Brots ins Gestrüpp, trank die Milch aus und nahm ihr Katana wieder in die Hand. Mit jedem Schritt fühlte sie sich besser und sicherer. Sie schien ganz allein auf dem Grundstück zu sein. Vielleicht war der verrückte Rattenfänger auf Maulwürfe umgestiegen und schlich jetzt durch die Felder in der Umgebung. Beinah hätte sie über diese Vorstellung gelacht, obwohl sie wusste, dass das nur an der Anspannung lag.

Vorsichtig ging sie um das Haus herum. Alles war verfallen und zugewachsen. An diesem Ort lebte niemand, das spürte sie. Doch dann sah sie das Pferd. Abrupt blieb Sissi stehen. Jemand hatte es hinter dem Haus angebunden. Es graste und hob nur kurz den Blick, als es sie sah.

Das ist kein Ackergaul, dachte Sissi, *sondern ein edles Tier. Das Pferd eines reichen Mannes.*

Sie sah sich um. Das beklemmende Gefühl kehrte zurück. Niemand ließ ein solches Pferd einfach stehen und machte sich davon. Einen Moment lang dachte sie daran, es zu stehlen, doch dann kamen ihr Zweifel. Der Besitzer hatte sie gepflegt und ihre Wunden verbunden. Er hatte sie zwar auch gefesselt, aber sie wusste nicht, ob er das aus unlauteren Motiven getan hatte oder aus Vorsicht. Menschen konnten seltsam werden, wenn sie im Fieber lagen. Als Sissi an den Masern erkrankt war, hatte ihre Mutter sie nur mühsam davon abhalten können, Kuchen zu backen. Sie hatte geweint und geschrien, weil sie in die Küche wollte, aber ihre Eltern hatten sie nicht gelassen.

Wie peinlich, wenn sich das wiederholt hat, dachte sie. *Sollte ich nicht wenigstens versuchen, dem Menschen zu danken, der mich gepflegt hat, bevor ich sein Pferd stehle? Wer weiß, ob er diesen Ort nicht schon genauso vorgefunden hat wie ich gerade.*

Sie gab sich einen Ruck und ging zurück zum Eingang. Das Katana in ihren Händen gab ihr Sicherheit.

»Hallo?«, rief sie in den dunklen Flur hinein. »Ist jemand hier? Ich bin wach.«

Niemand antwortete. Sie hörte kein Geräusch außer einem entfernten Kratzen und Scharren in den Wänden. Sissi öffnete die Tür zu dem Zimmer, in dem sie gelegen hatte. Das Licht reichte nicht bis zu ihrem Bett, erhellte den Raum aber ausreichend, um die Gestalt darunter zu erkennen.

Oh Götter, dachte sie entsetzt. *Er war die ganze Zeit unter meinem Bett.* Es war die unheimlichste Vorstellung, die sie je gehabt hatte.

Die Gestalt bewegte sich nicht. Sissi sah Stiefel, eine dunkle Hose und Hände, die wie bei einem Toten über der Brust gefaltet waren. Die Vorstellung, das Zimmer mit einer Leiche geteilt zu haben, ließ ihr fast das Brot wieder hochkommen. Mühsam schluckte sie ihren Ekel herunter.

Das Gesicht des Mannes – sie nahm zumindest an, dass es ein Mann war – konnte sie nicht erkennen. Es wurde vom Bettpfosten verdeckt.

Vorsichtig trat Sissi näher, das Katana hoch erhoben, bereit, bei der geringsten Bewegung zuzuschlagen. Dann ging sie in die Knie und warf einen Blick unter das Bett.

Der Mann, der dort mit geschlossenen Augen lag, war groß, kräftig und hatte kurzes blondes Haar. Sie hatte ihn noch nie gesehen.

KAPITEL DREIUNDZWANZIG

Vampire lieben Geschichten. Natürlich ist das eine Verallgemeinerung, doch man findet Vampire deutlich häufiger in Theatern und Bibliotheken als Menschen. Nur selten trifft man einen Vampir, dem die großen Dichter Europas nicht vertraut sind, und gelegentlich überraschen sie den menschlichen Zuhörer sogar mit intelligenten und klugen Interpretationen ihrer Werke. Auf der anderen Seite sei jedoch zu bemerken, dass ich in all meinen Jahren noch nie einem Vampir begegnet bin, der ein Buch geschrieben hat.
  – **Die geheime Geschichte der Welt** *von MJB*

Zwölf Stunden zuvor

Mit einem Knall flog die Tür gegen die Wand. Franz-Josef fuhr hoch und schlug mit der Stirn gegen den Querbalken des Bettes.

Nicht schon wieder ...

»Du gottverdammter Idiot!«

Franz-Josef schob sich unter dem Bett hervor und runzelte die Stirn. »Edgar?«

Der Vampir stand im Türrahmen. Dampf stieg von seiner Kleidung auf. Putz rieselte wie Schnee von der Decke und sammelte sich auf seinen Schultern.

»Was machst du denn hier?«, fragte Franz-Josef, während er aufstand und einen Blick auf Sissi warf. Sie lag ruhig unter ihrem Umhang und hatte die Augen fest geschlossen.

»*Was machst du denn hier?*«, äffte Edgar ihn mit viel zu hoher Stimme nach. Dann fuhr er in seinem normalen rauen Tonfall fort: »Was wohl? Nach dir suchen, du Depp! Und wenn man den Verwesungsgestank deiner Rattenmahlzeiten nicht schon meilenweit riechen könnte, wäre ich wahrscheinlich immer noch dabei.« Er klopfte sich den Putz von den Schultern und trat ein.

Franz-Josef sah, dass seine Augen tief in den Höhlen lagen und sich die Haut dünn über seine Knochen spannte. Er musste seit Tagen weder richtig geschlafen noch gegessen haben. Beinah tat er Franz-Josef leid.

»Ich habe dich nicht gebeten, das zu tun.«

»Das weiß ich.« Edgar kam näher. »Und es wäre mir persönlich auch scheißegal, wenn man mit deiner Asche die Felder düngen würde, aber da der ganze Palast in Aufruhr ist, musste ich leider so tun, als wäre ich um dein Wohlergehen besorgt. Dabei ist es mir, um das noch mal ganz klar zu sagen …«, er streckte das Kinn vor, die Sehnen in seinem Hals spannten sich, »… scheißegal.«

»Das sagtest du schon.« Franz-Josef achtete darauf, zwischen ihm und Sissi zu bleiben. Er merkte, dass Edgar Sissi immer wieder musterte, und versuchte ihn abzulenken. »Wieso macht man sich denn im Palast Sorgen? Ich hatte Ludwig doch eine Notiz hinterlassen.«

»Die aussah, als habe ein Dreijähriger sie mit den Fingern gemalt. Jeder hätte sie schreiben können: Anarchisten, Ungarn, Kinder Echnatons …«

Fiel sein Blick nur zufällig auf Sissi? Franz-Josef war verunsichert. *Er kann es nicht wissen,* dachte er dann. *Selbst Sophie weiß es nicht.*

»Was ist mit den Kutschern? Ich hatte sie doch zum Palast geschickt?«

»Du hast sie in das Kaff, aus dem sie kamen, zurückgeschickt, und als sie dort eintrafen, wussten sie nicht mehr, wo und warum sie Sissi abgesetzt haben.« Edgar genoss jedes Wort, das war ihm anzusehen. »Die Panik kannst du dir ja vorstellen.« Er deutete mit dem Kinn auf Sissi. »Und was ist mit ihr? Warum sagt sie kein Wort?«

Franz-Josef wollte antworten, aber Edgar fiel ihm ins Wort. »Betört hast du sie jedenfalls nicht, sonst würde sie schon schreiend umherrennen.« Er grinste.

»Sie ist krank«, antwortete Franz-Josef, ohne auf die Bemerkung einzugehen, obwohl Wut ihm fast die Kehle zuschnürte. »Ich wollte ihr helfen.«

Edgar zog die Nase hoch. »Schlechtes Blut, hm?«

»Sie ist fast geheilt.« Franz-Josef verspürte Stolz bei dem Gedanken, versuchte ihn aber nicht zu zeigen. Edgar hätte ihn nur verhöhnt. Noch mehr verhöhnt, korrigierte er sich.

Das tat er auch so. »Franz, der Bergdoktor. Ich glaube, ich habe im Wald eben ein Reh gesehen, das lahmte. Vielleicht kannst du dem ja auch helfen.« Er betrachtete Sissi einen Moment lang. »Das ist also deine Braut, ja? Ich würde das natürlich wissen, wenn ich auf dem Ball gewesen wäre, aber nach der kleinen … Feierlichkeit am Tag davor wollte Sophie Pierre und mich dort nicht sehen. Ich frage mich immer noch, wie sie davon erfahren hat.«

Franz-Josef hob die Schultern. »Keine Ahnung.«

Stille senkte sich über das Zimmer.

Sogar die Ratten in den Mauern schwiegen.

Er räusperte sich. »Da du mich gefunden hast, kannst du ja jetzt zurück zur Hofburg reiten und den anderen sagen, dass sie sich keine Sorgen machen müssen und dass Sissi und ich nachkommen werden, sobald es ihr besser geht.«

»Es ist Tag.«

»Oh. Natürlich.« Franz-Josef fluchte innerlich, rang sich dann aber ein Lächeln ab. »Du bist hier willkommen. Der Keller ist dunkel und sehr bequem. Du kannst ihn gern haben.«

Edgar nickte und trat zur Seite. »Zeig mir den Weg.«

Etwas stimmte nicht. Franz-Josef spürte es, ohne erkennen zu können, was es war. Er wollte an Edgar vorbeigehen, doch der packte ihn plötzlich an den Schultern und schleuderte ihn gegen die Wand. Dann setzte er nach, presste den Arm gegen Franz-Josefs Kehle und drückte dessen Kopf nach hinten.

»Was ist hier los?« Seine Stimme war ein Zischen, sein Gesicht nur eine Handlänge von Franz-Josefs entfernt. »Deine Braut ist sterbenskrank, aber du bringst sie nicht zu einem Arzt, sondern versuchst selbst, ihr zu helfen.«

Franz-Josef stemmte sich gegen ihn, aber Edgar war älter und stärker als er. »Sie wollte in diesem Zustand nicht im Palast ankommen.«

»Es gibt andere Ärzte.«

»Die sie vielleicht erkannt hätten. Du weißt doch, wie gefährlich die Lage im Moment ist. Ich wollte nicht riskieren, dass sie entführt wird.«

»Hat sie deshalb ein Schwert dabei?«

Franz-Josef schluckte. Edgar drückte stärker zu. Putz bröckelte, ein Balken begann zu knarren.

»Lüg mich nicht an, Franz. Ich weiß, dass es ihr Schwert ist. Ihr Geruch hängt daran.«

Hätte ein anderer als Edgar vor ihm gestanden, wäre Franz-Josef versucht gewesen, ihm die Wahrheit zu sagen. Seit Nächten dachte er an kaum etwas anderes als an das Schwert und was es bedeutete. Doch es war Edgar, der eine Antwort forderte, und er hätte Sissi ohne zu zögern getötet.

»Das Schwert ist ein Familienerbstück«, sagte er schließlich. »Ihr Vater hat es ihr mitgegeben, weil Sissi sehr daran hängt.«

»Du lügst.« Edgar rammte ihm das Knie in den Magen. Franz-Josefs Beine gaben nach. Er wäre zusammengebrochen, wenn Edgar ihn nicht gehalten hätte. »Wir reden heute Abend darüber.« Der ältere Vampir zog ihn hinter sich her in den Flur, sah sich kurz um und ging dann zielsicher auf die Tür zu, die in den Keller führte. »Ich werde bei deiner Braut bleiben. Vielleicht hat sie mir ja etwas zu erzählen, wenn sie zu sich kommt.«

»Nein!« Franz-Josef wusste nicht, woher er die Kraft nahm,

mit der er sich losriss. Er rammte Edgar den Ellenbogen in die Rippen, fuhr herum und war mit einem Satz an der Tür zu Sissis Zimmer. Das Katana war seine einzige Chance.

Edgar tauchte vor ihm auf, bevor er den Türrahmen passieren konnte.

Mein Gott, ist er schnell, dachte Franz-Josef, noch während er zurückgeschleudert wurde und zwischen Rattenkadavern zu Boden ging. Er trat nach Edgar, doch der wich mühelos aus, schoss vor und hob Franz-Josef an der Kehle hoch. »Dann eben so«, sagte er.

Franz-Josef verstand erst, was er meinte, als er bereits durch die Luft flog. Mit dem Rücken voran durchschlug er die Tür zum Keller, er sah Steinstufen unter sich, rollte sich ein und biss die Zähne zusammen. Der Aufprall raubte ihm fast das Bewusstsein. Er überschlug sich, prallte gegen eine Wand und rutschte den Rest der Treppe hinunter. Knochen knirschten, als er versuchte, sich zu bewegen.

»Gute Nacht!«, rief Edgar in den Keller hinab, dann schlug er die kaputte Tür zu. Franz-Josef hörte, wie etwas davorgeschoben wurde. Seine Augen schlossen sich, ohne dass er es wollte.

Nein ...

»Hallo? Ist jemand hier?«

Sissis Stimme! Franz-Josef kämpfte sich durch den Nebel seiner Benommenheit. Sein ganzer Körper schmerzte, doch die schlimmsten Verletzungen schienen geheilt zu sein. Die beiden Otter, die er am Vorabend leer getrunken hatte, mussten genügt haben. Am Treppengeländer zog er sich auf die Beine.

Über sich hörte er Schritte. Sie waren zu leicht, um Edgars zu sein, also mussten sie von Sissi stammen. Die Erleichterung riss ihn vollends aus dem Schlaf. Irgendwie musste es ihr gelungen sein, sich zu befreien.

Franz-Josef erreichte das Ende der Treppe. Die zersplitterte Tür wurde von außen von einem Möbelstück verdeckt, wahrscheinlich einem Schrank. Er drückte gegen die Rückwand. Sie war so dünn, dass sie unter seinen Fingerspitzen nachgab.

Nein, sie gibt nicht nach, dachte er dann, als er die Scharniere bemerkte. *Es war eine Tür, keine Rückwand. Irgendwann einmal hatte sie zu einem Geheimnis geführt.*

Was ist das nur für ein Haus?, fragte er sich.

Er schob sie auf und sah durch die offene Schranktür in den Gang. Sissi verschwand gerade in ihrem Zimmer. Er wollte sie rufen, hielt aber im letzten Moment den Mund. Wenn Edgar noch schlief, wovon auszugehen war, durfte er ihn nicht wecken. Alte Vampire schliefen länger und tiefer als junge, aber laute Rufe weckten auch sie.

Franz-Josef stieg aus dem Schrank und ging durch den Gang zur Zimmertür. Mit einem Blick nahm er das Bild auf, das sich ihm bot.

Edgar lag unter dem Bett und schlief, Sissi stand davor und hatte das Katana erhoben. Die Spitze zeigte auf die Matratze. Das Schwert würde sie durchdringen, wenn sie zustieß, und sich ins Herz des Vampirs darunter bohren. Sissi wirkte so ruhig, so konzentriert, als habe sie das schon hundert Mal getan. Sie bot einen verstörenden Anblick, jung, hübsch und tödlich.

Franz-Josef zögerte. Es wäre so einfach gewesen, nichts zu tun, sie zustoßen zu lassen und sein Problem in einer Pfütze aus Asche und Schleim verschwinden zu sehen. Doch als sich ihre Muskeln spannten und sie den Atem anhielt, machte er einen Satz nach vorn und packte ihre Hände.

»Nein!«, sagte er. Franz-Josef sah den Schreck in ihrem Gesicht, spürte den Widerstand gegen seinen Griff.

»Er ist ein Vampir«, flüsterte sie, als sei damit alles gesagt.

»Das bin ich auch.«

»Ich weiß.«

Sie sahen sich an. Sissi hatte die Augen eines Rehs, weich und warm. Der harte Stahl in ihren Händen wirkte auf Franz-Josef wie ein Verrat an dem, was sie war, was sie hätte sein können.

»Was hat man mit dir gemacht, dass du uns so hasst?«, fragte er leise.

Die Frage schien sie zu verwirren, als habe sie noch nie in Betracht gezogen, dass es noch etwas anderes als Hass in ihrem Leben geben könnte.

»Wirst du mich ihn töten lassen?«

Er schüttelte den Kopf. »Komm. Er wird bald aufwachen.«

Franz-Josef ließ ihre Hände nicht los, selbst dann nicht, als sie das Schwert senkte. Er führte sie aus dem Zimmer, schloss die Tür und sie blieben im Flur stehen. Draußen verschwand die Abendsonne gerade hinter den Bäumen. Eine halbe Stunde noch, schätzte Franz-Josef, dann konnten sie aufbrechen. Er hoffte, dass Edgar nicht vorher aufwachte. Die Chancen standen gut, denn der Vampir war erschöpft und brauchte den Schlaf.

Stumm standen sie sich gegenüber. Einige Male setzte Franz-Josef dazu an, etwas zu sagen, aber schließlich war es Sissi, die das Schweigen brach.

»Was machst du hier?«, fragte sie.

Franz-Josef erklärte es ihr, froh darüber, etwas Unverfängliches sagen zu können. Er holte zu weit aus und redete zu lang, doch Sissi schien das nicht zu stören, als sei auch sie froh, den großen Themen aus dem Weg gehen zu können.

»Dann hast du mir das Leben gerettet«, sagte sie, als er nach einer Weile beim besten Willen nichts mehr hinzufügen konnte.

»Du hättest dasselbe getan«, antwortete er, ohne nachzudenken, und sah, wie Sissi die Lippen zusammenpresste.

Das Schweigen kehrte in den Flur zurück und machte es sich bequem. Franz-Josef warf einen sehnsüchtigen Blick aus dem Fenster des anderen Zimmers, aber die Sonne war noch nicht ganz untergegangen. Er wünschte, er hätte etwas tun oder sagen können, doch nichts wollte ihm einfallen. Jede Bemerkung, jede Geste konnte missverstanden werden. Es war, als liefe man mit geschlossenen Augen über eine Weide und hoffte, in keinen Kuhfladen zu treten.

Er räusperte sich.

Sissi sah ihn erwartungsvoll an, aber er wich ihrem Blick aus und sagte nichts.

Sissi holte Luft. »Ist es …?«, begann sie.

»Ja? Was denn?« Er kam sich vor wie ein Hund, der darauf wartete, dass man ihm einen Knochen zuwarf.

»Ist es schon dunkel genug für dich?«

»Ja, ich meine, nein … fast.« Er sah wieder aus dem Fenster. Regentropfen benetzten die zersprungene Scheibe. »Ein paar Minuten noch. Kannst du reiten?«

»Natürlich kann ich reiten.« Ihre Vehemenz überraschte ihn. »Denkst du, so ein niederes Geschöpf wie ich könne kein Pferd beherrschen. Wo lebst du eigentlich?«

»Ich meinte nur, ob du dich stark genug dafür fühlst.«

»Oh.« Sie blinzelte, schluckte und atmete durch. »Ja, ich kann reiten.«

»Gut.«

»Dann … äh …« Sissi rang nach Worten. »Dann ist das dein Pferd da draußen?«

»Ja.«

»Schönes Tier, sehr … edel.«

»Ja.« Franz-Josef wusste, dass er mehr als nur dieses eine Wort sagen musste. »Und es ist schnell.«

»Das … äh … glaube ich. Es sieht auch schnell aus.«

»Sehr schnell.« Franz-Josef sah wieder aus dem Fenster. Es war noch etwas zu hell, aber selbst Kopfschmerzen waren besser, als noch länger in diesem Flur herumzustehen. »Wir können dann los.«

Sissi war so schnell an der Tür, dass man hätte glauben können, sie sei selbst ein Vampir. »Ich sattle schon mal.«

Er lauschte noch kurz in das Zimmer hinein, in dem Edgar – hoffentlich – immer noch schlief, dann folgte er ihr.

Das Licht stach in seinen Augen und die Wärme brannte auf seiner Haut, aber dank des Regens waren die Schmerzen erträglicher, als er erwartet hatte. Sissi hatte den Hengst bereits die Decke auf den Rücken gelegt, als er zu ihr trat. Gemeinsam sattelten sie das Pferd, dann stieg Franz-Josef auf und reichte Sissi die Hand. Dass sie zögerte, schmerzte ihn mehr als das Licht. Schließlich ließ sie sich doch auf den Pferderücken ziehen. Quer saß sie vor ihm. Ihre Schulter berührte seine Brust. Er konnte nicht erkennen, ob ihr das unangenehm war, denn sie hatte den Blick nach vorn gerichtet.

»Wird er uns nicht folgen?«, fragte Sissi, als sie das Anwesen verließen und auf den Weg einbogen, der zur Straße führte.

»Wozu? Er kann sich denken, wohin wir reiten.«

»Kann er das?«

Franz-Josef runzelte die Stirn. »Es gibt doch nur eine Möglichkeit. Den Palast.«

Mit einem Ruck schlug sie die Kapuze ihres Umhangs hoch. Der Stoff klatschte Franz-Josef ins Gesicht.

»Und was ist, wenn ich nicht will?«, fragte Sissi, ohne ihn anzusehen. »Ich meine das als eine rein theretische Frage.«

»Rein *theoretisch*«, sagte Franz-Josef, »kannst du natürlich nach Possenhofen zurückkehren, dann müssten deine Eltern allerdings Sophie erklären, weshalb du den Kaiser verschmähst. Egal, wie die Antwort ausfiele, ein Skandal wäre unausweichlich. Vielleicht gäbe es sogar Krieg.«

»Krieg?« Nun wandte ihm Sissi doch das Gesicht zu. »Wegen mir, der Sissi aus Possenhofen?«

Ihre Naivität erschien ihm aufgesetzt. »Ja«, sagte er beißend. »Weil sich die Sissi aus Possenhofen und der Franzl aus Bad Ischl nicht mehr verstehen, schlachten sich ganze Armeen gegenseitig ab.« Er schüttelte den Kopf. »Herrgott, Sissi, du weißt doch genau, wer ich bin, und ich weiß, wer du bist.«

»Wer bin ich denn?«

Ihre Frage überraschte ihn, doch dann wurde ihm klar, dass Sissi das von Anfang an vorgehabt hatte. Sie wollte herausfinden, wie viel er über sie wusste.

Franz-Josef lenkte sein Pferd auf die Straße. Seine Stimme war ruhig, als er antwortete: »Der Feind.«

Sie wandte sich ab von ihm. Regentropfen sammelten sich auf ihren Schultern und liefen wie Tränen über ihren Rücken.

»*Wir* sind der Feind des Bösen«, sagte sie nach einer Weile. »Wenn du uns als den Feind betrachtest, dann musst du böse sein.«

»Glaubst du das wirklich?« Franz-Josef wünschte, sie hätte ihn angesehen. »Könntest du jemanden lieben, der böse ist?«

»Du trinkst das Blut von Menschen!«

»Und du isst Fleisch!«

Sissi fuhr herum. Das Pferd schnaubte ungehalten. »Das willst du doch nicht wirklich vergleichen, oder? Einem Menschen in den Hals zu beißen und sein Blut auszusaugen, ist etwas vollkommen anderes, als eine Frikadelle zu essen.«

»Frag mal eine Kuh.«

Sissis Augen blitzten. »Ich kann keine Kuh fragen, weil sie zu dumm ist, mich zu verstehen. Aber du könntest einen Menschen fragen, was er davon hält, ausgesaugt zu werden, und er würde dir sagen, dass er das nicht will.«

»Aha! Dann esst ihr also nur das, was dümmer ist als ihr. Etwas anderes tun wir auch nicht.«

»Du hältst mich für dumm?«

Für dümmer als einen Vampir, wollte Franz-Josef sagen, schluckte die Worte aber im letzten Moment herunter.

Sissi schien sein Schweigen als Zustimmung zu werten, denn sie verschränkte die Arme vor der Brust und schnauzte ihn an. »Ich bin nicht dumm!«

»Grüaß Gott.«

Franz-Josef fuhr herum und sah einen Bauer, der eine Kuh an einem Strick führte und aus einem Feldweg trat. Er wusste nicht, wie viel der Mann von der Unterhaltung mitbekommen hatte.

»Du hast nichts gesehen und nichts gehört«, fuhr er den Bauern mit seiner betörenden Stimme an.

Der Mann nickte. Sein Blick wurde glasig. »I hob nix g'seahn und nichts g'heart.« Dann ging er weiter.

»Genau das meine ich«, erklärte Sissi wütend, als er außer Hörweite war. »Du hast keinen Respekt vor den Menschen. Für dich und deinesgleichen sind wir nur Vieh.« Franz-Josef öffnete den Mund, aber sie ließ ihn nicht zu Wort kommen. »Es bringt euch um den Verstand, dass sich das Vieh nicht alles bieten lässt, dass es zurückschlägt wie in Frankreich und Amerika und euch mit jeder Revolution weiter in die Ecke drängt. Eines Tages werden wir den Letzten von euch pfählen und die Menschheit in die Freiheit führen.«

»Und wenn ich der Letzte wäre, würdest du mich dann pfählen?«

Das ließ sie verstummen. Ihr Blick ging ins Leere, sie hielt den Kopf gesenkt.

Er respektierte es, dass sie tatsächlich über die Antwort nachdachte.

»Ich wünschte, ich könnte Ja sagen.« Sie hob den Kopf und sah ihn an. Das Feuer war aus ihren Augen verschwunden. »Aber nein, nein, ich würde es nicht tun und ich weiß einfach nicht, weshalb.«

Franz-Josef brachte das Pferd zum Stehen. »Weil du mich liebst?«, fragte er leise.

Sie sagte nichts und legte nur stumm den Kopf an seine Schulter.

Als der Morgen nahte, suchten sie Unterschlupf in einer leeren Scheune. Franz-Josef deckte Sissi mit Stroh zu, damit es sie wärmte, er selbst legte sich ein Stück von ihr entfernt auf den Boden. Er war erschöpft, aber wenn er die Augen schloss, drehten sich seine Gedanken wie wild im Kreis. Was würde Edgar tun, wenn er in den Palast zurückkehrte, was Sissi?

»Kannst du nicht schlafen?«, erkundigte sie sich auf einmal, gedämpft durch das Stroh.

»Nein.«

Sie zögerte. »Willst du zu mir kommen?«, fragte sie dann unsicher.

Franz-Josef setzte sich ruckartig auf. Das Stroh raschelte, als er sich neben sie legte.

»Hast du je ...?«, begann sie, aber er verschloss ihren Mund mit einem Kuss.

Und wieder röhrte irgendwo in der Ferne ein Hirsch.

KAPITEL VIERUNDZWANZIG

Es gibt Gerüchte, die besagen, dass das, was ich mit diesen bescheidenen Zeilen versuche, längst vollendet worden ist, dass eine vollständige und unzensierte Geschichte unserer Welt in den Geheimarchiven des Vatikans liegt und von jedem Papst erweitert wird. Das mag stimmen, obwohl ich meine Zweifel daran habe, aber selbst wenn dieses Buch existiert, welchen Nutzen hätte es für uns, wenn niemand außer den Verfassern je einen Blick darauf werfen kann?
— *Die geheime Geschichte der Welt* von MJB

Am späten Abend erreichten sie den Kaiserpalast.

Sissi ließ sich von Franz-Josef durch Gärten führen, die größer waren als Städte. Der Palast ragte wie ein gewaltiges, breites Bergmassiv vor ihr empor.

»Mehr als zweitausend Räume«, sagte Franz-Josef. Er klang so stolz, als habe er jeden einzelnen selbst eingerichtet. »Ein Diener allein würde einen Monat brauchen, um sie alle zu reinigen.«

»Dann ist es ja gut, dass ihr mehr als einen Diener habt.« Sissi versuchte, sich nicht beeindrucken zu lassen, aber es fiel ihr schwer, auch wenn sie sich immer wieder ins Gedächtnis rief, dass das alles mit dem Blut von Menschen errichtet worden war – und zwar nicht nur *metaohrisch*.

Die Reise, anders konnte Sissi den Weg durch die Hofburg nicht beschreiben, dauerte Stunden. Franz-Josef wurde von Dutzenden Höflingen angesprochen, größtenteils unterwürfig, teilweise sogar ein wenig vorwurfsvoll. Besonders sein Leibdiener Ludwig wirkte verkniffen in seiner Freundlichkeit. Sissi wurde niemandem vorgestellt, obwohl alle sie verstohlen musterten.

»Es gehört sich nicht, die zukünftige Kaiserin auf dem Gang anzusprechen«, erklärte Franz-Josef, als sie ihn danach fragte. »Die Vorstellung muss bei einem offiziellen Anlass erfolgen.«

»Es ist höflicher, so zu tun, als sei ich nicht da?«

»So ist es.«

Sie hatten in Wien noch in einem Gasthaus angehalten, damit Sissi etwas essen konnte, aber sie war schon wieder hungrig, als sie nach dem kilometerlangen Marsch durch die Hofburg endlich vor dem Trakt stehen blieben, den Franz-Josef als ihre Privatgemächer bezeichnete.

Sissi sah sich um. Die Heerscharen der Diener, denen sie immer wieder begegnet waren, schienen noch nicht bis zu diesem Gang vorgedrungen zu sein.

»Gibt es hier Wölfe?«, fragte sie.

Franz-Josef schüttelte den Kopf. »Nein, aber wir haben einen Tierpark hinter dem Palast, da gibt es Giraffen, Lamas ...«

Sie unterbrach ihn. »Das meine ich nicht.«

»Wieso fragst du ... oh, *die* Wölfe.« Er runzelte die Stirn.

Ihr gefielen die kleinen Falten, die sich dabei über seiner Nasenwurzel bildeten. Sie ließen ihn älter wirken, als er war. *Du weißt nicht, wie alt er ist,* meldete sich eine Stimme in ihrem Hinterkopf.

Nun sah auch Franz-Josef sich um. »Wer hat dir von den Wölfen erzählt?«, fragte er leise.

»Bei uns weiß jeder davon.«

Das schien ihm nicht zu gefallen, aber er hakte auch nicht nach. »Es gibt sie weder in deinem noch in meinem Trakt.« Er zeigte den Gang hinunter auf eine Tür, die so hoch und breit war, dass man ein Haus darunter hätte bauen können. »In diesem ganzen

Bereich bist du sicher. Halte dich nur von allen anderen nicht öffentlichen Gemächern fern.«

»Auch von Sophies?«, fragte Sissi, obwohl sie die Antwort kannte. Sie wollte herausfinden, wie ehrlich er zu ihr war.

»Vor allem von Sophies.« Er nahm ihre Hand in seine.

Seine Haut war kühl und trocken, viel angenehmer, als sie es sich vor der gemeinsamen Nacht vorgestellt hatte. Sie genoss seine Berührung.

»Wir haben beide viel erlebt«, sagte er so leise wie zuvor. »Wir müssen über einiges nachdenken, aber ich bin sicher, dass wir alles bewältigen können, wenn wir einander nur vertrauen. Niemand soll sich zwischen uns stellen – von keiner Seite.« Er reichte ihr das Katana, das er in eine Satteldecke eingeschlagen hatte. »Hier. Versteck es gut.«

Franz-Josef wollte sich abwenden, aber Sissi ließ seine Hand nicht los. »Möchtest du nicht reinkommen?«

Er lachte. »Natürlich möchte ich das, aber hier am Hof läuft nun mal nicht alles so, wie ich es möchte.«

Du bist doch der Kaiser, dachte Sissi. *Kannst du nicht tun, was du willst?*

Sie fürchtete, dass die Frage zu naiv klingen würde, also sprach sie sie nicht aus. Stattdessen stellte sie sich auf die Zehenspitzen und hauchte Franz-Josef einen Kuss auf die Wange. »Gute Nacht.«

Sie wartete seine Antwort nicht ab, sondern betrat ihre Gemächer und schloss die Tür hinter sich. So machten das die *Konturbinen* in den Romanen, von denen ihre Mutter nichts wissen durfte, auch immer. Sie dankte den Göttern, dass sie die Geschichten trotz des Verbots gelesen hatte. In der Scheune war sie dadurch vor mancher Peinlichkeit bewahrt worden.

Es war dunkel in ihren Gemächern. Alles roch neu, nach Farbe und frischem Holz. Sissi tastete nach einer Kerze. Ihre Hand glitt über eine Wand und einen kleinen Tisch, aber sie spürte nur glatte Flächen unter ihren Fingern.

»Wenn Sie erlauben«, sagte eine unbekannte dunkle Stimme.

Sissi zuckte zusammen. »Wer ist da?«

Ein Streichholz wurde angerissen, dann sah sie eine kleine Flamme, die an einen Kerzendocht gehalten wurde. Es knisterte und im nächsten Moment sprang die Flamme über. Schlagartig wurde es heller. Ein Gesicht, das sie kannte, schälte sich aus der Dunkelheit.

Edgar.

Sie fuhr herum, wollte die Tür aufreißen, aber er war bereits bei ihr, bevor ihre Hand die Klinke berührte, und schob sie weiter in den Raum. Aus den Augenwinkeln sah Sissi tiefe Polstersessel, Sofas und künstliche Blumengestecke. Sie war in einem Salon.

»Ich werde schreien«, stieß sie hervor, während sie hektisch versuchte, das Katana auszuwickeln.

»Ich werde dich betören, wenn du das versuchst«, sagte Edgar. »Oder wenn du das Schwert ziehst.«

Sie ließ es sinken und schloss den Mund. »Was wollen Sie von mir?«

»Ich wollte die Wahrheit, aber nach dem, was ich da draußen gehört habe, erübrigen sich weitere Fragen.« Er trat einen Schritt zurück. »Ist dir eigentlich klar, was sie mit ihm machen würde, wenn sie herausbekäme, dass er weiß, was du bist?«

Er musste nicht erklären, wer mit *sie* gemeint war. Sissi wusste es auch so. Abwartend und stumm blieb sie stehen, während ihre Gedanken von einer schrecklichen Vorstellung zur nächsten rasten. Noch keine Stunde war sie in der Hofburg und schon hatte man sie enttarnt. Ein solches Fiasko hatte wohl selbst ihre *pessimimistische* Mutter nicht erwartet.

Edgar zündete noch einige Kerzen an, dann legte er die Streichhölzer beiseite. Er ließ ihr Zeit, um über alles nachzudenken.

»Ich mag Franz-Josef nicht«, sagte er nach einem Moment. »Er ist ein schwacher Kaiser und ein lausiger Vampir. Aber er hat mich nicht getötet, als er die Gelegenheit dazu hatte, obwohl er wissen musste, dass ich ihm Probleme bereiten würde.«

Er setzte sich in einen der Sessel und sank so tief darin ein, dass seine Knie über seinen Kopf ragten. Sissi hätte beinah gelacht, als sie die Überraschung in seinem Gesicht bemerkte. Sie beherrschte sich mühsam.

Edgar kämpfte sich aus dem Sessel hoch und begann, auf und ab zu gehen.

»Das zeugt von Ehre«, fuhr er fort, »unerwartete, aber dennoch vorhandene Ehre. Ich erwarte nicht, dass du die Bedeutung des Wortes verstehst. Ihr Menschen konntet noch nie sehr viel damit anfangen.«

»Ich weiß sehr wohl, was Ehre ist«, erklärte Sissi.

Edgar ging nicht darauf ein. »Daher werde auch ich mich ehrenhaft zeigen. Niemand soll erfahren, was ich weiß, solange du keine Schritte unternimmst, die diesen Hofstaat gefährden könnten. Ein falsches Wort, eine falsche Tat und Franz-Josefs Existenz wird in einer Hölle aus Qual und Leid enden. Und deine selbstverständlich auch, aber ich nehme an, das ist dir bewusst.«

»Und wenn ich nichts tue, was dann?«

Edgar blieb stehen und sah sie an. Er hatte kalte, hässliche Augen. »Aber du sollst ja etwas tun. Du sollst Franz-Josef nach bestem Wissen und Gewissen beraten, ihn Sophies Einfluss entziehen und ihn zu dem Kaiser machen, der er sein sollte, wenn er nicht so eine Memme wäre.« Sie wollte widersprechen, aber er hob die Hand. »Und als Allererstes, gleich morgen, wenn du die Akten für ihn sortierst und sie in einen wichtigen und einen unwichtigen Stapel einteilst, wirst du diese …«, er öffnete seine Jacke und zog einige mit einem breiten Stoffband umwickelte Papiere hervor, »… auf dem wichtigen Stapel ganz nach oben legen. Sorge dafür, dass er sie unterschreibt.«

»Was steht da drin?« Sissi rechnete nicht damit, dass er es ihr sagen würde, aber er tat es doch.

»Das Papier enthält die Bitte an den Kaiser, ein Heißluftballonrennen zu genehmigen. Wenn er das tut, werde ich dich nie wieder um einen Gefallen bitten.«

Sissi nickte und versuchte, ihre Erleichterung nicht zu zeigen. *Ein Heißluftballonrennen klang harmlos. Er hätte sie mit weit Schlimmerem erpressen können.*

»Wieso ist Ihnen das Rennen so wichtig?«, fragte sie trotzdem.

»Heißluftballons sind mein Hobby.« Es war gelogen, das hörte sie. »Hast du verstanden, was du zu tun hast?«

»Alles verstanden und geistig notiert«, sagte sie.

Sein Blick wurde noch kälter. »Verkauf mich nicht für dumm.«

»Nein.« Sie schüttelte rasch den Kopf. »Das tue ich nicht.«

»Gut.«

Einen Lidschlag später war er verschwunden. Leise fiel die Tür des Salons hinter ihm ins Schloss.

Sissi atmete tief durch und lehnte sich an die Wand. Ihr Rücken begann zu schmerzen, aber sie brauchte die Kühle der Mauer unter den Tapeten, um wieder klar denken zu können.

Wenigstens kann mich heute nichts mehr überraschen, dachte sie, als sich ihr Herz wieder beruhigt hatte.

Sie nahm den Leuchter mit den Kerzen, die Edgar angezündet hatte, und ging auf wackligen Knien zur nächsten Tür. Sie musste schlafen und sich ihren Gedanken am Morgen mit neuer Kraft stellen. Sie öffnete die Tür und sah das Bett, die Tapeten, Teppiche und Möbelstücke, die das Kerzenlicht aus dem Verborgenen riss.

»Ach du sch…«

KAPITEL FÜNFUNDZWANZIG

Ich habe anfangs geschrieben, dass der erste den Kindern Echnatons bekannte Vampir Ramses II. von Ägypten war. Doch wie weit die Geschichte dieser Spezies tatsächlich zurückgeht, kann bis heute niemand genau sagen. Würde man mir diese Frage in einer geselligen Runde stellen, so würde ich darauf antworten, dass ich an eine parallele Entwicklung zur Menschheit glaube und deshalb das Alter der Vampire weder höher noch niedriger einschätze als das unseres eigenen Volkes.

Doch in der Stille dieser Kammer und allein mit dem Papier, das vor mir liegt, fällt es mir leicht, zu schreiben, was ich wirklich denke: dass sie ewig sind und dass sie mit Anbeginn der Welt entstanden, so wie der Fels und der Sand. Kein Schöpfer hat ihnen das Leben geschenkt, um uns für unsere Sünden zu bestrafen, und kein Dämon führte sie aus der Hölle empor, um uns zu verderben. Im Gegenteil, wir wurden geschaffen, um die Welt von ihnen zu befreien. Sie sind die Sünde und wir ihr Verderben.

– Die geheime Geschichte der Welt von MJB

Sissi zog die altrosa Vorhänge zurück. Die Gärten wirkten grau und trostlos im ersten Licht des Tages. Sie hatte geglaubt, dass ihre Gedanken sie wach halten würden, war jedoch eingeschlafen, bevor sie ihr viel zu großes Kopfkissen zurechtklopfen konnte. Ihr Körper litt anscheinend noch unter den Verletzungen.

Das Bad befand sich hinter einer schmalen Tür rechts neben

dem altrosa Grauen, in dem Sissi wohl die nächsten Jahre nächtigen würde. Eine Wanne stand in der Mitte des Raums, eine Kommode mit Handtüchern und duftenden Ölen an der Wand. Sissi ging auf den mannshohen Spiegel zu, der daneben hing, und zog sich ihr langes Unterhemd aus. Sie hatte darin geschlafen, ihr Gepäck war noch nicht aus Possenhofen eingetroffen.

Vorsichtig löste Sissi den Verband und verdrehte den Kopf, um im Spiegel einen Blick auf ihren Rücken werfen zu können. Der Anblick fühlte sich an wie eine eisige Faust in ihrem Magen. Vier wulstige lange Striemen zogen sich von ihrer Schulter über den ganzen Rücken. Es sah aus, als habe eine Raubtierpranke ihr die Haut aufgerissen.

Meine Götter, dachte Sissi. Sie konnte den Blick nicht abwenden, obwohl er sie entsetzte. Einerseits bemerkte sie, dass die Wunden gut verheilten und sie keinen Verband mehr benötigte, viel mehr beschäftigte sie jedoch die Frage, was sie nun anziehen sollte. Die Ballkleider, die sie besaß, waren schulterfrei – natürlich, sie war ja keine alte Frau – doch tragen konnte Sissi sie nicht mehr.

Franz-Josef hatte die Wunden sofort mit einem Vampir in Verbindung gebracht und er würde sicherlich nicht der Einzige sein, der auf diese Idee kam. Und was sollte sie sagen, wenn man sie danach fragte? Dass sie von einem Tiger angefallen worden war?

Ich brauche neue Kleider, dachte Sissi, *am besten welche, über die sich auch eine Nonne freuen oder* – sie schüttelte sich bei dem Gedanken – *die Sophie sich aussuchen würde.*

Erst der Anblick ihrer Haare brachte sie dazu, sich von den Wunden auf ihrem Rücken loszureißen. *Meine Haare! Die sehen ja aus, als würden Eichhörnchen darin nisten.*

Sie schüttete Wasser aus einer Karaffe in eine Schüssel und begann, ihr Haar darin auszuwringen und mit Seife zu waschen. Dann knotete sie sich ein Handtuch um den Kopf und schlüpfte in die Kleidung, die sie am Vorabend achtlos neben das Bett geworfen hatte. Die Schlammspritzer und Strohhalme störten sie nicht, die Risse im Rücken ihrer Bluse verdeckte sie mit ihrem Umhang.

Weder im Schlafzimmer noch in dem kleinen Salon schien es eine Klingel zu geben. Sissi fragte sich, wie man in diesem Palast Dienstboten zu sich rief, wenn man etwas benötigte. Aber sie fand keine Antwort auf diese Frage, nur eine weitere Tür halb versteckt hinter einem Vorhang, die zu einem großen, prunkvoll eingerichteten Arbeitszimmer führte. Auch dort gab es keine Klingel.

Dann werde ich wohl fragen müssen, dachte Sissi. Mit knurrendem Magen verließ sie ihre Privatgemächer.

Die Gänge der Hofburg lagen im Halbdunkel. Vorhänge bedeckten Fenster, die so hoch wie Scheunen waren. Ab und zu hörte Sissi Schritte durch die Gänge hallen, manchmal sogar Stimmen, aber sie sah niemanden außer den alten Männern auf den Gemälden an den Wänden, die ihr ernst und weise nachsahen.

Ob sie alle Vampire waren oder noch sind?, fragte sie sich. Sie wusste, dass Vampire Menschen ein anderes Aussehen als das eigene vorgaukeln konnten und oft jahrhundertelang auf dem gleichen Thron saßen. Der Gedanke versetzte ihr einen plötzlichen Stich. Sah Franz-Josef wirklich so aus, wie sie glaubte, oder trug auch er nur eine Maske? Sie hatte ihn noch nicht danach gefragt.

Sie ging eine breite Treppe hinunter in ein Stockwerk, das sich in nichts von dem unterschied, das sie gerade verlassen hatte. Einmal glaubte sie, einen uniformierten Dienstboten in einem Zimmer verschwinden zu sehen, aber als sie dort anklopfte, antwortete niemand.

Ich will doch nur frühstücken, dachte Sissi.

Dass sie die Türklinke in einer der tapezierten Wände entdeckte, überraschte sie selbst. Fast unsichtbar ragte sie zwischen goldbraunen Mustern hervor. Sissi drückte sie und zog die Tür auf. Dahinter lag ein schmales, hölzernes Treppenhaus, von dem Gänge über und unter ihr in die einzelnen Stockwerke abzweigten.

Deshalb sehe ich keine Dienstboten, dachte Sissi. *Sie haben ihren eigenen Palast neben dem unseren.*

Es kam ihr vor, als hätte sie eine eigene, verborgene Welt entdeckt. Der Geruch von frischem Brot zog durch das Treppenhaus, irgendwo unter ihr schepperte Geschirr. Stimmen unterhielten sich laut. Jemand lachte.

Sissi lief die Stufen hinunter. Als Kind hatte sie in Possenhofen oft den Köchen bei der Arbeit zugesehen, wenn das Wetter zu schlecht zum Spielen war. Man hatte sie Kartoffeln schälen lassen, als ihre Mutter ihr noch verbot, ein Messer zu benutzen, und ihr auch vom frischen Kuchenteig gegeben. An keinem anderen Ort hatte sie sich lieber aufgehalten. Vielleicht würde die Küche auch in der Hofburg zu ihrer Zuflucht werden, wenn die Anforderungen ihrer Position zu viel für sie wurden.

Sissi drängte sich an einigen Dienern vorbei, die ihr mit Tabletts in den Händen entgegenkamen. Einige blieben stehen und drehten sich nach ihr um.

Sie bog in einen Gang ein und hielt an der Tür zur Küche inne. »Grüß Gott«, sagte sie. »Kann ich bitte etwas Brot und Konfitüre haben und vielleicht eine Tasse Tee, wenn es keine Mühe macht?« Die letzten Worte sprach sie in die einsetzende Stille hinein. Wie erstarrt standen Köche, Diener und Küchenhilfen vor ihr, manche wurden ganz grau im Gesicht. Eine alte Köchin schlug sich eine mehlbedeckte Hand vor den Mund.

Die Küche war groß. Backöfen und Herde standen in langen Reihen an den Wänden, auf den Tischen in der Mitte wurde das Frühstück für die menschlichen Bewohner der Hofburg zubereitet. Sissi sah Tabletts mit Teekannen, Gebäck, frischem Brot und kleinen Tellern voll Konfitüre. Wasser dampfte in Töpfen, in denen niemand mehr rührte. Die Blicke aller waren auf Sissi gerichtet.

Sie schluckte und lächelte unsicher. »Vielleicht einen Zwieback stattdessen und etwas Milch?«

Niemand sagte etwas.

»Einen Apfel?«

Im Hintergrund, dort, wo die Mahlzeiten auf langen Arbeitsplatten vorbereitet wurden, seufzte eine junge Küchenhilfe und fiel in Ohnmacht. Eine andere fing sie auf.

Sissi wurde klar, dass sie es nur noch schlimmer machte, je länger sie blieb, was auch immer *es* war. Sie lächelte noch einmal und zog eines der Tabletts vom Tisch. »Ich nehme das dann mal, wenn's recht ist«, sagte sie, ohne eine Antwort zu erwarten und ohne eine zu bekommen. Dann verließ sie die Küche und machte sich auf den langen Weg zurück zu ihren Gemächern.

Franz-Josef würde erst am Abend erwachen. Bis dahin würde sie entscheiden, ob sie ihm von Edgars Besuch erzählte. Ihr wurde klar, dass es ihr bereits leichter fiel, an Franz-Josef als Vampir zu denken. Wenn sie nicht aufpasste, würde sie es schon bald als normal betrachten, dass er die Tage verschlief und in den Nächten Blut trank.

So weit darf es nicht kommen, dachte sie. *Bei aller ...* Sie zögerte, bevor sie das Wort verwendete ... *Liebe werde ich nie vergessen, weshalb ich hier bin.*

Der Gedanke drohte ihre Stimmung zu ruinieren, also verdrängte sie ihn, dachte stattdessen an all das, was sie an ihrem ersten Tag in der Hofburg unternehmen würde.

Die Papiere, die Edgar ihr gegeben hatte, fielen ihr erst ein, als sie sie auf dem Tisch liegen sah. Sie sprang auf und lief damit zur Tür. Dreimal musste sie auf dem Weg eine Zofe fragen, bevor sie Franz-Josefs Arbeitszimmer fand. Die Mädchen waren so eingeschüchtert, dass sie selbst kaum mehr den Weg kannten. Sissi wusste nicht, weshalb.

Das Arbeitszimmer war ein gewaltiger, unpersönlicher Raum, dem man ansah, dass niemand dort viel Zeit verbrachte.

Das ist sein Langweilzimmer, dachte Sissi, als sie die Papiere auf den Stapel legte, vor dem ein Zettel mit dem Wort »Wichtig!« lag. Sie war sicher, dass Franz-Josef sie unterschreiben würde. Das ungute Gefühl, das sie dabei hatte, ignorierte sie.

Zuerst Frühstück, dann Giraffen.

KAPITEL SECHSUNDZWANZIG

Das nun folgende Kapitel wird vielen anstößig erscheinen, aber im Interesse der Vollständigkeit ist es unerlässlich, auch über vampirische Fortpflanzung zu sprechen. Dass sie existiert, ist bekannt, dass sie selten ist, ebenso. Weniger bekannt ist jedoch der Umstand, dass zwei Vampire nicht in der Lage sind, ein Kind zu zeugen, sondern eine menschliche – es fällt mir schwer, in diesem Zusammenhang den Begriff Mutter zu verwenden – Austrägerin benötigen. Dabei wird der Keim des Vampirs häufig gar nicht oder nur teilweise übertragen; Kinder aus solchen Arrangements sterben meistens in den ersten Lebensjahren, leiden an Geisteskrankheiten oder körperlichen und seelischen Gebrechen. Nur in den seltensten Fällen wird tatsächlich ein neuer Vampir geboren. Wenn dies geschieht, dann plötzlich und für die betroffenen Familien inklusive Kinder unerwartet. Eine solche unkontrollierte Verwandlung mit den daraus resultierenden Folgen bezeichnen die Kinder Echnatons als Initiationsmassaker.
– ***Die geheime Geschichte der Welt*** von MJB

Franz-Josef schloss den obersten Knopf seiner Uniformjacke und strich den Stoff glatt. Dann nickte er dem Diener, der vor Karls Arbeitszimmer stand, zu. Der Vampir öffnete die Tür und verneigte sich. »Du wolltest mich sprechen?«, fragte Franz-Josef, als er das Zimmer betrat. Er hatte Karls Notiz auf einem Tisch in seinem Salon vorgefunden.

»Ja, das ist richtig.« Karl nahm die Beine vom Schreibtisch, stand auf und wies auf eine kleine Sitzecke vor einem Regal voller Bücher. »Setz dich.«

Franz-Josef warf einen Blick auf das Sofa in der gegenüberliegenden Ecke des großen Raums. Eine junge, nackte Frau lag darauf und schlief. Getrocknetes Blut bildete eine rote Linie zwischen ihren Brüsten. Karl schien Sophies Abwesenheit ausgiebig zu nutzen.

Er nahm in einem Sessel Platz. Karl zog einen zweiten heran und setzte sich ebenfalls.

»Ich will nicht mit dir über dein verantwortungsloses Verschwinden sprechen«, sagte er zu Franz-Josefs Überraschung. »Das werde ich Sophie überlassen. Wir müssen uns über Sissi unterhalten.«

»Wieso?« Es war beinah ein Wunder, dass Karl die Sorge und die Scham, die in dem einen Wort mitschwang, nicht bemerkte.

»Es geht um ihr Benehmen.«

Franz-Josef atmete auf. »Das ist vielleicht noch etwas ungeschliffen, aber ...«

»François-Xavier hat heute Morgen gekündigt.«

»Der Chefkoch?« Er galt als einer der besten Köche Europas. Sophie hatte erhebliche Geldmittel aufgewendet, um ihn vom spanischen Hof abzuwerben. Sie würde seine Kunst zwar nie selbst bewerten können, doch der Prestigegewinn für die Hofburg war die Investition wert.

»Was hat Sissi mit seiner Kündigung zu tun?«

Karl zog eine Serviette aus der Innentasche seiner Uniform. Jemand hatte etwas darauf gekritzelt, mit Tortenguss, wie Franz-Josef erkannte.

»Weil er nicht in einer Umgebung arbeiten will, in der ... ich zitiere«, erklärte Karl mit einem Blick auf die Serviette, »Hoheiten mit derangiertem Äußeren wie indische Waisenkinder in der Küche um Brot betteln.« Er legte die Serviette auf einen kleinen Tisch. Sie roch nach Erdbeeren. »Nach ihrem Auftritt in der

Küche war das Personal so verstört, dass Ludwig drei von ihnen betören musste, um für Ruhe zu sorgen.«

»Er hatte Tagdienst?«, fragte Franz-Josef. Es war die unbeliebteste Aufgabe in der ganzen Hofburg und ausschließlich jungen Vampiren vorbehalten. Bei seinem Amtsantritt hatte Franz-Josef in Erwägung gezogen, ihn abzuschaffen, aber nun war er froh, das nicht getan zu haben. Man konnte Menschen nicht so lange unbeaufsichtigt lassen.

»Ja, zum Glück. Er hat auch mit dem obersten Tierpfleger gesprochen, nachdem der sich beschwerte, weil ihm niemand gesagt hatte, dass hoheitlicher Besuch zu erwarten sei.«

Franz-Josef lächelte. »Sie wollte doch nur die Giraffen sehen.«

»Sie wird bald Kaiserin sein«, sagte Karl, ohne sein Lächeln zu erwidern. »Es ist unerheblich, was sie möchte. Sie hat sich an das Hofzeremoniell zu halten, so wie wir alle. Solange sie das nicht tut, wird sie weiterhin Menschen bloßstellen und beschämen, so wie heute Morgen.«

»Du willst, dass ich es sie lehre?«, fragte Franz-Josef.

»Ich will, dass sie es lernt, und zwar bevor Sophie aus Spanien zurückkommt und es ihr selbst beibringt.« Karl stand auf, ging zum Sofa hinüber und legte seine Fingerspitzen auf die Halsschlagader der jungen Frau. »Es reicht noch für uns beide«, sagte er nach einem Moment. »Möchtest du?«

»Nein, danke.« Wäre sie angezogen gewesen, hätte Franz-Josef nicht gezögert. Ihr Blut roch süß und jung. Doch sie war nackt, und von ihr zu trinken, erschien ihm fast, als würde er fremdgehen.

»Dann nimmst du dich also der Sache an?«, fragte Karl, bevor er seine Zähne in den Hals der Frau schlug.

»Betrachte sie als erledigt.« Franz-Josef erhob sich ebenfalls und blieb zögernd stehen. Es gab etwas, worüber er reden wollte, aber er wusste nicht, wie er Karl am besten darauf ansprechen sollte. »Was die Angelegenheit in der Kutsche betrifft«, begann er, »was wollt ihr wegen Seiner Eminenz unternehmen, wenn er zurückkehrt?«

Karl hob den Kopf. »Ihr? Meinst du nicht, das betrifft dich ebenfalls?«

»Doch, natürlich, aber ich habe nicht den Eindruck, dass ihr gedenkt, mich in eure Entscheidungen einzubeziehen. Seit dieser Nacht habt ihr kein einziges Mal mit mir darüber gesprochen.«

Karl leckte sich das Blut von den Lippen. »Mit dir über solche Dinge zu sprechen, macht nicht viel Sinn. Du sagst das, was Sophie hören will, nicht das, was du denkst.«

Es war ein vernichtendes Urteil, aber er sprach es ohne jede Häme aus, als wäre es ein Naturgesetz wie die Schwerkraft, an der niemand etwas ändern konnte.

Franz-Josef schwieg.

Karl seufzte leise. »Versteh mich nicht falsch, Franz. Sophie und ich schätzen deine Loyalität. Wir wissen, dass du zu uns stehen wirst, egal, was passiert. Du hilfst uns am meisten, wenn du eine Liste von Leuten erstellst, denen du ebenso vertraust wie wir dir. Klingt das gut?«

Es klang, als würde er abgespeist, trotzdem rang sich Franz-Josef ein Lächeln ab. »Ja, Karl«, sagte er. »Danke, dass ...«

In dem Moment flog die Tür auf. Der Diener, der davorgestanden hatte, schoss wie eine Kanonenkugel durch den Raum und prallte gegen den Schreibtisch. Es krachte laut, als sein Rückgrat brach. Ohne einen Laut sackte er zusammen.

Karl sprang auf, Franz-Josef legte die Hand an den Griff seines Degens, ließ ihn aber los, als Ferdinand ins Zimmer stürmte.

»Habt ihr meinen Chinesen gesehen?« Sein riesiger Kopf schwang von einer Seite zur anderen wie ein Metronom. »Der Diener sagt Nein, aber ich glaube ihm nicht.«

In seinen Augen blitzte es. Er wirkte paranoid, dem Wahnsinn nahe. Franz-Josef hatte ihn noch nie so gesehen, Karl anscheinend schon, denn er seufzte nur und wischte sich das Blut vom Kinn.

»War er die ganze Zeit bei dir?«, fragte er.

Ferdinand nickte heftig. Es hätte Franz-Josef nicht gewundert, wenn sein Kopf dabei abgebrochen wäre.

»Wir saßen im Salon und haben Sonette von Shakespeare rezitiert. Dreiundzwanzig gefällt ihm am besten.« Ferdinand runzelte die Stirn. »Oder war das der Psalm? Ich bin nur kurz aufgestanden, um einen Schmetterling zu fangen, und als ich mich umdrehte, war er verschwunden.« Flehentlich sah er zuerst Karl, dann Franz-Josef, dann das Porträt einer alten Frau an der Wand an. »Ihr müsst mir helfen, ihn zu finden. Er kommt allein doch gar nicht zurecht, in dieser grausamen Welt.«

Die Paranoia verschwand so schnell aus seinen Augen, wie sie gekommen war. Er wirkte wieder wie ein freundlicher alter Mann.

Karl legte ihm die Hand auf die Schulter und schob ihn zur Tür. »Komm, wir sehen erst mal in deinem Quartier nach.«

Aufgeregt lief Ferdinand voraus. Franz-Josef wollte ihm folgen, doch Karl hielt ihn zurück.

»Wir müssen eine Entscheidung treffen«, sagte er leise, »auch wenn wir beide davor zurückschrecken. Das geht nicht mehr lange gut.«

»Lass uns warten. Noch haben wir ihn unter Kontrolle.«

Karl deutete mit dem Kinn auf den Diener, der in unnatürlich verkrümmter Haltung vor dem Schreibtisch lag. »Wirklich?«

Franz-Josef presste die Lippen aufeinander und schritt an ihm vorbei, ohne zu antworten. Karl hatte recht. Schon mehrfach hatte er versucht, Sophie darauf anzusprechen, aber sie hatte stets das Thema gewechselt, als wolle sie nicht sehen, was sich direkt vor ihren Augen abspielte.

Ferdinand wurde alt. Körper und Geist begannen sich zu verformen und aufzulösen. Manches davon war sichtbar wie sein riesiger Kopf und seine zusammengewachsenen Finger. Die Veränderungen seines Geistes spielten sich jedoch im Verborgenen ab. Niemand wusste, wie nah er dem Tod war und ob er am Ende in sich zusammenfallen würde wie ein leerer Ballon oder mit einem letzten Kraftakt explodieren und andere mit in den Tod reißen würde. Kein Wunder, dass Karl einen Verbündeten suchte, bevor es so weit kam, aber Franz-Josef war nicht sicher, ob er dieser Verbündete sein wollte. Ferdinands Existenz ohne Sophies Einwilligung zu beenden, war ein schweres Verbrechen. Er wusste nicht, ob er es wegen einer Eventualität riskieren sollte.

Später, dachte er. *Heute muss das nicht entschieden werden.*

Als Franz-Josef in Ferdinands Privatgemächern ankam, war niemand zu sehen. Der alte Vampir musste irgendwo abgebogen sein. Er hatte sich auf dem Weg wahrscheinlich verlaufen, wie so oft.

In dem kleinen Salon herrschte Chaos. Auf der Suche nach seinem Chinesen hatte Ferdinand die Möbel umgeworfen, die Vorhänge von den Fenstern gerissen und sogar die Bücher aus den Regalen gezerrt und über den Boden verstreut, als habe er geglaubt, der Chinese verberge sich zwischen den Seiten.

Franz-Josef richtete einen umgestürzten Stuhl auf und sah sich um. Sein Blick fiel auf ein altes, in Leder gebundenes Buch, das aufgeschlagen am Boden lag.

Meinem dunklen Prinzen – in Liebe und tiefer Verehrung.
– Will

hatte jemand auf die erste Seite geschrieben. Franz-Josef fragte sich, ob Ferdinand damit gemeint war.

Er zuckte zusammen, als er Schritte hinter sich hörte, und drehte sich um.

»Ich habe die Wachen informiert«, sagte Karl. »Sie suchen bereits nach dem Chinesen. Die menschliche Palastwache denkt, er sei ein ausländischer Anarchist. Ich hoffe nur, sie bringen ihn nicht um.« Er seufzte, als er das Chaos sah. »Ferdinand muss vergessen haben, ihn zu betören.«

»Ich werde bei der Suche helfen.« Franz-Josef stieg über Bücher und Kissen und ging zur Tür.

»Und wann reden wir über unser Problem?«

»Bald«, sagte er ausweichend.

Karl folgte ihm und schloss die Tür hinter sich. Sie hätten gerochen, wenn der Chinese noch in den Gemächern gewesen wäre.

Fast drei Stunden lang durchsuchten sie den Palast. Franz-Josef vertrieb sich die Zeit damit, über die Liste nachzudenken, um die Karl ihn gebeten hatte. Ludwig, seinen Leibdiener, setzte er an die erste Stelle, dann einige Vampire, die ihn allein deshalb verehrten, weil Sophie ihn zum Kaiser gemacht hatte. Er hielt inne, als er Sissis Namen vor seinem geistigen Auge sah, und erschrocken erkannte er, dass er sie nicht einmal für sich selbst auf diese Liste setzen konnte. Sie zu lieben, war leicht, ihr zu vertrauen, unmöglich. Er wünschte, die Erkenntnis hätte ihn schockiert, aber wenn er ehrlich war, musste er sich eingestehen, dass er ihr von Anfang an nicht vertraut hatte.

»Er hat sich bestimmt in irgendeinem Zimmer verkrochen«, sagte Karl und riss ihn damit aus seinen Gedanken. »Irgendjemand wird ihn schon finden.«

Franz-Josef nickte. Sie standen im Gang vor Sissis Gemächern. Er sah Lichtschein unter der Tür. Sie war noch wach.

Ich sollte es nicht mehr länger hinauszögern, dachte er. *Ich muss wissen, wo sie steht.*

»Ich rede noch kurz mit Sissi über ihr Verhalten heute.«

Er wollte sich von Karl verabschieden, hielt jedoch inne, als er Stimmen hinter der Tür hörte. Die eine gehörte Sissi, die andere …

»Ist das Ferdinand?«, fragte Karl im gleichen Moment.

Franz-Josef schluckte nervös und legte eine Hand auf die Klinke. Mit der anderen klopfte er. »Sissi?«

»Komm rein.« Sie flötete die Antwort förmlich, so wie sie es immer tat, wenn sie nicht allein waren. Sie spielte ihre Rolle gut.

Franz-Josef öffnete die Tür und trat ein. Es wäre ihm lieber gewesen, wenn Karl ihm nicht gefolgt wäre, doch ihm fiel keine Ausrede ein.

Sissi saß auf einem Stuhl vor einem kleinen Tisch, in den ein Schachbrett eingearbeitet worden war. Die Figuren fehlten, stattdessen lagen Spielkarten darauf. Ferdinand kniete in einem Sessel auf der anderen Seite des Tischs. Er sah nicht auf, als Franz-Josef und Karl eintraten. Der Geruch nach Lavendel hing schwer in der Luft.

»Kommt herein«, sagte Sissi. Sie klang fröhlich. »Onkel Ferdinand bringt mir gerade ein Spiel bei, das er selbst erfunden hat, aber ich verstehe die Regeln noch nicht ganz.«

Karl stellte sich höflich als Onkel Karl vor und schloss die Tür hinter sich. Franz-Josef sah seine Anspannung und fragte sich, was ihm mehr Sorge bereitete. Dass Ferdinand etwas Verfängliches tat oder spontan in die Luft flog. Beides erschien möglich.

»Du lernst sehr schnell, meine Liebe.« Der alte Vampir streckte seine deformierte Hand aus und tätschelte Sissis Arm. »Bald wirst du Schkat besser beherrschen als ich oder mein Chinese.« Er sah auf. »Apropos, habt ihr ...«

Franz-Josef ließ ihn nicht ausreden. »Was stinkt denn hier so?«

Sissi senkte verschämt den Kopf. »Ich bin so ein dummes Ding. Eine ganze Flasche Badeöl habe ich verschüttet. Hier wird noch wochenlang alles nach Lavendel riechen.«

»Na, bravo!«, rief Ferdinand begeistert, Franz-Josef wusste nicht, wieso.

Karl trat an den Tisch. »Es ist schon spät, Ferdinand. Komm, ich werde dich in deine Gemächer bringen.«

»Siehst du nicht, dass ich mit meiner Nichte Schkat spiele?« Die Stimme des alten Vampirs klang gefährlich.

Franz-Josef spannte sich. Aus den Augenwinkeln sah er, dass Sissi die Füße fest auf den Boden gestellt hatte und bereit war, jeden Moment aufzuspringen.

»Doch, das sehe ich«, sagte Karl. »Aber wenn du jetzt nicht mitkommst, ist die Überraschung, die in deinem Salon auf dich wartet, vielleicht schon weg.«

»Überraschung?« Ferdinands übergroßer Kopf begann zu zittern.

Gleich explodiert er. Seit Franz-Josef die Möglichkeit zum ersten Mal in Betracht gezogen hatte, konnte er an nichts anderes mehr denken.

»Was für eine Überraschung?« Ferdinand stand auf.

»Ich zeige sie dir.« Karl ergriff seine Hand. »Komm mit.«

Franz-Josef fragte sich, woher diese Überraschung kommen sollte, beruhigte sich dann aber mit dem Gedanken, dass Karl Ferdinand schon wesentlich länger kannte als er und wahrscheinlich wusste, was er tat.

Die beiden alten Vampire kamen an Franz-Josef vorbei.

»Betöre sie«, flüsterte Karl, bevor er die Tür schloss.

Sissi legte die Karten beiseite und stand auf. »Wieso habt ihr euch nicht zu uns gesetzt?«, flötete sie. »Es war gerade so nett mit deinem Onkel.« Sie spielte ihre Rolle weiter, wusste wohl nicht, ob noch jemand vor der Tür stand und lauschte.

Franz-Josef nahm sie in die Arme. »Er ist gefährlich«, sagte er leise. »Versuche, nie mit ihm allein zu sein.«

Der Lavendelgeruch war so stark, dass er Sissi nicht riechen konnte. Er bedauerte das.

»Karl denkt, dass ich dich betören werde. Wenn ihr euch das nächste Mal seht, musst du so tun, als sei Ferdinand ein ganz normaler alter Mann.«

»Was *ist* mit ihm? Er sieht grotesk aus.«

Franz-Josef schüttelte den Kopf. »Wir reden ein anderes Mal darüber.« *Und über die Angelegenheit, über die ich wirklich mit dir reden will,* fügte er in Gedanken hinzu. »Leg dich lieber hin. Du siehst müde aus.«

Sissi gähnte. Es wirkte seltsam gekünstelt. »Du hast recht.« Sie strich ihm mit der Hand über die Wange. »Gute Nacht.«

»Gute Nacht.« Er küsste sie, sie erwiderte den Kuss, löste sich dann aber aus seiner Umarmung und lächelte. »Schlaf gut.«

Franz-Josef sah ihr nach, bis sie die Schlafzimmertür hinter sich schloss. Dann verließ er den Salon und machte sich auf den Weg zu seinen Gemächern. Er hatte nur nach dem Aufstehen kurz getrunken, der Hunger kehrte bereits zurück.

Keine fünf Schritte weit ging er, dann blieb er abrupt stehen, drehte um und öffnete die Tür zu Sissis Salon, ohne anzuklopfen.

Sissi stand mitten im Zimmer. Sie hatte ihre Hausschuhe ausgezogen und trug Stiefel. Ihren Umhang hielt sie in der Hand.

»Wo ist er?«, fragte Franz-Josef.

Sie runzelte die Stirn. »Wer?«

Dass sie ihn anlog, tat weh. »Du hast das Lavendelöl verschüttet, damit wir ihn nicht riechen. Wo ist der Chinese?«

Einen Moment lang sah sie ihn trotzig an, dann senkte sie den Kopf. »Im Schrank. Er tauchte auf einmal vor meiner Tür auf, Franz. Was sollte ich denn machen?«

Wortlos schritt er an ihr vorbei und zog die Schranktür auf. Ferdinands Chinese hockte am Boden zwischen Tischtüchern und kleinen Decken. Ein Knebel steckte in seinem Mund.

»Er hatte so eine Angst, dass er nicht aufhören konnte, zu wimmern«, sagte Sissi leise. »Und dann tauchte auf einmal Ferdinand auf. Ich musste ihn knebeln.«

»Und dann?«

»Ich wollte ihn über die Dienstbotentreppe aus dem Palast schmuggeln und nach Wien zu mei…« Sie unterbrach sich. »Zu jemandem bringen, der ihm helfen kann.«

»Du wärst nicht einmal bis zum Tor gekommen.« Franz-Josef zog den Chinesen aus dem Schrank. Der Mann zitterte, als stünde er in Eiswasser. Sein Blick zuckte durch den Raum, ohne ein Ziel zu finden.

»Du bist hier nicht in Possenhofen«, fuhr Franz-Josef verärgert fort. Er wollte sich nicht vorstellen, was geschehen wäre, wenn man Sissi mit dem Chinesen erwischt hätte. »Das ist die Hofburg, der Palast der größten Vampirdynastie der Welt. Wenn du dich nicht an die Regeln hältst, die hier herrschen, wirst du an ihnen zerbrechen.«

Sissi stemmte die Hände in die Hüften. Der Umhang rutschte aus ihrem Arm und fiel zu Boden. »Und was sagen deine Regeln zu Dingen wie Mitgefühl und Anstand? Sieh dir den Mann an,

Franz. Bist du ein solches Ungeheuer, dass du ihm nicht geholfen hättest, wenn er vor deiner Tür aufgetaucht wäre?«

Ihm ist nicht mehr zu helfen, dachte Franz-Josef, ohne es auszusprechen. Er hatte es im Blick des Mannes gesehen, als er die Schranktür geöffnet hatte, spürte es durch sein Zittern und nahm es durch Lavendelschwaden an seinem dumpfen, tumben Geruch wahr.

Ferdinand hatte den Chinesen so oft betört, dass es sein Gehirn zerstört hatte. Er war ein Blutsack, wie die Vampire sagten, ein lebender Toter ohne eigenen Willen, ohne Persönlichkeit, ohne Hoffnung.

»Ich werde ihm helfen«, sagte Franz-Josef.

»Du wirst ihn aus dem Palast bringen?«

»Ja.«

»Dann komme ich mit.«

Er schüttelte den Kopf. »Das ist zu gefährlich. Wenn ich einen Menschen nachts durch den Palast schleppe, ist das normal, wenn du dabei bist, nicht.«

Sie biss sich auf die Lippen. »Dann musst du mir eines versprechen«, sagte sie. »Niemand wird je wieder von ihm trinken.«

»Ich verspreche es.«

Ihr Blick hielt den seinen fest. Sie wirkte so ernst, so überzeugt, dass es ihm fast das Herz brach.

Nach einer Weile ging sie zur Tür und zog sie auf. »Also gut. Dann hilf ihm.«

Franz-Josef führte den Chinesen auf den Gang hinaus. Sein Zittern wurde stärker. Es war keine Angst, die ihn so reagieren ließ, sein Körper hatte nur keine Kontrolle mehr über seine Gliedmaßen. Angst spürte er schon lange nicht mehr.

Wir hätten ihn Ferdinand längst abnehmen sollen, dachte Franz-Josef, als er Sissis Plan in die Tat umsetzte und den Chinesen durch das Dienstbotentreppenhaus nach draußen brachte. *Wir jagen und töten, wir quälen nicht.*

Jene Nacht, in der Seine Eminenz zu ihnen gesprochen hatte

und Sophie in ihren Blutwahn verfallen war, tauchte in seiner Erinnerung auf. *Meistens,* fügte er hinzu.

In den Gärten hielten sich um diese Zeit zu viele Vampire auf, also führte Franz-Josef den Chinesen hinter die Stallungen, dort hin, wo Stroh und Hafer gelagert wurden. Die Nacht war regnerisch und kühl, der Boden schlammig.

Franz-Josef sah sich um. Es war niemand zu sehen. Nur die Pferde schnaubten in ihren Boxen.

Er legte dem Chinesen die Hand in den Nacken. »Es tut mir leid«, sagte er und brach ihm mit einem Griff das Genick.

KAPITEL SIEBENUNDZWANZIG

Die Kinder Echnatons glauben, dass es sich bei jedem Papst seit dem frühen Mittelalter um einen Vampir handelte, manche lassen diese Einschränkung sogar weg und sprechen von einer vampirisch geführten Urkirche, die bis in die Neuzeit überdauert hat. Ich persönlich muss beiden Auffassungen widersprechen, da es keine Beweise dafür gibt und man von bekannten Vampirpäpsten wie Innosenz II nicht auf eine fast zweitausendjährige Geschichte schließen kann. Als Warnung sei dem Leser mit auf den Weg gegeben, dass der, der Vampire überschätzt, ein ebenso großer Narr ist wie der, der sie verharmlost.
  – Die geheime Geschichte der Welt von MJB

Nach dieser Nacht begann Sissi, Franz-Josef zu vertrauen. Er hatte sie nicht belogen, das spürte sie. Was immer er getan hatte, um dem Chinesen zu helfen, sein Versprechen hatte er erfüllt.

Franz-Josef liebte sie, auch das spürte sie – und erlebte es in den wenigen Nächten, in denen sie sich sicher genug fühlten –, aber sie glaubte nicht, dass er ihr wirklich vertraute.

Es waren Kleinigkeiten, die ihr das zeigten. Sein Zögern, wenn sie Fragen zu seinem Volk stellte, sein Misstrauen, wenn sie ihm nicht gleich nach dem Aufstehen genau auflistete, was sie am Tag getan hatte, und seine Bitte an sie, die Hofburg niemals ohne Begleitung zu verlassen. Er behauptete, es diene ihrer Sicherheit, und sie glaubte es ihm sogar. Doch in Wirklichkeit, da war sie sicher, befürchtete er, dass sie sich mit den Kindern Echnatons treffen würde. Nicht zu Unrecht, denn seit ihrer Ankunft im Palast brannte Sissi darauf, mit dem Cousin zu sprechen.

Er hat recht, mir zu misstrauen, dachte sie. *Ich hintergehe ihn.*

Sissi lehnte sich in Franz-Josefs Schreibtischstuhl zurück. Während Sophies Abwesenheit hatte sie begonnen, seine Akten vorzusortieren und die wichtigen nach oben zu legen. Franz-Josef hinterfragte ihre Auswahl nie, was aber wohl weniger an seinem Vertrauen als an seinem Desinteresse für Staatsgeschäfte lag. Sophie duldete die Neuerung stillschweigend, auch wenn Sissi sicher war, dass es ihr nicht passte.

Liebe, Schuldgefühle, Entschlossenheit. Je nach Tagesform lag mal das eine, mal das andere Gefühl in dem Chaos ihrer Gedanken vorn. Sissi kam sich manchmal vor wie eine Fremde in ihrem eigenen Kopf, die darauf wartete, dass die kriegerischen Parteien darin ihren Konflikt endlich beilegten. Seit Monaten wartete sie schon, aber bisher war nichts dergleichen geschehen.

Also verdrängte sie die Fragen nach ihrer Zukunft, so gut es ging, und versuchte stattdessen, die schier unerträgliche Langeweile des Hoflebens irgendwie zu bewältigen.

Alles war reglementiert. Es gab Zofen, die sie morgens ankleideten, und andere, die sie abends wieder auszogen. Zwischen ihnen herrschte praktisch Krieg, denn die Morgenzofen hielten sich für wichtiger als die Abendzofen und umgekehrt.

Das Gerangel um die Nähe zur zukünftigen Kaiserin und ihre Aufmerksamkeit setzte sich den ganzen Tag über fort. Hofdamen umschwirrten sie wie Bienen eine Blüte, summten und säuselten ihr den neuesten Tratsch zu, in der Hoffnung, sie zu amüsieren. Sissi lächelte, wenn es ihr angebracht erschien, blickte streng, wenn es die anderen ebenfalls taten, und ließ die Gespräche an sich vorbeirauschen. Wenn es die Höflichkeit erlaubte, zog sie sich in Franz-Josefs Arbeitszimmer zurück und las sich in Staatsangelegenheiten ein.

Doch sie lebte nur in den Nächten.

Sobald Franz-Josef nach dem Aufstehen getrunken hatte, kam er zu ihr. In ihrer Gegenwart saugte er niemanden aus, nur einmal hatte sie ihn in seinen Gemächern dabei überrascht und die Tür geschlossen, bevor er sie bemerken konnte.

Franz-Josef lehrte sie ungarisch, französisch und serbisch. Bei ihrer ersten Unterrichtsstunde hatte er ihr ein Fremdwörterlexikon geschenkt und sie gebeten, darin zu lesen, aber sie hatte gelacht und gefragt, ob er denke, sie sei unter *Pyggimäen* aufgewachsen. Es war wichtig, dass er sich ihr gegenüber nicht zu überlegen fühlte.

Doch am frühen Morgen, als sie schließlich zu Bett ging, hatte sie das Buch dann doch geöffnet und nach nur wenigen Einträgen war ihr die Schamesröte ins Gesicht gestiegen. War es wirklich möglich, dass sie all diese Worte falsch ausgesprochen hatte, dass es *Analyse* hieß und nicht *Hannalüse*, *Aggression* und nicht *Assegrion* und *Anthologie* und nicht *Antilogie* – sie hatte geglaubt, man drücke damit die Abneigung gegen das Vermieten von Zimmern aus. Sie stellte sich vor, wie sie diese Worte, die sie nur durch die geschlossene Tür des Langweilzimmers gehört hatte, immer und immer wieder falsch benutzt hatte, ohne dass sie jemand darauf aufmerksam gemacht hatte.

Warum hätten sie es auch tun sollen?, dachte sie. *Ich war doch nur die Sissi, die kleine, dumme Sissi, die ihrem »Papili« hinterherlief wie ein Schoßhund. Aber ich bin nicht mehr so dumm.*

Jede Nacht las sie nun in dem Buch. Und Sie lernte.

Sissi sah aus dem Fenster. Es hatte angefangen zu schneien. Schneeflocken wirbelten im Licht der Gaslaternen umher.

Sie hatte den Winter früher nie gemocht, doch seit sie in der Hofburg lebte, sehnte Sissi die dunkle Zeit mit ihren kurzen Tagen und langen Nächten herbei. Wäre es ihr möglich gewesen, hätte sie den Sommer verboten.

Draußen knarrten Holzdielen, dann betrat Franz-Josef, ohne anzuklopfen, das Zimmer. Sein Gesicht wirkte voll, er selbst vital und frisch. Er hatte bereits gefrühstückt.

Sissi stand auf und küsste ihn. Sein Mund schmeckte nie nach Blut. Sie wusste nicht, ob er ihn ausspülte oder ob es einen anderen Grund dafür gab. Sie würde ihn auch nicht danach fragen.

»Meine Eltern möchten das Weihnachtsfest mit uns verbringen«, sagte sie. »Spricht etwas dagegen?«

»Nein, natürlich nicht.« Franz-Josef erwiderte ihren Kuss, dann setzte er sich hinter den Schreibtisch. »Muss ich das alles unterschreiben?«, fragte er mit einem Blick auf die Aktenberge.

»Nur den rechten Stapel. Du kannst ihn auch gern vorher lesen.« Sissi versuchte immer wieder, Franz-Josef für die Staatsgeschäfte zu interessieren, allerdings mit mäßigem Erfolg. Auch dieses Mal winkte er nur ab.

»Du machst das schon richtig«, sagte er, während er den Deckel des Tintenfasses aufklappte und die Schreibfeder hineintauchte.

Sissi setzte sich auf die Schreibtischkante. »Was ist mit deinen Eltern?«, fragte sie.

»Was soll mit ihnen sein?« Franz-Josef klang gleichgültig, aber Sissi sah, dass die Schreibfeder vergessen zwischen seinen Fingern hing. Tinte tropfte auf einen Aktendeckel.

»Du sprichst nie über sie und ich kenne sie nicht.« Sissi hob die Schultern. »Ich dachte, wir könnten sie vielleicht ebenfalls einladen.«

»Sie sind tot.« Franz-Josef schien die nächste Frage bereits zu ahnen, denn er fuhr fort, ohne Sissi Gelegenheit zu geben, sie zu stellen. »Sie starben bei der Französischen Revolution.«

»Das … äh …« Sie hielt inne. Eine Kluft schien zwischen ihr und Franz-Josef zu entstehen. Nein, korrigierte sie sich. Sie war immer da, verborgen unter seiner Zuneigung, aber trotzdem präsent. Natürlich misstraute er ihr, schließlich war es nicht ganz unwahrscheinlich, dass ihr Großvater seinen Vater getötet hatte. So viele waren damals gestorben. Herzog Max hatte lange Listen zusammengestellt, Seiten voller Namen, die den Erfolg der Kinder Echnatons belegen sollten. Sie war einmal stolz darauf gewesen, doch nun schmeckte der Gedanke daran bitter.

»Es tut mir leid.« Sie wollte ihm die Hand auf die Schulter legen, aber Franz-Josef legte die Feder auf die Tischplatte.

»Ja, vielleicht«, sagte er. »Ich habe noch etwas zu erledigen. Wir können später weiter...«

»Warte.« Sie hielt seinen Arm fest. Unter dem Stoff seiner Uniformjacke war er so kühl wie das Zimmer.

Franz-Josef blieb stehen, drehte sich aber nicht zu ihr um.

»Ich weiß, dass wir beide schwere Lasten zu tragen haben«, fuhr Sissi fort, »aber wenn wir nicht anfangen, einander zu vertrauen, werden wir uns irgendwann nur noch belauern wie Wölfe – also, die mit Fell. Keine Liebe kann das überstehen.«

»Also gut«, sagte er angespannt, »fang an.«

»Womit?«

Er drehte sich um. In seinen Augen lag ein merkwürdiger Ausdruck, eine Mischung aus Hoffnung und Argwohn. »Mit der Wahrheit. Wieso bist du hier?«

»Weil ich dich lie...«

Er ließ sie nicht ausreden. »Du gehörst zu den Kindern Echnatons, also gehe ich davon aus, dass das auf deine ganze Familie zutrifft. Wenn ihr uns so sehr hasst, wieso hat deine Mutter dann Himmel und Hölle in Bewegung gesetzt, um Helene mit mir zu verheiraten?«

Sissi biss sich auf die Unterlippe. *Die Wahrheit,* dachte sie. *Er will sie hören, und er hat sie verdient.*

»Weil sie den Auftrag hatte, euch alle zu töten.«

Einen Moment lang weiteten sich seine Augen, dann hatte er sich wieder in der Gewalt. »Hast du den gleichen Auftrag?«

Langsam schüttelte sie den Kopf. »Ich weiß es nicht. Es ging alles so schnell, dass keine Entscheidung mehr gefällt werden konnte. Jemand in Wien sollte mir sagen, was ich zu tun habe, aber er ist bis jetzt nicht aufgetaucht.«

Franz-Josef entzog ihr seinen Arm. Er begann, auf und ab zu gehen, als könne er einfach nicht mehr still stehen. Er wirkte aufgewühlt.

Sissis Herz schlug schneller. Sie fürchtete auf einmal, dass er etwas herausgefunden hatte und sie gerade dabei war, durch seine Prüfung zu fallen. Sie sah ihn an. »Wieso fragst du mich das erst jetzt? Ich hätte dir die gleiche Antwort schon vor ein paar Wochen gegeben.«

»Und ich hätte dich damals fragen sollen«, sagte er, »aber es hat sich nie die Gelegenheit ergeben. Doch jetzt glaube ich, dass bald etwas geschehen wird. Bis dahin muss ich wissen, wem ich vertrauen kann, und du …«

Da zerbarst mit einem Knall die Fensterscheibe hinter ihm. Sissi duckte sich, noch während Franz-Josef sie zur Seite riss und mit seinem Körper schützte.

Scherben regneten zu Boden, bohrten sich in das Holz der Dielen und des Schreibtischs. Die Vorhänge bauschten sich im Wind, der plötzlich ins Zimmer fuhr.

Im ersten Moment dachte Sissi, draußen sei ein Baum umgestürzt und habe mit seinen Ästen das Fenster durchschlagen, doch dann sah sie den Mann, der wie ein Affe auf die Schreibtischplatte sprang. Sein Körper war gespickt mit Scherben, eine steckte sogar in seinem Auge, hatte es in der Mitte gespalten. Er schien es nicht einmal zu bemerken.

Sissi riss den Ärmel von der Jacke, die sie trug, und wickelte sich den Stoff um die Hand. Hastig griff sie nach einer langen Scherbe am Boden. Aus den Augenwinkeln sah sie, wie Franz-Josef in die Hocke ging, um sich dem Vampir entgegenzuwerfen. Er hatte den Mund geöffnet. Seine Fangzähne glänzten feucht im Licht der Kerzen. Sie hatte sie noch nie zuvor gesehen.

Aus anderen Zimmern hörte sie ebenfalls das Splittern von Glas, Gepolter und Schreie. Sie holte mit der Scherbe aus.

»Ruhe«, sagte der Vampir.

Sissi erstarrte. Ihr Körper schien zu Stein zu werden, wehrte sich gegen jede Bewegung. Ihre Zunge lag schlaff in ihrem geschlossenen, reglosen Mund, ihr Blick war starr auf den Vampir gerichtet. Sie konnte nicht wegsehen. Panik stieg in ihr auf, instinktiv und unkontrollierbar. Sie fühlte sich, als sei sie im Körper einer Toten eingeschlossen.

»Komm«, sagte der Vampir.

Franz-Josef trat in ihr Gesichtsfeld. Er bewegte sich langsam und steif, als kämpfe er gegen einen fremden Willen.

»Es ist sinnlos, sich zu wehren«, sagte der Vampir. »Du wirst mich zum Ballsaal bringen, ob du es wünschst oder nicht. Komm jetzt.«

Sissi konnte nicht sagen, woher sie wusste, dass er nicht mit seiner eigenen Stimme sprach. Jemand beherrschte ihn ebenso wie sie und Franz-Josef.

Wer ist das?, fragte sie sich nervös. *Was geht hier vor?*

Der Vampir sprang vom Tisch und lief durch den Raum. Zuerst verschwand er aus Sissis Gesichtsfeld, dann Franz-Josef. Eine Tür fiel ins Schloss.

Kalter Wind strich über Sissis Rücken. Der Arm, mit dem sie ausgeholt hatte, begann zu schmerzen.

Lasst mich nicht zurück, schrie sie, ohne dass ein Laut über ihre Lippen kam oder ihre Kehle sich auch nur bewegte. *Helft mir doch.*

Nach einigen Minuten ließ die Panik nach. Ihr wurde kalt. Ihr Arm schmerzte, ihr Rücken schmerzte, das Bein, das sie belastet hatte, um Schwung in ihren Schlag zu legen, schmerzte ebenfalls. Und ihre Blase ... *Oh nein, nicht auch das noch,* dachte Sissi.

Sie verkrampfte sich innerlich, stemmte sich gegen die Starre, legte alle Kraft, die sie aufbringen konnte, in den Versuch, zumindest die Finger zu bewegen, einen Finger, die Fingerspitze.

Irgendwann, sie wusste nicht, wie viel Zeit vergangen war, begann die Scherbe in ihrer Hand zu zittern. Ihr Arm senkte sich, bis er an ihrer Seite herabhing. Die Scherbe fiel zu Boden.

Sissi ballte die Faust, öffnete sie wieder und spürte, wie die Starre langsam aus ihrem Körper wich. Sie zwang ihr rechtes Bein, einen Schritt nach vorn zu machen. Ihr linkes folgte so widerwillig, dass sie beinah in die Scherben am Boden gestürzt wäre. Erschrocken hielt sie sich am Schreibtisch fest und war überrascht, dass es ihr gelang.

Steif wie eine alte Frau ging sie zur Tür und zog sie auf. Der Gang lag verlassen und still vor ihr. Sissi sah sich kurz um. Es war niemand zu sehen, ungewöhnlich für diese Uhrzeit. Normalerweise kamen die Vampire mit Einsetzen der Dunkelheit aus ihren Zimmern, trafen sich in den Gängen und taten das gleiche langweilige Zeug, mit dem sich die Menschen bei Tag beschäftigten. Abgesehen von den Blutorgien natürlich, obwohl Sissi die nur aus den Erzählungen ihres Vaters kannte. Selbst gesehen hatte sie bislang keine.

Sie machte einen kurzen Umweg über das Bad neben Franz-Josefs Arbeitszimmer, dann ging sie an offen stehenden Türen vorbei, durch die sie in Zimmer voller Scherben sehen konnte, in Richtung Ballsaal.

KAPITEL ACHTUNDZWANZIG

Es gibt keine Fähigkeit der Vampire, die mehr Unbehagen auslöst als das sogenannte Betören. Beim Betörten führt sie zu einem Verlust des Willens und des Gedächtnisses, im schlimmsten Fall mit bleibenden Schäden, die Geisteskrankheiten oder Verdummung auslösen.

In der Hand eines starken Vampirs ist das Betören ein Werkzeug von unglaublicher Präzision. Es vermag den Menschen in einer Menge die Erinnerung an ein einziges Gesicht zu nehmen oder einen stundenlangen Gesprächspartner davon zu überzeugen, ein gemeinsames Mahl eingenommen zu haben, wenn in Wirklichkeit nur die Erinnerung daran, dass nicht gegessen wurde, fehlt.

Unter den Kindern Echnatons gibt es gelegentlich philosophische Diskussionen über die Frage, ob vielleicht die ganze Welt aus Betörten besteht und niemand von uns weiß, wie sie wirklich aussieht.

– *Die geheime Geschichte der Welt* von MJB

So muss es sein, wenn Menschen träumen, dachte Franz-Josef. Es fühlte sich an, als befinde er sich unter Wasser. Alles war gedämpft und verlangsamt, verschwommen und grau. Er sah Palastbewohner, die wie er zusammen mit wilden Vampiren zum Ballsaal gingen. Es waren nur Vampire, er sah keinen einzigen Menschen unter ihnen. Sie alle hatten den gleichen verwunderten Gesichtsausdruck und er befürchtete, dass er nicht anders aussah.

Seine Gedanken wälzten sich mit quälender Langsamkeit durch seinen Kopf.

Ich muss mich konzentrieren.

Er hatte den Satz noch nicht zu Ende gedacht, da stand er bereits im Ballsaal.

Wie bin ich hierhergekommen? Er konnte sich kaum an den Weg erinnern.

»Bleib stehen«, sagte der wilde Vampir.

Franz-Josef blieb stehen. Um ihn herum füllte sich langsam der Saal. Die Diener mussten ihn bei Tag gereinigt haben, denn die Tische standen unter Decken an den Wänden. Daneben stapelten sich Stühle mannshoch. Die Vorhänge der gewaltigen Fenster waren zugezogen. Eimer voller Schnee standen auf dem Boden. Franz-Josef wusste nicht, aus welchem Grund sie dort standen, aber er nahm an, dass die wilden Vampire sie mitgebracht hatten.

Franz-Josef kniff die Augen zusammen und schüttelte den Kopf, kämpfte um die Herrschaft über seinen Geist.

Der Vampir warf ihm einen kurzen Blick zu. »Lass das.«

Er ließ es.

Ein lautloser Befehl zwang alle, sich auf den Boden zu setzen, auch ihn. Nur die wilden Vampire reagierten nicht darauf. Einer von ihnen sprang aus dem Stand auf einen Stapel Stühle und blieb wie ein Wächter mit vor der Brust verschränkten Armen stehen. Stolz streckte er das Kinn vor.

»Was verschafft mir die unerwartete Ehre Ihres Besuchs?« Sophies Stimme hallte durch den Saal.

Franz-Josef drehte den Kopf und nahm sie verschwommen in der Tür stehend wahr. Sie war unbewaffnet, aber Karl, der sie halb mit seinem Körper deckte, hielt eine Armbrust in der Hand. Sie war gespannt. Ferdinands riesiger Kopf ragte hinter seinem empor. Rhythmisch wackelte er hin und her.

Der wilde Vampir neben Franz-Josef drehte sich zu Sophie um. »Du weißt, weshalb«, sagte er. »Die Zeit ist abgelaufen. Ich bin hier, um eine Entscheidung zu fordern.«

Sophie betrat den Saal. Karl und Ferdinand blieben an ihrer Seite. Franz-Josef bemerkte erleichtert, dass der alte Vampir keine Waffe trug.

»Haben Sie deshalb den halben Hofstaat betört? Damit in Ihrem Sinne entschieden wird? Warum betören Sie mich nicht auch, damit Ihnen jede mögliche Opposition erspart bleibt?«

»Deine klaren Worte habe ich immer geschätzt, Sophie.« Der Vampir ging einige Schritte auf sie zu und hielt dann inne, als würde er auf etwas lauschen. »Deine unangemessenen Unterstellungen jedoch weniger«, fuhr er fort. »Jeder der hier Anwesenden wird sich frei entscheiden können, ob er mir folgen will oder dir.«

Karl warf Sophie einen kurzen Blick zu, als wolle er sie zu etwas drängen. Zu Franz-Josefs großer Überraschung knickste sie tief und neigte den Kopf.

»Das wird nicht nötig sein, Eminenz«, sagte sie. Ihre Stimme klang gepresst. Jedes Wort schien sie sich abzuringen. »In Ihrer Abwesenheit war es mir eine Freude, Sie zu vertreten, doch nun, nach Ihrer Rückkehr, werde ich mich selbstverständlich zurückziehen. Meine Untertanen sind die ihren.«

»Na, bravo!« Ferdinand lief auf den verdreckten Vampir zu und umarmte ihn. Die Scherben, die in dessen Körper steckten, knirschten.

Seine Eminenz, dachte Franz-Josef angestrengt. *Es ist also wahr. Er existiert.*

»Ferdinand.« Seine Eminenz löste die Umarmung und trat einen Schritt zurück. Der Blick aus seinem einen gesunden Auge musterte sein Gegenüber. »Du hast dich verändert.«

»Ich habe meinen Chinesen verloren«, sagte Ferdinand.

Seine Eminenz runzelte die Stirn des Vampirs, der ihm als unfreiwilliger Vertreter diente.

Franz-Josef betrachtete ihn aus den Augenwinkeln, fragte sich erneut in einem langsamen Gedankengang, wie es möglich war, dass ein Vampir allein über eine solche Macht verfügte. Er war nicht einmal an diesem Ort, doch durch den Vampir, den er übernommen hatte, war er trotzdem in der Lage, sie alle zu betören. Nur Sophie, Karl und Ferdinand schienen nicht betroffen zu sein. Ob Seine Eminenz sie nicht betören wollte oder konnte, war Franz-Josef unklar.

Vorsichtig zerrte er wieder an den Fesseln, die seinen Geist umschlossen. Sie gaben nicht nach, saßen so fest, als wären sie ein Teil seiner selbst.

Seine Eminenz wandte den Blick von Ferdinand ab, ging zu Sophie und verbeugte sich leicht vor ihr.

Karl ließ die Armbrust sinken.

»Ich weiß deine Entscheidung zu schätzen«, sagte Seine Eminenz, während er seine Hand unter Sophies Ellenbogen schob und ihr aufhalf.

Der Anblick wirkte grotesk auf Franz-Josef. Ein nackter, dreckverkrusteter Vampir, der sich wie ein wohlerzogener Höfling benahm.

»Sie ist dir bestimmt nicht leichtgefallen.« Seine Eminenz trat zwischen Sophie und Karl, als wolle er sie voneinander trennen.

Karl machte ihm nur widerwillig Platz.

Seine Eminenz warf einen Blick in die Menge. »Ist hier jemand, der mit Sophies Entscheidung nicht einverstanden ist?«

Franz-Josef spürte, wie sich die Fesseln um seinen Geist lockerten. Seine Eminenz hatte nicht gelogen; sie konnten sich weigern, wenn sie wollten.

Doch niemand tat es, auch er nicht.

»Gut. Dann werdet ihr jetzt auf Worte Taten folgen lassen. Betrachtet es als ersten Test eurer Loyalität.«

Die Fesseln wurden nicht wieder festgezogen, lagen weiterhin locker um seinen Geist. Franz-Josef genoss die plötzliche Schnelligkeit seiner Gedanken und die Freiheit seines Willens. Nur sein Körper war immer noch eingeschränkt. Die Luft selbst schien sich ihm zu widersetzen, bremste seine Bewegungen.

Er bemerkte, wie sich die wilden Vampire anspannten, wie ihre

Blicke über die Menge glitten, als erwarteten sie, dass die Ersten eine Flucht versuchten.

Weshalb?, fragte sich Franz-Josef.

Seine Eminenz nahm einen der mit Schnee gefüllten Eimer, die am Boden standen.

»Ich benötige eure Augen.«

Deshalb, dachte Franz-Josef. Ihm wurde übel.

Sissi erkannte bereits nach wenigen Metern, dass sie den Ballsaal auf dem Weg, den sie eingeschlagen hatte, nicht erreichen würde. Die wilden Vampire hatten den Gang, der zum Ballsaal führte, abgeriegelt. Gleich vier von ihnen entdeckte Sissi, als sie vorsichtig um eine Ecke spähte.

Ratlos blieb sie stehen. Ihr Katana lag unter der Matratze ihres Bettes, unerreichbar weit entfernt. Und selbst wenn sie es bei sich getragen hätte, wäre sie vier Vampiren niemals gewachsen gewesen.

Sie drehte um und ging an Franz-Josefs Arbeitszimmer vorbei den Gang hinunter. Die Türen, die zu kleineren Trakten und den Zimmern adliger Besucher führten, standen offen. Sissi sah Kampfspuren, zersplitterte Fenster und Scherben am Boden.

Wir sind überfallen worden, dachte sie, *aber von wem und warum?*

Es musste etwas damit zu tun haben, was Franz-Josef erwähnt hatte, diesem nebulösen – sie war stolz auf das neue Wort, das sie am Abend zuvor gelernt hatte – Ereignis, das er angedeutet hatte.

Vertrauen, dachte sie. *Wenn wir einander vertraut hätten, wüsste ich jetzt vielleicht, was ich tun soll.*

Die leeren Gänge erschienen ihr unheimlich. Um diese Zeit waren sie sonst voller Leben. Vampire und Menschen gleichermaßen trafen sich dort, suchten nach Unterhaltung und Tratsch. Doch nun hallten nur Sissis Schritte von den Wänden wider. Diejenigen, die von den wilden Vampiren nicht verschleppt worden waren, mussten sich irgendwo versteckt halten, hofften wohl darauf, dass der Spuk irgendwann enden würde.

Das könnte ich auch tun, dachte Sissi, als sie vor einer der verborgenen Türen, die zum Dienstbotentreppenhaus führten, stehen blieb. Doch so war sie nicht erzogen worden. Sie war eine Soldatin, die Berufung war sosehr Teil ihrer selbst wie ihr adliges Blut. Sie wartete nicht, dass jemand kam, um sie zu retten, sie *war* dieser jemand.

Zumindest hoffte sie das.

Sissi öffnete die Tür und lief die enge Holztreppe hinunter. Überall zweigten Gänge ab, die hinter den Wänden verborgen durch die Hofburg führten. Seit ihrem ersten, im Nachhinein peinlichen Küchenbesuch hatte Sissi keinen Fuß mehr hineingesetzt, aber sie wusste, dass die Dienstboten sie benutzten, um Essen aufzutragen und abzuräumen und ihre Arbeit zu verrichten, ohne von der Herrschaft bemerkt zu werden. Eine Zofe hatte sie Sissi gegenüber einmal als *Heinzelmännchentreppen* bezeichnet.

Es war still in der Küche, als Sissi durch die geöffnete Tür trat. Im ersten Moment glaubte sie, das Personal sei bereits zu Bett gegangen, doch dann hörte sie leise Stimmen.

Sie ging an den Öfen und Arbeitsplatten vorbei. Schmutzige Pfannen standen auf dem Feuer, Messer und geschnittenes Gemüse lagen auf den Platten. Sie nahm sich ein langes, spitzes Küchenmesser, das nach Zwiebeln roch, und ein zweites, kürzeres, das unbenutzt wirkte.

Besser als nichts, dachte Sissi, als sie die Waffen in den Gürtel ihres Kleides steckte.

Das Küchenpersonal hatte sich in der hintersten Ecke der Küche versteckt, dort, wo die großen Wannen standen, in denen das Geschirr gespült wurde. Mehr als ein Dutzend Menschen hockten dicht zusammengedrängt am Boden. Ihre Gesichter waren verängstigt, ihre Augen weiteten sich, als sie Sissi sahen. Zwei ältere Frauen bekreuzigten sich und sagten etwas auf Ungarisch.

»Ihr müsst keine Angst haben«, sagte Sissi.

Die Menschen sahen zuerst sie, dann einander an. Sissi hatte nicht den Eindruck, dass sie verstanden, was sie gesagt hatte.

Oh Götter, dachte sie. *Ausgerechnet Ungarn.*

»Äh …« Sie räusperte sich. Vokabeln tropften träge wie Wachs aus ihrem Gedächtnis auf ihre Zunge. »Weg zu … Ballsaal. Zeigen.« Mit dem Finger deutete sie auf einen Jungen. »Du.«

Er hob abwehrend die Hände und antwortete etwas, was Sissi nur bruchstückhaft verstand. Er durfte anscheinend nicht mit einer Hoheit reden, weil er nur ein … *Wassermann? …* nein, ein Spüljunge war.

»Egal«, sagte sie. »Komm.«

Die anderen drängten ihn aus der Gruppe, schoben ihn vor, bis er allein vor ihnen stand. Sie waren wohl froh, dass Sissis Wahl nicht auf einen von ihnen gefallen war.

»Komm.«

Der Junge nahm eine Kerze, folgte ihr aus der Küche und blieb am Treppenabsatz stehen.

»Zeigen. Ballsaal.«

Er nickte, sagte etwas, was sie nicht verstand, und stieg vor Sissi die Treppe hinauf. Trotz der Kälte trug er keine Schuhe.

Im Kerzenlicht liefen sie durch Gänge und über Treppen. Ab und zu drehte sich der Junge zu Sissi um, als wolle er sicherstellen, dass sie Schritt halten konnte. Er musste die Messer in ihrem Gürtel bemerkt haben, aber er fragte sie nicht danach.

Wahrscheinlich hatten die Dienstboten in diesem seltsamen Palast gelernt, dass es besser war, keine Fragen zu stellen. Sissi konnte sich kaum vorstellen, dass sie nicht zumindest ahnten, was hinter den verschlossenen Türen der Privattrakte vorging. Sie konnten nicht alle ständig betört werden.

Man sieht, was man sehen will, dachte sie.

»Wir sind gleich da«, sagte der Junge schließlich.

»Halt.« Sissi hielt ihn an seiner dünnen Jacke fest und zeigte in den Gang, der vor ihnen lag. »Da?«

Er nickte und sagte irgendetwas, in dem die Worte *geradeaus* und *Tür* vorkamen. Den Rest konnte Sissi sich zusammenreimen. Sie nahm ihm die Kerze aus der Hand.

»Finden zurück?«, fragte sie.

»Ja.«

»Dann geh.«

Der Junge zögerte. »Da drin böse?« Er schien es aufgegeben zu haben, in ganzen Sätzen mit ihr zu reden.

Kluger Junge, dachte Sissi. »Ja«, sagte sie. »Da drin böse.«

Er bekreuzigte sich und sah sie ein letztes Mal an, bevor er sich umdrehte und in der Dunkelheit verschwand.

Sissi ging weiter. Sie hielt die Hand schützend vor die kleine Flamme der Kerze. Ohne sie würde sie nie wieder zurückfinden.

Als sie die Geräusche zum ersten Mal hörte, dachte sie, es wäre der Wind, der durch die Ritzen im Holz pfiff, doch aus dem Säuseln wurde ein Murmeln, dann ein Stöhnen, disharmonisch und ausgestoßen von Dutzenden Kehlen.

Sissi sah die Tür zum Ballsaal im Kerzenlicht. Sie hatte ihr Ziel erreicht.

Schreie mischten sich in das Stöhnen. Ab und zu kratzte etwas an der Wand entlang, Sissi hörte Poltern und schlurfende Schritte.

Was geschieht dort nur? Sie dachte an Franz-Josef. Ihr Magen verkrampfte sich bei dem Gedanken, dass eine der Stimmen vielleicht seine war.

Sie stellte die Kerze auf den Boden und trat an die Tür. Es gab nur eine Klinke, kein Schlüsselloch, durch das sie hätte blicken können.

Vorsichtig zog sie die Tür einen Spalt auf.

Der Anblick dahinter raubte ihr fast den Verstand.

KAPITEL NEUNUNDZWANZIG

Manche Vampire sind besessen von Tätigkeiten, die Menschen alltäglich erscheinen. Mir ist die Geschichte eines Adligen bekannt, der für jeden Tag des Jahres einen anderen Koch beschäftigte und seine menschlichen Gäste beobachtete und befragte, wenn sie deren Speisen aßen. Als die Revolution seiner Existenz ein Ende setzte, hatte er über tausend Köche in seinen Diensten und Paris zur kulinarischen Hauptstadt Europas gemacht.
– *Die geheime Geschichte der Welt* von MJB

Sie taten es alle.

Sophie war die Erste, die vortrat, die Finger beider Hände hinter ihre Augäpfel schob und sie mit einem Ruck herausriss. Schwarzes Blut lief wie Tränen über ihre Wangen. Ihre Lippen waren zusammengepresst, aber Franz-Josef sah, wie sie zitterten. Sophie taumelte und wäre wohl gestürzt, wenn Karl sie nicht festgehalten hätte.

»Was für ein Eifer«, sagte Seine Eminenz. Es klang ironisch.

»Willst du uns damit prüfen?«, rief Karl. Er hielt Sophie weiterhin aufrecht. »Glaubst du, ein Vampir ist dir mehr ergeben, wenn er sich das Augenlicht nimmt?«

Seine Eminenz antwortete nicht.

Sophie tastete nach Karls Wange und flüsterte ihm etwas ins Ohr. Karl sah in ihre leeren Augenhöhlen, als hätte sie den Verstand verloren, dann antwortete er etwas ebenso leise.

Sophie nickte.

Karl ließ sie los und zog zwei Stühle von einem Stapel neben der Tür. Ruhig stellte er sie hin, führte Sophie zu dem einen und setzte sich selbst auf den zweiten. Nach einem letzten Kopfschütteln bohrte er die Finger in seine Augen.

Ferdinand war der nächste. Er schien keinen Schmerz zu spüren, im Gegensatz zu Edgar, der stöhnend und wimmernd vor Seiner Eminenz auf die Knie fiel und ihm seine herausgerissenen Augen reichte. Ein wilder Vampir nahm sie ihm ab. Edgar versuchte dessen Hände zu küssen, dachte wohl, es wäre Seine Eminenz, aber der Vampir fauchte ihn nur an.

Ludwig erbrach rotes Zofenblut, als er sich die Finger in die Augenhöhlen steckte, Pierre umarmte den blinden Edgar, bevor auch er den Befehl befolgte.

Franz-Josef wich zurück. Die Verzögerung seiner Reaktionen ließ nach. Ob Seine Eminenz sie aufgehoben oder ob sie nur eine Nachwirkung des Betörens gewesen war, konnte er nicht sagen.

Er suchte nach einem Ausweg, nach einer Gelegenheit zur Flucht, aber wilde Vampire bewachten die Türen und stießen alle, die sich ihnen näherten, weg.

Wohin Franz-Josef auch blickte, leere Augenhöhlen starrten zurück. Vampire tasteten sich an den Wänden entlang, schlurften mit unsicheren Schritten aufeinander zu, prallten gegeneinander, gegen Stühle, Tische und Eimer voller Schnee. Ein paar warfen sie um. Weißer Schnee vermischte sich mit schwarzem Vampirblut. Wilde Vampire liefen zwischen ihnen hindurch und sammelten Augäpfel ein wie bei einer Kollekte beim Sonntagsgottesdienst.

Franz-Josef hob die Hände, versuchte sich vorzustellen, wie er seine eigenen Augen herausriss, und ließ sie wieder sinken.

Ich kann es nicht, dachte er.

Seine Eminenz schritt durch den Saal, die Hände hinter dem Rücken verschränkt. Über hundert Vampire hatten seine Helfer in den Saal gebracht und mit Erschrecken bemerkte Franz-Josef, dass er niemanden mehr sah, in dessen Augenhöhlen sich etwas anderes als schwarzes Blut befand.

Oh Gott, ich bin der Letzte.

Seine Eminenz stieg über Ludwig hinweg, der am Boden hockte und die Hände vors Gesicht geschlagen hatte, und setzte seinen Weg fort. Noch hatte er Franz-Josef nicht bemerkt, aber er kam unaufhaltsam näher.

Ich habe Ludwig immer für schwach gehalten, dachte Franz-Josef, während er weiter zurückwich und sich hinter zwei blinden Vampiren, die reglos wie Statuen im Saal standen, verbarg. *Aber er hatte den Mut zu tun, was ich nicht fertigbringe.*

In diesem Moment roch er sie.

Sissi?

Er fuhr herum. Kühler Wind strich über seine Wange. Irgendwo musste jemand ein Fenster geöffnet haben oder eine Tür. Sein Blick glitt über die Wände. Um sich herum steigerte sich das Stöhnen und Wimmern. Noch immer sprach niemand, als hätten die Vampire mit ihrem Augenlicht auch die Fähigkeit verloren, zu sprechen. Doch sie hoben die Köpfe und blähten die Nasenflügel. Sie rochen Mensch.

Natürlich schweigen sie, dachte Franz-Josef. *Sie können sich nicht sehen. Jeder von ihnen glaubt, die anderen hätten nichts bemerkt.*

Er sah sich um, versuchte dem, was er roch und spürte, eine Richtung zu geben, doch erst, als er den Blick zum dritten Mal auf eine Stelle an der Wand zwischen zwei Stuhlstapeln richtete, bemerkte er den Spalt – und sah Sissis Kopf. Bleich starrte sie auf den Anblick, der sich ihr bot. Ihr Mund stand offen.

Franz-Josef drehte sich um. Seine Eminenz war keine zehn Schritte mehr von ihm entfernt, hockte sich gerade vor Ludwig und zog ihm die Hände vom Gesicht. Als er die leeren Augenhöhlen sah, legte er ihm die Hand auf den Kopf wie bei einer Segnung.

Franz-Josef wandte sich ab. Schlurfend und unsicher, so wie die anderen um ihn herum, bewegte er sich dem Spalt entgegen.

Er war nicht der Einzige. Immer mehr Vampire drehten sich nach Sissi um, streckten die Hände aus und tasteten sich in ihre Richtung. Von einem Menschen zu trinken, bedeutete ein Ende der Schmerzen und die Rückkehr des Augenlichts. Jeder, der sich der Prüfung, wenn es denn eine war, unterzogen hatte, gierte nach nichts anderem. Franz-Josef hörte es in ihrem Stöhnen, sah es in ihren schmerzverzerrten Gesichtern.

Er schob sich an zwei dicken russischen Vampiren, einem Mann und einer Frau, vorbei. Die Frau fauchte wütend und schlug nach ihm, als ahne sie, dass er ihr zuvorkommen wollte.

Nun hob auch einer der wilden Vampire den Kopf. Wären sie nicht abgelenkt gewesen, hätten sie Sissi schon viel früher bemerkt. Sie schien die Gefahr zu erkennen, denn ihr Kopf verschwand hinter der Tür. Nur der Spalt war noch zu sehen.

»Anscheinend«, ertönte plötzlich die Stimme Seiner Eminenz, »schätzt du dein Augenlicht mehr als deine Loyalität, Junge.«

Franz-Josef drehte sich nicht zu ihm um, setzte stattdessen zu einem Sprung an, der ihn direkt zur Tür brachte. Aus den Augenwinkeln sah er, wie einer der wilden Vampire ihm entgegenlief.

Franz-Josef warf die beiden Stuhlstapel rechts und links um und riss die Tür auf. Blinde Vampire stolperten über die Stühle, prallten mit anderen zusammen und stürzten.

»Lasst ihn gehen«, sagte Seine Eminenz. »Er hat seine Entscheidung getroffen, so wie ihr auch.«

Franz-Josef schloss die Tür hinter sich. Sissi wartete im Gang auf ihn. Das Licht einer Kerze erhellte ihr Gesicht. Franz-Josef schlug sie ihr versehentlich aus der Hand, als er nach ihrem Arm griff. »Komm!«

»Ich kann nichts sehen.«

Einen Moment lang tauchten leere Augenhöhlen in Franz-Josefs Vorstellung auf. Er schüttelte sich, hob Sissi hoch und lief mit ihr auf den Armen den Gang entlang. Er fand Treppen, die nach oben führten, und folgte ihnen bis zu einer Tür, die er mit einem Tritt aufstieß.

Über ihm erstreckte sich ein sternenklarer, kalter Nachthimmel. Sie befanden sich auf dem Dach der Hofburg. Es hatte aufgehört zu schneien.

Franz-Josef ließ Sissi los. Sie umarmte ihn, er küsste sie.

»Danke«, sagte er leise.

Sie löste sich aus seiner Umarmung. »Was war das nur für ein schrecklicher Kerl?«, fragte sie. »Und die ganzen Vampire … ihre Augen. Was …«

»Er«, unterbrach Franz-Josef sie, »ist unser Herr, unser Kaiser.«

»Ich dachte, das wärst du.«

»Nein, ich bin das nur in den Augen der Menschen.« Er trat an den Rand des Dachs. Unter dem dicken weißen Schnee wirkten die Gärten leblos wie ein Gemälde.

»Und was meinte dieser Kaiser, als er sagte, du hättest deine Entscheidung getroffen?«

Franz-Josef hob hilflos die Schultern. »Ich weiß es nicht.« Er wünschte sich, Sissi hätte geschwiegen und ihm Zeit zum Nachdenken gegeben, aber sie ließ nicht locker.

»Du solltest dir die Augen herausreißen, aber du weißt nicht, wofür?«, fragte sie. Ihre Stimme klang aufgekratzt. »Wie ist das möglich?«

Franz-Josef fuhr herum. »Weil mir niemand je etwas sagt!« Die Heftigkeit seiner Reaktion schien Sissi zu überraschen. Sie wich einen Schritt zurück.

»Sophie und Karl machen die Politik unter sich aus. Sie würden eher Ferdinand um seine Meinung bitten als mich.«

»Aber sie haben dich doch zum Kaiser gemacht, oder?«

»Aus Respekt vor meinen Vater.« Franz-Josef trat in einen Schneehaufen. Flocken stoben auf wie weiße Funken aus einem Feuer. »Er war jeder französische König, von dem du in den letzten dreihundert Jahren gehört hast, außer Ludwig dem Sechzehnten. Ich wollte ihm nacheifern, ich wollte …«, er breitete die Arme aus, versuchte Worte für das zu finden, was er ausdrücken wollte, »… etwas von diesem Respekt auch für mich. Karl war dagegen, mich zum Kaiser zu ernennen, einige andere auch, aber Sophie setzte sich durch, wahrscheinlich, weil sie wusste, dass ich mich nie gegen ihren Willen auflehnen würde.«

Sissi öffnete den Mund, sicherlich, um ihm zu widersprechen, aber er ließ es nicht zu. Sie hatte das Recht, die Wahrheit über ihn zu erfahren, nun, da er bereit war, sie sich selbst einzugestehen.

»Und weißt du was? Sie lag richtig. Ich wollte zwar Kaiser sein, aber als Sophie mir am Tag meiner Krönung die Aktenberge auf dem Schreibtisch zeigte und von Leuten redete, deren Namen ich noch nie gehört hatte, sagte ich: ›Was soll ich tun?‹ Nicht: ›Erkläre es mir‹, sondern: ›Was soll ich tun?‹ In diesem Moment war es bereits vorbei.« Er fuhr sich mit der Hand durchs Haar. Seine Haut war so kalt wie die Nacht. »Sieh mich doch nur an. Ich bin schwach, Sissi, sogar zu schwach, um mir die Augen herauszureißen.«

Sie berührte seinen Arm. »Ich halte das nicht für ein Zeichen von Schwäche.«

»Wenn man es aus Angst nicht tut, dann schon. Es war eine Prüfung und ich habe versagt – als Einziger.«

Er ließ sich von Sissi in die Arme nehmen, erwiderte ihre Berührung jedoch nicht. »Sei nicht so hart zu dir«, sagte Sissi leise. »Du hast so viel Zeit, dich zu ändern, wenn du es willst, mehr als die meisten.«

Franz-Josef lächelte unwillkürlich, als ihm klar wurde, wie sehr sie sich um eine diplomatische Antwort bemühte. »Du stimmst mir also zu«, sagte er.

Ihre Augen weiteten sich. »Nein, natürlich nicht. Ich halte dich nicht für schwach.« Sie zögerte. »Aber ich glaube, dass du dich mehr um deine Staatsgeschäfte kümmern solltest und … ich weiß, dass Leute dir Dinge verheimlichen.« Sie hob den Kopf und sah ihm in die Augen. »Ich habe dir zum Beispiel etwas verheimlicht.«

Oh Gott, dachte Franz-Josef. *Was denn jetzt noch?*

»Es geht um Edgar.«

KAPITEL DREIßIG

Seit Beginn der Aufklärung nimmt auch unter den Kindern Echnatons der Wunsch zu, die Existenz der Vampire auf natürliche Art zu erklären und ihnen so wie Ratten, Wölfen und anderem Getier ihren natürlichen Platz in der Welt zuzuordnen. Das fällt vielen immer noch schwer, müssen sie sich doch der Frage stellen, warum ein Schöpferwesen nicht nur eine, sondern zwei vernunftbegabte Spezies erschaffen hat. Darauf folgt beinah zwingend die Frage, ob es tatsächlich nur ein Schöpferwesen gibt.
– Die geheime Geschichte der Welt von MJB

»Hältst du das wirklich für klug?«, flüsterte Sissi, während sie sich hinter Franz-Josef durch die Dienstbotengänge tastete. »Was, wenn sie dich erwischen?«

»Sie sind alle blind«, gab er ebenso leise zurück. »Was soll da passieren?«

»Und wie lange wird das anhalten?« Sie hatte den Eindruck, dass er die Gefahr unterschätzte. Wenn sie wenigstens gewusst hätten, ob Seine Eminenz und die wilden Vampire sich noch in der Hofburg aufhielten, wäre Sissi wohler gewesen.

»Ein oder zwei Tage.« Franz-Josef blieb an der Tür zum Ballsaal stehen. »Je nachdem, wie viel und wie gut sie trinken.«

Er zog die Tür einen Spalt auf, sah ins Innere des Saals und öffnete sie dann vollständig. »Sie sind weg. Komm, ich bringe dich in deine Gemächer. Da bist du sicher vor ihnen.«

Sissi folgte ihm in den Ballsaal und achtete dabei sorgfältig darauf, nicht in die Pfützen aus schwarzem Vampirblut zu treten, die den hellen Marmorboden verschmierten.

»Und was machst du, während ich *sicher* bin?«, fragte sie. Es war ihr bereits klar, dass sie nicht tun würde, was er verlangte.

»Ich werde mir die Papiere ansehen, die ich unterschrieben habe.« Franz-Josef blieb am Ausgang stehen und lauschte, bevor er auch diese Tür öffnete. »Ludwig bewahrt Kopien von allen Akten in meiner Bibliothek auf.«

Der Gang vor dem Ballsaal war verlassen und still. Sissi fragte sich, wie es den blinden Vampiren gelungen war, aus dem Saal herauszufinden. Sie nahm an, dass die Diener Seiner Eminenz ihnen geholfen hatten.

»Ich komme mit«, sagte sie.

»Nein, das ist zu gefährlich.« Franz-Josef drehte sich zu ihr um. Die Anspannung grub steile Falten in seine Stirn. »Sissi, jeder Vampir, der die Prüfung absolviert hat, giert nach Blut. Wenn sie dich riechen …« Er brach den Satz ab.

Sissi hob die Schultern. »Sie sind blind«, zitierte sie. »Was soll da passieren?«

Franz-Josef presste die Lippen zusammen.

Sissi grinste.

Er brachte sie dazu, zumindest das Katana aus ihren Gemächern zu holen und Lavendelöl über ihr Kleid zu schütten. Dann gingen sie, ohne ein weiteres Wort miteinander zu wechseln, zu Franz-Josefs Privatgemächern. Sissi sah sich immer wieder um, entdeckte aber nur einmal einen Vampir, der sich mehr als einen Steinwurf entfernt an der Wand entlangtastete.

Die Gemächer des Kaisers nahmen einen ganzen Trakt ein. Es gab mehrere Salons, Bäder, Räume, die einfach nur ohne Zweck zu existieren schienen, und ein Schlafzimmer. Die Bibliothek, ein zweistöckiger, dunkel getäfelter Raum, lag am Ende des langen Gangs.

Lautlos zog Franz-Josef die Tür auf und schloss sie wieder,

nachdem Sissi eingetreten war. Sie fand einen Leuchter und Streichhölzer auf einem kleinen Tisch neben der Tür und zündete die Kerzen an. Sie war noch nie zuvor in der Bibliothek gewesen. Neugierig betrachtete sie die Folianten und Bücher in den prall gefüllten Regalen.

Franz-Josef stand bereits auf der Treppe, die zur Galerie im zweiten Stock führte. Dort stapelten sich Akten und Papiere.

»Wie sollen wir hier irgendwas finden?«, fragte Sissi.

Franz-Josef legte den Zeigefinger auf die Lippen. »Leise. Ich weiß nicht, ob Ludwig sich in der Nähe aufhält.«

Schweigend begannen sie in den Stapeln nach den Papieren zu suchen, die Edgar Sissi gegeben hatte. Vor jedem Stapel befanden sich mit Kreide auf den Boden gezeichnete Kürzel, die auf Sissi anfangs wie Zufallsprodukte wirkten. Sie schätzte, dass sie schon eine Stunde lang sinnlos Akten gewälzt hatten, als sie das System hinter den Zeichen endlich durchschaute.

Sie hockte sich neben Franz-Josef. »Er sortiert sie nach Datum und Wichtigkeit«, sagte sie leise. Mit dem Zeigefinger deutete sie auf die Kürzel vor sich auf dem Boden. »53XI02NU heißt, nicht unterschriebene Akten vom 02.11.1853.«

Franz-Josef zog wahllos einige Blätter aus dem Stapel. »Du hast recht. Die sind nicht unterschrieben und ...« Er sah Sissi an, »das sind alles Todesurteile.«

Sie hob die Schultern. »Die lasse ich dich nie unterschreiben.«

Er antwortete nicht darauf, sondern stand auf und ging die Kürzelreihe durch, bis er zum September kam. Sissi fand das richtige Datum und griff nach dem mit einem W und einem U gekennzeichneten Stapel – wichtig und unterschrieben.

»Hier«, sagte sie nach einem Moment. »Das sind die Papiere.«

Franz-Josef ging neben ihr auf ein Knie. Sissi hielt die Kerze hoch, damit auch sie lesen konnte, was er unterschrieben hatte. Damals hatte sie nur einen Blick darauf geworfen. Es war zwar gerade erst drei Monate her, aber sie konnte sich kaum noch daran erinnern.

So viel ist seitdem passiert, dachte sie.

Franz-Josef blätterte die Papiere durch. »Du hast recht«, sagte er, während sein Blick noch über die Buchstaben glitt. »Es geht um ein Heißluftballonrennen. Ich werde gebeten, zu Weihnachten den Platz vor dem Stephansdom als Ziel freizugeben und eine …«, er pfiff durch die Zähne, »… unverschämt hohe Spende zu leisten.«

»Weihnachten? Das ist in drei Wochen.« Sissi beugte sich vor. Franz-Josefs Schatten fiel so ungünstig, dass er das Papier verdunkelte.

»Wo startet das Rennen?«

Er blätterte um. »In Versailles.« Langsam ließ er die Papiere sinken. »Edgar muss eine Weile auf eine Gelegenheit gewartet haben, denn Sophie hätte mich niemals etwas unterschreiben lassen, wodurch Franzosen zu Geld kommen. Sie hasst Frankreich wegen der Revolution. Ich glaube nicht, dass irgendein europäischer Vampir seit 1789 auch nur einen Fuß in dieses Land gesetzt hat.«

Sie ahnte, dass sie die Tragweite der Papiere noch nicht verstanden. Wieso hatte Edgar sie mit etwas erpresst, was auf den ersten Blick so trivial erschien?

»Wir müssen mit ihm sprechen«, sagte sie. Es war nicht nötig, seinen Namen zu erwähnen. Franz-Josef wusste, wen sie meinte.

»Ja. Daran geht wohl …«

»Du bist also zurückgekommen«, ertönte eine Stimme.

Erschrocken sprang Sissi auf. Ludwig stand im Türrahmen der Bibliothek. Sein Schatten fiel lang in den Raum. Dass ein Leibdiener seinen Herrn duzte, erschien ihr ungewöhnlich unverschämt.

Franz-Josef stopfte die Papiere in die Innentasche seiner Jacke und erhob sich ebenfalls. »Hast du etwas anderes erwartet?«, fragte er. Langsam ging er auf die Treppe zu. Sissi folgte ihm. Sie sah, wie Ludwig den Kopf schräg legte.

»Und deine Menschenschlampe ist auch dabei. Rührend. Weiß sie, mit was für einem Feigling sie verlobt ist?«

»Ja, ich habe es ihr gesagt.« Seit seinem Ausbruch auf dem Dach wirkte Franz-Josef entspannt und ruhig.

Ludwig tastete sich mit ausgestreckten Armen durch den Raum bis zur Treppe. Als der Kerzenschein sein Gesicht erhellte, sah Sissi, dass seine Augen bereits nachwuchsen. Es wirkte, als steckten weiße Eierschalen in seinen Augäpfeln.

Sie nahm das Katana in beide Hände und folgte Franz-Josef die Treppe hinunter.

Ludwig blieb stehen. »Ich kann es kaum erwarten, bis du weg bist«, sagte er, »und ich endlich jemandem diene, der meine Ergebenheit verdient.«

»Du warst mir nie ergeben, nur Sophie.«

Sissi konnte nicht länger schweigen. »Was soll das heißen, weg?«

»Das weiß Franz-Josef ganz genau. Oder hast du etwa geglaubt, dass dein Ungehorsam keine Konsequenzen haben würde?«

»Franz?« Sissi blieb neben ihm am Treppenabsatz stehen. »Was meint er damit?«

Sie konnte sehen, dass er tatsächlich nicht wusste, wovon Ludwig sprach.

Der Leibdiener lachte. »Ich meine, dass dein Verlobter nicht länger der Kaiser von Österreich ist. Auf ihn wartet das Exil.«

»Was?« Franz-Josef stieß das Wort hervor.

»Seine Eminenz wollte weniger gnädig sein, aber Sophie hat aus Respekt für deinen Vater um Milde gebeten.« Ludwig hob den Kopf. »Ich wünschte, ich könnte jetzt dein Gesicht sehen.«

Franz-Josef ergriff Sissis Hand. »Komm«, sagte er, dann verließ er den Raum so schnell, dass sie kaum mithalten konnte.

»Nordsibirien«, rief Ludwig hinter ihnen her. »Die weißen Nächte sollen extrem schmerzhaft sein.«

Sie hetzten durch den Gang. Die Ruhe, die Franz-Josef so kurz zuvor noch ausgestrahlt hatte, war verschwunden. Sissi brachte ihn erst zum Stehen, als er die Tür zu seinen Privatgemächern hinter sich zuschlug.

»Hast du das gewusst?«, fragte sie atemlos.

Er schüttelte den Kopf. »Nein, ich dachte, es würde Ärger geben, aber nicht so. Allein der Aufwand, mich abzusetzen und einen neuen Kaiser zu ernennen ...« Der Satz hing unvollendet in der Luft. Franz-Josef schien sich in seinen Gedanken zu verlieren.

»Und was jetzt?«

»Ich weiß es nicht.« Er blinzelte, wirkte auf einmal verloren. »Ich muss mit Sophie reden.«

»Nein.« Sissi fasste ihn am Arm und zog ihn in eine Ecke. Das Porträt einer alten Frau lächelte auf sie herab. »Noch weißt du offiziell nichts davon. Ein Diener kann dir viel erzählen.« Sie strich mit einer Hand über seine kühle Wange. »Lass uns erst einmal zu Edgar gehen, dann sehen wir weiter.«

Er zögerte, dachte wohl über ihre Worte nach, und nickte dann. »Du hast recht. Und wer weiß, wie die Dinge morgen stehen, wenn sich alle ein wenig beruhigt haben. Es wäre nicht die erste Entscheidung, die mit ein paar Litern Blut im Bauch rückgängig gemacht wird.«

Es klang nicht so, als würde er selbst daran glauben, trotzdem lächelte Sissi.

Edgar und Pierre teilten sich einige Zimmer im Westflügel. Es war einer der Trakte, vor denen Franz-Josef Sissi gewarnt hatte, und als sie die erste Tür öffneten, wurde ihr klar, weshalb.

An den Wänden hingen Gemälde, wenn man denn diesen Ausdruck benutzen wollte, von blutüberströmten Menschen, die gefoltert und ausgesaugt wurden, von Schlachten, die mit unvorstellbarer Grausamkeit geführt wurden, und von Orgien, bei denen nur ein Blick reichte, um Sissi verschämt wegsehen zu lassen.

Es stank nach altem Blut.

Sie hörten Stimmen aus einem Zimmer zu ihrer Rechten.

Franz-Josef hielt Sissi zurück, als sie darauf zugehen wollte.

»Bleib hier stehen«, flüsterte er. »Ich will nicht, dass sie dich bemerken.«

Sie nickte.

Er ging zur Tür und klopfte. »Edgar?«, fragte er. »Pierre? Seid ihr da?«

»Wo zur Hölle sollen wir sonst sein?« Sissi erkannte Edgars raue Stimme.

Franz-Josef trat ein. Er ließ die Tür hinter sich offen, sodass Sissi in das Zimmer sehen konnte. Edgar saß in einem Sessel und hatte die Beine von sich gestreckt. Seine Stiefel glänzten. An der Wand hinter ihm hingen Trophäen: Geweihe, bleiche Tierschädel und Schrumpfköpfe, die von Menschen stammen mussten.

Von Pierre sah Sissi nur die Beine. Er schien auf einem Sofa zu liegen, aber sein Oberkörper wurde von der offenen Tür verdeckt.

Edgar hob den Kopf, als Franz-Josef vor ihm stehen blieb. Seine leeren Augenhöhlen wirkten wie dunkle Löcher in seinem Gesicht.

»Was stinkt denn hier so?«, fragte er. »Ist das etwa Feigheit?«

Zu Sissis Erleichterung blieb Franz-Josef ruhig. »Wohl eher das Lavendelöl, das draußen jemand verschüttet hat.«

Sie hörte Pierre lachen, dann stöhnen. »Wenn ich gewusst hätte, dass das so schmerzen würde, hätte ich das Gleiche getan wie du, Franz. Nordsibirien soll im Winter sehr schön sein und noch völlig unverdorben.«

»Ich weiß nicht, wovon du redest.« Franz-Josef wechselte das Thema, ohne ihm eine Gelegenheit zur Antwort zu geben. »Edgar, ich muss dich etwas fragen. Wieso sollte ich ein Heißluftballonrennen unterstützen?«

Edgar verzog das Gesicht. »Hat dir die Schlampe etwa davon erzählt?«

Es war das zweite Mal innerhalb kürzester Zeit, dass jemand Sissi als Schlampe bezeichnete. Sie umklammerte das Katana so fest, dass ihre Finger zu schmerzen begannen.

Bitte greif Franz-Josef an, dachte sie. *Tu mir den Gefallen.*

Doch Edgar rührte sich nicht. »Bist du bewaffnet?«, fragte er stattdessen.

»Ja, das bin ich.«

Pierres Beine verschwanden aus Sissis Gesichtsfeld. Er schien sich aufzusetzen. »Was ist hier eigentlich los? Was für ein Ballonrennen?«

»Es ist nichts.« Edgar wirkte ungehalten. »Nur ein Hobby.«

Pierre lachte erneut. »Deine einzigen Hobbys sind Töten und Trinken, Schatz, also was erzählst du da?«

Sissi begann ihn zu mögen.

»Fall mir nicht ins Wort!«

Franz-Josef räusperte sich. »Ich weiß, dass dir jemand befohlen hat, mir dieses Ballonrennen unterzuschieben.«

Es war ein Schuss, der sein Ziel verfehlte. Edgar verschränkte nur die Arme vor der Brust und starrte aus seinen leeren Augenhöhlen an die Decke.

»Antworte doch dem guten Exkaiser«, sagte Pierre. »Dann gibt er uns vielleicht endlich das Geschenk, das er mitgebracht hat.«

Geschenk?, dachte Sissi.

»Geschenk?«, fragte Edgar wie ein Echo ihrer Gedanken.

»Das vor der Tür. Ich höre doch seinen Herzschlag.«

Edgar sprang so schnell auf, dass selbst Franz-Josef nicht mehr reagieren konnte. Sissi sah, wie er ihr entgegenschoss wie ein Stein aus einer Schleuder. Sie wollte das Katana auf ihn richten, aber selbst dazu war sie zu langsam.

Ein Knall.

Edgar prallte, blind, wie er war, gegen den Türrahmen. Holz und Knochen splitterten, der Boden unter Sissis Füßen bebte. Der Schwung warf Edgar zurück, quer durch das Zimmer in den Sessel, in dem er gesessen hatte.

Sissi setzte nach. Mit drei Schritten war sie bei Pierre, setzte ihm das Katana an die Kehle.

Er erstarrte.

»Das ist ein Schwert«, sagte sie.

»Ich weiß, was das ist.« Pierre fuhr sich mit der Zunge über die Lippen. »Schatz, geht es dir gut?«

Edgar stöhnte. Schwarzes Blut lief ihm aus Nase und Mund. Franz-Josef schlug ihm mit der flachen Hand ins Gesicht, fester als nötig.

»Bleib wach und sag, was du weißt, sonst schwöre ich dir, dass du Pierre nie wiedersehen wirst.«

Edgar schüttelte sich. Sein Blut spritzte bis an die Wand und benetzte Franz-Josefs Gesicht.

»Du weißt doch genau, wer mir das befohlen hat«, sagte er undeutlich.

»Seine Eminenz?«

»Ja.«

»Und was bezweckt er damit?«

»Das würde ich auch gern wissen«, murmelte Pierre. Er richtete seine leeren Augenhöhlen dorthin, wo er Sissi vermutete. »Davon habe ich nichts gewusst.«

Sie glaubte ihm.

»Er hat sich mir nicht erklärt«, erwiderte Edgar steif.

Sie glaubte auch ihm.

Franz-Josef packte ihn an den Aufschlägen seiner Jacke und riss ihn vom Sessel hoch. »Willst du, dass Pierre lebt oder stirbt?«

»Verdammt noch mal, ich weiß es nicht!«, schrie Edgar. »Er sagte, tu es, und ich habe es getan. Das ist alles.«

Franz-Josef ließ ihn los. Er warf Sissi einen kurzen Blick zu. Sie schüttelte den Kopf und nahm die Schwertspitze von Pierres Hals. *Er weiß es nicht.*

Ohne ein weiteres Wort verließen sie das Zimmer. Als sie auf dem Gang waren, hörten sie Pierre sagen: »Du hast wirklich mit Seiner Eminenz gesprochen?«

»Ja.«

»Warum hast du mir nichts? Ich hätte ihn auch gern kennengelernt?«

»Du hast schon geschlafen?«

»Dann hättest du mich wecken sollen. Das …«

Der Rest der Unterhaltung verstummte, als Franz-Josef die Tür zu ihrem Trakt schloss.

Sissi lehnte sich gegen die Wand. »Wir müssen nach Versailles«, sagte sie.

Franz-Josef fuhr sich mit der Hand übers Gesicht. Sie konnte sehen, dass ihm der Gedanke nicht behagte.

»Wieso ist Seine Eminenz nicht zu Sophie gegangen?«, fragte er anstelle einer Antwort. »Frankreich hin oder her, sie hätte getan, was er verlangte, das haben wir ja heute Nacht gesehen.«

»Weil er nicht wollte, dass sie davon erfährt?« Sissi schob das Katana zurück in die Schwertscheide. »Oder weil er wusste, dass sie nicht einfach gehorchen würde wie Edgar?«

Franz-Josef seufzte. »Du hast recht. Wir müssen nach Versailles. Wenn Seine Eminenz Sophie hintergeht, dann hintergeht er uns alle.«

Er sagte *uns,* als wäre Sissi ebenfalls ein Vampir. Es schien ihm nicht einmal aufzufallen.

Sie zögerte, sagte dann aber doch, was sie dachte. »Wenn das, was Seine Eminenz plant, schlecht für Sophie, aber gut für die Menschen ist, dann werde ich nichts gegen ihn unternehmen.«

Er sah sie an und nickte. »Lass uns aufbrechen.«

KAPITEL EINUNDDREIßIG

Wenn die Kinder Echnatons von den europäischen Vampirdynastien der Vergangenheit sprechen, überrascht es Neulinge immer wieder, dass die ägyptischen Pharaonen in diese Reihe aufgenommen werden. Das liegt nicht etwa daran, dass die Kinder Echnatons über mangelnde Geografiekenntnisse verfügen, wie gelegentlich behauptet wird, sondern an der Prägung der ägyptischen Dynastie, die unverkennbar europäisch ist und wahrscheinlich im direkten Austausch mit den nördlicheren Dynastien entstand. Um diesen Aspekt deutlich zu machen, fasst man sie unter einem Oberbegriff zusammen, während die asiatischen Vampirkreaturen (über die wir, wie bereits an anderer Stelle erwähnt, sehr wenig wissen) separat zu behandeln sind.
– Die geheime Geschichte der Welt von MJB

Wann immer es ging, fuhren sie mit dem Zug.

Franz-Josef war noch nie zuvor auf den Schienen unterwegs gewesen. Er war sich nicht sicher, ob ihn die ratternden Geräusche und der Gestank verbrannter Kohle beeindruckten oder verstörten. Sissi hingegen genoss die Fahrten sichtlich, auch wenn sie in abgedunkelten Abteilen reisen mussten und sie nichts von der Landschaft, die rasch an ihnen vorbeizog, sehen konnte.

»Ist das nicht ein Meisterwerk der Technik?«, sagte sie kurz vor München. »Stell dir doch nur mal vor, wie schnell wir fahren.«

Ich bin schneller, dachte Franz-Josef, behielt den Gedanken jedoch für sich. Sissi mochte es nicht, wenn er mit seinen Fähigkeiten *prahlte,* wie sie es nannte.

Er schlief während der Zugfahrten nur wenig, denn er lebte in ständiger Angst davor, dass jemand die Tür öffnen und er in einem plötzlichen Lichtstrahl verbrennen würde. Als sie schließlich auf Kutschen umstiegen, war er so erschöpft, dass Sissi für ihn ein Reh erlegen musste. Sie sah nicht hin, als er es leer trank. Er versuchte zu verstehen, weshalb es ihr so schwerfiel, seinen Blutdurst zu akzeptieren, doch jedes Gespräch, das sie darüber führten, endete im Streit. Franz-Josef kam zu dem Schluss, es gefiel Sissi einfach nicht, dass an der Spitze der Nahrungskette ein anderes Wesen stand als der Mensch. Dass sie das anders sah, wusste er.

Sie fuhren Tag und Nacht, wechselten einmal pro Tag die Pferde, manchmal sogar zweimal. Franz-Josef hatte Sissi das Geld gezeigt, das er sich nach ihrer Ankunft im Palast von Sophie hatte geben lassen.

»Reicht das für frische Pferde und Nahrung für dich?«, hatte er gefragt.

Sissi hatte nur gelacht. »Damit kannst du einen Stall und ein Gasthaus kaufen und das Dorf, in dem sie stehen, gleich dazu.«

Seitdem achtete Franz-Josef darauf, dass Sissi stets das Teuerste von den Speisekarten der Höfe aß, an denen sie hielten. Er wollte, dass es ihr gut ging.

Auf dem Kutschbock wechselten sie sich ab. Bei Tag, wenn er schlief, fuhr Sissi, bei Nacht er. Zusammen waren sie nur, wenn es dämmerte, morgens wie abends. Dann krochen sie im Innenraum der Kutsche unter eine Decke, redeten und schliefen miteinander. Die Zeit schien stillzustehen, während sie auf der Straße waren, in diesem Niemandsland zwischen dem Anfang und dem Ende ihrer Reise.

Franz-Josef hätte den Staatsschatz Österreichs geopfert, um sie niemals enden zu lassen, doch irgendwann begannen die Menschen in den Gasthäusern französisch zu sprechen und an den Straßen tauchten die ersten Schilder auf, die in Richtung Paris wiesen.

Sie näherten sich Versailles.

Zwei Tage später weckte Franz-Josef Sissi kurz vor Sonnenaufgang. Das Wetter hatte sich gebessert. Der Schnee, der sie durch Österreich und die deutschen Königreiche begleitet hatte, war verschwunden, die Temperatur gestiegen. Auf eine wolkenlose Nacht würde ein sonniger Tag folgen. Menschen schätzten helle Tage, ebenso wie Vampire eine klare Nacht. Früher hatte er das nie bemerkt, aber seit er Sissi kannte, achtete er auf solche Kleinigkeiten.

»Es wird schön heute«, flüsterte er ihr ins Ohr, als er sie weckte. »Gegen Abend sollten wir Versailles erreichen.«

»Wirklich?« Mit einem Ruck setzte sie sich auf. Für einen Menschen erwachte sie ungewöhnlich schnell. »Das ist ja wundervoll.«

Er sah das anders, schwieg jedoch.

Sissi schien seinen Gesichtsausdruck zu bemerken, denn sie rückte näher an ihn heran. »Geht es um deine Eltern?«, fragte sie. »Willst du wegen der Erinnerungen nicht nach Versailles?«

»Auch.« Er legte den Arm um sie. »Ich war noch ein Kind, als man sie holte. Karl und Sophie retteten mir das Leben, aber ihnen konnten sie nicht mehr helfen. Sie starben auf dem Schafott.«

»Wer waren sie?«

Er war froh, dass Sissi nicht noch einmal sagte, dass es ihr leidtat. Obwohl er sicher war, dass sie es ernst meinte, wäre es ihm wie Heuchelei vorgekommen.

»Mein Vater war zu diesem Zeitpunkt nur ein einfacher Landadliger«, sagte er. »Die hohe Politik hatte begonnen, ihn zu langweilen. Aber meine Mutter …« Er seufzte. »Meine Mutter war Marie-Antoinette.« Als er Sissis Blick sah, fügte er schnell hinzu: »Das meiste, was man über sie sagt, stimmt nicht.«

Doch sie runzelte nur die Stirn. »Marie-Antoinette war ein Mensch?«

»Nein, wieso?« Ihre Frage verwirrte ihn.

»Weil ich dachte …« Sie brach ab.

Er wartete, bis sie ihre Gedanken geordnet hatte.

»Aber zwei Vampire können doch keine Kinder bekommen«, sagte sie dann. »Sie sind auf uns Menschen angewiesen, um sich zu vermehren.«

Franz-Josef ließ den Arm sinken. »Wer hat dir denn das erzählt?«

»Bei den Kindern Echnatons weiß das jeder. Mein Vater erwähnt es sogar in seinem Buch.«

Sein Mund wurde trocken. »Dein Vater schreibt ein Buch?«

»Über die wahre Geschichte der Welt.« Sissi begann an den Fransen ihrer Decke zu zupfen. Sie wirkte auf einmal jünger als sie war. »Er würde mich umbringen, wenn er wüsste, dass ich dir davon erzähle. Es ist ein Familiengeheimnis.«

Jesus Christus, dachte Franz-Josef. »Und was steht da sonst noch drin?«

Sissi hob die Schultern. »Keine Ahnung, ich habe es nicht gelesen.« Sie sah ihn an. »Und das stimmt wirklich nicht?«

»Nein. Vampirgeburten sind zwar selten, ich glaube, es gab in den letzten dreißig Jahren nur zwei, aber sie kommen vor. Dein Vater schreibt nicht die Wahrheit.«

»Vielleicht hat er es ja schon korrigiert.« Sie klang hilflos.

Franz-Josef versuchte, ihren Blick festzuhalten, aber sie wich ihm aus. »Vampire benutzen Menschenfrauen als Geburtsmaschinen«, sagte er. »Das ist genau die Art Propaganda, die nötig ist, um Rekruten für die Kinder Echnatons zu gewinnen. Glaubst du wirklich, dass er das irrtümlich geschrieben hat?«

Sie stand auf. Die Decke fiel von ihren nackten Schultern. Er sah die langen Narben auf ihrem Rücken und dachte an all das, was sie für die Kinder Echnatons geopfert haben musste.

»Es wird schon hell«, sagte sie. »Du solltest schlafen.«

Sie verließ die Kutsche, bevor er antworten konnte.

Als sie ihn abends weckte, wirkte sie so fröhlich wie immer und Franz-Josef sprach das Thema nicht mehr an.

Sie mieteten eine kleine Herberge am Rande von Versailles und schickten die Wirtsleute fort. Der Keller war fensterlos und trocken. Franz-Josef breitete dort einige Decken aus, dann half er Sissi dabei, die Fenster der Schankstube zu verdunkeln. Den Wirtsleuten hatten sie erklärt, dass sie einen kranken Verwandten erwarteten, der kein Licht vertrug und Angst vor Fremden hatte. Franz-Josef nahm an, dass die klimpernden Goldmünzen in ihren Taschen das ältere Ehepaar davon überzeugt hatten, keine weiteren Fragen zu stellen.

»Wollen wir uns ein wenig umsehen?«, fragte Sissi, als sie das letzte Fenster mit Decken verhängt hatten. »Du kannst mir die Stadt zeigen.«

»Ich glaube nicht, dass ich noch etwas wiedererkenne.«

Er irrte sich, das bemerkte er schnell. Es hatte sich kaum etwas verändert. Die Straßen, die sein Vater geplant hatte, führten sie durch eine gleichförmig gebaute, verstaubt wirkende Stadt, die sich unter dem Schloss auf der Anhöhe zu ducken schien. Ein kalter Wind wehte, brachte den salzigen Geruch des weit entfernten Atlantiks mit.

Er hat das hier am Ende gehasst, dachte Franz-Josef, *dabei war Versailles seine Idee.*

Er hob die Nase in die Luft. »Ich weiß noch, wie es hier früher stank«, sagte er. »Die Revoluzzer haben wohl die Sümpfe trockengelegt.«

Ihm fiel erst auf, dass er Französisch gesprochen hatte, als eine sichtlich wohlhabende Frau sich empört umdrehte und den Kopf schüttelte.

»Was?«, fragte Sissi. Ihr Französisch war besser geworden, aber sie verstand es nur, wenn man langsam sprach.

»Nichts«, sagte Franz-Josef. »Ich war nur für einen Moment lang wieder hier zu Hause.«

Sie hakte nicht nach, nahm nur stumm seine Hand. Wie ein ganz normales Paar schlenderten sie dem Schloss entgegen.

Die Gärten waren kahl um diese Jahreszeit, die Wege bedeckt

von altem Laub. Geräusche drangen an Franz-Josefs Ohr: Es wurde gehämmert, gesägt und gerufen.

»Da sind Arbeiter«, sagte Sissi. Im Licht der Gaslaternen konnte auch sie die Umgebung erkennen.

Auf dem Platz vor dem Schloss zimmerten Männer Stände und Gerüste zusammen. Die meisten hatten ihre Mützen mit Schals am Kopf festgebunden, damit der Wind sie nicht davonwehte.

Franz-Josef entdeckte eine Garküche, an der Frauen in großen Töpfen rührten, die über Feuern hingen. Eine Gruppe Arbeiter stand um sie herum und schlürfte Suppe aus hölzernen Näpfen.

Sissi zog ihn in ihre Richtung. »Frag sie mal, was hier los ist«, sagte sie.

Die Männer sahen auf, als sie sich ihnen näherten. Franz-Josef begrüßte sie und fragte nach den Gerüsten.

»Die sind für ein großes Volksfest«, sagte einer von ihnen, ein junger Arbeiter, den die anderen Jacques nannten. »Morgen geht es los.«

»Es kommen Ballonfahrer aus der ganzen Welt«, fügte eine der Köchinnen hinzu. »Sogar aus Amerika.«

»Hunderte«, erklärte Jacques. »Und Tausende von Besuchern. Ich dachte, jeder in Versailles hätte schon davon gehört.«

»Wir sind nur auf der Durchreise.«

»Dann habt ihr aber Glück. Normalerweise muss man bis Paris fahren, um so etwas zu erleben.«

Die vertraute Anrede verärgerte Franz-Josef einen Moment lang, doch dann wurde ihm klar, dass der Mann nicht wusste, wer er war, und auch nicht mehr dafür hingerichtet werden konnte, dass er eine Hoheit duzte.

Um ihn herum ging die Unterhaltung weiter, aber er schenkte ihr keine Beachtung mehr, bedankte sich nur kurz und ging weiter.

»Hunderte?«, fragte Sissi. Sie hatte anscheinend genug verstanden, um das Problem zu erkennen.

»Und Tausende von Schaulustigen«, sagte Franz-Josef. Er

wusste nicht, was er erwartet hatte, aber sicherlich kein Volksfest.

»Wie sollen wir da etwas finden, von dem wir noch nicht einmal wissen, was es ist?« Sissi blieb stehen.

»Wir müssen es versuchen.«

Seine Stimmung trübte sich, als er und Sissi den Rückweg antraten. Er hatte sich alles so einfach vorgestellt: Mit Sissi nach Versailles fahren, herausfinden, was Seine Eminenz plante, alles Sophie verraten und wieder in Ehren am Hof aufgenommen werden. Doch nun musste er sich der Frage stellen, was geschehen würde, wenn er scheiterte.

Wäre das wirklich so schlimm?, fragte er sich. Er vermisste niemanden, am allerwenigsten Sophie. Zum ersten Mal seit seiner Ankunft in der Hofburg vor so vielen Jahren schwebte ihr Schatten nicht über ihm. Er fühlte sich freier als je zuvor.

Könntest du dir ein ganz anderes Leben vorstellen als das, was du bisher geführt hast?, wollte er Sissi fragen, doch im gleichen Moment sah er den Mann.

Er taumelte zwischen den Bäumen am Wegesrand hervor. Auf den ersten Blick hielt Franz-Josef ihn für einen wilden Vampir, doch dann roch er den Gestank, der an ihm haftete, und sah, wie alt der Mann war.

Passanten wichen vor ihm zurück, als er ihnen entgegenwankte, die dürren Arme ausgestreckt, den Mund weit aufgerissen. Er war fast kahl, die wenigen Haare, die ihm geblieben waren, standen wirr vom Kopf ab. Sein verfilzter grauer Bart bedeckte fast den gesamten Oberkörper. Er trug Lumpen und ging barfuß.

»Ihre Augen!«, schrie er. Franz-Josef bemerkte überrascht, dass er Deutsch sprach. »Ihre Augen machen uns zu Vieh!« Er sank auf die Knie, begann zu schluchzen. Franz-Josef konnte ihn kaum noch verstehen. »Wenn sie fliegen«, hörte er ihn zwischen keuchenden Atemzügen hervorstoßen, »wenn sie … Lasst sie nicht fliegen … oh Gott, lasst sie nicht fliegen!«

Franz-Josef sah Sissi an. Es war, als spräche der Mann zu ihnen.

KAPITEL ZWEIUNDDREISSIG

Der Bau der Pyramiden war nur durch den Größenwahn vampirischer Herrscher und das Leid menschlicher Sklaven möglich. Das Gleiche kann man über fast jede übermenschlich erscheinende Leistung sagen, da sie im Zweifelsfall denen abgerungen wurde, die durch Betörung weder freien Willen noch Lebenswillen besaßen.

Bedeutet dies, dass die Kinder Echnatons die Pyramiden abreißen würden, wenn sie es könnten?

Ja.

— *Die geheime Geschichte der Welt* von MJB

Zwei Stunden zuvor

Die Augen der Vampire schienen Friedrich zu folgen, als er durch das Labor zu seinem Projekt ging, dem Weltenveränderer, wie Gunther und Roderick es immer noch nannten, obwohl er ihnen erklärt hatte, wie arrogant das klang.

In Gläsern auf den Labortischen trieben die Augen von mehr als fünfzig Vampiren wie Soleier. Jedes einzelne hatte Friedrich berührt, sie waren zu so etwas wie seinem Schatz geworden.

Ohne euch, dachte er beinah liebevoll, *wäre das Experiment niemals geglückt.*

Seine beiden Assistenten standen rechts und links neben der Maschine. Sie trugen dunkle Anzüge und polierte Schuhe. Friedrich warf einen kurzen Blick an sich hinab. Sein Anzug saß, die

Schuhe glänzten. Es hätte Seine Eminenz sicherlich nicht erfreut, wenn der Leiter seines großen Projekts weniger elegant erschienen wäre als die Helfer.

Gunther und Roderick schlugen die Hacken zusammen, Friedrich nickte knapp und stellte sich vor sie, mit dem Rücken zur Maschine. Gerade mal drei Meter lang war sie nach den Umbauten noch. Er fragte sich, wie er je auf die Idee gekommen war, sie größer zu machen. Hatte er das überhaupt? Einen Moment lang kamen ihm Zweifel. Nervös drehte er an seinem Manschettenknopf. »Ist Seine Eminenz unterwegs?«

Gunther nickte. »Ja, Professor.«

Seit der letzten Sporenentnahme hatte er ein blaues und ein braunes Auge, was ihm ein unerfreulich verschlagenes Aussehen gab.

»Gut.«

Er hörte, wie die Tür zum Labor geöffnet wurde und sah zur Treppe. Seine Eminenz hatte sich ebenfalls dem Anlass entsprechend gekleidet. Sein dunkler Anzug erinnerte entfernt an eine Uniform mit angedeuteten Ordensleisten und Schulterklappen, während seine spitzen Schuhe höfischer erschienen, ohne aufdringlich zu sein. Er wirkte beinah hoheitlich in seiner eleganten Bescheidenheit.

Friedrich schlug die Hacken zusammen. Zufrieden bemerkte er, dass seine Assistenten zeitgleich dasselbe taten. Sie waren in den letzten Monaten zu einer Einheit verschmolzen.

»Ist es vollbracht?«, fragte Seine Eminenz.

»Das ist es.« Friedrich trat zur Seite, damit die Maschine besser zur Geltung kam, und verneigte sich. »Mein Projekt.«

»Der Weltenveränderer«, sagte Roderick. »Er …«

»Das ist natürlich ein wenig hoch gegriffen, Eminenz. Bitte entschuldigen Sie den Ausdruck.«

Seine Eminenz schwieg. Langsam ging er um die Maschine herum, betrachtete sie von allen Seiten und blieb schließlich neben Friedrich stehen. »Sagen Sie mir etwas dazu.«

»Selbstverständlich.« Es war die Gelegenheit, auf die er gewartet hatte. »Die Augen, die Sie mir freundlicherweise gebracht haben, waren der Schlüssel zu unserem Erfolg. Wir stellten fest, dass die Taschen, über die wir ja bereits gesprochen haben, mit der Sporenproduktion fortfahren, solange sie durch die Zufuhr von Blut stimuliert werden. Der vampirische Organismus ist einzigartig in dieser Beziehung. Die Taschen in der Maschine ...«

»Reichen sie aus für unsere Zwecke?« Seine Eminenz strich mit der Hand über das glatte Metall der Maschine.

Etwas enttäuscht unterbrach Friedrich seine Erklärungen. »Mehr als das, denn wie unser Feldversuch beweist, den Gunther und Roderick in meiner Abwesenheit so gewissenhaft dokumentiert haben, tragen die Befallenen sie an ihrer Kleidung und den Haaren und übertragen sie auf andere. Sie sollten vielmehr über die Frage nachdenken, wie Sie die Ausbreitung der Sporen eindämmen und sie Ihrem Willen unterordnen können, denn ohne eine solche Kontrolle sterben sie erst ab, wenn sie die höheren Gehirnfunktionen des Wirtskörpers vollständig zerstört haben.« Er lächelte. »Und das ist ja nicht in unserem Sinne.«

Wir haben uns darüber schon einige Gedanken gemacht, wollte er sagen, doch dann sah er den Blick Seiner Eminenz, die ruhige Kälte, die darin lag.

Sein Lächeln erstarb. »Nein, das ...« Er sah zu Roderick und Gunther, erhoffte sich ein beruhigendes Wort von ihnen, aber sie standen nur starr und reglos da, als sei das Leben aus ihnen gewichen.

Friedrich schluckte. Sein Herz begann zu hämmern. »Wir sprachen darüber, die Volksversammlung in Paris unter unsere Kontrolle zu bringen, Frankreich zurück in den Schoß der natürlichen Ordnung zu holen und dem Volk das Privileg zurückzugeben, von denen regiert zu werden, die Gott dazu ausersehen hat, aber ...«

»Schweig.«

Friedrich schloss den Mund.

Seine Eminenz stellte sich vor ihn, sah auf ihn herab, ohne Freundlichkeit, ohne den Respekt, den Friedrich immer sosehr genossen hatte. »Wir sprachen darüber, das zu tun, was ich verlange. Nichts weiter. All deine Erklärungen, all deine Rechtfertigungen sind sinnlos. Du denkst, du wüsstest, was mich ausmacht? Du glaubst, wenn du nur lange genug fragst, wirst du herausfinden, was ich bin?«

Friedrich versuchte den Mund zu öffnen, aber seine Lippen bewegten sich nicht.

»Deine Taschen voller Sporen ...« Seine Eminenz spuckte das Wort aus. »Weißt du, warum es sie gibt? Ich habe sie erschaffen, ich habe ihnen die Fähigkeiten gegeben, die du ihnen angedichtet hast, weil sie das Einzige waren, womit dein kleiner Geist umgehen konnte.«

Was soll das heißen? Habe ich ihm die Waffe in die Hand gegeben, die er brauchte? Mein Gott, was geschieht hier?

Friedrich fuhr sich mit beiden Händen durchs Gesicht. Er spürte raues, verfilztes Haar unter seinen Fingerspitzen und einen zahnlosen, eingefallenen Mund. Erschrocken zuckte er zurück und starrte auf seine Hände. Sie gehörten einem alten Mann, waren faltig und voller Flecken. Er blinzelte. Sein Blick war trüb, Erschöpfung zog seine Lider nach unten.

»Deine Fragen«, hörte er Seine Eminenz sagen, »deine ständigen impertinenten Fragen ... achtzehn Jahre lang.«

Achtzehn Jahre? Friedrich schrie lautlos auf.

»Aber nun hast du dein Werk vollendet. Du hast die eine Frage, die *ich* dir gestellt habe, damals, als ich dich aus deinem Haus verschleppte, beantwortet. Ist es möglich, das, was sich jeder Erklärung verweigert, durch das, was ihr Fortschritt nennt, zu imitieren?«

Friedrich blickte an sich hinunter. Lumpen hingen an einem ausgemergelten Körper, Läuse krochen durch seinen Bart. *Das bin nicht ich!*

»Die Antwort lautet ja. Ich bedaure fast schon, dass du der

Letzte sein wird, der das erkennt, denn wenn die Arbeit deiner Sporen getan ist und ich die Armee der wilden Stämme, die noch im Norden schläft, erweckt und über den Rest der Welt gebracht habe, wird es keine Fragen mehr geben, nur noch Frieden.«

Seine Umgebung verschwamm vor Friedrichs Augen. Die Höhle verschwand, wurde zu einer verfallenen Ruine, an deren Wänden Schimmel wuchs. Stroh lag am Boden, alles war voller Kot. Roderick und Gunther waren nicht mehr zu sehen; plötzlich war er sicher, dass es sie nie gegeben hatte. Nur sein Labor blieb unverändert – und die Maschine darin.

Ich werde sie zerstören. Es war der erste klare Gedanke, zu dem er fähig schien. Friedrich wusste, dass er betört worden war, achtzehn lange Jahre, doch er drängte das Entsetzen darüber zurück.

Zitternd setzte er einen Fuß vor den anderen, streckte die Hand nach dem Hammer auf einem der Labortische aus.

»Ihr werdet glücklich sein«, sagte Seine Eminenz. Es klang nicht ironisch. »Kein Nachdenken mehr, keine Wünsche, kein Hass, nur noch essen, schlafen, vermehren und die stumme Verehrung für eure Herren. Sag mir, ist das nicht ein besseres Schicksal als das, was euer Schöpfer euch beschieden hat?«

Friedrich spürte, wie Seine Eminenz seine Zunge freigab, aber er machte sich nicht die Mühe, zu antworten. Er war nicht sicher, ob sein Gehirn dazu noch in der Lage war. Seine Gedanken wurden bereits wirr, das Zittern in seinen Beinen schlimmer. Nicht mehr lange und sein zerfressenes, geschundenes Gehirn würde versagen.

Der Hammer war so schwer, dass Friedrich ihn kaum heben konnte. Er brauchte beide Hände, um ihn überhaupt zu bewegen, mit ihm auszuholen und …

»Dreh dich um.« Die Stimme Seiner Eminenz klang nicht mehr weich, sondern knirschend und kratzend wie Nägel, die man über Holz zog.

Er drehte sich um. Das Gesicht Seiner Eminenz verschwamm durch seine Tränen der Enttäuschung, aber er glaubte zu sehen, wie es sich verzerrte und zerfloss, zu etwas wurde, mit dem sein Gehirn nicht umgehen konnte.

»Lass den Hammer fallen.«

Er befolgte den Befehl, ohne es zu wollen.

Seine Eminenz wandte sich von ihm ab. »Lauf«, sagte die fremde Stimme. »Lauf, bis du stirbst.«

Und Friedrich lief.

KAPITEL DREIUNDDREISSIG

Vampire kontrollieren den Buchdruck und die Zeitungen und durch sie die öffentliche Meinung. Über Jahrhunderte haben sie auf diese Weise unsere Sicht der Welt geprägt und uns Schritt für Schritt von der Wahrheit entfernt. Dank unserer Besessenheit für das geschriebene Wort fiel ihnen das leicht, denn wir schätzen das, was wir lesen, stets höher als das, was wir nur hören. Die Kinder Echnatons haben diesen Umstand bisher vernachlässigt, ein Problem, das dieses Buch zu lösen versucht.
  – *Die geheime Geschichte der Welt* von MJB

Er starb in Sissis Armen.

Sie ließ ihn behutsam zu Boden sinken, während die Passanten, die eben noch vor ihm geflohen waren, zurückkehrten und einen Kreis um die Leiche bildeten.

»Lass uns gehen, bevor jemand die Gendarmen ruft«, sagte Franz-Josef leise.

Sissi nickte und stand auf. Ein Mann fragte sie, ob sie den Toten gekannt hätten, aber sie schüttelte nur den Kopf, bahnte sich einen Weg durch die Neugierigen und ging an Franz-Josefs Seite zurück zur Herberge.

»Ihre Augen machen uns zu Vieh«, zitierte sie, als er die Eingangstür hinter ihnen schloss. »Er meinte die Augen der Vampire, oder?«

»Ich weiß es nicht, wahrscheinlich schon.«

Franz-Josef wirkte unruhig. Er lief vor den verhängten Fenstern auf und ab wie eines jener Raubtiere, die man im Tierpark der Hofburg hielt.

»Du hast noch nicht getrunken«, sagte Sissi. Sie sprach es nur ungern an. Die Jagd, wie Franz-Josef seine nächtliche Suche nach Blut nannte, war eines der wenigen Themen, über das sie nie sprechen konnten, ohne sich zu streiten.

»Ich werde später gehen«, sagte er. »Es ist noch genug Zeit.«

Anfangs hatte Sissi geglaubt, es wäre Scham, die ihn davon abhielt, in ihrer Gegenwart zu jagen, aber mittlerweile hatte sie erkannt, dass er das aus reiner Höflichkeit tat. Er sah sich selbst als Raubtier, warum also sollte er sich schämen? Sie verstand es, aber es gefiel ihr nicht. »Wenn es hilft, könntest du von mir …«

Er ließ sie nicht ausreden. »Niemals.« In seinem Blick lag Unverständnis, als sei es ihm unbegreiflich, wie sie so etwas vorschlagen konnte. »Niemals«, wiederholte er. Dann räusperte er sich und wechselte abrupt das Thema. »Er war betört«, sagte er. »Bis kurz vor seinem Tod.«

Er setzte sich auf einen Stuhl in der Nähe des Kamins. »Jemand muss ihn jahrelang so gehalten haben, bis er entkam oder freigelassen wurde.«

»Nur um zu sterben.« Der Gedanke stimmte Sissi traurig.

»Er wäre sowieso gestorben. Selbst wenn man sehr vorsichtig ist, kann man einen Menschen nicht unbegrenzt betören. Das zerstört den Verstand.«

»Wirklich? Und was ist mit dem Personal in der Hofburg?« Sissi dachte an den Jungen, der ihr den Weg zum Ballsaal gezeigt hatte. Weder er noch die anderen hatten es verdient, den Verstand zu verlieren, nur weil sie am falschen Ort arbeiteten.

»Das sind nur kleine Eingriffe. Ich rede davon, jemandem eine andere Umgebung vorzuspiegeln, ein Leben, das es gar nicht gibt.«

So wie bei den beiden Mädchen, die die wilden Vampire fest-

gehalten haben, dachte Sissi. Franz-Josef hatte recht. Der verwahrloste Mann erinnerte sie an die beiden.

»Er kann nicht weit gekommen sein, so ausgemergelt, wie er war«, sagte sie und zog den Umhang, den sie hatte ablegen wollen, wieder um die Schultern. »Lass uns nachsehen. Vielleicht finden wir ja etwas.«

»Wir? Jetzt?«

»Warum nicht?« Sie sah ihm an, dass er am liebsten allein aufgebrochen wäre, auch wenn er es nicht aussprach.

»Also gut«, sagte er nach einem Moment.

Der Tote war bereits weg, als sie zu der Stelle zurückkehrten, wo sie ihm begegnet waren. Auch die Menge hatte sich aufgelöst. Die Passanten, die nun an ihnen vorbeischlenderten, ahnten wohl nicht, was sich weniger als eine halbe Stunde zuvor auf der schmalen Allee zugetragen hatte.

»Riechst du ihn noch?«, fragte Sissi.

Franz-Josef sah sie an. »Ich bin kein Hund.«

Der Hunger schien seine Laune zu beeinträchtigen. Sissi hob die Schultern. »Entschuldige.«

Das Licht der Gaslaternen blieb hinter ihnen zurück, als sie die Allee verließen und in die Richtung gingen, aus der der Unbekannte gekommen war. Schmale Wege führten durch Kräuter- und Gemüsegärten. Bohnenstangen ragten hinter Hecken hervor.

Sie trafen nur einen alten Mann, der eine Schubkarre mit Kohlköpfen vor sich herschob. Franz-Josef fragte ihn, ob er etwas gesehen habe, worauf der Bauer wortlos den Weg hinunterzeigte.

Nach einer Weile wurde aus den Gärten unbebautes Brachland. Es war eine sternklare Nacht und in ihrem Licht erkannte Sissi Gestrüpp und hohes Gras. Der Weg führte noch einige Meter zwischen Sträuchern hindurch, dann endete er im Nichts.

»Das war früher alles Sumpf«, sagte Franz-Josef. »Erstaunlich, wie viel sich in so kurzer Zeit verändert hat.«

Das sind über sechzig Jahre, dachte Sissi. *Ein ganzes Menschenleben.*

»In relativ kurzer Zeit«, fügte Franz-Josef nach einem Moment hinzu, als sei ihm klar geworden, wie der Satz für Sissi klingen musste, »geschichtlich betrachtet.«

»Schon gut.« Sissi lächelte. »Ich weiß, dass ich nicht so lange leben werde wie du. Das ist kein Geheimnis.«

»Wir werden sehen.« Mehr sagte Franz-Josef dazu nicht.

Er ging voran, führte Sissi durch das hohe Gras, warnte sie, wenn Wurzeln aus dem Boden ragten oder Dornenranken ihrer Kleidung drohten. Irgendwann wurde es unter ihren Schritten feuchter. Pfützen funkelten im Sternenlicht.

Franz-Josef blieb stehen. »Du hast ihn berührt«, sagte er. »War er nass?«

»Nein.«

»Dann ist er nicht durch die Sümpfe gelaufen.« Er kehrte um und führte Sissi zurück, bis der Boden unter ihren Füßen wieder trocken war. »Wenn wir nach rechts gehen, kommen wir zurück in die Stadt. Ich weiß nicht, was links von uns liegt. Als Kind bin ich nie weiter als bis hierher gekommen.«

Sissi versuchte, ihn sich in seiner Kindheit vorzustellen. »Hast du mit deinen Freunden den Sumpf erkundet?«

»Mit meinen Soldaten.« Franz-Josef bog die Zweige eines Dornenbuschs zur Seite und ließ Sissi vorgehen. »Ich wurde rund um die Uhr bewacht.« Er sah zur Seite. »Hier ist ein Pfad.«

Der Pfad war gerade so breit, dass sie nebeneinanderher gehen konnten. Auf beiden Seiten wuchs dichtes Gestrüpp. Sissi konnte sich nicht vorstellen, dass der alte Mann die Kraft gehabt hatte, sich einen Weg quer hindurch zu bahnen. Wenn er aus dieser Richtung gekommen war, dann musste er den Pfad benutzt haben.

»Das klingt einsam«, sagte Sissi.

Franz-Josef schüttelte den Kopf. »Ganz und gar nicht. Ich war immer mit anderen zusammen und die Soldaten drückten bei vielem beide Augen zu.« Er warf ihr einen kurzen Blick zu. »Aber ich wette, dass du viele Freunde hattest.«

»Nicht so viele.« Sissi scheute davor zurück, *keinen einzigen* zu sagen, obwohl es die Wahrheit gewesen wäre. »Ich musste fast immer üben, und wenn nicht, wurde ich unterrichtet. Die Lehrer kamen zu uns ins Haus.«

»Lehrer der Kinder Echnatons?«

»Natürlich.«

Franz-Josef schwieg. Sissi dachte daran, was sie gelernt hatte: Lesen, Schreiben, ein wenig Rechnen und Unmengen von Fakten über Vampire und wie sie die Welt beherrschten. Zum ersten Mal fragte sie sich, ob es nicht vielleicht besser gewesen wäre, sie mit den Nachbarskindern spielen zu lassen. *Sie sehen die Welt nicht so wie du,* hatte ihr Vater einmal gesagt. *Du kannst ihnen nicht trauen, nur uns und deinen Geschwistern.*

»Wieso bist du plötzlich so still?«, fragte Franz-Josef.

Sie schüttelte den Gedanken ab. »Es ist nichts.«

Sissi befürchtete, dass er nachfragen und sie dazu bringen würde, sich noch einmal den Fragen zu stellen, die sie so lange verdrängt hatte, aber er blieb stattdessen stehen und hob die Hand.

»Da sind Menschen«, sagte er.

Sissi duckte sich unwillkürlich. Sie folgte Franz-Josef weiter den Pfad entlang. Nach ein paar Schritten duckte er sich ebenfalls, bis er hinter dem Gestrüpp nicht mehr zu sehen war.

»Vorsicht, das sind mindestens ein Dutzend«, flüsterte er.

Einige Meter weiter endete der Pfad an einer Lichtung. Sissi sah einen gespaltenen, toten Baum, in den vor langer Zeit einmal der Blitz eingeschlagen haben musste, und hinter Sträuchern verborgen das halb eingestürzte Dach eines Hauses. Geschwärzte Balken ragten aus der Ruine auf.

Im ersten Moment hielt Sissi die Menschen, die zwischen Mauerresten und Trümmern hockten, für Büsche, doch dann bewegte sich einer von ihnen. Er kroch zu einem Baum und begann in der Erde zu scharren. Die anderen reagierten nicht darauf. Niemand sprach.

»Etwas stimmt nicht mit ihnen«, flüsterte Sissi. »Spürst du das auch?«

Franz-Josef nickte. In der Dunkelheit war sein Gesicht nur ein verschwommener heller Fleck.

Sissi richtete sich auf und ging auf die Ruine zu.

»Was tust du?«, flüsterte Franz-Josef hinter ihr, aber sie ignorierte ihn.

»Bonsoir«, sagte sie laut.

Einige Köpfe hoben sich beim Klang ihrer Stimme. Sissi blickte in offene, lächelnde Gesichter. Die meisten Menschen trugen gute, teure Kleidung, waren wohl einmal Händler und Großbauern aus der Umgebung gewesen. Nun hockten sie am Boden und gruben im Dreck nach Wurzeln und Würmern.

Sissi drehte sich um, als Franz-Josef neben sie trat. »Sind sie betört worden?«

Er kniff die Augen zusammen, musterte jeden Einzelnen von ihnen. Dann runzelte er die Stirn. »Ja, aber nicht so, wie ich es könnte. Das hier ist anders.« Er suchte nach den richtigen Worten. »Ihnen wurde der Verstand nicht vernebelt, sondern genommen, Sissi. Sie werden ewig so bleiben.«

Sie wollte ihm nicht glauben. Auch Kinder waren unter den Menschen. »Woher willst du das wissen?«

»Ich spüre es. Sie sind leer.«

Leer. Das Wort entsetzte sie. Langsam ging sie auf die Ruine zu, vorbei an den Menschen am Boden, die sie nicht länger beachteten.

Franz-Josef fasste sie am Arm. »Sei vorsichtig. Komm ihnen nicht zu nahe.«

Steine knirschten unter ihren Sohlen, als sie die Ruine betrat. Sie sah einen Mann und eine Frau in einer Ecke, die auf altem Laub miteinander schliefen. Es stank nach Kot. Sissi würgte und hielt sich den Kragen ihres Umhangs vor Mund und Nase.

Die Wände und die Decken des verfallenen Hauses waren geschwärzt. Es musste irgendwann abgebrannt sein, vielleicht an dem Tag, an dem ein Blitz das Leben des Baums vor dem Eingang beendet hatte.

Franz-Josef wandte sich nach rechts, sie nach links. In einem kleinen Zimmer, das früher vielleicht einmal eine Abstellkammer oder dergleichen gewesen war, hockten drei Frauen am Boden. Lächelnd scharrten sie mit den Fingern in einem Spalt zwischen den Dielen. Als eine von ihnen nach einer Kellerassel griff, wandte Sissi sich ab.

Oh Götter, dachte sie.

»Sissi?«

Sie folgte dem Klang von Franz-Josefs Stimme. Der Gang, den er genommen hatte, führte in einen besser erhaltenen Teil des Hauses. Durch eine offen stehende Tür konnte Sissi Tische sehen, auf denen Werkzeug und Instrumente lagen. In einer Ecke stand ein Mikroskop neben einer Öllampe.

»Sieh dir das an.« Franz-Josef hob ein großes, fest verschlossenes Einmachglas hoch. Augäpfel schwammen darin. »Ich glaube, einer davon gehört Sophie.«

Sissi hätte sich beinah übergeben. Mühsam schluckte sie bittere Galle hinunter. »Was hat das alles zu bedeuten?«

Er stellte das Glas zurück auf den Tisch. Die Augäpfel hüpften auf und ab wie Korken im Wasser. »Es bedeutet, dass Seine Eminenz versucht, die Welt zu verändern. Er hat die leeren Hüllen da draußen mit den Augen von Vampiren erschaffen, was weiß ich, wie! Doch das ist erst der Anfang.«

Sissi versuchte, die Augäpfel auf dem Tisch nicht anzusehen, auch wenn sie in ihre Richtung zu starren schienen. »Was findet im Stephansdom zu Weihnachten statt?«, fragte sie.

Franz-Josef hob die Schultern. »Sehr viel.«

»Etwas Besonderes?«

Seine Augen weiteten sich. »Die Mitternachtsmesse. Jeder europäische Würdenträger, der etwas auf sich hält, nimmt daran teil. Der Dom wird voller Menschen sein mit Tausenden von Schaulustigen auf allen Plätzen.«

»Und einem Ballon voller Was-weiß-ich über ihren Köpfen.« Sissi biss sich auf die Lippe. Sie dachte an ihre Familie, die zum

Weihnachtsfest nach Wien kommen würde. »Wir müssen ihn aufhalten, Franz.«

»Ja.« Er wirkte nachdenklich, als er an ihr vorbeiging und durch ein Loch in der Wand die Ruine verließ.

»Was ist?«, fragte sie.

Franz-Josef zögerte. »Ich bin nur nicht sicher, ob du weißt, worauf du dich einlässt. Das ist nicht irgendein wilder Vampir, sondern Seine Eminenz. Er …«

Sissi hob die Hand. »… hat einen ziemlich doofen Namen und wir werden ihn schlagen.« Es sollte locker klingen, aber sie war nicht sicher, ob ihr das gelungen war. Sie spürte immer noch die Blicke der Augäpfel im Rücken.

»Seine Eminenz ist nicht sein Name«, sagte Franz-Josef. »Wir nennen ihn nur so, weil wir ihn irgendwie bezeichnen müssen. Er ist so alt, dass es, als er in die Welt kam, noch nichts gab, was einen Namen trug. Er hat es bis heute nicht für nötig gehalten, sich einen zuzulegen.« Er ergriff Sissis Hand. »Nimm ihn ernst.«

Sie nickte.

»Und, Sissi?«

»Ja?«

»Weißt du, wie viel ein Schrankkoffer kostet?«

KAPITEL VIERUNDDREIßIG

Unter den Kindern Echnatons gibt es manche, die eine Kontinuität in der Geschichte Europas zu erkennen glauben, die auf einen steuernden Willen im Hintergrund zurückzuführen sei. Der Glaube an diese graue Eminenz, die das Schicksal der zivilisierten Welt lenkt, ist verlockend, verleiht sie uns doch die trügerische Hoffnung, mit dem Tod eines einzelnen Vampirs würde ganz Europa fallen, aber sie ist leider völliger Blödsinn.
– *Die geheime Geschichte der Welt* von MJB

Ein Schrankkoffer war schwerer zu bekommen, als Sissi gedacht hatte, und teurer. Fast den ganzen Vormittag benötigte sie, um einen aufzutreiben, der groß genug für ihre Zwecke war. Sie ließ ihn zur Herberge liefern und machte sich auf den Weg zum Schloss.

An die Menschen, die sie in der Ruine zurückgelassen hatten, versuchte sie nicht zu denken. *Sie sind doch glücklich,* hatte Franz-Josef gesagt, als sie fragte, was sie wegen ihnen unternehmen sollten. *Wir müssen nichts tun.*

In gewisser Weise hatte er recht, trotzdem behagte ihr seine Leichtfertigkeit nicht. Es waren Menschen, die dort im Dreck wühlten, keine Kühe.

Die Stände auf dem großen Platz vor dem Schloss waren fertig aufgebaut, die ersten Händler räumten bereits ihre Waren ein. Fast jeder schien Miniaturballons und Holzspielzeug anzubieten.

Hinter den Ständen bemerkte Sissi Gerüste und Absperrungen. Riesige schlaffe Säcke lagen im Gras. Einige zierten Muster, andere Bilder, die man wohl erst erkennen würde, wenn die Ballons sich vollständig aufgebläht hatten.

Sissi ging an den Kohlefeuern vorbei, mit denen die Luft in den Säcken erhitzt wurde, so erklärte es ihr zumindest einer der Ballonfahrer, ein Rheinländer namens Alfons.

Franz-Josef hatte sie gebeten, nach verdächtigen Gegenständen oder Vorkommnissen Ausschau zu halten, aber sie hatte wenig Hoffnung, dass ihr etwas auffallen würde. Er anscheinend auch nicht, weshalb sonst hätte er um einen Schrankkoffer gebeten?

In der Nacht, als sie bereits im Halbschlaf lag, hatte sie ihn das Haus verlassen hören. Sie wusste nicht, was er gejagt hatte, und würde ihn auch nicht danach fragen.

Ich muss lernen, zu akzeptieren, was er ist, dachte sie zum wiederholten Mal.

Es waren tatsächlich Hunderte Ballonfahrer nach Versailles gekommen, so wie die Köchin gesagt hatte, aber nicht alle würden den Boden verlassen. Während Sissi über das Gelände wanderte, brachen zwei Feuer aus, von denen eines gleich mehrere Ballons zerstörte. Die Freiwilligen, die mit Wasser- und Sandeimern in der Hand auf dem Gelände patrouillierten, bekamen das andere rasch in den Griff.

Sissi hatte geglaubt, die Ballonfahrer würde jeder Ausfall eines Konkurrenten freuen, doch sie sah nur Bedauern in den Gesichtern.

»Mer sin ne verschworene Jemeinschaft von Spinnern«, hatte Alfons erklärt, als sie ihn danach fragte. »Und kein Spinner sieht et jään, wenn nem andere en Unglück widderfährt.«

Er schien es ernst zu meinen.

Sein Ballon bestand nicht nur aus einem, sondern aus fünf Kugeln, von denen zwei bereits vollständig gefüllt waren, als Sissi mit ihm zu reden begann. Ein langes, aus Korb geflochtenes Schiff hing darunter. Es hatte einen spitzen Kiel und war schmal.

»Damit kann isch dat Luftmeer zerdeile wie en Drachenboot dat Wasser«, sagte Alfons auf ihre Frage. »Keiner weed so schnelll sin wie isch.«

Andere Ballonfahrer hatten ähnlich exotische Ideen. Ihre Gefährte hatten die unterschiedlichsten Formen. Manche benutzten mehrere Hüllen, andere mehrere Körbe, einer sogar gar keinen Korb, nur eine Halterung für das Kohlefeuer und einen Stuhl, der, von langen Stricken gehalten, darunter hing.

Sissi strich ihn von der Liste möglicher Verdächtiger.

Es war ohnehin eine erschreckend kurze Liste. Wenn sie wenigstens gewusst hätte, wonach sie suchte. Versteckte einer der Ballonfahrer Vampire im Stauraum seines Korbs? Gab es Säcke oder Flaschen, in denen der Stoff, der Menschen in leere Hüllen verwandelte, transportiert wurde?

Ihre Unwissenheit frustrierte Sissi. Es fiel ihr schwer, die flötende kleine Sissi aus Possenhofen zu spielen, aber sie tat es trotzdem und hoffte, dass sie bei ihren Unterhaltungen mit den Ballonfahrern auf irgendetwas stoßen würde, was ihr weiterhalf.

Doch sie fand nichts.

Schließlich gab sie auf und kehrte zurück zu Alfons, dessen dritte Hülle mittlerweile am Korb hing.

»Mir ist da ein ganz schreckliches Malheur passiert«, flötete sie.

Der Rheinländer sah von der Karte auf, die er auf seinen Knien ausgebreitet hatte, und blickte Sissi fragend an. Er war ein älterer Mann, mit einem von grauen Strähnen durchzogenen Vollbart und rundem Gesicht.

»Wenn et irjendwatt is, wobei isch hellfen kann, Mädsche, dann sach et ruhisch«, meinte er.

»Es …« Sie zögerte und senkte verschämt den Kopf. »Ich wollte doch so gern mit dem Papili … das ist mein Vater …«, fügte sie rasch hinzu, damit er sie nicht für geisteskrank hielt, »… das Weihnachtsfest in Wien verbringen. Dafür hatte ich extra einen Fahrschein für den Zug erworben. Ich bin noch nie im Zug gefahren und ich war so aufgeregt. Und nun habe ich den Fahrschein verloren.« Sie versuchte, sich einige Tränen abzuringen, aber sie war keine so gute Lügnerin wie ihre Mutter.

Alfons winkte ab. »Dat hättste eh nit jeschafft, is vill zu spät. Dä Zuch bruch ne Woche oder mie. Da is de Weihnachtsjans schon janz kallt, wenn du noh Huss küss.«

Sie war sich nicht sicher, ob sie ihn richtig verstanden hatte, riss zur Sicherheit jedoch die Augen weit auf. »Aber was mache ich denn jetzt? Das Papili wird ganz unglücklich sein, wenn ich nicht da bin.«

Der Ballonfahrer faltete die Karte zusammen und steckte sie in eine Ledertasche, die er über der Schulter trug. Mit dem Daumen zeigte er hinter sich auf die drei Männer, die im Schiff standen, Leinen festzurrten und Sandsäcke verteilten.

»Isch dääd disch jo mitnemme, ävver dä Ballon is voll und de Jungs könne ja schlääsch noh Wien laufe. Mit dem Rudi singe Schwester bin isch verhierot. Dat würd isch mein Lebtach zu hüre krije.«

Sissi nahm an, dass das *Nein* heißen sollte. Sie griff in ihre Gürteltasche, zog den Geldbeutel heraus, den Franz-Josef ihr gegeben hatte.

»Das Papili hat mir ein bisschen Geld dagelassen, für den Fall, dass ich in Not gerate«, flötete sie. »Ich kenne mich nicht so aus, deshalb weiß ich nicht, wie viel das ist.«

Sie reichte Alfons den Geldbeutel. Dessen Augenbrauen hoben sich, als er das Gewicht spürte. Er zog den Beutel auf und ließ ihn mit einer Geschwindigkeit, die Sissi seiner behäbig wirkenden Gestalt nicht zugetraut hätte, in seiner Ledertasche verschwinden und drehte sich um.

»Fred, Mischael!«, rief er. »Erus he! Rudi, du kanns blieve.«

Die Männer ließen ihr Werkzeug sinken und sahen sich verwirrt an.

Alfons wandte sich wieder Sissi zu, während die beiden hinter ihm zu protestieren begannen. »Kümmer disch jar nit um die. Sei um ach morje fröh hä, dann weed dat schon klappe mit dir und dem Papili. Häste Jepäck?«

Sissi nickte. »Einen ziemlich großen Koffer.«

Die Lieferanten standen bereits vor der Tür, als Sissi zur Herberge zurückkehrte. Sie hatte Alfons Franz-Josefs gesamtes Geld gegeben, also schenkte sie den beiden Männern zwei Flaschen Schnaps und bat sie, um sieben Uhr am nächsten Morgen wiederzukommen und den Koffer zum Schloss zu bringen. Zwei weitere Flaschen Schnaps und sie stimmten zu.

Den Rest des Nachmittags verbrachte sie damit, die Ritzen in dem fast mannsgroßen Lederkoffer mit Kerzenwachs und Stofffetzen abzudichten. Irgendwann kam ihr der Gedanke, dass Franz-Josef nicht würde atmen können, wenn sie zu sorgfältig vorging, doch dann fiel ihr wieder ein, dass er das auch nicht musste. Im tiefsten Inneren betrachtete sie ihn wohl immer noch als Menschen.

Kurz nach Einbruch der Dunkelheit hörte sie, wie die Kellertür geöffnet wurde.

»Guten Morgen«, sagte sie.

Franz-Josef blieb neben ihr stehen und küsste ihr Haar. »Guten Morgen.« Sein Blick fiel auf den Schrankkoffer. »Dir ist also niemand aufgefallen.«

»Nein.« Sissi träufelte Wachs von einer Kerze in eine Kofferritze. »Aber ich habe einen Ballonfahrer gefunden, der uns mitnimmt. Ach ja, und wir haben kein Geld mehr.«

Sie war aufgekratzt. Die Aussicht, schon bald vom Erdboden aufzusteigen und wie ein Vogel durch die Luft zu fliegen, begeisterte sie.

»Und wenn wir uns irren?«, fragte Franz-Josef. Er fuhr mit der Hand über das Kerzenwachs und strich es glatt. »Was dann?«

»Dann haben wir es wenigstens versucht.« Sissi wollte nicht ernsthaft darüber nachdenken. Sie nahm seine Hand. Die Fingerspitzen, mit denen er das Wachs berührt hatte, waren warm. »Ich bin aber davon überzeugt, dass wir uns nicht irren. Er wird in einem der Ballons sein und wir werden ihn aufhalten.«

»Er *scheint* sich nur so sicher zu sein«, sagte Franz-Josef. »Er hätte die leeren Menschen töten und das Labor vernichten können, aber er hat alles zurückgelassen, als wollte er, dass man es findet.«

»Vielleicht wurde er gestört?« Doch das klang selbst für Sissi nicht sehr überzeugend.

»Nein. Ich denke, er hielt es einfach nicht für nötig. Er weiß, dass er nicht mehr aufzuhalten ist.«

»Er weiß gar nichts.«

Franz-Josef lächelte und küsste ihre Wange. »Du hast recht.« Dann räusperte er sich. »Komm, lass mich den Koffer ausprobieren. Bevor ich Tage darin verbringe, will ich wenigstens wissen, worauf ich mich einlasse.«

Seine plötzliche Fröhlichkeit täuschte Sissi nicht. Er hatte Angst.

KAPITEL FÜNFUNDDREISSIG

Vampire sind auf den Menschen angewiesen. Ohne Menschen können sie sich nicht fortpflanzen (diesen geschmacklosen Aspekt menschlicher Unterdrückung haben wir bereits in einem anderen Kapitel diskutiert) und auch für die Nahrungsaufnahme sind sie unerlässlich. Denjenigen unter den Kindern Echnatons, die eine friedliche und offene Koexistenz von Menschen und Vampiren anstreben, sei noch einmal deutlich gesagt, dass Menschenblut die einzige Nahrung ist, die einen Vampir langfristig am Leben erhält. Tierisches Blut reicht ihm nicht. Alle Geschichten, die Gegenteiliges behaupten, sind von Vampiren gestreute Märchen, die uns verwirren sollen.
– *Die geheime Geschichte der Welt* von MJB

»Wat is dat denn?«

Alfons stemmte die Hände in die Hüften, als er die beiden Männer sah, die Sissis Koffer schwitzend und fluchend zwischen sich trugen.

»Hätste nit wenigstens dem Weet sin Mobiliar im Zimmer stehe lasse künne?«

Sissi wusste nicht, was sie darauf sagen sollte, also lächelte sie nur.

Alfons half den Männern, den Koffer über die Reling der Gondel zu hieven, und begann ihn zusammen mit seinem Schwager Rudi an einer Seitenwand festzuzurren.

»Frauen«, murmelte Rudi.

Alfons schüttelte den Kopf. »Nee, dat Mädsche is schon in Ordnung.« Er winkte Sissi zu. »Kumm ruhisch an Bord. Dä Rudi is nur schläch jelaunt, weil man ze zweit kinn Skat kloppe kann.«

»Ich spiele Skat«, antwortete sie.

»Siehste?« Alfons wandte sich seinem Schwager zu. »Et füscht sich doch allles zum Juten.«

Rudi wirkte nicht wirklich überzeugt.

Sissi hob den Kopf und betrachtete die fünf prall gefüllten Hüllen, die über ihr hingen. Sie boten einen farbenprächtigen Anblick mit Mustern und Bildern fliegender Pferde. Die Seile, mit denen der Korb am Boden befestigt war, knarrten, als könnten sie den Ballon kaum halten.

Auch die anderen Ballons hingen prall gefüllt in der Luft. Manche Körbe schwebten bereits, die meisten waren aber noch am Boden verankert. Überall knarrte und knirschte es. Männer lachten und unterhielten sich. Die allgemeine Spannung war deutlich spürbar.

»Et jab noch nie zuvor in dä Jeschischte dä Minschheit so'n langes Balllonrenne«, erzählte Alfons. Sissi hatte den Eindruck, dass er nur so viel redete, um seine Nervosität zu überspielen. »Do musste mer uns Jedanken mache, wie mer de Luft heiß und de Balllons oben halte. Esüns hammer de Hülllen am Boden erhitz und sinn jefloge, bis mer widder rungerkomme, ävver dat jeht jetz nit. Deshalv die Kohlefeuer an Bord.«

Sissi warf einen Blick auf die Metallkörbe, in denen rot glühende Kohlen lagen. Überall roch es nach Rauch und Feuer.

»Ist das nicht gefährlich?«, fragte sie.

»Jo, dat is et.« Alfons grinste. »Hä jit et keine, dä nit de Butz voll hätt, ävver weißte watt? Isch will et jarnit anders. Langeweile kann isch hann, wenn ich unger dä Ääd lieje. Do muss isch nit für noh Versailles fahre.«

Auf der anderen Seite des Platzes, verborgen hinter den riesigen schwankenden Ballons, spielte ein Orchester.

»Dä Bürjermeister von Versailles jibt den Startschuss«, sagte Alfons. Er reichte Sissi eine kleine Axt. »Und wenn de willlst, kannste dann de Lingen kappen, de uns am Boden hallten.«

Neben ihm verdrehte Rudi die Augen. Er schien nicht viel zu sagen.

»Danke.« Sissi nahm die Axt mit zwei Fingern, wie es eine Dame getan hätte.

»Du muss rischtisch fest zuschloge«, sagte Alfons. »Stell dir einfach vüür, da drunger litt einer, den du nit leide kanns. Dann jeht dat jut.«

»Mir fällt schon einer ein.« Rudi zurrte den Schrankkoffer mit einem letzten Riemen fest.

Sissi schätzte, dass er ungefähr so alt war wie Alfons, aber sein Gesicht war faltiger, seine Haut blasser.

Da fiel der Startschuss.

Sissi wirbelte herum, holte aus und hieb den Strick auf der Reling mit einem Schlag durch. Ihr Magen sackte ihr in die Knie, als der Korb auf einmal in den Himmel schoss.

»Dat is dä jefährlichste Moment«, rief Alfons, aber Sissi konnte ihn wegen der Schreie kaum hören.

Erst als sie Luft holte und die Schreie plötzlich verstummten, bemerkte sie, dass sie selbst sie ausgestoßen hatte.

Sissi hörte ein Rumpeln im Schrankkoffer. »Alles in Ordnung«, rief sie. »Mir geht es gut.«

»Tapferet Mädsche«, gab Alfons zurück.

Das Rumpeln im Schrankkoffer hörte auf.

Sissi stellte sich auf die Zehenspitzen und sah über die brusthohe Reling nach unten. Menschen, so groß wie ihre Hand, winkten mit Taschentüchern. Ein halbes Dutzend Ballons stand noch am Boden. Einer schleifte seinen Korb im Wind hinter sich her über den Rasen, dem Orchester entgegen. Die Musik erstarb. Musiker sprangen auf und liefen auseinander.

Sissi lachte. Der Wind zerrte an ihren Haaren. »Das ist so hoch!«, rief sie.

»Dat is noch jarnix.« Alfons trat neben sie. Es überraschte sie, dass er nicht mit irgendetwas beschäftigt war.

»Müssen Sie den Ballon nicht steuern?«

»Steuern? Dat macht dä Wind. Dä weht hier eijentlich immer vun Westen, deshalb fliejen mer jetzt nach Osten. Wenn der dä dat nit deit, dann flöje mer woanders hin.« Er schien ihren Blick zu bemerken. »Aber mach dir mal keine Sorgen. Du kommst schon zu dinge Papili.«

Sie fuhr erschrocken herum, als sie die Schreie hörte. Die Ballons hatten begonnen, sich voneinander zu lösen. Jeder fand seine eigene Höhe und seine eigene Geschwindigkeit. Nur zwei hingen weiterhin zusammen, hatten sich mit Leinen verfangen, an denen nun Männer zerrten und rissen. Einer der beiden Körbe wurde bereits gegen die Hülle des anderen Ballons gedrückt und hing gefährlich schief. Kohlen rutschten aus der Glut und fielen in den Korb. Ein Ballonfahrer schaufelte sie hinaus. Sissi sah die Verzweiflung auf seinem Gesicht.

In dem anderen Ballon begannen Männer mit Äxten auf die Leinen einzuschlagen.

»Was machen die da?«, fragte Sissi entsetzt.

»Wat se könne.« Alfons' joviale Art war verschwunden. Er bekreuzigte sich und schüttelte den Kopf.

Die beiden Ballonfahrer in dem schräg hängenden Ballon bemerkten erst jetzt, was in dem anderen Korb vor sich ging. Sie riefen und gestikulierten, aber die Männer beachteten sie nicht, schlugen nur weiter auf die Stricke ein. Einer riss, dann ein zweiter. Die aufgeblähte Hülle des anderen Ballons rutschte aus dem Netz, das sie hielt, und schoss nach oben, der Korb nach unten. Sissi hörte die Männer schreien. Sie wollte über die Reling sehen, aber Alfons zog sie zurück.

»Sieh nit hin.« Er drehte sich zu Rudi um, der auf der anderen Seite des Schiffs stand. »Konnste sehe, wer dat wor?«

»De Beljier«, rief Rudi.

Alfons bekreuzigte sich erneut. »Arme Schweine.« Dann

seufzte er und wandte sich wieder an Sissi. »Ävver dat Schlimmste is jetz vorbei. Waat, bis mer en bissch fott sin, und sieh dir dann die Landschaff an. Dat weed dich schnelll uf andere Jedanke bringe.«

Er hatte recht. Den ganzen Tag verbrachte Sissi an der Reling, eingehüllt in eine Decke und mit Tee in der Hand, den Rudi über einem der Kohlefeuer kochte. Unter jeder Hülle stand eines. Die beiden Männer verbrachten fast die ganze Zeit damit, sie zu bewachen. Zwischendurch zog Alfons seinen Kompass aus der Tasche und kontrollierte die Richtung. Er wirkte zufrieden.

Und das konnte er auch sein. Der Ballon, den er selbst konstruiert hatte, gehörte zu einer Sechsergruppe, die sich vom Hauptfeld abgesetzt hatte und immer mehr Abstand zu ihm gewann. Sissi hoffte, dass sie nicht ausgerechnet den Ballon abhängten, nach dem sie suchten. Den Ballons in ihrer Nähe hatte sie begonnen, Namen zu geben. Da war der Sonnenballon, der blauen Ballon, der laute – wegen der Fahrer, die den Tag nur mit Feiern verbracht hatten –, der hässliche und die Ente. Sie versuchte, sich die Gesichter darauf zu merken und die Menschen zu zählen, die sie sah. Irgendwo musste ihr doch etwas auffallen, was nicht zusammenpasste.

Kurz vor Einbruch der Dunkelheit breitete Rudi neben einem der Kohlefeuer eine Decke aus und legte sich hin.

»Leider künne mer et dir nit erspare, ne Wache zu üvvernehme«, sagte Alfons. Er stellte sich neben Sissi an die Reling und gähnte. »Du muss nur e bissche uf de Feuer achte, und wenn wat is, sachste Bescheid. Weck misch, wenn de müde wirs.«

Sie nickte und sah weiter hinunter auf die hügelige Landschaft, die in der Dämmerung langsam grau wurde. Kohlefeuer leuchteten neben und hinter ihr. Sie hörte leise Stimmen. Irgendwo spielte jemand Geige.

Sissi wartete, bis Alfons und Rudi schliefen, dann löste sie die Gurte, die den Schrankkoffer hielten, und öffnete die Schlösser. Beinah hätte sie gelacht, als sie Franz-Josef eingequetscht zwischen ihrem Katana und den Kofferwänden sitzen sah.

Er verzog das Gesicht und streckte die Beine. »Endlich«, sagte er hörbar erleichtert. »Ich dachte schon, es wird nie dunkel.«

Seine Gelenke knackten, als er sich erhob. An der Reling blieb er stehen und sah nach unten. »Jesus, ist das hoch.«

Hinter ihm hob Rudi den Kopf. »Was is de…«

Franz-Josef fuhr herum. »Schlaf weiter«, sagte er mit merkwürdig tiefer Stimme. Rudi ließ den Kopf wieder sinken.

Sissi warf Alfons einen kurzen Blick zu, doch der schnarchte, bekam offenbar nichts von dem, was um ihn herum vorging. Als sie sich wieder umdrehte, saß Franz-Josef bereits neben Rudi und trank aus dessen Nacken. Sissi presste die Lippen aufeinander, sagte aber nichts. Er brauchte Nahrung, aber außer ihr und den beiden Männern war keine verfügbar. Und sie würde er niemals anrühren, das wusste sie mittlerweile.

Franz-Josef nahm das Fernglas aus einer Halterung an der Reling und richtete es auf die anderen Ballons. »Großer Mann mit Bart«, sagte er. Sissi hakte ihn in Gedanken ab. »Kleiner Dicker.«

Auch den hatte sie tagsüber gesehen. Er konnte also kein Vampir sein.

Sie fanden niemanden in dieser Nacht, obwohl sie fast bis zum Morgengrauen suchten. Schließlich nahm Sissi Franz-Josef das Fernglas aus der Hand.

»Wir haben jeden Ballon in unserer Nähe dreimal überprüft. Lass uns aufhören. Vielleicht ändert sich das Feld morgen und wir bekommen eine neue Chance.«

Nur zögerlich stimmte er zu.

Ohne zu reden, standen sie noch eine Weile nebeneinander. Sie hielten sich an den Händen und blickten in den langsam heller werdenden Nachthimmel.

»Wir haben uns nicht geirrt«, sagte Sissi, als Franz-Josef in seinen Koffer zurückkehrte. »Er ist hier.«

Er nickte, ohne zu antworten.

Sissi schlief bis zum Nachmittag und wachte erst auf, als Alfons sie weckte und ihr ein Wurstbrot reichte. »Ob de jut jeschlofe häs, muss isch wohl nit frage«, sagte er.

Sie dankte ihm, streckte sich und stand auf. Die Landschaft unter ihr hatte sich verändert. Der Schnee war zurückgekehrt und bedeckte Hügel und Wälder mit einer weißen Schicht. Die Dörfer schienen unter ihm zu verschwinden, alles war erstarrt, so als hätte der Schnee eine neue, stille Welt erschaffen.

Eine Welt, wie Seine Eminenz sie sich wünscht, dachte Sissi, während ihr Blick über die weiße Landschaft glitt.

Sie legte sich ihre Decke um die Schultern. Die Kohlefeuer wärmten ihren Rücken, trotzdem war ihr kalt. Sie blieb an der Reling stehen und wartete, bis Alfons und Rudi sich hingelegt hatten. Dann öffnete sie den Schrankkoffer.

Franz-Josef fiel ihr beinah entgegen. Sie erschrak und wich zurück. Er jedoch sprang auf und griff nach dem Fernglas.

»Wir haben uns geirrt«, erklärte er, nicht enttäuscht, sondern aufgeregt. »Er ist nicht hier.«

Alfons und Rudi fuhren hoch.

»Schlaft weiter!«, herrschte Franz-Josef sie an. Als die beiden zurück auf ihre Kissen sanken, winkte er Sissi heran. »Er ist nicht hier, sondern da unten.«

Sie folgte seinem ausgestreckten Zeigefinger mit dem Blick und entdeckte auf der endlosen weißen Fläche einen einzelnen schwarzen Punkt.

»Ich dachte, es sei nicht möglich, dass er uns am Boden folgt.« Franz-Josef sprach schnell. Den ganzen Tag hatte er in seinem engen Versteck darüber nachgedacht. »Wir Vampire sind schnell, aber nicht so schnell und vor allem nicht über einen so langen Zeitraum. Dann fielen mir die wilden Vampire ein. Er hat sie positioniert wie Kurierreiter ihre Pferde. Ist der erste erschöpft, springt er zum zweiten, dann zum dritten und so weiter. Denk doch nur daran, wo sie gesehen wurden, Sissi. Österreich, Bayern, Hessen. Sie bilden eine Linie, über die Seine Eminenz seinen Geist springen lassen kann, bis nach Wien.«

Er fasste Sissi bei den Schultern. Erst als sie das Gesicht verzog, bemerkte er, dass er ihr wehtat, und ließ los.

»Wir müssen nicht nach einem Vampir in den Gondeln suchen, sondern nach Betörten, nach Menschen, die Dinge tun, die nicht zu diesem Rennen passen. Du siehst, was Alfons und Rudi machen. Du kannst die finden, die Seine Eminenz von dort unten betört.«

Franz-Josef lachte, als er sah, wie die Hoffnung, die er verspürte, nun auch auf Sissi übersprang.

»Wir können es schaffen«, sagte er.

KAPITEL SECHSUNDDREIßIG

Nachdem ich über vampirische Propaganda gesprochen habe, muss ich natürlich auch die Frage erörtern, ob aufseiten der Kinder Echnatons ebenfalls Propaganda betrieben wird. Die Antwort ist vielschichtiger, als der Laie vermuten würde. Wird gelegentlich übertrieben, wenn es der Sache dienlich ist? Ja. Wird gelogen, um Rekruten zu werben und Hass auf unsere Sklaventreiber zu schüren? Ein klares Nein. Ich bin der felsenfesten Überzeugung, dass alles, was ich hier geschrieben habe, der Wahrheit entspricht.
 – Die geheime Geschichte der Welt *von MJB*

Sissi schlief weder in dieser Nacht noch am nächsten Morgen. Bei Sonnenaufgang nahm sie das Fernglas in die Hand und begann die Ballons in ihrer Nähe zu beobachten. Franz-Josef hatte recht, nach zwei Tagen mit Alfons und Rudi kannte sie die Abläufe an Bord.

Das Feld war zusammengerückt, aber die Sechsergruppe, die sich anfangs davon gelöst hatte, lag immer noch vorn. Sissi sah zu, wie die Männer in den anderen Ballons die Feuer mit Kohle versorgten, Windgeschwindigkeit und Flugrichtung berechneten, aßen, tranken und Gegessenes und Getrunkenes wieder loswurden. Es war keine Frau unter ihnen. Sissi konnte sich den Grund dafür denken.

Da simmer janz diskret, hatte Alfons zu Beginn der Reise gesagt, was stimmte, aber nichts daran änderte, dass Sissi jedes Mal rot wurde, wenn sich jemand an Bord erleichtern musste.

Die Ballons um sie herum wirkten in dem klaren, sonnigen Winterwetter wie Gemälde auf einer blauen Leinwand. Solange sie nicht nach unten blickte und sah, wie schnell die Landschaft vorbeizog, schienen sie still zu stehen.

Gegen Mittag trat Alfons neben sie an die Reling und reichte ihr eine Tasse mit heißer Suppe.

»Et jibt nix Schöneres«, sagte er. Seine Geste schien die ganze Welt einzubeziehen. »Ävver leider is et schon balld widder vorbei.«

Sissi setzte das Fernglas ab. Sie hatte den Ballon beobachtet, den sie wegen des riesigen Sonnengesichts auf der Hülle Sonnenballon nannte. »Was meinen Sie damit?«

»Dat wir, wenn nix dozwische kütt, hück Naach in Wien ankumme.« Er kratzte sich im Nacken, dort, wo Franz-Josef ihn in der Nacht gebissen hatte.

»Das ist ja wundervoll«, flötete Sissi, obwohl sich ihr Magen verkrampfte. Sie fiel Alfons um den Hals und dann, als sie Rudis Blick sah, umarmte sie auch ihn. Er war so still, dass man ihn leicht vergaß.

Es wurde rasch dunkel, an diesem Nachmittag. Irgendwann begannen Sissis Augen vor Anstrengung zu tränen. Nur noch die Kohlefeuer in den Körben der anderen Ballons und die Laternen, in deren Licht die Männer arbeiteten, ermöglichten ihr, sie zu beobachten. Doch sie fand nichts. Alle taten das Gleiche wie sie. Frustriert setzte sie sich neben dem Schrankkoffer auf den Boden des Korbs.

»Franz-Josef«, flüsterte sie. Sissi wusste, dass er sie hören konnte. »Ich kann nichts finden. Wir sind nur noch ein paar Stunden von Wien entfernt und ich habe nichts, keinen Verdacht, gar nichts.«

»Versuch es weiter«, flüsterte er dumpf zurück. »Gib nicht auf. Etwas muss irgendwo anders sein.«

Sie antwortete nicht, aber nach einigen Minuten raffte sie sich auf und trat wieder an die Reling. Den Sonnenballon hatte sie zuletzt beobachtet, zu ihm kehrte sie zurück. Die beiden Männer an Bord wirkten hektischer als zuvor. Sie schienen irgendetwas auszupacken. Sissi nahm das Fernglas zu Hilfe, aber die Reling des Sonnenballons war so hoch, dass sie nicht sehen konnte, was sich dahinter abspielte. Sie sah nur die Männer, die von einer Seite des Korbs zur anderen eilten.

Sissi drehte sich um. »Alfons?« Sie reichte ihm das Fernglas und zeigte auf den Sonnenballon. »Was machen die da?«

Er beobachtete die Männer einen Moment, dann ließ er das Fernglas sinken und hob die Schultern. »Dat Übliche. Sie üvverprüfe ihre Usssrüstung vür dä Landung.«

Sissi warf einen Blick auf Rudi, der vor einem der Kohlefeuer saß und Spielkarten mischte.

»Und wieso tun wir das nicht?«, fragte sie.

»Weil mer net lande wede. Mer krache in dä Stephansdom.«

»Ah.« Sissi nickte. Das war logisch. Wenn sie landeten, würde ja die Maschine, die im Korb lag, nicht platzen und ihre Ladung freigeben. Wieso hatte sie vorher nicht daran gedacht?

Sie legte das Fernglas auf den Boden, stieg über den dunklen Metallzylinder hinweg, so wie sie es schon hundertmal zuvor getan hatte, und setzte sich neben Rudi. Alfons stellte drei Tassen mit Tee ab, dann begannen sie Skat zu spielen.

Irgendwann kam Franz-Josef zu ihnen. Sie lachten, als ihnen klar wurde, dass sie ihn in dem Schrankkoffer vergessen hatten. Er nahm es ihnen nicht übel.

Den ganzen Abend spielten sie Karten. Ab und zu hörte Sissi Rufe von den anderen Ballons. Sie wurden gefragt, wieso sie ihren Anker nicht ausgepackt hätten und ob sie über das Ziel hinausschießen wollten.

Sissi fand das komisch. »Hoch hinaus«, rief sie zurück, während sie innerlich schrie und gegen die Gitterstäbe im Gefängnis ihres Geistes hämmerte …

Er kämpfte.

Franz-Josef warf sich gegen die Fesseln, die seinen Verstand gefangen hielten, immer und immer wieder, während sein Körper ruhig auf dem Metallzylinder saß und einem Kartenspiel zusah, das er nicht einmal verstand.

Er sah das Entsetzen in Sissis Blick und die stumpfe Gleichgültigkeit in dem der beiden Männer. Sie lachten und unterhielten sich, aber es war nur eine Rolle, die Seine Eminenz ihnen zugeteilt hatte.

Sissi weiß es, dachte Franz-Josef, *die anderen beiden nicht.*

Wahrscheinlich wehrte sie sich innerlich, so wie er es auch tat, aber er gab sich nicht der Illusion hin, dass sie viel ausrichten konnten. Franz-Josef spürte die fremde Kontrolle bei jeder Bewegung.

Warum tust du das?, fragte er in seinen Gedanken.

Seine Eminenz antwortete nicht. Franz-Josef glaubte zu spüren, dass ihn die Frage langweilte. Die Verbindung, die zwischen ihnen bestand, war nicht einseitig.

Du siegst, dachte Franz-Josef. *Wir haben keine Chance gegen dich. Wirst du uns wenigstens zusehen lassen, wie du die Welt veränderst, oder müssen wir weiter auf dieses dämliche Spiel starren?*

Wieder keine Antwort. Er versuchte aufzustehen und war überrascht, als es funktionierte. Mit langsamen Schritten trat er zur Reling.

Vor ihm leuchteten die Lichter Wiens. Franz-Josef presste die Lippen zusammen, als er sah, wie nahe sie der Stadt bereits waren. In den anderen Ballons um sie herum erloschen die Kohlefeuer. Es sah aus, als würden sich rote Drachenaugen schließen.

Nach einer Weile stand auch Rudi auf und kippte Sand in zwei der fünf Feuer. Langsam ging der Ballon tiefer und begann sich zu drehen. Franz-Josef spürte eine Brise auf seiner Wange.

Kontrollierst du etwa auch den Wind?

Keine Antwort. Er erwartete auch keine.

Die Konturen der Häuser kamen näher. Der spitze Turm des Stephansdoms ragte zwischen ihnen empor. Von den anderen Ballons klangen Lieder und aufgeregte, freudige Rufe zu Franz-Josef herüber. Die Ballonfahrer schienen kaum glauben zu können, wie genau sie ihr Ziel anvisiert hatten.

Aus den Augenwinkeln sah Franz-Josef, wie Sissi die Spielkarten zur Seite legte und aufstand. Schweißperlen standen ihr auf der Stirn, die Jacke, die sie unter der Decke um ihre Schultern trug, war durchnässt. Sie rang um jeden Schritt.

Sie kämpft so hart, dachte Franz-Josef. *Woher nimmt sie nur diese Kraft?*

Sein Blick kehrte zu der Stadt unter dem Ballon zurück. Er konnte jetzt den Platz vor dem Dom sehen. Tausende standen dort im Licht der Gaslaternen, zeigten auf die Ballons und winkten. Ein Banner mit der Aufschrift: *Ein kaiserliches Willkommen in Wien!,* hing vor dem Dom. Dessen Türen standen offen. Orgelmusik mischte sich in den Jubel des Volkes. Soldaten standen vor dem Eingang Spalier. Kutschen bildeten eine Schlange, die über den Platz bis in die Seitenstraßen reichte.

Es sind alle gekommen, dachte Franz-Josef entsetzt. Sie flogen bereits so niedrig, dass er die Gesichter der Menschen unter ihm erkennen konnte. Weniger als hundert Meter trennte sie noch vom Boden.

Die anderen Ballons wurden langsamer, man warf Seile über Bord, die in der Luft hinter ihnen hergezogen wurden. Helfer am Boden liefen darauf zu und warteten, dass die Ballons so tief gingen, dass man sie zu fassen bekam.

Nur aus Alfons' Ballon wurde kein Seil geworfen.

Die ersten Ballonfahrer bemerkten das, begannen zu rufen und zu winken.

Franz-Josef sah nach unten. Irgendwo durch die Straßen, die zum Dom führten, musste Seine Eminenz laufen, schneller als jeder Mensch, verborgen im Körper eines anderen.

Wer bist du heute? Wieder ein wilder Vampir? Wissen sie eigentlich, was du ihnen antust?

Im gleichen Moment sah er die nackte, ausgemergelte Gestalt, die unter ihm durch die Gasse rannte. Die Menschen, die ihn bemerkten, drückten sich gegen die Wand, glaubten wohl, einem Geisteskranken begegnet zu sein.

Erlaubst du mir, dich zu sehen? Fragte Franz-Josef. *Bist du dir so sicher, dass ich nichts mehr tun kann?*

Du könntest vieles tun, aber du wirst es nicht. Die Stimme kratzte und knisterte in seinen Gedanken – ein Geräusch, so unangenehm, dass Franz-Josef wünschte, es nie wieder zu hören.

Sissi schrie.

Er fuhr herum und sah sie neben einem der noch brennenden Feuer stehen. In einer Hand hielt sie eine glühende Kohle. Ihr Gesicht war verzerrt.

»Franz-Josef!«, schrie sie. »Hilf mir!«

Der Schmerz hat sie befreit. Mein Gott ...

Sie ließ die Kohle fallen, Rauch stieg von ihrer geschwärzten Handfläche auf. Trotzdem griff sie mit beiden Händen nach Seilen und Werkzeug und warf alles über Bord.

Seine Eminenz verschwand plötzlich aus seinem Geist. Franz-Josef sah, wie der wilde Vampir in der Gasse stehen blieb und nach oben blickte.

Sissi schrie, als sie von einer unsichtbaren Kraft zu Boden geworfen wurde. Franz-Josef wollte ihr helfen, wollte den kurzen Moment der Freiheit nutzen, um sie vor Seiner Eminenz zu bewahren, doch dann erkannte er, dass es nur eines gab, was er zu tun hatte.

Er hatte zu sterben.

Franz-Josef sprang aus dem Ballon.

Der Sturz schien nicht enden zu wollen. Er sah Seine Eminenz unter sich, blickte in Augen, die seine Seele zerstören konnten, und schloss die Lider.

Der Aufprall zerschmetterte seinen Körper.

KAPITEL SIEBENUNDDREISSIG

Meine Zeilen dürften dem Leser gezeigt haben, dass es innerhalb der Organisation, die man als Kinder Echnatons bezeichnet, mehrere Gruppierungen gibt. So unterscheidet man zwischen den sogenannten Lämmern, Anhängern einer friedlichen Koexistenz, und den Wölfen, die sich geschworen haben, ihre Waffen erst niederzulegen, wenn der letzte Vampir von unserer Welt getilgt wurde. Dass ich mich der zweiten Gruppierung verbunden fühle, dürfte den Leser nicht wundern, und doch glaube ich, dass meine Überzeugungen der Objektivität meines Werkes nicht geschadet haben.
– Die geheime Geschichte der Welt von MJB

»Franz!«

Sissi beobachtete, wie er über die Reling sprang, und schrie. Nur Sekunden später verschwand die Macht, die sie zu Boden gedrückt hatte. Erschöpft blieb Sissi liegen. Ihre Hand pochte im Rhythmus ihres Herzschlags.

Hinter ihr standen die beiden Männer auf. Rudi betrachtete die Karten in seiner Hand, als wisse er nicht, wie sie dort hingekommen waren.

Alfons kratzte sich am Kopf. »Dat klingt jetz viellleisch beklopp, ävver wor hä jrad einer?«

Sissi zwang sich auf die Beine. Sie verdrängte die Sorge um Franz-Josef, den Schmerz in ihrer Hand, alles außer dem Dom vor ihr. Sie zeigte darauf.

»Alfons!« Mehr brachte sie nicht heraus.

Er fuhr herum. »Scheiße!« Im nächsten Moment stolperte er bereits über den Metallzylinder am Boden. »Wat is dat dann?«

»Fass ihn nicht an. Er ist gefährlich.«

Rudi begann Eimer und Sandsäcke aus dem Ballon zu werfen, Sissi öffnete den Schrankkoffer, schnallte sich ihr Katana um und warf den leeren Koffer über Bord. Währenddessen schaufelte Alfons den Sand aus den erloschenen Kohlefeuern.

Der Ballon ging immer tiefer. Schon ragte die Turmspitze des Doms über ihm auf, die breite steinerne Front war direkt vor ihm. Sissi sah die in den Stein gehauenen Dämonenfratzen über dem Eingang. Sie schienen sie zu verhöhnen.

Unter ihnen kreischten Menschen.

»Dat reischt nit!«, schrie Alfons.

Sissi schluckte. Der Metallzylinder neben ihr durfte nicht platzen, egal, was geschah. Franz-Josef hatte gehandelt, nun war sie an der Reihe. Sie lief zur Reling, nahm Anlauf und … wurde an der Lederschnur ihres Katana zurückgerissen. Sie stolperte, sah auf und blickte in Rudis Gesicht.

»Is nit so schlimm«, sagte er ruhig und sprang.

Der Ballon stieg. Sissi sah die Säulen und Kirchenfenster, die rasch an ihr vorbeizogen. Alfons stocherte in den Kohlefeuern, hustete und fluchte.

Sissi sprang auf, wurde aber in der nächsten Sekunde zu Boden geworfen, als ein Schlag den Korb wie ein Hammer traf.

Der Metallzylinder hüpfte in seiner Halterung. Sissi hielt den Atem an und stieß ihn dann langsam wieder aus. Unter ihr knirschte es. Der Korb wurde über das spitze Dach des Doms gezogen, rutschte an seiner Seite entlang und drehte sich.

Sissi hörte Stricke reißen. Verzweifelt klammerte sie sich an der Reling fest. Die ständigen Drehungen drohten sie aus dem Korb zu schleudern.

»Rudi!«, schrie Alfons. Er hielt sich mit beiden Händen an einem Strick fest. »Wir …« Erst jetzt schien er zu bemerken, dass er und Sissi allein waren. Seine Schultern sackten einen Lidschlag lang nach unten, dann fing er sich wieder.

Er wollte etwas sagen, aber das entsetzlich laute Geräusch, mit dem die Stoffhülle aufriss, unterbrach ihn. Luft entwich mit einem beinah menschlich klingenden Seufzen. Der Korb begann über das Dach zu rutschen, schlitterte auf eisigen Ziegeln dem Rand entgegen. Sissi sah den Abgrund kommen. Sie wollte nicht schreien, aber sie tat es trotzdem.

Dann glitt der Korb auch schon über den Rand. Eine steinerne Spitze bohrte sich nur Zentimeter neben Sissi durch die geflochtene Wand. Es klirrte, als eine zweite neben dem Metallzylinder aus dem Boden schoss.

Mit einem Ruck blieb der Korb hängen. Sissi verlor den Halt und stürzte. Neben ihr stöhnte Alfons, dann hörte sie nur noch das Knarren der Seile. Der Metallzylinder saß sicher in seiner Halterung. Sissi atmete auf.

Sie rappelte sich hoch und blickte über den Rand des Korbs. Keine fünf Meter trennten sie mehr vom Boden. Die Schneeverwehungen, die der Wind gegen den Dom gedrückt hatte, reichten fast bis zu ihr herauf.

Sissi drehte sich zu Alfons um. »Es wird gleich jemand kommen. Sagen Sie ihnen, dass der Metallröhre nichts passieren darf, sonst sind wir alle tot.«

»Wat?«

Sie sprang. Der Schnee dämpfte ihren Sturz. Prustend und spuckend kam sie auf und kämpfte sich durch den Schnee bis zum Boden hinunter. Menschen wollten ihr helfen, aber sie schüttelte sie ab, lief stattdessen über den Platz und sah sich suchend um.

Sie fand ihn in einer Gasse. Er lag auf dem zerquetschten Körper eines wilden Vampirs und sah sie aus Augen, die in schwarzem Blut schwammen, an. Seine Beine waren unnatürlich gekrümmt, eine dunkle Pfütze schmolz den Schnee unter ihm.

Sissi ging in die Knie. »Franz ...«, begann sie.

»Er ist noch in ihm«, flüsterte er.

Sie verstand erst, was er meinte, als er es wiederholte.

»Ich war zu schnell. Er ist noch in ihm.«

Sissi sah dem wilden Vampir ins Gesicht. Seine Haut wurde bereits zu Pergament, doch seine Augen loderten so hell, dass Sissi den Kopf abwenden musste.

»Wir kümmern uns später um ihn. Erst ...«

»Nein, jetzt. Tu es jetzt.«

Seine Worte waren so eindringlich, dass sie nicht widersprach. Sie zog das Katana, drehte es in beiden Händen und stach zu.

Die Klinge glitt vom Hals des Vampirs ab und bohrte sich in den Stein. Klirrend und Funken sprühend zerbrach sie.

»Das wird nicht ganz einfach«, meinte Sissi.

Aus den Augenwinkeln sah sie Menschen in die Gasse laufen. Dass jemand vom Himmel gefallen war, konnte nicht unbemerkt geblieben sein.

Sissi beugte sich zu Franz-Josef hinunter. »Du brauchst Hilfe. Alles andere ist unwichtig.«

Er antwortete nicht. Seine Haut war so weiß, dass sie durchscheinend wirkte.

»Lass mich dir helfen.«

»Nein.« Er hustete. Schwarzes Blut quoll aus seinem Mund.

Sissi zog den Ärmel ihrer Jacke hoch und führte das gebrochene Katana mit einem kurzen Ruck über ihren Unterarm.

Einer der Menschen, die um sie herumstanden, stöhnte. Ein Mädchen fragte: »Papa, was macht die Frau da?«

Sissi beachtete niemanden, nur Franz-Josef. Sie hielt den Arm über sein Gesicht. Blut tropfte auf seine Haut. »Trink.«

»Das ist falsch.« Seine Stimme war so leise, dass sie ihn kaum noch verstand. Sein Körper knisterte wie Papier. »Wir finden jemand anderes.«

Sie presste ihren Arm auf seine Lippen. »Trink!«, schrie sie ihn an. Sissi sah sein Zögern. Sie beugte sich zu ihm hinunter und flüsterte ihm ins Ohr: »Wenn du mich liebst, dann trink. Ich will nicht ohne dich sein.«

Die Zeit schien quälend langsam zu vergehen, doch dann spürte Sissi, wie er seine Zähne in ihr Fleisch schlug. Sie zuckte zusammen. Der Schmerz war scharf und seltsam süß.

Die Menschen um sie herum sahen sich an. Manche hoben die Schultern, andere wichen zurück, als wollten sie nicht sehen, was sich in der Gasse abspielte.

Im Hintergrund hörte Sissi das Geräusch schwerer Stiefel auf dem Kopfsteinpflaster. Die Soldaten standen wohl schon bereit, um die Menge zu betören.

Franz-Josef löste sich von ihrem Arm. Sein Körper knisterte nicht mehr, sein Gesicht wirkte voller.

»Trink ruhig weiter«, sagte Sissi. »Ich bin nicht armenisch.«

»Anämisch«, flüsterte Franz-Josef und schloss die Augen.

Nach einer Weile tauchten Soldaten mit einer Trage auf, um Franz-Josef in die Hofburg zu bringen. Sissi blieb an seiner Seite, bis sie hörte, wie jemand ihren Namen rief.

»Sissi?«

Sie drehte sich um. »Vater?«

Wie die meisten anderen Besucher der Mitternachtsmesse hatte er den Dom verlassen, als er den Lärm auf dem Dach hörte.

Sissi bahnte sich einen Weg durch die Menge. Sie umarmte Herzog Max und trat dann zurück, um sein Gesicht zu sehen.

»Du glaubst nicht, was ich erlebt habe«, begann sie. »Dies…«

Herzog Max packte ihre Arme und drückte sie gegen ihren Körper, bis es schmerzte. »Wie konntest du das tun?« Seine Stimme war ein heiseres Zischen. Wut brannte in seinen Augen. »Wie konntest du ihm das Leben retten?«

»Er hat uns allen das Leben gerettet.« Verstört und überrascht wand sie sich in seinem Griff. »Uns allen.«

»Das ist mir egal. Wir retten keinen wie ihn. Hast du denn gar nichts gelernt? Du denkst, er liebt dich, aber du bist nur seine Gebärma…«

Ihr Tritt traf seinen Magen. Sein Griff lockerte sich. Sie schlug seine Arme weg und wandte sich ab. »Lass mich in Ruhe.«

Mit langen Schritten ging sie davon. Hinter ihr schloss sich die Menge.

KAPITEL ACHTUNDDREISSIG

Was würden die Kinder Echnatons tun, wenn ihr Kampf gewonnen und der letzte Vampir zu Staub zerfallen ist? Würden sie sich auflösen, zu ihren Familien zurückkehren und den Lauf der Welt sich selbst überlassen?

Ich glaube nicht. Vielmehr zeigt die Erfahrung in Frankreich und Amerika, dass das Wissen, was sich die Mitglieder angeeignet haben, sie besser als jeden anderen in die Lage versetzt, eine Nation zu führen. Sich dieser Verantwortung nicht zu stellen, wäre feige und dumm.

– **Die geheime Geschichte der Welt** *von MJB*

»Ist es wirklich sicher?«, fragte Sissi. Sie warf einen misstrauischen Blick in den Gang.

Franz-Josef ergriff ihre Hand. »Ich habe alle Wölfe entfernen lassen. Komm.«

»Alle, von denen du weißt.« Nur zögernd ließ Sissi sich mitziehen und erwartete jeden Moment einen Angriff.

»Alle«, bekräftigte Franz-Josef. Er drehte sich steif zu ihr um und lächelte. »Du musst dir keine Sorgen machen. Sie erwarten dich.«

Sie atmete tief durch. Gerade mal zwei Tage waren seit dem Absturz des Ballons vergangen. Franz-Josef erholte sich rasch, stützte sich aber noch auf einen Stock. Sie war sicher, dass er ihn am nächsten Tag bereits nicht mehr brauchen würde.

Der Diener vor der Tür verneigte sich, als er sie sah, und öffnete die Tür. »Hoheiten«, sagte er. Sein Blick streifte Sissi nur.

Der Salon, in den Franz-Josef sie führte, war erstaunlich klein, aber voller Vampire. Karl lehnte an einem Kamin, über dem ein Landschaftsgemälde mit seltsamen Elefanten hing, Edgar und Pierre saßen auf einem zu kleinen Sofa, Ferdinand hockte unter einer Decke versteckt zwischen zwei Regalen und Sophie stand in der Mitte des Raums, die Hände hinter dem Rücken verschränkt.

»Franz-Josef«, sagte sie zur Begrüßung. »Wie ich sehe, bist du fast genesen.« Sie machte eine Pause. »Sissi«, fuhr sie dann fort, »sind dir die Anwesenden vertraut?«

Sissi nickte. Obwohl sie es nicht wollte, fühlte sie sich von Sophie eingeschüchtert.

Niemand bat sie, Platz zu nehmen, aber Franz-Josef zog zwei Stühle, die an einem kleinen Glastisch standen, heran und bot Sissi einen davon an. Sie setzte sich. Er nahm den neben ihr und begann seinen Stock zwischen den Fingern zu drehen.

Karl räusperte sich. »Um auf die Frage von eben zurückzukommen ...«

»Ich habe nur eine Frage«, unterbrach Edgar ihn. Er zeigte mit dem Daumen auf Sissi. »Wann wird sie betört?«

»Gar nicht.« Sophies Stimme klang schneidend.

Wie sie das hassen muss, dachte Sissi.

Pierre stellte seine Teetasse voller Blut ab. »Wie bitte?«

»Franz-Josef war der Meinung, bei den Treffen unseres inneren Kreises sei eine menschliche Perspektive von Vorteil, und ausnahmsweise stimme ich ihm zu.«

Es war nicht ganz so gewesen. Sophie hatte sich mit Klauen und Zähnen dagegen gewehrt, hatte gedroht und gezetert, doch als Franz-Josef darauf beharrte, schließlich zugestimmt. Er war jetzt ein Held; sein Wort hatte Gewicht bekommen, nicht nur bei Sophie, sondern auch beim Rest des Hofstaats.

Diese neue Wertschätzung veränderte ihn bereits. Sissi hatte schon bemerkt, dass er sicherer geworden war, mutiger. Vielleicht musste ein Vampir, der mit der Aussicht auf ein fast ewiges Leben geboren wurde, sich erst dem Tod stellen, um erwachsen zu werden.

»Damit ist das Thema erledigt«, bestimmte Sophie, als Pierre erneut den Mund öffnete.

»Wo waren wir?« Karl warf einen Blick auf den Zettel, den er auf den Kamin gelegt hatte. »Ach ja, was Seine Eminenz und seine infernalische Waffe betrifft: Beide wurden gestern in Blei eingegossen und in den Katakomben unter dem Stephansdom verscharrt. Wenn Gott will, werden wir uns nie wieder damit befassen müssen.«

Sie hatten alles versucht, um den toten Vampir zu vernichten, Klingen, Flammen, sogar Sprengstoff. Nichts hatte der Leiche etwas anhaben können. Seine Eminenz war immer noch darin gefangen, Sissi hoffte, bis ans Ende der Zeit.

»Ich sage immer noch, wir hätten ihn sein Werk vollenden lassen sollen«, murrte Edgar.

»Und auf das alles verzichten?« Pierre breitete die Arme aus. »Auf Literatur und Malerei, auf Polstersessel und die Oper? Auf gutes Personal? Vielleicht möchtest du ja in einer Höhle leben und nackt durch die Wälder streifen, ich persönlich nicht.«

Edgar knurrte. »Eure Dekadenz ist der Anfang vom Ende.«

Niemand ging darauf ein. So bereitwillig sich die Vampire Seiner Eminenz unterworfen hatten, so erleichtert waren sie über das Ende seiner Herrschaft. Zu Dutzenden hatten sie Franz-Josef besucht, um sich bei ihm zu bedanken.

Sie mögen die Welt, in der wir leben, dachte Sissi, *und sie mögen uns, auch wenn sie sich das nie eingestehen würden.*

Karl betrachtete erneut seinen Zettel. »In den Zeitungen von heute steht nichts über den Zwischenfall am Dom, also können wir davon ausgehen, dass wir die Menge erfolgreich betört haben.«

Er faltete das Papier zusammen. »Das ist so weit alles. Hat sonst noch jemand etwas zu sagen?«

Sissi stand auf. Das Herz schlug ihr bis in den Hals. »Ja, ich.«
Kalte Blicke richteten sich auf sie. Franz-Josef drückte ihre Hand.

»Ich möchte hiermit erklären«, begann Sissi mit fester Stimme, »dass ich zu den Kindern Echnatons gehört …«

»Das kann ja wohl nicht wahr sein.« Edgar schüttelte den Kopf.

»Na, bravo«, sagte Ferdinand unter seiner Decke.

Die anderen im Raum schwiegen.

»… dass ich zu den Kindern Echnatons gehört«, wiederholte Sissi, »mich aber von ihnen losgesagt habe. Ich bin meine eigene Herrin und werde mir meine eigene Meinung bilden.«

»Wir sind nicht hier, um uns von dir richten zu lassen«, fuhr Sophie auf.

»Ich weiß.«

Karl warf Sophie einen kurzen Blick zu. »Hast du davon gewusst?«

»Nein.« Sie sah Franz-Josef an, als wolle sie ihn töten. »Das habe ich nicht.«

»Wenn du ein Kind Echnatons bist …«, sagte Karl nach einem Moment nachdenklich.

»Warst«, korrigierte Sissi.

»… warst, was ist dann mit deiner Familie, mit deinem Vater, der hier im Palast gerade unsere Gastfreundschaft genießt? Gehört er auch dazu?«

Franz-Josef erhob sich ebenfalls. Der Stock in seiner Hand verlieh ihm Autorität. »Ihr Vater wird nicht angerührt«, sagte er scharf. »Ihre ganze Familie steht unter dem Schutz des kaiserlichen Throns.«

»Dein kaiserlicher Thron interessiert mich einen Scheiß!« Edgar sprang auf. Doch bevor er auch nur einen Schritt machen konnte, war Franz-Josef bei ihm und hieb ihm seinen Stock zwischen die Augen. Edgar fiel zurück aufs Sofa und blinzelte benommen.

Sissi hatte befürchtet, dass so etwas geschehen würde. Sie hatte sich von den Kindern Echnatons losgesagt und von den Lügen, die sie ein Leben lang gehört hatte, aber sie liebte ihre Familie trotz allem, auch ihren Vater. Und sie war froh darüber.

Franz-Josef beugte sich über Edgar. Pierre rückte ein wenig von ihm ab.

»Was glaubst du, wie die anderen Dynastien reagieren werden, wenn sie von dem kleinen Schauspiel im Ballsaal erfahren? Die Russen, die Engländer, die Spanier? Wenn ich ihnen erzähle, wie ihr alle vor Seiner Eminenz im Staub gekrochen seid und euch die Augen herausgerissen habt, weil ihr solche Angst vor ihm hattet?«

Edgar schüttelte den Kopf. »So war es nicht.«

»Aber es wird so klingen.« Franz-Josef richtete sich auf und Edgar wollte sich hochstemmen, aber der Kaiser stieß ihn zurück. »Willst du die nächsten Jahrhunderte ausgelacht und verhöhnt werden?«

Er beginnt das Spiel zu spielen, dachte Sissi, *und er spielt es nicht schlecht.*

Edgar sackte in sich zusammen und schwieg.

Franz-Josef wandte sich von ihm ab. »Gute Entscheidung«, sagte er.

Sissi sah sich um. Ein kalter Stein schien plötzlich in ihrem Magen zu liegen. »Wo ist Karl?«

KAPITEL NEUNUNDDREISSIG

Was nun, wenn sich jemand lossagt von den Kindern Echnatons, aus welchen Gründen auch immer? Wird man ihm mit Verständnis begegnen und ihm auf seinem neuen Weg Glück wünschen?

Meine Antwort auf diese Frage wird den Leser vielleicht verstören, aber ich glaube, er wird sie verstehen. Derjenige, der uns verlässt, wird mit dem gleichen Hass im Herzen und der gleichen Entschlossenheit gejagt werden, als wäre er selbst ein untoter Blutsauger. Nichts Schlimmeres kann es geben als einen, der die Wahrheit erkennt und sich von ihr abwendet. Für ihn darf es weder Milde noch Gnade geben, denn er ist ein Feind der Menschheit.

– Die geheime Geschichte der Welt von MJB

»Sie suchen mich wahrscheinlich immer noch.« Karl streckte sich nackt auf dem Bett aus.

Die Frau, die er seit zwanzig Jahren liebte, lachte und legte ihren Kopf an seine Schulter. »Lass sie suchen«, sagte sie.

Eine Weile lauschte er dem Prasseln des Kaminfeuers und den regelmäßigen Atemzügen seiner Kinder, die im Nebenraum schliefen.

»Glaubst du, es ist bald so weit?«, fragte er.

»Sei nicht so ungeduldig.« Er spürte ihr Haar auf seiner Haut. »Ein halbes Jahr, vielleicht etwas länger für den Ältesten, bei den anderen beiden bin ich mir nicht so sicher. Sie brauchen noch Zeit.«

»Und dann?«, fragte er. »Wirst du mir dann meinen Wunsch erfüllen?«

Sie lachte.

Es wärmte ihn wie das Feuer im Kamin.

»So werden wie du, mit dir leben? Sophie würde das hassen.«

Er lächelte. Ihr Haar kitzelte ihn. »Sie hasst so vieles, da fällt das kaum ins Gewicht.«

»Ich weiß nicht.«

Er hörte die Unsicherheit in ihrer Stimme und stützte sich auf einen Ellbogen auf. Ernst sah er sie an.

»Ich mache mir Sorgen um dich.« Karl hob die Hand, als sie ihm widersprechen wollte. »Diese Ehe ist die Hölle auf Erden. Irgendwann wird er herausfinden, dass diese Kinder deine sind, nicht irgendwelche untergeschobenen. Ich will nicht, dass du noch bei ihm bist, wenn das passiert.«

»Es wird nicht passieren.«

»Das reicht mir nicht. Du musst mir versprechen, dass du zu mir kommst, wenn die Buben so weit sind. Keine Ausflüchte, kein Zögern. Du hast mehr als genug getan. Warte nicht, bis er dich zerstört.«

Sie setzte sich auf. Sein Ernst färbte auf sie ab. »Das werde ich nicht.«

»Versprich es.«

Prinzessin Ludovika sah ihn an. »Ich verspreche es.«

EPILOG

Wien, 24. April 1854

»Still halten, Hoheit.«

»Ich halte doch still!«

Sissi war so nervös, dass sie fast jedes Wort schrie. Gleich vier Zofen zogen und zerrten an ihrem Hochzeitskleid, während sie versuchte, auf dem Hocker, auf dem sie stehen musste, das Gleichgewicht zu bewahren.

Es war ein gewaltiges Ungetüm von einem Kleid, das bei jeder Bewegung rauschte wie ein Herbstwald und so schwer war wie ein Elefant. Weiß leuchtete es im Tageslicht, das durch die hohen Fenster von Sissis Gemächern fiel.

Prinzessin Ludovika stand in der Tür und sah unruhig auf die Wanduhr. »Wir haben keine Zeit mehr. Du willst doch nicht zu spät zu deiner eigenen Hochzeit kommen.«

»Nein«, sagte Sissi, obwohl sie in Wahrheit froh gewesen wäre, wenn das alles ohne sie stattgefunden hätte. Hunderte Gäste, der Hochadel aus ganz Europa und sogar aus Indien und Afrika waren zu ihrer Vermählung eingeladen worden, nicht von Sissi natürlich, sondern von Sophie und ihrer Mutter, die ausnahmsweise einmal einer Meinung gewesen waren.

So groß wie möglich, so prunkvoll wie möglich.

Sissi sprang in ihrem mächtigem Kleid vom Hocker und ließ sich von den Zofen zur Kutsche führen. Ein Schreiner hatte die

Tür der Staatskutsche verbreitern müssen, weil Sissi sonst in ihrem Kleid nicht hindurchgepasst hätte.

Erst als sie in der Kutsche saß, ließen die Zofen Sissi los. Néné und ihr Vater erwarteten sie in der Augustinerkirche, nur Prinzessin Ludovika begleitete sie dorthin. Ihre Mutter war die Einzige, die außerhalb offizieller Anlässe mit ihr sprach. Es schmerzte Sissi, dass nicht nur ihr Vater, sondern auch Néné sich von ihr abgewandt hatte.

»Kopf hoch«, sagte ihre Mutter, die ihren Blick wohl missverstanden hatte. »Es wird schon alles gut gehen.«

Die Kutsche setzte sich in Bewegung, umgeben von einigen Dutzend Husaren in Paradeuniform. Sissi winkte den Menschen zu, die sie an der Straße stehen sah, aber sie glaubte nicht, dass die das bemerkten. Der Kreis, den die Husaren bildeten, war zu eng.

Eine Ewigkeit schien zu vergehen, bis die Augustinerkirche endlich vor Sissi auftauchte. Alles war voller Kutschen und Menschen und Blumen. Der Geruch von Rosen hing schwer in der warmen Abendluft. Fast jeder Schaulustige hatte welche dabei. Einige warfen sie, als sie Sissi zwischen den Soldaten entdeckten.

Die Kutsche hielt. Laute Orgelmusik hallte Sissi entgegen. Diener liefen herbei und halfen ihr die zwei Stufen hinunter. Den Gang durch die Kirche hatte sie über fünfzig Mal geprobt, aus Angst, zu fallen, wenn sie ihre Füße nicht sah.

Herzog Max erwartete sie an der Kirchentür. Er lächelte und wirkte so stolz, wie es ein Vater sein sollte, der seine Tochter mit dem Kaiser von Österreich vermählte.

Sie umarmten sich. »Du bist die Enttäuschung meines Lebens«, flüsterte er Sissi ins Ohr. Dann fasste er sie am Ellbogen und führte sie gemessenen Schrittes in die Kirche. Blumenmädchen hoben den mehr als fünf Meter langen Schleier des Kleides auf und trugen ihn hinter ihr her.

Sissi lächelte stumm und kämpfte gegen ihre Tränen.

Die Kirche war voller Menschen, sodass es Sissi schwerfiel, einzelne Gesichter in den Reihen der Zuschauer zu erkennen.

Nach nur wenigen Schritten gab sie den Versuch auf und konzentrierte sich stattdessen auf Franz-Josef, der sie bereits vor dem Altar erwartete. Er trug eine weiße Paradeuniform und trat nervös von einem Fuß auf den anderen. Der Priester hinter ihm nickte Sissi bei jedem Schritt wohlwollend zu, als ahne er, was für eine Leistung sie vollbrachte.

Das Glitzern der Diamanten, die von den meisten Gästen zur Schau gestellt wurden, die Blumen, die laute Orgelmusik und die Tausende von Kerzen, die das Kirchenschiff erhellten, überwältigten Sissi beinah. Sie war froh, dass Franz-Josef den Blick nicht von ihr abwandte, sie fast wie an einer Schnur zu sich zog. Wahrscheinlich wusste er auch nicht, wo er hinsehen sollte.

Vor dem Altar blieb sie stehen. An den Wänden bemerkte sie Soldaten, die Haltung angenommen hatten und scheinbar teilnahmslos ins Nichts starrten. Sophie hatte sie eigens dazu abgestellt, die Gäste, die in Ferdinands Nähe kamen, zu betören.

Warum lässt sie ihn nicht einfach in der Hofburg?, hatte Sissi gefragt, als Karl ihr das erklärte.

Weil er die Liebe ihres Lebens war. Mehr hatte Karl dazu nicht gesagt. Nun stand er in dunkler Uniform als Trauzeuge neben Franz-Josef, während Ferdinand neben Sophie in der ersten Reihe saß und mit dem Kopf wackelte. Seit der Chinese verschwunden war, hatte sich sein Zustand weiter verschlechtert.

Erschrocken bemerkte Sissi, dass der Priester bereits begonnen hatte zu sprechen. Er zählte gerade die Pflichten der Ehepartner auf.

Nach jedem Satz rief Ferdinand: »Na, bravo!«

Die ersten Gäste wurden unruhig.

Der Priester tat so, als bemerke er nichts, während Sophie Ferdinand etwas ins Ohr flüsterte.

»Na, bravo!«

Der Priester redete nun schneller und ließ, wie Sissi vermutete, den einen oder anderen Passus aus. Sie war erleichtert, als er mit den Worten »Willst du, Elisabeth …«, zum Schluss kam.

Hinter ihr steigerten sich Ferdinands Rufe, wurden immer zahlreicher und lauter. Sophie konnte ihn anscheinend nicht beruhigen.

»... bis dass der Tod euch schei...?«

»Ich will«, sagte Sissi, noch bevor er die Frage ganz beendet hatte.

Der Priester wandte sich an Franz-Josef. »Und du, Franz...«

Karl drehte sich um. Sissi sah, wie sich seine Augen weiteten, und folgte seinem Blick. Ferdinand war vor der ersten Reihe auf die Knie gesunken. Ununterbrochen murmelte er: »Na, bravo. Na, bravo. Na, bravo.« Sophie hockte neben ihm und hielt seinen immer mehr anschwellenden grotesken Kopf. An den Wänden sackten die ersten Soldaten erschöpft zusammen. Eine so große Menschenmenge zu betören, kostete Kraft.

»... bis dass der Tod euch scheid...?«

Der Priester konnte die Frage erneut nicht zu Ende bringen.

»Er platzt!«, schrie Karl plötzlich. Mit einem Satz war er bei Sophie, riss sie von Ferdinand los und lief auf das Seitenschiff der Kirche zu.

Ferdinand stand auf. Die ersten Menschen in der Kirche begannen zu schreien, als sie sahen, wie sich Ferdinands Kopf aufblähte. Die Orgelmusik brach ab. Sissi spürte ein dumpfes Grollen, das ihren Körper vibrieren ließ.

Franz-Josef nahm sie bei der Hand und setzte zum Sprung hinter den Altar an.

Im gleichen Moment explodierte Ferdinands Kopf.

Die Druckwelle schleuderte Sissi über den Altar hinweg. Schleim klatschte gegen ihren Rücken, spritzte über ihr Kleid und ihren Kopf.

Meine Haare! Nicht schon wieder.

Sie landete in Schleim und Asche, Franz-Josef in ihrem Kleid. Das Drahtgerüst, das sie darunter trug, verbog sich und riss. Wie ein undichter Ballon fiel ihr Rock in sich zusammen.

Eine zweite Explosion riss Ferdinands Körper auseinander, traf

Menschen und Vampire gleichermaßen, die aus der Kirche zu flüchten versuchten. Schleim bedeckte die Sitzbänke, den Boden und die Wände. Die Kerzen erloschen.

Franz-Josef setzte sich auf. Liebevoll strich er Sissi den Schleim aus dem Gesicht. Dann nahm er ihre Hand. Sie sah den Ring, den er trotz allem festgehalten hatte, und hielt den Atem an. Langsam steckte er ihn ihr an den Finger.

»Ja, ich will«, sagte er dann.

Sissi lachte.

THE NEW DEAD

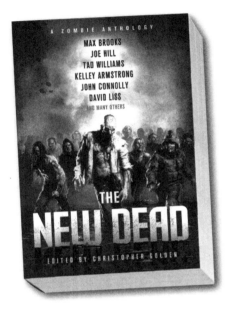

The New Dead
Die Zombie-Anthologie

Max Brooks, Joe Hill,
Tad Williams und andere
448 S., Klappenbroschur
13,5 x 21,5 cm
€ 14,95 (D)
ISBN 978-3-8332-2253-5

Ab April 2011

Der Tod steht ihnen gut!

Vorbei die Zeiten, in denen Zombies nur als hirnlose, wandelnde Kadaver durch die Nächte schlurften. Christopher Golden hat eine Zombie-Anthologie zusammengestellt, in der Topautoren wie z. B. Joe Hill, Max Brooks, Tad Williams u.v.a. zu Topform auflaufen und ihre ganz besondere Sichtweise auf die Untoten zu Papier bringen. Herausgekommen ist eine beeindruckende Sammlung an Kurzgeschichten, die Zombies in einem völlig neuen Licht erstrahlen lassen. Ein Muss für Genrefans und die, die es noch werden wollen.

So viel Hirn hatten Zombies noch nie!

www.paninicomics.de/videogame